蒲生貞秀臣土岐元貞
甲州猪鼻山魔王授倒畫

和漢百物語

入雲龍公孫勝

仮名垣魯文記

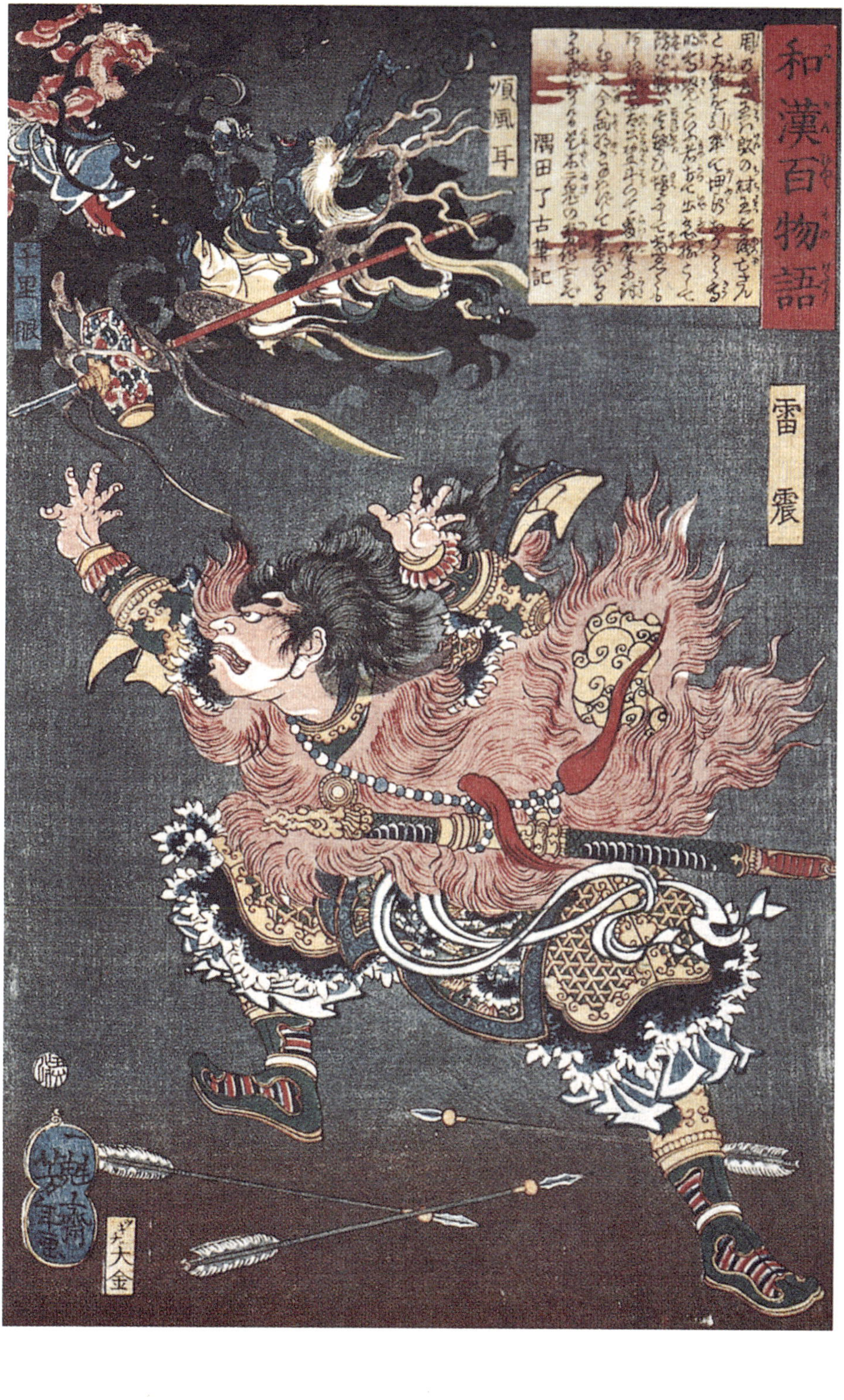
和漢百物語
隅田了古筆記
順風耳
千里眼
雷震

鐘馗夢中捉鬼之圖

# 中国怪谈

浮世绘全译版

[日] 田中贡太郎 著　　潘郁灵 等译

CNS
PUBLISHING & MEDIA
中南出版传媒　　湖南文艺出版社　　博集天卷
HUNAN LITERATURE AND ART PUBLISHING HOUSE　　CS-BOOKY

**图书在版编目（CIP）数据**

中国怪谈：浮世绘全译版 /（日）田中贡太郎著；潘郁灵等译 . -- 长沙：湖南文艺出版社，2022.3（2023.3 重印）
ISBN 978-7-5726-0461-4

Ⅰ.①中… Ⅱ.①田…②潘… Ⅲ.①民间故事一作品集-日本一现代 Ⅳ.① I313.73

中国版本图书馆 CIP 数据核字（2021）第 232144 号

上架建议：悬疑·小说

ZHONGGUO GUAITAN: FUSHIHUI QUAN YI BAN
中国怪谈：浮世绘全译版

| | |
|---|---|
| 作　　者： | ［日］田中贡太郎 |
| 译　　者： | 潘郁灵等 |
| 出 版 人： | 陈新文 |
| 责任编辑： | 丁丽丹 |
| 监　　制： | 于向勇 |
| 策划编辑： | 布　狄　金　哲 |
| 文案编辑： | 王成成　罗　钦 |
| 营销编辑： | 段海洋　王　凤 |
| 版式设计： | 利　锐 |
| 内文排版： | 麦莫瑞 |
| 装帧设计： | 蒋宏工作室 |
| 出　　版： | 湖南文艺出版社<br>（长沙市雨花区东二环一段 508 号　邮编：410014） |
| 网　　址： | www.hnwy.net |
| 印　　刷： | 三河市鑫金马印装有限公司 |
| 经　　销： | 新华书店 |
| 开　　本： | 680 mm × 955 mm　1/16 |
| 字　　数： | 347 千字 |
| 印　　张： | 23 |
| 插　　页： | 4 |
| 版　　次： | 2022 年 3 月第 1 版 |
| 印　　次： | 2023 年 3 月第 3 次印刷 |
| 书　　号： | ISBN 978-7-5726-0461-4 |
| 定　　价： | 58.00 元 |

若有质量问题，请致电质量监督电话：010-59096394
团购电话：010-59320018

# 出版说明

## 日本怪谈文学鼻祖

田中贡太郎被誉为"日本怪谈文学鼻祖"，他一生搜集与创作了近千篇日本怪谈故事，其代表作《全怪谈》更是被誉为日本怪谈文学的瑰宝，曾深刻影响了黑泽明、芥川龙之介、梦枕貘、京极夏彦等诸多日本知名导演、作家。

很多人认为，田中贡太郎对怪谈文学产生好奇并开始研究，是在其成为媒体主编之后，其实并非如此。早在幼年时，田中贡太郎便读过蒲松龄的《聊斋志异》，对妖怪文化产生了浓厚的兴趣。从那时起，他就开始搜集日本乡间的种种怪谈故事，并以讲述这些故事为乐。此后的二十年，田中也曾尝试创作过类似的短篇故事，其作品多次被刊登在各大报纸上，正是这一时期的创作奠定了田中后来的创作基调。

## 真实世界中的"编舟记"

在报社任职期间，因创作的系列怪谈故事深入人心，田中贡太郎便接受了报社的一项"特殊"委派工作：去日本各地搜罗流传在民间的种种怪谈故事，并加以整理，或进行再创作。

谁都不曾想到，这项当初只是为了丰富报纸版面的工作，田中贡太郎竟然坚持做了三十年。从其接受委托到其去世的三十年间，田中贡太郎共搜集整理了近千篇怪谈故事。这些故事起初多发表在各地的报纸上，篇幅短小精悍。随着时间的推移与对妖怪文化研究的日益深入，田中贡太郎将这近千篇故事进行了多次整理与再创作。从一九二二年出版《黑影集》到生前最终勘定《日本怪谈全集》，跨越了二十年。

可以负责任地讲，田中贡太郎毕生只专注于一件事：怪谈故事的编撰。

## 日本小说家们的灵感宝库

作为怪谈文学创作的后辈，京极夏彦曾多次在各个场合高度赞扬田中贡太郎，称其是"怪谈文学界无人可及的宗师"，并称"田中的作品是我必须随身携带的创作灵感书"。

的确，田中贡太郎怪谈作品产量之高、代表性之强、内容范围之广，皆是之后任何一位怪谈作家都无法企及的。

更难能可贵的是，田中贡太郎在担任报纸与杂志主编期间，还培育出了大批优秀的日本作家，其弟子与友人多达百余人，其中不乏井伏鳟二、田冈典夫、富田常雄、榊山润等影响日本文坛走向的重量级作家。这些作家为纪念田中，称自己为"田中文派"。

近几十年来，随着日本动漫文化的崛起，田中贡太郎的作品多次被重新改编并搬上舞台。大火动漫《夏目友人帐》的作者就声称自己的创作灵感起初便来源于田中的作品。日本知名导演宫崎骏也曾在多部经典作品中用不同的方式向田中贡太郎致敬。在田中贡太郎的家乡，妖怪文化爱好者集资为其修建了博物馆，每年会举办大型相关纪念活动。日本妖怪文学大家梦枕貘在创作其代表作"阴阳师"系列时曾多次沿着田中贡太郎当年走过的路线走访日本各地，搜集创作素材。

## 时隔近六十年的重访神话之旅

本次重新译介的《全怪谈》、《日本民间故事》和《中国怪谈》在日本被誉为"田中三书"，即田中贡太郎生前最后勘定的三部核心作品。其中《全怪谈》多以作者亲历或亲闻的怪谈故事为核心；《日本民间故事》是作者在走访日本各地途中所搜集整理的故事；《中国怪谈》则是作者搜集中国民间故事，甚至多次远渡重洋来到上海、广州等地寻访古旧笔记小说，翻译整理后创作而成，全书均为中国背景的神话与怪谈故事，这也是该书首度被引进国内。

在时隔近六十年后，我们的"悉桑派"译者团队经过百余次讨论与搜集整理，终于重新确认了田中贡太郎二十年间的走访记录，并决定用两年时间重启这场日本妖怪文学的"神话之旅"。

在这场历时两年的"神话之旅"中，译者团队走访了日本各地，探访了近百家中古书店，最终搜集齐了散落于日本民间故事中的田中贡太郎的作品，并根据作者生前最后勘定的原则，对这批书稿进行了重新梳理，在最大程度上还原了田中贡太郎作品的全貌。

本套书以作者的《日本怪谈全集》与《田中贡太郎全集》为底稿，

相互审校，互为验证，并进行了作者生前未完成的部分内容的增补工作。

可以说，本套书囊括了除书信外，田中贡太郎搜集、改编的所有怪谈文学作品，为世人构筑了一个充满乐趣的"怪谈世界"。

编者

二〇二一年九月

子

# 不语

收录于作者一九二九年出版的怪谈小说，
该书为作者的中国怪谈小说集。

不語

原稿现存于日本九州福冈中古书店，
于首版五十七年后由"悉桑派"
译者探访获得。

# 断桥奇闻

前往杭州西湖，在保俶塔所在的宝石山麓，从日本领事馆下方穿过一条通湖长堤到孤山游玩的人，需要穿过长堤中的两座石桥。其一是断桥，其二是锦带桥。本故事起源于第一座桥，那里因圣祖帝（清康熙皇帝）亲笔御书的断桥残雪碑而闻名遐迩。

元至正年间，姑苏（今苏州）有一秀才，名文世高，天资聪敏，博才多学。因元朝轻儒，从不重用文人，且有"元朝人分十等，八娼九儒十丐"之说，文人地位甚至不如娼妓，有志之士自然是情愿归隐山林或醉心于作词写曲，游玩享乐，也不愿深陷污浊的官场摸爬滚打。

在如此世风熏陶下，文世高也消了考取功名的念头，寄情于诗酒。

当时世高刚过二十岁，因着仰慕西湖的美丽风光，遂来到杭州，在钱塘门外的昭庆寺前租了间房子，终日在湖畔赏景吟诗，好不逍遥自在。

这一天，他信步而行，溜达到了断桥，发现断桥左边有一片竹林，透过竹子间的缝隙看到一扇大门。走近一看，门额上悬挂一匾，写着"乔木世家"。

"这庭院里是怎样的一番光景呢？不如进去瞧瞧？"世高被勾起了好奇心，踱着步子悠然进了院子。只觉得眼前绿槐修竹，青翠欲滴，挡去了夏日的燥热。绿荫下竟有一座莲花池，红白吐艳惹人怜，芳香馥郁撩人心。世间竟有如此美景，世高站在池边，心旷神怡。

"哎呀，真是个英俊的公子啊！"

突然，耳边传来年轻女子略带轻佻又天真无邪的娇语。世高大吃一惊，立即转头看向声音的来源。只见莲池左边、亭榭东侧的绿荫里，有一座小楼，楼里探出一张白皙俊俏的小脸蛋。那是一位容貌倾城、令人移不开眼的美娇娘。

世高目不转睛地看着女子，一时间入了神。被如此妙龄女子注视着，世高心头如小鹿一般乱撞。仿佛被什么东西吸引了一样，他的双脚不受控制一般朝女子的方向走去。

这时，世高心中忽然冒出一个念头，便转头出了门，去打探那位少女的来历。

附近便是卖胭脂水粉和花簪子的花粉店，一位老婆婆坐在店门口招揽生意。世高不假思索地进了店。

"打扰了，小生可否在此歇歇脚呢？"

老婆婆爽快地答应了。

"好啊好啊，请进，只是小店可没有好茶招待哟。"

世高见老婆婆谈吐真诚，丝毫没有惺惺作态，心中暗喜。他和老婆婆客套了几句，便坐了下来继续和她闲聊。

"不知婆婆贵姓？"

"夫家姓施，娘家姓李，先夫十年前身故，膝下无子，现在靠小店谋生。因先夫在家中排名第十，人人都叫我施十娘，公子呢？"

"小生姑苏人，姓文，慕名前来西湖游山玩水。"

"看来公子可是风雅之人呀。"

世高心想，看来这老婆婆可不是愚钝的乡下人，向她打探消息可算找对人了。

"婆婆，您可知道这附近的高门大户是哪户人家？"

"哦，那是武官刘万户家。虽是大户人家，可惜膝下无子，只生了一位小姐，叫秀英，已经十八岁了，还没出阁呢。"

"俗话说男大当婚女大当嫁，这样的大户人家，到了十八岁还没出阁，可有什么缘由？"

"因为这位小姐容貌出众，品行端庄，又善于吟诗作画，刘万户把她当成掌上明珠疼爱，不肯随便下嫁，打算招个考了功名的入赘。可惜高不成低不就的，至今没找着合适的，便也耽误到了这个岁数。还真是可怜哪！"

"婆婆可认识那位小姐？"

"老身与她是近邻，小姐平时也常来店里买些胭脂水粉之类的，我与她熟悉得很呢。"

"哦哦。"

世高忽然觉得，此事不能操之过急，以免显得自己轻佻了。于是，摆出一副对那小姐兴趣不大的样子，和施十娘道别，回到了住处。


回家路上，世高心里开始盘算起来。若要接近那位女子，也只能拜托那施十娘帮忙牵线了。她孤苦伶仃的，靠卖点胭脂水粉度日，成日里看人眼色，给她点钱应该愿意帮这个忙吧？那位小姐也已经知道了自己，只要有人做媒牵线，或许能侥幸成了这桩婚事呢。心猿意马间，世高又想起女子对着自己说的话。

"哎呀，真是个英俊的公子啊！"

世高回到了昭庆寺前的家，可满脑子都是那位女子的事，平日里爱不释手的书卷，现在连翻看的心思都没有了。

到了夜里，他躺在榻上辗转难眠，女子那白皙的脸庞似乎近在咫尺，勾得他心里乱糟糟的。

不知不觉间，世高的身体不受控制地动了起来，出了家门，去了城隍庙。

到城隍庙时，世高才意识到这一点。忽然想知道自己和秀英小姐是否有天定之缘。他进了庙，烧了香，举起红蜡烛虔诚地祈祷。

接着，他目瞪口呆地眼看着城隍神像变成了活人，还吩咐旁边的判官取来姻缘簿。判官按照吩咐取来了姻缘簿，城隍神看了之后执起朱笔，在一张纸上龙飞凤舞后，给了世高。不知道写的是什么判词呢？世高定睛一看，只见纸上写着："尔问婚姻，只看香勾。破镜重圆，凄惶好述。"

世高刚看完，耳边便传来了判官的一声大喝。世高大惊，猛然清醒，才发现原来是南柯一梦。可梦里那四句签文却历历在目，太不可思议了。

世高琢磨着"破镜重圆，凄惶好述"两句签文的含义，想来意味着有合有离，有离有合，必须等待时机。

然而世高却不愿相信这类似儿戏的签文。好不容易熬到天蒙蒙亮，他一骨碌翻身起床，匆匆地吃完早饭，就去了断桥施十娘的店。

施十娘正在店里摆放货品，摆完后抬起头一看，发现了站在店门口的世高。

"公子，您来得真早啊。有什么事吗？"

"我有件事想拜托婆婆。"

说着，世高进了店。会被拜托什么事呢？施十娘凑了过来，似乎对世高口中的拜托颇感兴趣。

"不知是什么事呢？"

"有件小事想拜托婆婆。"

世高从怀里掏出两锭银子，迅速塞进了施十娘的袖子里。

"婆婆，小生尚未娶妻，想托您做个媒。"

听这口气，施十娘哪能不明白世高看上的是哪家小姐。可他只是个游历到此的无名秀才，这个梦是不可能成真的。她揣着明白装糊涂，问道：

"公子想牵线的是哪家小姐呢？"

"这个嘛，就是，昨日里婆婆告诉我的……那位……那位刘家小姐。"

世高内心窘迫，说得语无伦次。

"我说公子啊，那估计不成哦。如果是其他家小姐，总能想办法谈妥，可如果是刘家小姐，就……刘家老爷是个顽固之人，杭州城内不少武官来求婆都被他回绝了，更何况公子是个异乡人，这事成不了。"

说着，施十娘拿出了世高塞到她衣袖里的银子。

"这个还给公子，老身实在是办不到。"

"等……等一下，我还有一件事没说，请婆婆先听我说完再做决定。"

世高按住了施十娘拿银子的手，凑到施十娘的耳边说道：

"婆婆，我并非和小姐素不相识就贸然说出这话的。昨天来这里前，我去过那户人家。正在欣赏风景时，小姐在楼上看到我，说了句'哎呀，真是个英俊的公子啊'。所以小姐应该是认得我的。还请婆婆悄悄找到小姐，问她是否有过这事，再告知我也仰慕小姐。我傍晚再来听回音。"

世高说话间，施十娘频频点头。

"那是真的吧，小姐夸奖公子了？"

"如假包换。"

"如果是真的，倒是可以和小姐说说。若是敷衍我的，我对小姐提及此事，反而是轻薄了她，未来我可是再难见到小姐了。"

"这个您放心，请务必转告小姐。"

"那我去一趟倒是无妨，不过还是要有心理准备，这事讲究个缘分，有缘自然能成，无缘也不必强求。"

"那是自然，如果没有缘分，也是没办法的事。"

世高和施十娘约好了时间，便回了自己的家。


施十娘收好了文世高送的银子，吃了午饭，便带着新出的胭脂水粉和珍贵的花簪子去了刘家。

在刘家闲逛的夫人发现了从后门进来的施十娘。

"婆婆，最近都不见你过来，今天这是什么风把你吹来了？"

"还不是因为家里穷，忙于生计，不知不觉就许久没来问候了。今天进了奇巧的花簪子，想带来给小姐看看。"

"啊，这样啊。那太好了，她正等着婆婆来呢。"

于是，施十娘喝了一杯茶就去了秀英的绣房。秀英正靠在昨日那处楼栏上出神，想着昨日里看到的那位年轻公子的脸。

"小姐好啊。"

施十娘开口打了声招呼，秀英吓得一激灵，回过头来。

"啊，是婆婆啊，快来快来。婆婆许久不来了，今天可是带了什么好东西？"

"今天店里新出了稀有的货色，就赶紧带来给小姐看看了。"

施十娘将包袱摊在桌上，从中取出一朵金梗银枝的花簪子，放到秀英的头上比了比。

"肯定很适合小姐。"

随后将花簪子插到秀英乌黑亮丽的秀发上，夸道："简直像是为小姐量身打造的。希望小姐能戴上美簪子嫁个好少年郎，让我这个老婆子也讨杯喜酒喝喝。"

秀英莞尔一笑，看着施十娘不说话。这时，丫鬟春娇端来了茶。施十娘接过茶杯，一口一口地啜饮着，有一搭没一搭地和秀英闲聊起来。

"比起这杯茶，更想早日喝到小姐的喜酒呢。平日里承蒙小姐惠顾，也想为小姐介绍一个好夫家呢。"

"讨厌啦，婆婆可真是的，净逗我。"

嘴上这么说着，可期待的表情却出卖了她。

施十娘悄悄地四下环视一番，发现春娇退下了，房里只有秀英和自己。说时迟那时快，施十娘猛地凑到了秀英身边，悄声说道："小姐，有件事不知当讲不当讲？"

"什么事？可以的呀，婆婆但说无妨。"

"那我就不客气了。小姐，不知您昨日是否在楼上看到池边站着一位公子？"

施十娘一边委婉地说着，一边窥视对方的表情，生怕错过了什么线索。秀英的脸色微红，迟疑了一会儿，说道："我才没看到呢。"

不过，明白人一听这口气就知道，这话可不像是没看到的人会说的。

"可是小姐，那公子今天特意到我店里，说是昨日在院子里见了小姐芳颜，还有幸得到小姐称赞。公子可是对小姐的品性赞不绝口呢。"

此话一出，秀英的耳根都红透了，不再作声。

看来错不了，施十娘心领神会，继续说道："那位公子是苏州人士，姓文，才华横溢、学识渊博、人品出众，小姐嫁他也不委屈。不知小姐意下如何？"

施十娘说着，目不转睛地盯着秀英的脸看。秀英低着头，笑而不语。施十娘觉得此事十有八九要成了。

"自从见到小姐后，那位公子便茶饭不思，一次又一次地到我店里，求我替他转达心意。还是恳请小姐给他个回音吧，看着怪可怜的。"

"但是，我不知道从何说起。"秀英说着，稍微顿了顿，问道，"不知他可曾娶妻？"

施十娘立马接过话头："没有，若是有妻室的，我是断断不可能做媒的。公子不是那么轻薄的人，当真是一表人才，品格出众，和小姐简直是天生一对，我才来撮合的。此事就包在老婆子身上啦。"

秀英点头。施十娘一颗悬着的心终于落地。

"那么，我就告知那位公子，让他高兴高兴。"

施十娘把货品收纳到包袱里，打算回家。

秀英见状忙扯住施十娘的袖子："婆婆，此事万万不可对外人声张。"

"无须担心，自然是不会说的。"


施十娘和夫人打了招呼，便回家了。世高早已在店里望眼欲穿地等着。一见施十娘的表情，世高便直觉这事成了。因此，世高决定给秀英赠诗一首，便匆匆往家里赶，当晚自然也是兴奋得一夜无眠。

于是，好不容易盼到天边泛起了鱼肚白，世高兴冲冲地磨了浓墨，在白绫的汗巾上龙飞凤舞地写下了一首七言绝句：

> 天仙尚惜人年少，年少安能不慕仙？
> 一语三生缘已定，莫教锦片失当前。

封好后，便匆匆赶到施十娘店中，将诗塞入她手中，说道："麻烦婆婆将此诗送去，务必请小姐给我回信，事成之后必有重谢。"

施十娘将诗藏入袖里，又带了一包胭脂水粉和花簪子去了刘家。从后门进去后，她对夫人说道："昨天小姐选了些上好的花簪子，今儿发现了比昨天更好的簪子，特来送给小姐。"

敷衍完夫人，施十娘又朝秀英的楼上走去。上了楼，发现秀英正躺在榻上，她快步奔了过去。

"小姐，昨天真是失礼了。"

施十娘从袖里掏出诗，放到秀英手中。秀英不解，便打开看了看。

"啊，一首好诗。"

"请小姐务必和诗一首，那位公子正眼巴巴地盼着呢。"

秀英把目光从诗中移开，莞尔一笑："我可做不到。"

"千万别这么说，有劳小姐了。公子还想要一件小姐的定情信物。"

"是吗？"

秀英从旁边的箱子里拿出自己绣的汗巾，挥笔题诗一首，递给了施十娘。

> 英雄自是风云客，儿女蛾眉敢认仙。
> 若问武陵何处是？桃花流水到门前。

读完二人的诗，施十娘觉得可以安排世高和秀英相会了，便和秀英说了自己的想法。可秀英却不知如何接他过来相会。

"等到今晚夜深人静之时，小姐就到花园假山处，在假山边的大树上系上绳索，将另一头抛到墙外面，公子便可以爬墙过来。"

"那就用秋千绳吧。那里有棵大树，绑在那棵树上。从墙上爬到大树上，想来可以轻松进来。但是那棵树已经开始枯萎，很危险。"

"应该没问题吧，毕竟公子是个男人。"

一切商量妥当后，施十娘打算回去。秀英又取出一只绣鞋。

"请务必将它交给公子。"

施十娘把诗和绣鞋塞入袖子里，拎着包袱回了店。


一直等在施十娘店里的世高，收到信物后，欣喜若狂。可又担心被人发现端倪，只得双手握拳强忍着。他回了一趟家，煎熬地等到夜幕降临后，便沐浴更衣，回到了店里。

施十娘掐着时间，领着世高往后门走去。月色皎洁，似乎要将万物照个明明白白。为了隐藏行踪，二人贴着墙根，悄悄地走着，生怕惊动了他人。

这时，墙边传来窸窸窣窣的声响，一条绳索的一端从刘家的墙上落了下来。那是一条秋千绳。施十娘努努嘴，示意世高爬上去。

世高将绳索抓在手里扯了扯，便往上爬，不一会儿便爬到了墙上，很快就消失不见。施十娘见墙上没人，觉得世高顺利地进了刘家，便锁好后门，回屋睡觉去了。

世高站在墙上，攀着一根枯树枝，跳到了老树枝头上，慢慢往下滑。不料"啪嗒"一声，树枝断了，世高直直地往下坠。

秀英抛了秋千绳到墙外后便在附近等待世高，她看着皎洁月光下世高出现在墙头，又移到老树枝上，高兴极了。可是还没高兴多久，就看到世高摔了下来，吓得她脑袋"轰"的一声炸响，跌跌撞撞地冲了过去。

世高倒在了栖云石上。秀英伸手扶着他。"公子，公子，可有受伤？"

世高没有回答，一动也不动。一摸口鼻，发现他气息全无。秀英慌了手脚，摇晃着世高的身体，世高依然没有反应。

秀英觉得自己仿佛坠入了无底深渊，脑海中浮现出世高尸体被发现后自己难逃父母责骂的场景。而且，世高是因自己而死，自己岂能苟且独活？越想越是悲从中来，她泪流满面地将秋千绳系在树枝上，自缢身亡。

丫鬟春娇平日里就是个睡起觉来雷打不动的。前一天晚上，她得到了秀英的许可早早地睡下了，完全不知道外面发生的变故。而且，每天早上都是被秀英叫醒的春娇，这一天早上因为没人叫她，日上三竿了还睡得正香呢。夫人左等右等不见人，便亲自取了秀英的洗脸水，端上楼来。

听到夫人的声音，春娇才从梦乡中惊醒。夫人责备了春娇一番，便去了秀英的闺房，可秀英不在床上。夫人便问春娇秀英去了哪里，但春娇却一问三不知。

夫人便下楼找人。只见花园里栖云石上躺着一个年轻的男子，而秀英吊在老树枝条上。夫人疯了一般跑过去，抱住了秀英的身体。

"来人，快解开，快解开！"

春娇见状，慌忙跑了过去，却吓得手足无措。夫人呵斥春娇解开绳索，将秀英放下，摇晃着她的身体，往她嘴里吹气，折腾了一通，却不见她苏醒。

夫人哭着跑进了自己的卧室，丈夫刘万户还在呼呼大睡。听到夫人口中的噩耗，刘万户脸色一变，跳了起来，匆忙跑去了花园。

花园里横躺着自己的女儿和一个年轻男子，他们都已成为丑陋的尸体。刘万户仿佛被人迎头泼了一桶粪便一般，怒火中烧，死死地盯着两具尸体，突然想知道两个人的关系。春娇呆立一旁，脸色苍白。

"春娇，你应该知道怎么回事吧？如实招来！"

春娇战战兢兢，但又觉得现在不是沉默的时候。

"我什么也不知道，都是施十娘干的。"

刘万户想了想，事到如今就算问出个花来也于事无补，当务之急是将尸体处置妥当。可是，要如何处置这个不知从哪儿冒出来的男子的尸体，还真是令人头疼。他看着夫人，问道："女儿的尸体就算了，那男子是怎么回事？"

于是，刘万户想起了施十娘。

"无论如何，将那老婆子叫来，去将施十娘叫来。"

春娇将刘万户的命令传达给家仆，两位家仆匆匆跑到了施十娘的店中。

本应昨晚就回来的文世高一夜未归，施十娘天一破晓便去了后门查探情况。见到刘家来人，她的一颗心沉到了谷底。但是，毕竟身体硬朗，又不能装病不去，只好战战兢兢地跟着家仆进了刘家。

家仆将施十娘领到了花园。施十娘看到夫人站在那儿，哭得死去活来。

"婆婆，你害了我的儿啊。"

施十娘以为文世高深夜密会的事被暴露了："夫人，我什么都不知道哇。只知道文世高和小姐两情相悦，互赠情诗。"

"婆婆仔细瞧瞧，我儿都变成这副模样了。"

栖云石旁有两具尸体，刘万户杵在那里。施十娘脚步蹒跚地走了过去，只见文世高和秀英躺在那儿，血色全无。她悲从中来，号啕大哭起来，这时，耳边传来刘万户的声音。

"看你做的好事，我可不是叫你来哭的。不过，现在说什么也无法让死人活过来。现在要做的是如何掩人耳目，悄悄将这两具尸体处理了。婆婆可有什么好法子，连家里小厮都能瞒过？"

施十娘的哭声戛然而止。

"没有问题。我有个侄子叫李夫，是做棺材的。就让他做一口双人棺材，夜里悄悄将尸体运出去埋葬了便是，定然不会被人知晓。"

刘万户和夫人商量一番，给了施十娘三十两[1]银子。施十娘拿着钱去找了侄

---

1 中国过去长期通行16两制：1两$=\frac{1}{16}$斤$=31.25$克。——编者注

子，悄悄耳语一番。

于是，李夫急忙制作了一口大棺材，请了两三人抬着棺材，在当日黄昏时分偷偷去了刘家的后门，早已在门口候着的春娇旋即开了门引他们入内。

棺材运进家里后，抬棺材的小工被支了出去，只留下李夫一人，将男女尸体装入棺中。尸体安置好后，夫人哭着将秀英的首饰等物品带来，一并放入棺中。李夫在一旁偷偷看着这一切。

不久棺材被抬出来，运到了天竺山脚下，按照当地的风俗，在棺材周围铺上一层薄土安葬。

当晚明月高悬，照亮了四周荒凉的景色。埋葬结束后，李夫给小工们支付了一些工钱。

"接下来我要把痕迹清理干净，你们先走吧。"

等棺夫们的身影消失在视野后，李夫捡起了脚下的锄头，铲掉了刚才铺在棺材上的土。原来李夫早已起了贼心，盯上了夫人放在棺材里的首饰财宝。在他看来，棺材里的东西大概值黄金三百两。

铲完土后，李夫用锄头"咚咚咚"地敲着棺材的一个角落，轻轻松松地打开了棺材盖，原来盖棺时，他偷偷漏了不少钉子。

李夫单膝跪地，将手伸入棺材，往秀英脑袋的方向摸索着。不一会儿，摸到了项链一样的东西，李夫大喜，将它抽了出来，在月光下仔细瞧了瞧。嗯，确实是金镶银项链。想到夫人还放了不少别的首饰进去，李夫再次伸手，在里面摸索着。这次摸到的是死人脸，李夫觉得毛骨悚然，一下子缩回了手，可手肘撞到棺材的边缘，那只手便再次弹到死人脸上。紧接着，棺中传来一声怪异的呻吟。糟了，死尸还魂了！李夫吓得跳了起来，连连后退，拿出吃奶的力气，转身飞也似的逃回了家。

发出呻吟的是世高。这时，他感觉到身体的疼痛，意识也逐渐清醒，睁开了眼。借着照进来的朦胧月光，他发现自己平躺在一个狭窄的箱子中，感觉到有个物体紧挨着自己。世高强忍着身上的疼痛转头看了看，是一位年轻的女子。箱子上方，树枝在风中摇曳。

这地方怎么看都是荒郊野外。世高想起自己失去意识的前一刻是从树上掉下来的，仔细看女子的脸，赫然是秀英。这才想起来，应该是自己假死了，女子也追随而来，二人一起被葬于此地。他痛苦地站了起来，发现自己确实在墓地，二人被放入了棺材中。奇怪的是，棺材盖居然被打开了。

世高为自己的劫后余生感到高兴，可一想到秀英已死，又觉得痛不欲生。他蹲下来，抱起了秀英的身体，看着她的脸，想要确认她的死因。忽然感觉到秀英的鼻孔附近有微弱的气息。世高亲吻着秀英的耳垂，不断呼唤着她的名字。

女子终于睁开了眼睛，秀英也苏醒了。二人执手相对，泣不成声。

世高和秀英二人决定，在时机成熟之前暂时隐匿踪迹。于是他们将棺盖盖好，将土原样铺了上去。带着陪葬的首饰财宝，趁着月光，互相搀扶着连夜到了运河码头，雇船去了世高的故乡苏州。

世高父母双亡，家中也没有兄弟姐妹，所以世高自己当家，向来无拘无束，随心所欲。一回到苏州老家，世高便与秀英办了婚事。

正当小两口的日子过得蜜里调油一般恩恩爱爱时，发生了红巾军之乱。正值至正末年，天子元顺帝听说杭州刘万户骁勇善战，是个不可多得的人才，便召他进京平乱。

刘万户虽不情愿，但身为臣子又不能抗旨不遵，只得带着夫人进京面圣。恰逢乱贼张士诚侵占苏州城，烧杀抢掠无恶不作。道路被封，刘万户无奈只好留宿吴门。

那时，世高和秀英二人害怕张士诚军士攻城，收拾了家中细软，跟着城里的百姓们一起逃到了吴门。他们找了一家客栈正打算进店，发现门口站着一个老者。秀英见老者的容貌身材颇似刘万户，便扯了扯世高衣袖，低声说道："那就是父亲啊。不知道为什么会出现在这里？父亲不认识你，你上前打探打探。"

于是，世高来到了刘万户跟前，施了一礼："请问老先生是不是杭州人士？"

经过一番试探，世高确定了老人便是刘万户，便择机结束了对话，赶忙走回去低声告诉秀英。二人住进了另一个房间，秀英思念母亲，不顾世高的阻止，当晚便跑到父母的房间前哭泣不已。

刘万户夫妇忽然听到女子的哭声，吓得不轻，可仔细一听，又觉得和秀英的声音太像，终于按捺不住好奇心，起床开了门。刘夫人看到秀英，还以为见到了鬼，但思儿心切的她还是忍不住一把抱住秀英，也哭了起来。

刘万户将信将疑，立即派人前去天竺山麓的坟墓看个究竟，得知棺内确实空空如也，才相信了世高和秀英的说法。

一群人又在吴门滞留了一段时间，随后张士诚兵败，堵塞的道路便通畅了。身负皇命的刘万户匆匆上路。

世高本打算和秀英一起随刘万户进京。上车时，刘万户只让秀英上车，阻止了世高要上车的动作："你这样的人是不配与我女儿在一起的。"

秀英从车上探出身子，紧抓着世高的手，泣不成声。世高也紧握秀英的双手，打死不肯放手。

"刘家从不招世代无功名之人为婿，若想娶我女儿，就好好读书，高中了再说。"

刘万户羞辱了世高一番，便扬长而去。都说男儿有泪不轻弹，可世高受此屈辱，身为男人的自尊心终于崩溃。他呆立路边，号啕大哭，可又放不下心爱的女人，于是抹干了眼泪，追着马车，一步一步向京师走去。

进京面圣后，刘万户深得圣心，声势赫奕。而世高一路风餐露宿到了京师，却找不到办法接近秀英，便住进了客栈，终日想着如何与秀英相见。

没过多久，盘缠花光了，他开始为生计发愁。当时已经是腊月，这一天街上飘起了鹅毛大雪。世高漫无目地在街上踱来踱去，忽然发现前方走来一位老婆婆，手里提着酒壶。擦肩而过之际，蓦地发现原来是施十娘。世高正要打招呼，施十娘也看向了他。一看到世高的脸，她仿佛见了鬼似的，撒腿就跑，一边跑一边反复念诵"观世音菩萨"。

见她如此害怕，世高马上就明白了，原来施十娘觉得自己是鬼，赶忙追了上去。

"施十娘，施十娘，我是世高啊。我还活着呢，别怕，因为一些缘故，我还活着呢。"

就在这时，施十娘脚下一趔趄，扑倒在地，酒壶也甩了出去。世高跑了过去："施十娘，我是苏醒过来的，绝对不是鬼，你别怕。"

说着扶起施十娘，再把酒壶捡了回来，将自己和秀英复活的事情一五一十地告诉了她。

"你们死后，我害怕被问罪，连夜和李夫逃了出来。因为女儿嫁到了京城，就来投奔女儿了。"

接着，世高在施十娘的邀请下，跟着她去了女儿家。施十娘的女儿和女婿听到声音，赶忙出来迎接，还将酒壶里剩下的酒热了，款待世高。

正因为盘缠用尽而穷途末路的世高，受到这一家人的悉心照料，也更深刻地理解了世态炎凉，决定参加科举考试，潜心读书。到了科考之日，世高抱着试一试的心态去考试，结果一举高中。

再说秀英，冲着刘万户的名头，不少位高权重之人前来求娶秀英。每次刘万户想要嫁女，秀英都抵死不从。刘万户拗不过从小视若掌上明珠的女儿，也只好作罢。金榜题名日，忽然听闻文世高声名大噪，想到自己当初有眼无珠，刘万户只能心里暗暗羞愧。

世高请施十娘再次前往刘家说媒，刘家欣然应允，世高和秀英择日便成了亲。

世高感恩施十娘的恩义之举，重重酬谢了她们一家人，并以亲戚的礼数交往。后来，世道越来越乱，苏州的家业尽散，世高和秀英夫妇二人便搬回了西湖，隐居在刘家的旧宅里，共度了"只羡鸳鸯不羡仙"的一生。

# 胡氏

直隶有一富庶人家，欲为家中幼子请位教书先生，正巧一秀才前来应聘。此家主人便邀其入宅就座，秀才说自己姓胡。主客相谈之下，主人竟觉此秀才气度不凡、才兼文雅，言语之间自有一番真知灼见，才情令人欣赏。主人十分欣喜，遂聘下这秀才为先生。

而后，富翁将胡秀才安置于家中，令他衣食住行均有着落。

胡秀才教书讲学甚是用心勤勉，时日长久，主人便知他实在是学识渊博，确有八斗之才，并非庸人俗辈。

这胡秀才好虽好矣，却有一怪癖，时不时便要外出散步，到了月升夜半之时方归。若归时那宅门紧闭，他也从未拍门唤人来开门放行过，而不知何时便能自行进到房中。

主人甚觉奇怪，有次好奇使然，悄悄贴窗窥探，却见那屋内哪里有胡秀才身影，只有一只溜光水滑的大狐狸。

主人虽大吃一惊，可细一思量，这胡秀才教书勤勤恳恳，全然未有害人之意，便暗自下定决心，不把那胡秀才视为妖物，仍敬重万分，以礼相待。

主人有一爱女，胡秀才对此女心生倾慕之意，想与其结成百年之好，便时而向主人暗暗递话透露此意，可主人每次听闻，均是一副不解其意的模样，装聋作哑地浑说过去了。

一日，胡秀才告假出了门，翌日便有位来客登门造访。这来客胯下骑着一匹通体黝黑发亮的驴，近到门前翻身而下，转手将黑驴拴在了门上。

主人听见有人造访便出门迎客，只见来客是位年过半百的男子，样貌敦厚稳重，气质温润，衣履鲜洁，风度翩翩。遂主客二人进门入座，少顷，来客便向主人讲明了此番来意。

"老朽今日前来，不为旁事，是因胡先生自觉与贵府颇为有缘，欲迎娶令爱，缔结长久之好。"

主人听着来客此话，先是默不作声，未曾言语，思量了不多时，说道："吾与胡先生相处已久，对其才情十分敬佩，如今已是莫逆之交，早便结下深情厚谊，此缘之厚笃，天地可证，便是不同胡先生结亲，又有何妨？况且小女早已许配人家，又怎可嫁与胡先生？还请老先生代我向胡先生说清此中缘由才好。"

"可据老朽所知，令爱尚未婚配，不知员外如此反对令爱与胡先生之婚事，究竟为何？"

来客将此番话翻来覆去地说了两三次，直说得口干舌燥、焦急万分，可主人仍一副油盐不进、两耳不闻的模样。来客见自己所言如投石入海，不由觉得尴尬赧然，便又道："胡先生也是世家名门出身，与贵府也可说得上是门当户对哇。"主人闻言，道："言已至此，吾便实言相告了罢。吾不同意这门亲事，原因无他，只因那胡先生原就非人也。"来客顿时怒道："此言无礼之至！"

主人亦怒道："有何无礼？"

"此言丧德败行，甚无谓也！"

"有何丧德败行？"

"便是丧德败行！"

争执之下，两人竟气急败坏动起手来。

来客冷不防挠伤了主人面门，主人哪里肯让，左呼右唤叫来了家中仆人，想以竹杖击之。来客一见这等阵仗，便吓得魂飞魄散，赶忙逃出府去，惊慌之下，竟连坐骑都抛在脑后，那黑驴依旧原样栓在门上。

走近一瞧，那驴浑身黝黑，耳高尾长，身形健壮，可解其缰绳，饶是如何拖拽，此驴就是岿然不动。

之后有人欲乘其上，未承想，此驴如大泄元气一般伏于地面，定睛一看，竟是一只形似蚱蜢的大虫。

主人思量此番惹得那来客恼怒万分，怕是过后定要再来寻仇，举家内外更为谨慎小心。

果不其然，翌日便有一队狐兵来至府前。队里既有骑兵，也有步兵，个个持戈挂弩，好不威风。一时间，府宅四周马鸣人嚷之声翻涌鼎沸。

即便如此，主人仍未出门半步。

只听外头有人喊道："放火烧宅！"主人闻言，愈发胆战心惊，拿不定主意。

宅里有人高马大的壮丁见此情形迎头顶上，带着众家仆叫嚷着便打了出去，朝着狐兵队投石掷箭，打成一片。宅里宅外均是拼上性命，背水一战，双方皆有伤者。终是狐兵战力不敌，纷纷丢盔弃甲、慌不择路地逃命去了。

方才狐兵所据之处，星星点点似有雪光闪烁，那是狐兵丢落四散的兵刃，走近细看，嗬，这不是田里摘来的高粱叶嘛。众人笑道："狐妖之力，不过尔尔罢了。"

而后，主人担心狐狸再度来战，更是做好万般准备。

哪知次日，家仆众人聚会闲谈之时，忽然一彪形大汉从天而降，手中挥舞着一柄大如门板的巨刀，冲进人群左劈右砍，追逐之下，还将一家仆砍倒在地。众人围着那大汉射箭投石、一通乱打，花了好一番工夫，才将他打死。

此时众人再看，那巨汉原来不过是葬礼上祭奠用的稻草人罢了，便愈发觉得狐狸妖术不过如此而已，无甚可怕。

自那之后，狐狸有三日未曾来扰，府内一时放心，上下稍有懈怠。

正在这时，主人欲去如厕，怎料刚转出门，狐兵突现，手握弓箭将主人围堵其间，一时乱箭齐发。

主人躲闪不及，有几箭正中其臀，疼痛惊吓之余大声呼救，家仆闻声忙赶来救主，与狐兵一通乱战，狐兵再次不敌而遁。而后将主人所中之箭拔下，才知这箭竟是艾蒿所化。

双方互不肯让，如此这般打来斗去，僵持已有月余。虽说狐狸骚扰之损害并不严重，可又不知那些狐狸要生出何种事端，不得不时刻警戒，甚是费神费力，主人为此，心里渐生烦闷厌恶之意。

一日，那胡氏亲自率狐兵而来。主人出门，打眼便瞧向他，胡氏一看，难免心虚，转身藏于狐兵之间。主人见此急忙张口喊道："胡先生，胡先生留步！"

胡氏自知躲藏不及，无奈现身。主人问道："自先生受雇于鄙宅，吾向来对先生尊敬有加、以诚相待，从未有过失礼之处，先生为何要屡次三番攻鄙宅、伤吾人？"

狐兵见状，又要挽起弓来射向主人，胡氏抬手制止。主人行至胡氏近前，轻握其手，将他带至宅中，向着胡氏曾居厢房缓缓而去。进到房里，一人一妖，坐上席间，且酌且谈。

酒已半酣之时，主人不慌不忙，从容劝道："先生才情过人、知书达理，想必早已看透吾之心意。吾不愿小女与先生成婚，皆因先生衣食住行所用之物，均非常人可及，即便如今将小女嫁与先生，小女在先生之居所，亦是无法生存。古有谚语：强扭之瓜涩口不甘。若换作先生，如此强相授受，怕也是万分不愿罢。"

胡氏闻言，愈发羞愧难当。

主人又道："若先生不计前嫌，仍愿与吾家修好，可巧吾有一儿，年方十五，刚及束发，尚未婚配，先生家中若有适婚者，便许配与犬子可好？不知先生家中是否有姑娘与犬子年纪相当？"

听至此处，胡氏面露喜色，忙应道："小生家里确有一将笄之年、尚未省事的妹妹，比令郎年少一岁，虽称不上聪慧伶俐、秀外慧中，但也并非十分愚笨蠢钝，不知可否许配与令郎为妻？"

主人立即起身拜礼，胡氏亦承礼回拜，两家便定了这门亲事。

定亲大喜，便又推杯换盏，以示庆贺，以往不和之种种，全然不计。

主人还大摆酒菜佳肴，招待胡氏所带随从。欢庆之余，主人不忘询问胡氏住处，欲送礼下聘，胡氏却一口回绝。入夜时分，胡氏便醉气熏天、摇摇晃晃地归家去了。

自此以后，狐害消失，富豪全家也便安生度日了。时过一年有余，胡氏却仍未前来应亲。便有人疑道那胡氏莫非是撒诈捣虚，主人不疑有他，兀自等待。

又过半年，胡氏突然上门，一番嘘寒问暖之后，遂道："小妹已至破瓜年华，此番前来，便是想与员外择个吉日佳期，许他二人成亲办礼罢。"

主人欣喜万分，当即与胡氏择期选日。日期定后，胡氏便又离去了。

成亲那日，入夜之后，果然新娘随一行送亲车马而来。嫁妆之多，可充栋盈室，铺陈不开。

新娘拜见公婆，只见新娘生得明眸善睐，花容月貌，又如弱柳亭亭玉立，主人高兴非常。胡氏又遣一弟一妹前来送亲，二人谈吐皆风流儒雅、才情横溢，主人遂与二人谈笑风生、开怀畅饮，分外得趣。黎明时分，二人便启程而归了。

新娘聪慧，亦可预知丰年歉年。

富豪家中生活百事，均遵新娘之言而定。

胡氏之兄弟母亲，时而到此看望此女，天长日久，村里老少也便见怪不怪了。

# 娇娜

孔生名雪笠，是孔子后人，风流倜傥，诗才尤佳。他有一位同窗挚友科举高中，被委派到浙江天台县当县令，来信邀请他去做客。孔生欣然应邀，千里迢迢赶到了天台县，怎料那位当上了县令的好友却英年早逝。孔生盘缠用尽，穷困潦倒，也回不了家，只好前往菩陀寺借住，求得寺僧雇用，以抄录经文谋生。

菩陀寺西面四百余步开外，有一处宅邸，家主人称"单先生"。这单先生原是世家子弟，因一场大官司，家道中落，人丁稀少，便搬回了老家，这座宅子自然也成了空宅。

这一天，鹅毛大雪从天而降，路上杳无人迹。孔生外出回来，经过单家门口，看见一个少年郎从里面出来，容貌俊俏，仪态优雅。少年见到孔生主动行礼，孔生也回了一礼，寒暄道："这雪下得可真大啊！"

少年马上接过话茬："是啊，请公子进屋稍稍歇息一会儿吧。"

见少年诚心相邀，孔生心下欣喜，主动跟着他进了门。屋子不太宽敞，但随处悬着锦缎帷幔，墙上也随处悬挂古人字画。桌上放着一本书，书名叫《琅嬛琐记》，孔生好奇地打开翻了翻，发现书中记载的内容都是前所未闻的新奇事物。

这时，孔生开始好奇少年的身份。因少年住在单家，便以为他就是这家的主人，但并不知少年阅历如何。这时，少年也开始打听起孔生的来历："不知道公子是哪里人呢？"

孔生将自己的遭遇一一道出。少年不禁同情起孔生，建议道："公子不如开家私塾教书？"

孔生叹息一声，道："我不过是个流落在外的穷书生，又有谁能像曹丘帮季布那样，为我引荐呢？"

少年回答道："如果不嫌弃我拙劣，我愿意拜公子为师。"

孔生大喜，却也不敢托大，说道："不不不，我才疏学浅，不敢当公子的老师，不嫌弃的话，能否以朋友相待？"

停了一会儿，孔生又问道："公子家为什么好长一段时间都大门紧闭呢？"

少年回答道："这是单公子的宅子，因为单公子回乡居住而闲置了许久。我姓皇甫，先祖是陕西人。因为家宅遭野火，暂时借居在这儿。"

孔生这才知道，少年不是单家的主人。

二人言语投机恨时短，一直聊到了夜幕降临。在少年的邀请下，孔生留下来和少年同床共寝。第二天天刚蒙蒙亮，一个小书童进屋来生炭火。少年先起床进了内室，孔生还裹着被子犯迷糊。书童又进来说了一句："老爷来了。"

孔生大吃一惊，立马从榻上跳了起来。

这时，一位白发如雪的老者走进屋来，向孔生说道："感谢先生不嫌弃，愿意当他的老师。犬子见识寡陋，字也写得差，请不要因为朋友的关系，便以同辈相待，还请公子将他当作亲戚家的孩子，从严管教。"

老者郑重地道谢一番后，送上一套上等锦衣，外加貂皮帽和鞋袜。老人等着孔生梳洗更衣完毕，吩咐上酒菜，热情款待孔生。宴客的厅堂内的摆设和装饰看不出是什么材质，显得光鲜亮丽。

酒过数巡，老人起身告辞，拄着手杖出门了。早饭过后，孔生开始教皇甫公子功课。皇甫公子送来的书本都是些古文诗词，并无当时参加文官考试用的学艺书籍。孔生觉得奇怪，便问了一句："怎么不见参加考试用的书呢？"

公子笑着回答说："我读书不是为了求取功名。"

到了傍晚，公子又摆上酒菜说道："今夜我们喝个尽兴，谁知道明天又会遇到什么阻碍呢。"又叫书童过来，说："去看看老爷睡下没，如果睡了，悄悄把香奴叫来。"

书童出去不久，先是用绣囊把琵琶带了回来。过了片刻，又进来一位侍女，一身红装，容貌艳丽。公子下令道："奏一曲《湘妃》。"

香奴用象牙拨子勾动琴弦弹奏起来，旋律激扬，空气中弥漫着恢宏哀烈之美。这韵律也是孔生前所未闻的。公子又命她用大杯斟酒伺候二人。

二人一直喝到了三更天才歇下。第二天一早，二人早起共读，孔生发现公子天资聪颖，过目不忘。两三个月后，孔生让他写文章，发现他构思奇妙，无人可比。他们约好，每五天喝一次酒，每次必定叫上香奴作陪。

这一晚，酒到半酣兴致浓时，孔生一双眼仿佛粘在了香奴身上。公子已经明白了他的心意，便说道："这侍女是我父亲养着的。先生现在出门在外，又无家室，我已经谋划许久，一定要为您物色一位贤妻。"

孔生说道："若真为我物色，希望找一位香奴这样的女子。"

公子笑道："您还真的是俗话说的'少见多怪'者呢。若她这样就是美娇娘的话，那您的心愿也太好满足了。"

不知不觉半年过去了。这一天，孔生想带公子到郊野游玩，到了大门口，发现大门紧闭，被从外边锁上了。孔生心下诧异，问道："为什么要把大门锁上？"

公子答道："家父担心朋友来往，会扰乱我的心绪，便闭门谢客。"

孔生不疑有他，随即也安下心来。

当时正值盛夏，日日潮湿闷热，住着不舒服，孔生便搬到了园亭中。有一天，孔生的胸口突然肿起一个桃状疮疖，一夜间竟然长到了盆大，他疼痛难忍，呻吟不止。公子朝夕都前来伺候。孔生痛不欲生，睡也睡不着，吃也吃不下。

两三天后，孔生的疮疖痛得更加厉害，渐渐发展到食不下咽。公子的父亲也来探望，依然束手无策，父子俩相对无言，叹息不止。

公子说道："我昨夜里想了想，先生的病娇娜妹妹应该能治好，已派人到外祖母家去请了，怎么这么晚了还没到？"

话音刚落，书童进来说道："小姐到了。"

公子的妹妹娇娜是和小姨还有松娘一起来的。父子俩急忙进了内宅。不一会儿，公子领着妹妹娇娜来看孔生。娇娜年约十三四岁，美貌聪慧，身材窈窕，脸上带着一抹娇羞。一见到她的美貌，孔生顿时将痛苦忘到了九霄云外，精神也为之一振。

公子见状，对妹妹吩咐道："这位先生对我非常重要，可不仅是朋友，请妹妹好好为他医治。"

娇娜收起羞容，挽起长袖，靠在床上为孔生把脉诊断。女子的柔荑搭上自己的脉搏时，孔生闻到娇娜身上一缕幽香，胜于兰花。

娇娜笑道："都动到心脉了，病情虽然危急，但可医治；只是皮肤疮块已经凝结，不得不割皮削肉。"

说着，她脱下手臂上的金镯，置于孔生患处，慢慢按揉。疮疖自金镯内鼓起一寸[1]多，而疮根都被收在镯内，完全无法想象原来这是一个盆大的疮疖。娇娜用另一只手掀起罗带，解下佩刀，那刀刃比纸还薄。她一手按镯一手握刀，轻轻沿着疮根割了过去。紫色的血顺着刀口流出来，沾染了床榻和地板。美娇娘和自己贴得如此近，孔生不由得心猿意马，不仅丝毫感觉不到疼痛，甚至还担心疮疖割得太快，自己便没法和她多偎傍一会儿。不多时，疮上的腐肉被割了下来，圆滚滚的，仿佛老树上长的瘤子。娇娜又叫人端水来，亲自为孔生清洗了伤口，并从嘴里吐出一粒弹丸大小的红丹，放到割去了疮疖的肉上，轻轻揉转。才转了一圈，孔生就觉得方才滚烫的伤口仿佛热气蒸腾了一般，不再火辣辣的；再转一

---

1　全称"市寸"。市制中的长度单位。1寸=0.1尺=$\frac{1}{30}$米。——编者注

圈，便觉得微微发痒；转完三圈，已是遍体清凉，爽入骨髓。娇娜收起红丹，放回嘴里，说了句"治好了！"便快步离开。

孔生一跃而起，追在她身后喊了声："小姐救命之恩，在下感恩不尽！"

曾经以为是绝症的病痛被治愈了，可孔生的一颗心也随着娇娜的离开而飘远了，日思夜想，苦不堪言。从此孔生似乎失去了人生的盼头，无心读书，终日像痴儿一样呆坐。

看他这副模样，公子怎能不明白他的心事，说道："我为您物色许久，终于选得一位好姑娘。"

孔生问："是谁呀？"

公子答："我的亲戚。"

孔生沉思许久，自言自语道："还是先不必了。"

孔生又对着墙壁吟诵了一句诗句："曾经沧海难为水，除却巫山不是云。"

公子知道他心有所属，说道："家父仰慕先生的大才，常想着要和您联姻。只是妹妹娇娜年龄太小。我还有个姨表妹阿松，今年十七，长相也不赖。如果不信，阿松表姐天天都来游园亭，先生不妨在前方等着，亲眼看一看。"

孔生便依公子所言，到了园亭前等候佳人。果然见娇娜与一个美人一起来了。女子黛眉弯如新月，纤瘦的小脚上穿着凤头绣鞋，美貌竟也不输娇娜。孔生对她一见钟情，便求公子做媒。

第二天公子从内宅出来便对孔生说："恭喜，事成了。"

于是命下人们清扫了别院，为孔生办了婚事。这天夜里，锣鼓震天，笛声悠扬，连梁上的灰尘都被震了下来，漫天飞舞，宛若仙境。洞房花烛夜，孔生觉得仿佛仙女下凡与他同衾而卧，不由得产生一种错觉，广寒宫即在眼前。婚后，孔生心满意足，觉得此生已别无他求。

一天夜里，公子对孔生说："先生悉心教导我学问，我将永世不忘。只是最近单公子已了结官司回来，急着索回宅子。我们打算离开此地西去。恐怕日后难再相聚。"

这突如其来的消息如晴天霹雳一般，二人都沉浸在离情别绪中，却又无计可施。

孔生说道："我愿意随你们西行。"

公子劝道："先生还是回乡吧。"

因路途遥远，孔生囊中羞涩，凑不够回乡的盘缠，苦恼万分。

公子说道："先生无须担忧，我可立即送您回去。"

不多时，老爷领着松娘过来，赠孔生黄金一百两。公子双臂分别搂住孔生夫妇，叮嘱二人："先闭上眼睛，我送你们回家。"

二人依言闭上双眼，孔生觉得自己忽然腾空而起，只听到耳边风声猎猎。过了很久，公子说了句："到了。"

孔生闻言睁开眼，见果然回到了家乡的村子里，这才知道公子并非人类。他喜不自胜，叫开了家门。母亲听到熟悉的声音，欣喜地出门迎接，又看到一位美貌女子和儿子并肩而立，更是喜出望外，赶忙问候。孔生打算邀请公子入内，可回头一看，公子早已消失得无影无踪了。

松娘非常孝顺，侍奉婆婆也尽心尽力，她的美貌和贤惠的名声远近闻名。后来，孔生考中进士，官至延安府司理，携家眷走马上任，但母亲因为路远便没有同去。

到了任职地，松娘生了个儿子，取名小宦。孔生后来因忤逆了朝廷御史而被罢官，又被百般阻扰回不了家乡。有一天，他到郊外打猎，路遇一位美少年，骑着一匹黑马，频频回头看他。孔生仔细一看，原来是皇甫公子。收缰勒马，两人相认，悲喜交加。

公子邀请孔生回家，孔生带着妻儿和公子到了一个村庄，那里密林丛生，浓荫蔽日。进了公子家，见门上饰有金沤浮钉，俨然贵族大家宅邸。

"妹妹近况如何？"孔生问道。

"她已经嫁人了。不过，先生的岳母也已过世。"公子回答道。

孔生为岳母之死哀伤，又为娇娜的出嫁感到欣慰。他住了一宿回去，又领着妻儿一同返回。恰好娇娜也来了，她从松娘手里接过宝宝，抛逗着玩，说道："姐姐乱了我家的血统了。"

孔生感谢她先前治病之恩，娇娜笑道："姐夫真是贵人，疮口已经好了，难道还没忘记疼吗？"

娇娜的丈夫吴郎也来和大家见礼，在这里住了两夜便回去了。

一天，皇甫公子面带忧色，对孔生说道："天将降灾祸，不知先生能否出手相助？"

孔生虽然不知将要发生什么事，但二话不说应下了："虽然不知道是什么事，不过只要我力所能及，自然万死不辞。"

公子急忙出去，很快叫来了全家上下，向孔生行礼跪拜。孔生大惊，急忙问道："出什么事了？出什么事了？"

公子说："我们都不是人类，而是狐狸。今有雷劫，若先生愿意以身抵挡，我们便能活命；若先生做不到，还请抱着孩子走吧，以免受牵累。"

孔生是个重情重义之人，发起誓来："要死大家一起死。"

于是，公子让孔生手执利剑站在门口，又叮嘱他："无论霹雳如何轰击，也不要动！"

孔生依照公子嘱咐，拔剑走到门口站立不动。果然，阴云密布，昏天黑地。回头往家的方向一看，发现原本壮观的大门消失了，只有一座高大的坟冢和深不见底的洞穴。孔生大惊失色。这时，巨雷滚滚，地动山摇，紧接着狂风骤起，暴雨倾盆。老树都被连根拔出，轰隆倒地。孔生觉得头晕目眩，耳鸣不止，却依然咬牙坚持，一动不动。定睛一看，黑絮一般的浓烟中，出现了一个尖嘴长爪的怪物，从深洞中抓出一个人来，便要升空而去。孔生瞥了一眼那人的衣裳和鞋子，觉得很像娇娜。急忙一跃而起，挥舞利剑刺向怪物。被怪物抓在手上之人直直往下坠。同时，山崩地裂一般的雷鸣声骤起，孔生被震倒在地，竟昏死过去。

不一会儿，雨霁天青。娇娜悠悠苏醒过来，看到孔生死在自己身旁，不由得号啕大哭："姐夫为我而死，教我如何苟活于世！"

这时，松娘也从洞内出来，二人一起将孔生抬了回去。娇娜让松娘捧着孔生的脑袋，让公子用金簪拨开孔生的牙齿，自己撮着孔生的腮帮子，用舌头将嘴里的红丹渡到他的嘴里，又口对口地往里吹气。红丹随着娇娜吹入的气息滑入孔生的喉咙，发出"咯咯"的响声。不一会儿，孔生苏醒过来，看到亲人们围在跟前，刚才的一切仿佛是一场梦。

于是一家团圆，喜悦万分。孔生认为墓穴不宜久住，建议大家随他一同回自己的故乡。满屋子的人欣然同意，只有娇娜情绪低落。孔生不明就里，邀请她与吴郎一起去。娇娜又说，担心公婆不肯离开幼子，商量了一整天也没商量出个结果。

忽然，吴家的小仆汗流浃背地跑来，上气不接下气。大家大惊，赶忙追问，才知道他是来报丧的。

原来，吴郎家也在同一天遇劫，全家上下无一生还。娇娜听到噩耗，捶胸顿足，声泪俱下。大家心生同情，不住地安慰她。同时，大家随孔生一同回归故乡的计划也终于敲定。孔生进城两三天，将一切后事都安排妥当，回来便匆匆整理行装出发了。

回到家乡后，孔生将公子兄妹安置在一个幽静的庭园中，经常往来。庭园平日里总是大门紧闭，公子只在孔生和松娘来时开门。孔生与公子、娇娜兄妹在一起，饮酒下棋，亲如一家人。

渐渐地，孔生的儿子小宦也长大了，容貌姣好，端正雅俊。小宦心性如狐狸一般贪玩，爱出远门到城里游玩。人人都知道他是狐狸生的儿子。

# 水莽草

水莽草有剧毒，如葛类般蔓延生长，长着如扁豆花般的紫色花朵。不小心误食了便会当即毙命，而那些因食水莽草而死去的人，就会变成"水莽鬼"。

据说，水莽鬼无法轮回转世，只有找一个同样因吞食水莽草而死的替身，才能进入六道轮回。因此，在水莽草长势旺盛的楚中桃花江一带，尤多水莽鬼出没。

在这个盛产水莽鬼传说的楚中一带，同岁之人被称为"同年"，并互称"庚兄庚弟"，而子侄辈们则称他们为"庚伯"，这也可以算是当地的特色称谓了。

一日，某位祝姓男子去拜访他的一个同年。途中口干舌燥，想找些东西解渴。正发愁间，看到路旁有一凉棚，棚内有位老妪正在卖茶。

祝生喜不自胜，连忙上前道："老人家，可否替我上杯茶？"

老妪也一脸慈祥，笑脸相迎道："那是自然，来来来，公子不妨先坐下歇息。"

老妪招呼祝生坐下后，给他沏了一杯茶。这茶杯品质上佳，茶水亦是色泽诱人，引得祝生垂涎欲滴，正欲入口，一股若有似无的古怪气味钻进他的鼻中。

祝生皱了皱眉，那气味绝非茶香，看样子这茶中是蕴藏玄机啊。心生疑虑的祝生放下了茶杯。

"多谢老人家款待。"祝生说罢便起身想走。

"公子且留步。"老妪连忙上前拦住他，扭头朝里屋喊道，"三娘，客人似乎不甚喜欢这茶，你速去沏杯更好的茶来！"

少顷，一位少女手捧一杯茶从棚后出来。那少女看起来约莫十四五岁，容貌清纯美丽。手上戴着的戒指与镯子皆为水晶制成，通透光亮，似能照见人影。

祝生一见这少女便心神荡漾，从少女手中接过茶水一闻，只觉芳香无比，遂一饮而尽。

"可否再上一杯茶？"就在祝生向少女讨要第二杯茶时，老妪往棚外走去。见此机会，祝生一把攥住了少女的纤纤玉手。少女竟也不反抗，只是羞红了脸庞，似盛开的桃花一般好看。她嫣然一笑，脱下手中的一枚戒指递给祝生。

祝生见状不禁心下起疑，于是问道："你究竟是何人？"

少女笑而不答，只是轻声道："公子晚上再来，我就在此处等着公子。"

祝生打算今夜留宿于同年兄弟处，方才那杯清香扑鼻的茶让他很是迷恋，便向少女讨要了一撮茶叶后离开了此处。

谁知祝生一到同年的家中，便突感身体不适，仔细回想了一番，果然还是白日里喝的那杯茶最为可疑，于是向同年细细说了今日之事。

同年闻言脸色骤变，大惊道："不好！这定是水莽鬼干的好事。我爹就是因这水莽鬼而死。这可如何是好？"

闻言，祝生亦是胆战心寒，急忙取出从少女那儿拿来的茶叶给同年检查。

"没错！这便是那杀千刀的水莽草！"同年一眼就认了出来。

祝生连忙又将那少女的样貌，以及临别时赠予戒指一事告诉同年。

"难不成，给我这戒指的少女，竟是鬼魂不成？"

"且慢，容我仔细想想。"同年细细思索了一番，"是了，那女人定是三娘无疑。"

祝生这才想起，那老妪喊少女泡茶时，口中叫的正是三娘！

"你怎知这女子名叫三娘？"祝生很是好奇。

同年答道："距此不远的南边有个村子，村里住着一户姓寇的富户。三娘便是这寇家之女。她从小就生得花容月貌，袅娜娉婷，是十里八乡出了名的美人。哪承想，竟在两三年前因误食水莽草而香消玉殒。如此说来，你遇见的女子定是她了。"

同年的友人告诉同年，若是鬼魂作祟，只要到那鬼魂家中，将她生前穿过的肚兜取来，煎水喝下，即可痊愈。

同年急忙赶往南村寇家，向寇家说明祝生被设计喝下水莽草一事，并恳求寇家拿出三娘的肚兜来救祝生一命。

没想到寇家为了让自己的女儿能顺利投胎转世，竟断然拒绝。同年虽怒不可遏却无可奈何，只得回到家中向祝生说出实情。祝生闻言，咬牙切齿道："倘若我死，必定让那黑心肝的女人永生永世不得转世投胎。"

于是同年备车将祝生送回家中，不料一进家门祝生便魂归九泉。

祝母悲痛欲绝，强撑着为他操办了丧礼。祝生身后留有一子，寡妻不愿守节，半年后便抛弃幼子改嫁他人，独留祝母一人抚养孙儿，含辛茹苦，日夜悲哭。

一日，祝母正抱着孙儿落泪，祝生忽然悄无声息地进了门。祝母大骇，忙抹泪上前问道：

"我的儿，你是怎么回来的？"

祝生含泪答道："孩儿听闻母亲哭声，心中悲怆不已，故来侍奉晨昏。孩儿虽已身死，却已成家室，如今将她带来，与我一同为母亲分忧，您尽可安心了。"

祝母疑惑道："你所说妻子是何人？"

"她便是寇三娘。寇家见死不救，孩儿临终前便立下誓言，必全力阻拦其女转世重生,便四处找寻她的踪迹。承蒙庚伯告知后循迹赶往,她却已投胎任侍郎家,儿便将她强捉了回来。如今我们夫妻恩爱,倒也是岁月静好。"

少顷,门外走进一位装扮华丽的女子,向祝母恭敬地施了一礼。祝生对母亲开口道:"这就是三娘。"

二人如金童玉女一般,站在一起十分般配,虽皆是亡魂,却依然让祝母倍感安慰。

祝生嘱咐三娘为母亲帮忙家事。三娘出身豪门,自小锦衣玉食,虽不擅家事,却秉性温顺,惹人怜爱,故也深得祝母欢心。

自那以后,二人日日留在祝母身边。

不久后,三娘因思母心切,恳求祝母告诉娘家父母自己已经归来。

虽祝生心有不悦,但善良的祝母却还是依了三娘的恳求,令人送信到她娘家。

寇家人闻之大惊,忙备车赶来。至亲相认,痛哭失声,三娘好生劝慰了一番,寇母才算平复下来。

寇母见祝家一贫如洗,觉得自己女儿甚是可怜。

三娘忙安慰道:"女儿如今已是一缕幽魂,是贫是富又有何妨,且婆母亦十分怜惜女儿,母亲大可放心。"

三娘母亲又问:"与你一同与人奉茶的老妪是何人?"

"那是倪家婆婆,她自知不能迷惑行人,便找女儿帮忙。现如今她已投胎去了郡城一户卖茶饮的人家。"

三娘话毕,扭头对祝生道:"你既已成我家女婿,为何不拜见我的父母?"

祝生只得向寇老夫妇请安。三娘则去后厨,代祝母置办酒菜,以款待远道而来的父母。

曾经十指不沾阳春水的女儿,如今却亲自下厨,寇母见了十分心疼。回家后便立即派来了两名婢女供女儿使唤,金银布匹不计其数,酒肉佳肴也总是源源不断地送往祝家。

寇家不时邀请三娘归省，但每次住了两三天后，三娘总是以祝家无人照看为由返回婆家。寇老夫妇竭尽全力挽留女儿，可三娘还是飘然而归。

寇老爷出巨资为祝生建造了一座大宅邸，即便如此，祝生也一次都不曾踏足过寇府。


某日，村中有人中了水莽草的毒，但不久后竟死而复生了，村人闻之诧异不止。

祝生道："是我让他复活的。水莽鬼李九毒害了他，我已将李九驱除。"

听罢，祝母不禁问道："你为何不找替死鬼以重入轮回呢？"

祝生摇头道："儿憎恨这样做的人，甚至想将他们都一一驱除。所以儿又岂会做这等龌龊之事呢？况且，儿能像今日这般侍奉母亲，就已经很满足了，那轮回不入也罢。"

此后，村中只要有人身中水莽草毒，便会准备酒菜求祝生显灵庇佑，每每总能化险为夷。

十余年后，祝生之母过世，祝生夫妇悲伤不止，却也没有在宾客前现身，只是令其子披麻戴孝，代父执礼，好生安葬祖母。

安葬老母的两年后，祝生夫妇又为其子定了任侍郎的孙女为妻。当年任侍郎的小妾所生女婴，养至数月便不幸夭折，后来任侍郎听说自己的幼女乃是三娘投生，而后又被祝生抓去一事后，便驱车来祝家认祝生为婿。后来，任家又把孙女嫁给了祝生之子，亲上加亲，从此往来不绝。

一天，祝生把儿子儿媳叫到了身边。

"天神见我有功于人间，欲将为父封为'四渎牧龙君'，为父今日便要到天宫领命了。"

其子正欲开口，只见四匹天马架着一辆黄帷车从天而降，停在了院中，那马通身奇鳞，尊贵无比。

祝生夫妇盛装而出，驾车而去。

儿子夫妇哭着拜倒在地，那马车瞬间便没了踪影。那一日，三娘也来到寇家拜别，父母流着泪求她再留片刻。

"祝郎既已出门，女儿便就此拜别二老。"三娘说罢便出了门，瞬间便不见了身影。

祝生之子名鹗，字离尘。

后祝鹗在征得寇家的同意后，将三娘的尸骨与祝生合葬。

# 城隍

收录于作者一九二九年出版的怪谈小说，
该书为作者的中国怪谈小说集。

城隍

原稿现存于日本四国高知中古书店，
于首版五十七年后由"悉桑派"
译者探访获得。

# 碧玉环佩

唐代宗广德年间，有一清贫小生，名曰孙恪，自觉闲来无事，便前往洛阳魏地云游。

此行虽称因游乐而去，但想必实非游山玩水、贪图享乐，怕是迫于生计而漂泊他乡、寻找出路罢了。

话说这魏地有一豪门大家，当家女主姓氏为袁。

正巧一日，孙恪于此家门口经过，虽信步而行，并无他心，但终因好奇心所致，不由悄然窥视，却见其门前并无守门之人，便撩袍抬腿，径自入门，遂见门里有一小宅，其房檐上有青色竹帘垂坠而下。

孙恪缓步而近，正想瞧瞧那房内情景，一探究竟，怎料房门忽然从内而开，只见一位花容月貌的年轻女子探出头来。

孙恪思量此女子怕是袁家小姐，正欲上前作揖行礼，却不料此女子竟受惊退回门内去了。

孙恪一时尴尬，不知所措，只得呆然而立。未及片刻，又一青衫少女悠然漫步而出，轻声问道："不知公子移驾鄙宅，所为何事？"孙恪道："小生只是无心经过，不慎惊扰芳驾，还望宽恕小生不请自来之罪。"并俯首作揖，为其擅自入宅而告罪。

青衫少女转身入内，未几，与初见的那位年轻女子相伴而出。

孙恪便问女子："小生唐突，敢问这位小姐可是贵宅哪位贵人？"

青衫少女听后回话："她乃是已故袁大人之女、我家主子。"

孙恪不禁追问："不知尊家小姐是否婚配？"青衫少女答曰："尚未。"

之后女子与青衫少女一同引孙恪入宅，少顷，青衫少女端来茶水点心奉上，又道："若公子心中有所相求，尽可相告，我家主子自会尽力满足公子所愿。"

孙恪对那貌美的年轻女子一见钟情，心生爱慕，闻言不禁自喜，道："小生出身寒门，一贫如洗，只能云游各方聊以为生，又才疏学浅，德薄能鲜。袁府乃是富庶大家，名门望族，德才兼备，小生自知与袁府云泥之别，不应心存高攀，可今日有幸得见袁小姐一面，不由一见倾心，若能与小姐婚配，小生自当感激涕零，欣喜之至。"

未承想，孙恪甫一提亲，那年轻女子便立即应下了亲事，就以青衫少女为媒，拜堂成亲，孙恪也就如此入赘了袁家。


时过岁迁，转眼已是四年后。

一日，孙恪不知为何想起了自家亲戚张闲云，久疏拜访，多有思念，遂前往张家叙旧。

闲云将孙恪的脸细细查看了一番，说道："我见孙兄面色极差，定是被妖物所惑。"可孙恪心中并无线索可寻，便疑惑道："可我未曾遇到什么怪事。"

孙恪知晓闲云一向主张"人受天地阴阳之气，纳其魂魄，若阳衰阴盛，阴色立现于其表，然本人却不能自知"之论，遂将自己如何入赘为袁氏夫婿一事娓娓道来。

闲云听后，劝诫他道："此事实在奇怪，孙兄还是尽快离开袁家为好。"

孙恪却道："可袁家富庶，其女又贤德聪慧，对我尽心倾力，我又怎能忘恩负义？"

闲云见孙恪不听劝告，瞋目而叱："妖邪施恩怎可言之为恩？叛之亦不可视为不义！我有一家传宝剑，今将其借与孙兄罢。随身佩带此剑，妖魔一类便不敢近身，遁走于千里之外。"说罢，将一柄宝剑交于孙恪。

孙恪虽内心迷惑万分，但仍携剑而归。

那袁氏一见，心领神会，便泪眼婆娑、梨花带雨道："相公原本出身贫寒，妾身从未嫌弃，反而心生怜惜，自愿与相公结为夫妻，时光荏苒，你我二人日渐情深意浓，却未料想相公如今竟然忘恩负义，欲要弃我如敝屣，此等行径，岂不是偏离人伦纲常，非人之所为?!"孙恪一听袁氏此番哭诉，自觉万分羞愧。不由跟着流下泪来，悔道："这实非我本意，乃是受我家亲戚张闲云强迫而为，无奈之下，只好照做，我对娘子绝无二心，天地可证，还请娘子莫要生气了罢。"

只见袁氏取过孙恪带回的宝剑，竟双手使力"啪啪"折为几段，云淡风轻，易如折筷。

孙恪惊恐之至，意欲逃走，却因过分惊惧，浑身战栗而不能动。袁氏莞尔一笑，目光柔和地瞧着孙恪的脸道："你我夫妻，同床共枕多年，情深至此，妾身绝不会做出伤害相公之事。"孙恪害怕若是逃走将遭遇不测，便继续做那袁氏的夫婿。

此后，孙恪又遇张闲云，谈及当日之事，闲云大惊，仰天而叹："此事变异，吾亦莫测也。"从此再也不愿与孙恪相见了。

不久后，袁氏诞下一子，此子自儿时起便十分聪明伶俐，未及弱冠便可当家主事。

后至某年，孙恪欲补仕宦之空缺，须至唐都长安赴任，遂举家迁往。

至瑞州（今江西省高安市），袁氏向孙恪说道："瑞州决山寺有一僧人，乃是妾身熟识亲友，如今分别东西已有数十年了，此番经过必要前去拜见，还请相公允妾身前往。"

孙恪一家随后动身去往决山寺，虽得见住持老僧，但住持却不识袁氏。

袁氏又从怀里掏出一碧玉环佩置于住持面前，道："此乃是贵寺旧物。"可住持仍不解其意。

　　此时，有数十只猿猴攀至庭前树上齐声啼鸣。袁氏一见，神情顿时哀伤至极。之后，又借笔于庭边墙上题诗一首，题毕，转身将立于其身侧的儿子紧紧拥入怀中，哭得肝肠寸断，最后望向孙恪，哀然道："妾身至此，便是永别了。"遂将所着衣衫尽数扯开丢弃，再定睛一看，竟是一只身形高大、赤脸圆目的老猿。

　　众人皆惊异不止之时，老猿飞攀至那庭前的一株巨树上，眼望着丈夫与儿子哀声啼叫，不消须臾便消失在层林叠翠之间。

　　只剩孙恪与二人之子相拥而泣，此情此景，见者悲伤。

　　此后，孙恪问住持道："事已至此，不知高僧能否忆起何事？"

　　住持再三追思往事，最终道："愚僧仍为沙弥之时，曾养有一母猿。一日，玄宗皇帝敕使高力士至决山寺参拜，见此猿敏捷聪慧，似通人意，便以丝绸换之，携猿而归。后将其供奉给玄宗，玄宗一见此猿也甚是喜爱，遂饲养于上阳宫内。然此期间，恰逢安禄山之乱，听闻此猿也不知所终。如今细细想来，这玉环正是那猿颈间所戴之物。"

　　孙恪闻此始末，愈发悲伤，不愿继续前往长安，折返而归。

# 太虚司法传

冯大异家住在河南上蔡县的东门，一天他到邻村去办事。

此时正值元顺帝至元三年，战乱后的郊外满眼荒凉，无人耕种的田地已变为荒野，黄沙和杂草斑驳其上。村庄已被战火焚毁，道路上长起了杂草，一些石块散落其中。路边的树木半边被烧得焦黑，半边还留着一丝生机，几只寒鸦落在枝头发出寂寥的悲鸣。

太阳西斜，阵阵西风掠过褪去绿色的草地，裹挟着黄沙，像卷起了一层灰色的烟雾。黄沙之中不时能看到散落的白骨。

冯大异被世人称为狂生，一向恃才傲物、不信鬼神，也曾放火烧过祠堂，也曾将神像推进河里，因此眼前这番景象虽然触目惊心，他却丝毫不以为意。

冯大异真正烦恼的是还没到目的地，天就已经黑了，沿路也没有可以投宿的人家。冯大异虽不像普通人那样惊慌，但在寒风中露宿太过辛苦，哪怕是有个不大的人家，也好过在寒风中露宿。没有人家的话有个破败的祠堂也是好的，这样自己就能休息一晚，明日再启程。

他一边这样想着，一边四处张望。

可这地方有树林，有山丘，远处的地平线处还能看到田垄，就是看不到丝毫有人居住的迹象。即便如此，冯大异也没有放弃，依旧坚持四处寻找。

淡金色的斜阳慢慢落山，耳边的风声也渐渐消失。冯大异望向西边，眼看着墨绿色的云团从地平线上慢慢堆起，遮住了太阳。

归巢的乌鸦叫声越来越聒噪。冯大异已经不再着急赶路，打算就在这附近休息一夜。路旁有一片稀稀拉拉的古柏林，乌鸦的叫声就从林子里传来。在树底下休息总比睡在草丛里好一些，冯大异朝着林子走去。

残阳的余晖洒在树林外侧的树干上，闪着微红色的光。这光没了力气，驱不散林子深处雾霭一样的黯淡。冯大异来到树下，一屁股坐在地上，倚靠着树干，从腰间的口袋里拿出吃的来开始享用。

猫头鹰和乌鸦的叫声交织在一起，不知是从哪里传出来的。在一阵"咕咕""呱呱"的鸟叫声过后，又响起了野兽的嗥叫声。而心宽的冯大异，却一边漫不经心地听着叫声，一边吃得津津有味。

在头顶上不停叫嚣的乌鸦突然从枝叶中飞起来，拍打得树叶沙沙作响。五只、十只、二十只，不停地落在地上。它们有的一边啼叫着一边单腿在地上跳来跳去，有的张开双翅扑棱着向前奔跑，慢慢地围到冯大异身边，往复回旋。

眼看着乌鸦越聚越多，足有数百只，"嘎嘎"叫着来回盘旋，好像要发生什么事情一样。

冯大异也不吃东西了，瞪大眼睛盯着这群怪异的乌鸦。突然在左侧那一群乌鸦盘旋的地方，他看见四具干尸。

冯大异从来没见过这番景象，正在纳闷那是什么东西，突然又在右边看到五具干尸。冯大异心里还是有些嘀咕，他心想自己难不成是在做梦？

此时阴风飒飒，枝叶被吹得哗啦哗啦直响。冯大异刚回过神来，豆大的雨点就噼里啪啦地落下来。冯大异一脸吃惊。突然一道白光照亮树林，头顶响起一声惊雷。

冯大异怕被雨淋湿，紧靠着身后的树干。横躺竖卧的干尸竟然腾地一下站了起来，他们像是在寻找冯大异一样追了过来。冯大异见情况不妙，急忙爬到树上躲避。大雨哗啦哗啦地倾盆而下。

冯大异爬到了树的高处，感觉安全了，于是脚踩在树枝上，找到一个支撑处就向下望去。

暗夜之中又是大雨滂沱，那些干尸却出乎意料地清晰可见。只见其中一具干尸，举起一只像蜘蛛的腿一样细长的手，边指边骂，惊慌失措的冯大异完全没听见他在说什么。一具干尸张着乌鸦一样的嘴向这边探过来，还有一具坐在那儿，长长的脚像蓝玻璃一样透亮。

"快追，快追，那家伙跑了我们就完蛋了。"

"今天晚上一定要抓住这个人！不抓住他的话，我们就要遭殃了！"

"谁会爬树？爬上去！爬上去！"

"要是让那家伙跑了，我们是要被问罪的。"

冯大异心想那些干尸要是爬上来就糟了。所以一刻都不敢放松，死死盯着那些干尸的一举一动。

突然间四面放晴，仿佛天亮了一般。云散雨停，月光穿过树梢照射进来。冯大异也终于松了一口气。

干尸依然在树下骂骂咧咧。冯大异突然想起刚才那些乌鸦，定睛一看，已经全然不见它们的踪影。

突然，远处传来又像呼喊又像呼救的声音。冯大异循声看去，只见一个高大的夜叉披着月光，迈着大步穿过树林朝这边走来。

眼看越走越近，那夜叉头上长着两个犄角，通体青色。冯大异的嘴角露出一丝轻蔑的嘲笑。他一向讨厌这些怪物，一动不动地盯着，看看这妖怪到底要出什么幺蛾子。

夜叉朝着干尸走了过来。有具干尸正指着树顶的方向骂骂咧咧。夜叉"唰"地伸出长长的手臂，抓住了干尸的头。咔嚓一声，将那干尸的头拧了一圈。干尸仿佛麻秆一样顺势倒下。

夜叉将干尸的头塞进血盆大口里，大肆咀嚼，就像在吃西瓜一样。冯大异惊得目瞪口呆，瞪圆了眼睛看着这一切，不过转瞬却又是一副嘲笑的表情。

不一会儿，夜叉就把刚才那个干尸的头颅吃了个精光，转身又把另一个站在一旁的干尸的头颅拧了下来，再次大口咀嚼起来。那干尸也像麻秆一般顺势倒下。

冯大异此时便开始琢磨，接下来又会发生什么事情呢？虽然心里还是有些许不安，又忍不住有些好奇。

夜叉就这样不停地吃掉一颗干尸的头，再把另一具干尸的头拧下来，动作异常敏捷。就这样一个接一个地吃，一直吃了八九颗头，夜叉才停下来，就地躺下呼呼大睡起来。

不一会儿就传来夜叉打鼾的声音。

冯大异考虑到此地不可久留，于是他仔细地打量了一番夜叉和那些无头干尸，悄悄从树上爬了下来。

夜叉的鼾声惊天动地，响彻树林。冯大异蹑手蹑脚地从夜叉头边迈过去，为了不发出声响，又走了一段之后才开始狂奔。

冯大异一路向着有光亮的地方跑去，没跑百步的距离，就感觉后面有什么追了上来。

冯大异边跑边回头看，只见那夜叉张着血盆大口一路追赶上来。于是冯大异只能拼死逃命，一边跑一边想着再找一棵树爬上去，像只没头苍蝇一样四下张望。突然望见远处有五六棵树，下面好像还有房顶一样的东西。

冯大异喜出望外地向着那边跑去。

只见草丛中有一座房檐已经坍塌的废弃寺庙。夜叉已经近在咫尺，身后传来呼哧呼哧的喘息声。冯大异二话没说逃进了庙里。

一缕月光照在破败不堪、堆满尘土的佛像身上。冯大异四处找寻可以藏身之处，最后目光落到了殿堂之上的那尊佛像身上。

冯大异纵身跳上佛坛，钻到了佛像的背后。那佛像背后被砸开一个大洞，冯大异没有办法，只好隐身进洞。

这个洞位于佛像腹部的位置，大小刚好可以容纳一个人。冯大异心想躲在这里肯定是没问题了，一边松了一口气，一边又盯着洞口的位置。然而，此时佛像的肚子外面却传来了敲击木头一样的声音。

忽然听到那佛像两手拍着肚子嘲笑道："那夜叉是踏破铁鞋无觅处，我是得来全不费工夫，今天晚上好一顿肉点心，不用吃斋了。"

那佛像踮起脚尖慢吞吞地向外移动，没走十几步就被门槛绊了一下，只听咔嚓一声巨响。那佛像摔得粉碎，于是冯大异便从里面逃了出来。

冯大异惊慌失措，担心夜叉就在旁边，左顾右盼了半天，也没见夜叉的踪影。心想那夜叉怕是忌惮这寺中的佛光，而不敢进来吧。

冯大异正准备逃到夜叉追不到的地方，离开时突然想到那个吃自己不成却自招祸事的佛像，于是转头对那佛像说道："什么鬼怪，敢捉弄你家大爷，结果却自招灾祸！"

说完，冯大异从房檐下走了出来，透过月光看看外面，没看见夜叉的身影。那夜叉肯定是害怕这寺庙逃跑了。

冯大异从寺庙里出来，选定一个方向一路走去。他选择的方向刚好背着月光，光线很暗，但是却隐隐能看到远处有烛光在闪烁。冯大异总算是看到了活人的身影，于是早已忘了夜叉的存在，迅速向那边走去。

烛光之中，能够看到有几个人的身影在移动。那些人好像是在吃酒宴的样子。冯大异恨不得一步就跨到那些人面前，身未到心已至。

听着那些人正聊得开心，冯大异也想加入他们，朝着那些人走了过去。然而，冯大异却看到了令人毛骨悚然的一幕。

眼前竟然是一群鬼怪，有的没有头，有的有头却缺一条胳膊缺一条腿。冯大异吓得拔腿就跑。

身后却传来众鬼的骂声：

"别让他跑了，快抓回来！"

"我们正要在此畅饮，这家伙实在大胆，竟敢前来冲犯！正好把他抓来当下酒菜。"

"抓住他，别让他跑了！打扰我们吃酒的家伙。"

冯大异身后不断飞来乱七八糟的东西，有的像是人骨头，有的又像是牛粪。冯大异边跑边向背后一瞥，看见有个无头鬼单手提着像是自己的头一样的东西追了上来。

山穷水尽之时，冯大异突然看到前面有一条小河。河水在月光下闪闪发光，冯大异也无暇去寻找哪里有桥，直接就蹚进了河水之中，全身都被河水浸湿的冯大异努力向对岸挪去。

那些怪物只是站在河边骂骂咧咧，却不曾有渡河的架势。冯大异丝毫不敢停下脚步，走了大概一二里¹路，只听见喧骂声越来越远，他才终于敢停下来看看身后，此时已全然不见怪物的身影。

一会儿，月亮被遮挡了，周围瞬时间黑得看不清道路，冯大异惶恐万分，不小心失足，坠落到一个坑中。

坑里的阴气冰冷刺骨，冯大异逐渐恢复了意识。他想睁开眼看看四周，眼里却进了沙子，疼得睁不开。他强忍着疼痛努力睁开眼睛一看，坑口周围趴着一群怪物。有的生红发长着双角，有的生绿发长着翅膀，有的长着鸟一样的尖嘴生有獠牙，还有的长着牛脸，这些怪物都通体深蓝，口里还喷着火焰。

"终于抓到这个敌人啦。"

"是啊是啊，真是可喜可贺。"

"赶快把他送到大王那儿去吧。"

冯大异随即被铁链锁住了头颈，被粗皮绳拴住了腰。这下他什么都做不了了。

"这边这边。"

---

1　全称"市里"。市制中的长度单位。1里=500米。——编者注

"快走快走。"

那些怪物使劲推搡着他，冯大异只能忍着疼痛继续向前走。

不一会儿就来到了一个厅堂，只见那鬼大王以奇怪的姿势坐在那儿。那些怪物们把冯大异拖到大王面前，禀报道："大王，我们把那不信鬼神，肆意凌辱我们的狂徒带来了。"

大王颔首瞥了一眼冯大异，怒气冲冲地指责道："你四肢五体俱全，有知有识，难道没有听说过鬼神的威德也很昌盛吗？孔子是一个圣人，他还说对鬼神要敬而远之。《易经》中所说的'载鬼一车'，《小雅》里所谓'为鬼为蜮'，其他如《左传》中记载的晋景公的梦、伯有化厉鬼的事，都是证明，你是什么东西，竟敢说没有鬼？我受你的侮辱很久了！今天一定要好好报仇。"

大王说着便下令："给我用鞭子打！"

冯大异被脱掉了衣服和帽子，赤身裸体地趴着被鞭打，顿时皮开肉绽，鲜血淋漓。

大王见状说道："你若是不喜欢鞭子，那就换换。你是想把泥熬成酱汁，还是想变成身高三丈[1]的鬼呢？你觉得哪个好？"

此时的冯大异只想赶快从鞭下逃跑，心想泥怎么能熬成酱，还是选变成三丈的鬼吧，赶忙恳求道："请您把我变成鬼吧。"

大王笑了笑，说道："你想变成鬼呀，好好，来人啊，把他变成三丈鬼。"

众鬼当即把他揪到石床上横躺下来，两手像搓粉那样反复揉搓，一会向下，一会向上，就这样不断揉搓，冯大异的身体竟真的渐渐变长了。

冯大异被众鬼搀扶着站了起来。身体就像一根竹竿一样细长细长的，无法独立行走坐卧。

"哈哈哈，竹竿怪。"鬼怪们纷纷拍手取笑他。冯大异却什么都不能做。

大王笑着说道："你要是觉得这样不舒服，那就再给你两个选择，你是想把

---

1 全称"市丈"。市制中的长度单位。1丈=10尺=$\frac{10}{3}$米。——编者注

石头煮成汁，还是想变成身高一尺[1]。"

冯大异心想现在的自己啥都不能干，还不如变成身高一尺，只得说道："请您把我变成身高一尺吧。"

"好，那就变成身高一尺，来人啊，把这个人变成身高一尺。"

冯大异又被拉到石床上躺下。众鬼像是要让冯大异的身体缩回去一样不断地把他的头和脚按回去，然后又像是揉面一样，用力一按。此时的冯大异被碎骨割肉一般的疼痛所包围，不一会儿就发现自己的身体变得圆圆的，像一只大螃蟹。

"哈哈，蟛蜞[2]怪！"

"蟛蜞怪！"

大家都一边鼓掌一边笑起来。冯大异强忍着身体的疼痛，苦苦挣扎着爬到边上。

旁边有一个老鬼，拍着手笑着说道："你平时不是不相信有鬼神吗，今天怎么变成这副样子？"

说完老鬼转身向众妖说道："这个傲慢无礼之徒，今天也算是被修理够了，就饶了他吧！"

那老鬼双手把冯大异扶起来。在被扶起来的同时，冯大异便已经恢复了原貌，神智也恢复了过来。他恳求道："求求你们饶了我吧。"

大家纷纷说道：

"你还不能回去呢。"

"凡是来到这儿的，可都不能空手回去。"

"是啊是啊，总得让那些人类知道这世上还有我们鬼怪存在。"

"我们可都有礼物要送给你。"

把冯大异恢复原形的老鬼说道："既然如此，你们要送什么东西给他呢？"

---

1　全称"市尺"，市制中的长度单位。1尺=0.1丈=$\frac{1}{3}$米。——编者注

2　螃蟹的一种，体小，头胸甲略呈方形。——编者注

其中的一个妖怪说："我送给他拨云角。"说完就把两只角放在冯大异的额头上，那角便像是长上去了一样。

又一个说："我把哨风嘴送给他。"就把一副铁嘴安在冯大异的嘴唇上，尖尖的，像是鸟的嘴喙。

"我送给他朱华之发。"一个妖怪把红色的水倒在桶里，浸染冯大异的头发，冯大异的头发随即都竖了起来，颜色红得像火焰。

又一个说："我把碧光睛送给他。"把两颗青珠镶嵌在冯大异的眼眶里。

"礼物都送完了，你可以回到人间了，你回去吧，我把你送到领你进来的地方。"冯大异被老鬼推着在前面走，老鬼跟在后面，不一会儿就看到了黑黑的坑口。

走到坑口的位置时，老鬼说道："这个坑就是刚才你来时候的那个坑，从这儿出去，就是你的家，请你好好珍重，刚才你受到的侮辱，就都忘了吧。"

冯大异与老鬼就此别过，出了坑洞。坑前便是上蔡集市。冯大异穿过集市，回到在东门附近的家里。可他头上顶着拨云角，口中长出哨风嘴，肩上披着朱华发，眼眶里含着碧光珠，怎么看都已经不像是个人了。集市里面的人见此状都聚了过来，却又不敢上前，小孩子都吓得跑掉了。

最后终于到了家，妻子、孩子却都被吓得又跑又叫。不管他怎么说，家人都不相信是他。

冯大异内心充满了愤懑，那之后就再也没有见人，最终绝食而亡。临死的时候，他对他的家人说："我是被众鬼羞辱而死的，我死后在我棺材里多放些纸笔，我要给天庭写诉状。我死后，蔡州一定会发生不可思议的事情，那个时候就是我胜诉的时候，你们要洒酒来为我庆贺。"

家里人按照冯大异的吩咐，在棺材里面放上了纸笔。

过了三天，突然间白日狂风大作，电闪雷鸣，屋顶的瓦片都被刮起来，大树被连根拔起，直到翌日早上才雨过天晴。

天晴后，那个冯大异曾经坠落的深坑变成一个巨大的湖泊，像血一样的湖水从坑里溢了出来。

这时，冯大异的棺材里突然发出了声音。

"我胜诉了，鬼怪都被消灭了，天庭认为我为人正直，让我做太虚殿的司法，由于我位高权重，就不再回人间了。"

冯大异的家人就将冯大异埋葬了，埋葬的时候仿佛还能在灵柩的周围感受到冯大异亡灵的存在。

# 续黄粱

福建有位举人曾孝廉，他在礼部主持的会试中高中第一。

一日，他和几位刚刚受封官职的同榜进士新贵一道去郊外游山玩水，听说附近的毗卢禅院里有一位算命先生，本事了得，于是索性结伴前往探访。那算命先生看曾孝廉春风得意，颇为识相地对他溜须奉承起来。

曾孝廉摇着手中的折扇，微笑着问道："这位半仙，你看我可有封侯拜相之命啊？"

算命先生嘴上"喀喀"两声，一本正经地答道："贵人命中注定，能当二十年的太平宰相。"

曾孝廉听了，心下大悦，胸中更加豪情万丈起来。

一行人算完卦告辞出来，回家途中遇上了小雨。曾孝廉和同伴们一起，躲进了路边一家寺庙避雨。寺中只有一个老和尚，眉眼深邃、鼻梁高耸，端坐在蒲团上闭目打坐。老和尚脸色倨傲，见众人躲进庙来，也不搭理他们。众人也不在意，纷纷双手合十道了声打扰，便自顾自走进庙堂。

大家说说笑笑，讲到刚才算命先生的卦象，一时间又纷纷拱手祝贺曾孝廉不日将官拜宰相，说了些"苟富贵，莫相忘"之类的恭维之语。

曾孝廉一时兴起，伸出手指着同伴一一指点道："他日我若拜相，定命张兄为应天巡抚，家里的表兄弟为参军，家中那些年纪大些的管家听差们就给个小把总当当，也算让他们有个盼头吧，哈哈哈。"

满座同伴全都哄堂大笑。这里众人说笑取乐，门外的雨却越下越大，一时之间也难以出门。不久，曾孝廉不由觉得身上困倦，靠在榻上迷迷糊糊地睡着了。这时，只见两名使臣手持天子亲笔诏书款款而来，他们是奉君命前来召曾太师进宫计议国是的。曾孝廉顿觉脸上有光，即刻起身随使臣入朝。

入朝之后，天子赐座，并且温言款语地向自己讨方问策。不一会儿，天子又许诺自己，三品以下的官员任免，可以由他一体定夺，更当场钦赐宰相蟒袍和玉带以及名贵宝马。曾孝廉身披蟒袍，腰缚玉带，叩谢过天恩，这才下朝回家。不过，他回到的住处却已经不是以前的房子，而是一处雕梁画栋、极尽奢华的大宅子。

曾孝廉恍恍惚惚，也不知道究竟为什么自己一夜之间就获得了如此尊荣的身份。他一边捻着胡须一边小声地喊了一声："来人啦！"立马就有多名下人大声回应，声音如同雷鸣。

没过多久，就有公卿贵族送来了厚礼，是刚刚从海里捕获的稀有海味。家里访客盈门，全都弓着身子，毕恭毕敬地小心奉承他。出门上朝时，那些六卿贵族无不争相巴结，倒屣相迎。见了一众侍郎人等，他只不过打个拱，问候一声。至于更低层的官员，他顶多就是略微点头致意罢了。

有位巡抚向他进献了十名女乐，这些女乐全都是倾国倾城的绝色女子。其中两名女子，一名叫嫋嫋，另一名叫仙仙，更是美艳绝伦，最受曾孝廉的宠爱。

曾孝廉已经位极人臣，也不思入朝报效圣恩，每日只是在家大摆筵席，饮酒取乐。

一日，曾孝廉突然想起自己落魄之时，同村一位叫作王子良的缙绅曾接济过自己。如今自己飞黄腾达，王缙绅却官运不济，仕途不见起色，何不拉他一把以报恩情呢？

主意打定，曾孝廉第二天便上书天子，建议封王缙绅为谏议大夫。天子当即应允，曾孝廉随即奉谕旨，立即擢用王缙绅。

不一日，曾孝廉又记起郭太仆曾经对自己不善，是该给他点颜色瞧瞧了。于是，他又召来御史台给事中吕氏、侍御史陈昌一伙，如此这般吩咐一番。第二天，朝廷上弹劾郭太仆的奏折如雪片般飞上金銮殿。曾孝廉又得偿所愿，奉旨革了郭太仆的官职。就这样，曾孝廉有恩报恩，有仇报仇，好不快意。


有一次，曾孝廉乘车途径郊外，一个醉汉撞上了他的马车。下人七手八脚把那醉汉绑了，交给京兆尹严加查办。京兆尹自然不敢怠慢，竟下令狱卒把那醉汉给活活打死。久而久之，周围的人对曾孝廉畏若猛虎，纷纷进献上等的奇珍异宝。曾孝廉自然是坦然笑纳，曾家很快便富可敌国。

不久之后，两位宠妾嫋嫋和仙仙相继离世。曾孝廉对她们日思夜想，食不甘味，一天猛然想起一件旧事来。他记得，以前邻居家有个女儿，美艳不可方物，他一直想要把她纳为姬妾，无奈当时家境贫寒，始终未能得偿所愿。现在的曾孝廉早已今非昔比，他心想按照自己当下的身份地位，这也并非难事。于是派了几名可靠的家仆，到了女子家，强行留下聘金，立刻便轿子一顶将那女子抬到了曾家。几年不见，这女子比昔日相见之时，更是增添了几分娇艳。自此，曾孝廉要风得风，要雨得雨，人生所愿，皆已得偿。


时光匆匆，又过了数年。朝中文武百官，开始有人私下对曾孝廉的专横跋扈心生不满。然而，大家都只能在自己心里想想，没有人敢真正开口非议。曾孝廉越发骄横自大，根本察觉不到朝廷人心变化。一日，终于有一位龙图阁学士包氏，直言上疏道：

"窃以为，曾某人原本不过是一名滥赌好酒的市井无赖。只不过仗着一言之合，便荣膺圣眷，父子皆飞黄腾达，极尽荣宠。然而，他竟然不思量捐躯报国，以答圣恩之万一，而是恣意妄为、作威作福，所犯下的死罪，简直罄竹难书。朝廷的官爵名位，被他当作自己的囊中之物，根据官位的肥瘦，公然标价出售。因此，公爵将士无不竞相投奔其门下。他们夤缘攀附，大肆行贿受贿，就像做生意一样卖官鬻爵。那些对他仰承鼻息、望尘拜迎的人，更是不胜枚举。如果有不肯折腰对他阿谀奉承的杰士贤臣，轻则被架空职权，赋闲回家，重则被褫夺官爵，贬为平民。只要不顺从他的心意，就将遭受指鹿为马的无端攻讦，甚至被流放到豺狼出没的偏远蛮荒之地。凡此种种，无不令举朝上下为之寒心。不仅如此，他还肆意强占百姓的良田，强行霸占良家女子，搅得举国上下暗无天日，民间人怨沸腾。只要他家里的奴仆一到，就连太守、县令都得看着他们的脸色行事。他只要凭一纸书函，就可以令省级地方大员徇情枉法。甚或他豢养的那些差役奴仆、往来瓜葛的七亲八戚，动辄动用官府的驿马车驾，大摆阵仗。只要地方的供养稍有迟延，马上就会遭受鞭挞之辱。他们荼毒百姓、奴役官府，那些扈从所到之处，无不挖地三尺，雁过拔毛。现如今，曾某人恃宠而骄、气焰嚣张，毫无悔过之心。每逢皇帝召见，便借机进献谗言，构陷他人。而一旦从官衙回到家中，即刻沉迷于声色犬马，昼夜荒淫，国计民生，毫不挂怀。试问世间，怎会有如此做派的宰相?! 此等斑斑劣迹，早已令朝野震愕、民情汹涌，倘若不严加惩处，必然酿成王莽篡汉、曹贼窃权的恶果。臣日夜忧心，难以安居，今日冒死列出曾某罪状，以达天听。伏祈能够斩除奸佞项上人头，抄没贪渎之家，上回应苍天之怒，下大快黎民之心。臣所言之事，句句属实，如有半句虚言，甘愿承受刀斧之刑。"

奏疏呈上之后，直把曾孝廉唬得浑身打战，如在腊月寒冬饮下冰水一般。幸好天子宽容优厚，把奏章压在宫中，并未下发议处。然而，随后吏部、户部、礼部、兵部、刑部、工部的给事中，各道的监察御史以及九卿等众人群起攻之，纷纷上书弹劾曾孝廉的罪行。

正可谓墙倒众人推，一时之间，昨日还上门送礼、对曾孝廉呼爹喊爸的谄媚之人，也开始变脸反目。随后，朝廷奉天子圣命查抄曾家，并将曾孝廉发往云南充军。曾孝廉的儿子时任平阳太守，也被提审归案。

曾孝廉听闻天子命人抄没家产，并将自己发配云南充军，早吓得面如土色。他眼睁睁看着数十位持戈佩剑的武士闯进内室，褫夺了他的冠袍玉带，把他和妻子一道捆了起来。

不一会儿，只见一群衙役开始把屋内查抄的金银珠宝尽数搬到庭院。有金银纸币数百万两，珍珠玛瑙几百斛，帷幔、帘幕、床榻等各类物品数千件。至于小孩的衣物褓褓、女人的绫罗鞋袜，更是丢得满地都是。曾某看着这满室光景，不禁悲从中来。更有一人当着他的面，直接夺走了曾孝廉曾经最为宠爱的一位美妾。美妾披头散发，啼哭不止，花容失色，六神无主。然而，曾孝廉看在眼里，怒在心里，却也无可奈何。

眼看着一纸封条，楼阁仓库全被封了。押送的差役呼喝着驱赶曾孝廉上路。夫妇两人被一路推推搡搡，却也只能忍气吞声。到城门外，曾孝廉行走艰难，想要求一辆哪怕破败些的马车代步，也未能如愿。

步行不远，妻子就不胜脚力，走得踉踉跄跄，曾孝廉只得时不时伸出手来扶她一把。再走一段，他自己也体力不支，累得气喘吁吁。曾孝廉抬头望向前方路途，只见一座高山直插霄汉。他心下寻思，自己只怕是翻不过眼前这座山了。曾孝廉越想越悲戚，不禁挽着妻子放声大哭。然而，押送的差役丝毫不为所动，只怒目圆睁地一味催赶，不让他们有稍微的停顿。

此时，眼见得日薄西山，然而四下里却根本没有歇脚的去处，夫妻二人只得在差役的呵斥下，跛着脚艰难前行。费尽力气走到半山腰，妻子再也迈不动步子，一屁股坐在路边放声悲哭。曾孝廉也停下脚步歇口气。押送的差役正在大声呵斥之际，只听四周传来许多人的呼喝叫喊之声。原来是一伙山贼，手持砍刀呼啸着围了上来。押送的差役大惊失色，丢下夫妻二人夺路而逃。

曾孝廉跪在地上不住地磕头求饶道："我是被贬谪之人，身无一物，望众位好汉饶一条小命。"

山贼听了怒目而视，喝道："我等就是被你这昏官无端陷害才落得如此境地！今日我们并非劫财，而是专为你这项上人头而来的！"

曾孝廉见求饶不成，摆出昔日威风怒道："老夫虽然是戴罪之身，然而依旧是朝廷的大臣，尔等毛贼怎敢如此无礼？"

山贼听了更是怒火中烧，刀斧齐下当场砍下了曾孝廉的脑袋。奇怪的是，曾孝廉却听得见自己脑袋落地的声音。正在惊疑之际，只见两名鬼差飘然而至，不由分说绑了曾孝廉魂魄的双手就走。

一连走了几个时辰，鬼差押着曾孝廉来到了一座都城。不久，又进了一间宫殿。殿堂之上，一个容貌丑陋的大王正端坐案几边，定夺殿下人等的罪恶福祸。曾孝廉匍匐上前，等候发落。大王打开卷宗一看，没看几行便怒声骂道："这是个欺君误国的奸臣，把他给我投入油锅。"

左右并列的众多鬼差齐声吆喝"威武"，响声如雷。一个块头巨大的鬼差走上前来，一把揪起曾孝廉走下台阶。

台阶下架着一口大鼎，高七尺有余，四周炭火熊熊燃烧，把大鼎的三只脚烧得通红。曾孝廉早吓得腿软身颤，哭着苦苦哀求。见哀求不成又想逃跑，可惜上天无路入地无门。那鬼差左手抓着他的头发，右手捏着他的脚踝，把他丢进了大鼎。曾孝廉的身体随着锅里沸腾的热油上下翻滚，被炸得皮焦肉酥，痛不堪言。滚烫的热油从他的嘴巴灌进肚里，把他的五脏六腑一道炸得酥脆。他想速速求死，可是却无论如何也求死不得。大约过了一顿饭工夫，鬼差举着巨大的铁叉把曾孝廉叉了出来，再次扔在堂下。

堂上的大王继续往下看卷宗，不料又大怒道："他倚仗权势，欺压百姓，应该让他尝尝刀山之狱！"

鬼差听令，又把曾孝廉提在手上，来到一座山前。只见山势峻峭，壁立千仞，山上利刃纵横，乱如密笋。那山上已经有数人被刺穿了肚皮，捅破了肠子钉在尖刀之上，痛苦呼号之声不绝于耳，那惨状真是令人耳不忍闻、目不忍视。鬼差拧着曾孝廉就要登上山去。

曾孝廉哭号尖叫，吓得缩成一团，无法动弹。鬼差用毒锥刺穿曾孝廉的脑门，曾孝廉一边忍着剧痛一边频频求饶。鬼差大怒，抓起曾孝廉，用尽全力将他的身子整个向空中掼去。曾孝廉只觉得自己的身体仿佛飘上了云端，忽而又头晕目眩地朝地面坠落。山上的利刃穿透了他的胸背，其痛苦不可言状。随着时间的推移，身体的重量令身上的刀口越来越大，最后整个身体穿剑而过落到地上。曾孝廉疼得揪心抓肺，四肢像尺蠖一样蜷曲成一团。

鬼差再次赶着曾孝廉来见大王。大王命令会计，计算曾孝廉生前通过卖官鬻爵、贪赃枉法，以及仗势夺人财产所得的金钱数量。一位下巴上蓄着长长虬髯的人，手持算盘上前，当场计算完，向大王报告道："总共三百二十一万两。"

大王听了吩咐道："既然他这么喜欢敛财，那就让他把这些银钱全都喝下去。"

鬼差听令，照着账簿搬来银钱堆在台阶下，不一会儿便堆积成山。这些银钱被投入大锅，慢慢融化成银水。几个小鬼轮流用勺子舀了银水，灌进曾孝廉的嘴里。从嘴角漏出的银水，立刻烧焦了皮肤，散发出一阵恶臭。灌入喉咙中的银水则立刻在肚里烧心烧肺起来。曾孝廉生前生恐银钱聚敛得不够多，这一刻他却恨自己攒得太多了。

足足灌了半天，小鬼们才把银水悉数灌完。大王下令，将曾孝廉押往甘州，让他投胎成女儿身。走了几步，只见一方架子上悬着一根铁梁，好几尺粗，上面挂着一个巨大的轮环，也不知道那大轮究竟有几百由旬[1]大。轮上散发出五彩缤纷的光，照亮了整个空间。鬼差用鞭子抽打着曾孝廉，令他爬上大轮。曾孝廉不明就里，更无可奈何，只得爬了上去。没想到，那大轮随着曾孝廉的脚步轮回旋转起来，曾孝廉感觉天旋地转，掉了下去，待睁眼一看，自己已经成了一个婴儿，而且还是女婴。曾孝廉展眼看去，只见父母身上都穿着破棉衣，自己降生在一个

---

1　古印度的量度名词。用于计量距离、高度的单位。以帝王行军一日的距离为一由旬，《大唐西域记》记载一由旬约为三十华里（十五千米）。——编者注

土窑里，家徒四壁，只有一把破瓢，一根拐杖。曾孝廉心下明白，自己这是投身到了乞丐之家了。

后来，曾孝廉转世的女孩每日都跟着一群叫花子沿街乞讨，却总是食不果腹，饥肠辘辘。大冬天里她也是衣不蔽体，刺骨寒风吹得皮肉生疼。

十四岁那年，父母将她卖给了一位姓顾的秀才做小妾。虽然每日能够勉强填饱肚子，但秀才的正室心小善妒，每天稍不顺意便皮鞭招呼。不仅如此，狠心的正室还用烧红的铁烙在她乳房周围烧下烙印。所幸秀才倒算心地善良，对她疼爱有加，多少能带来些许安慰。

话说，秀才家东邻有位恶少，一天夜里翻墙进入秀才家院内，欲对她行不轨之事。曾孝廉转世的女孩想起自己前世作恶多端，才会被打入地狱，又遭受众多苦难，哪里还敢再行差踏错。于是她不顾恶少淫威，大声呼救。秀才和正室全被叫醒，吓得恶少落荒而逃。

不久之后的一天，秀才让曾孝廉转世的女孩到他的卧室同眠共寝。女孩正在枕边喋喋不休地诉说自己凄苦的身世，不料院子里突然传来轰然巨响，大门被人强行撞开，两个持刀的蟊贼闯进室内，挥刀砍下秀才首级，把家里的衣服首饰搜刮一空后扬长而去。

曾孝廉转世的女孩躲在被窝里缩成一团，敛声屏气瑟瑟发抖。直到蟊贼走远了，方才大叫着向正室的房间跑去。正室听罢大吃一惊，当下便哭哭啼啼地跑到秀才房间查看。正室怀疑是小妾勾引奸夫谋杀亲夫，一纸诉状告到了衙门。刑曹胥吏抓来女孩严加讯问，最后竟对其施加酷刑迫其招供，定下了死罪。曾孝廉转世的女孩依律将先被砍去手足，然后枭首示众。在被押赴刑场之时，曾孝廉转世的女孩胸中充满了蒙冤屈死的愤懑。她拒绝前往刑场受刑，然而她心下明白，这世间根本比那九幽十八狱还要黑暗，哪里有什么道理可讲？

她悲愤交加，大声疾呼自己无罪，这时耳边却传来同伴呼唤自己的声音。

"曾兄快醒醒，你可是梦魇住了？"

曾孝廉猛然惊醒，只见寺庙里的老僧依旧在蒲团上打坐。

同伴们七嘴八舌说道："天已日暮，你怎么贪睡不醒啊。"

曾孝廉闻言，神情落寞地坐起身来。

此时，老僧微然笑道："宰相之卦，可应验否？"

曾孝廉听后心下大惊，连忙拜伏求教。老僧说道："只要修德行善，火坑中自有青莲。我一介老朽，哪里能知道什么。"

曾孝廉乘兴而来，败兴而归。从此以后，那封侯拜相的念头便淡了下来，最后更是隐入山林，不知所终。

# 瞳人语

长安城中住着一位名为方栋的男子，虽很有才气，却举止轻浮，毫无礼义廉耻之心，但凡在路上看到游玩的美丽女子，定会轻薄地尾随其后。

清明节的前一天，他在郊外散步时，见到了一辆挂着朱红色车帘的小马车，就连车幔上也绣满了精美的花纹，一看便是富贵人家的马车。车后跟着几位骑马随行的侍女，其中一位骑着小马的侍女容貌姣好，惹得方栋不由地跟上多看了几眼。

只见车帘半开，里面坐着一位十六七岁的妙龄女子，朱唇粉面，貌若天仙。方栋从未见过如此美丽的女子，顷刻间便神魂颠倒，岂肯放过，便忽前忽后地紧紧跟着那辆马车。少女也觉察到自己被登徒子盯上了，便将侍女叫到车旁道："把我的车帘放下，不知哪里来的疯子，一直在偷窥我。"

侍女连忙放下帘子，继而转头气愤地对方栋说："车内乃是芙蓉城七公子家的太太，今日坐车归宁，可不是尔等匹夫随意窥视的村姑！"

说完便抓起一把车辙上的泥土抛了出去。那泥土顺着风飘进方栋的眼里，让他瞬间睁不开眼。好不容易把眼里的土擦掉，睁眼一看，方才那马车早已消失得无影无踪了。方栋啧啧称奇，一路想着那辆奇怪的马车。

到家后，他还是觉得眼睛不舒服，请人扒开眼睑一看，发现左眼瞳上居然长出来了一个小翳。到了次日早上，不仅疼痛愈发剧烈，眼泪也是啪嗒啪嗒地流个不停。

那眼翳越长越大，短短数日就厚如铜钱，右眼里也长出了一个旋涡状的东西，状若螺壳。方栋遍寻良医却毫无所获，日日苦恼烦闷，不禁开始后悔自己的所作所为。

后来，他听人说诵读《光明经》可以祛除灾祸，便央人教他诵读。一开始，他的内心烦躁不安，读久了之后就变得安定平静了许多，从此心无旁骛，成日里只是捻着佛珠打坐诵经。

转眼一年时光飞逝，方栋早已由原先的轻浮少年转变为心如止水的稳重之人。某日，他听到自己的右眼中传出了如苍蝇振翅般微弱的说话声。

"黑漆漆的一片真难受，我快受不了了。"

左眼应声道："不如一起出去玩一会儿吧，透透气。"

方栋渐觉两个鼻孔之中酥酥痒痒的，似有什么东西从鼻孔中爬了出来，过了许久又从鼻孔中钻回了眼眶，继续说道：

"许久不曾去那庭中赏花了，谁知那珍珠兰竟枯死了，哎，太可惜了。"

方栋平素甚是喜爱兰花，在园中栽种了许多兰花，平日里更是亲力亲为地为它们浇水，细心呵护。自从两眼失明以来，日日诵经，无心他事，便搁在脑后许久不曾过问，听到自己眼瞳内的声音后连忙问妻子道："兰花怎么枯死了？"

妻子觉得很奇怪，便反问："夫君又是如何得知？"

方栋便将来龙去脉一一告诉了妻子。

妻子跑到庭中一看，兰花果真枯死了，妻子愈发感到奇怪，便悄悄地藏在屋里观察方栋处的动静，这一看不得了，不久后方栋的鼻孔中果然钻出了两个小人，体态娇小，还不如一颗豆子大。只见它们晃晃悠悠地飞出了房门，很快就消失了，等了许久后又一起飞了回来，宛如蜜蜂归穴一般再次从方栋的鼻孔里钻了进去。

两三日后，方栋的左眼又传来了说话声："隧道弯弯曲曲，来往不便，不如我们自己开个门吧？"

右眼答道："我的四周太厚，难以开口。"

左眼又道："既如此，我便试着开个口子，从此便与你合住一处吧。"

方栋顿觉左边的眼眶里如撕裂般疼痛。过了一会儿睁眼一看，桌子上的东西已经清晰地映入眼中。方栋大喜过望，连忙将其中之事细细告诉了妻子。

妻子仔细一看，只见原来的那层膜上开了个小洞，露出了明亮的黑眼珠，起初那洞还只有花椒大小，到第二天阴影完全消失后，眼内竟有两个瞳仁，不过右眼中螺壳般的眼翳依然如故。

方栋的双目竟归到了一目之中。

自那以后，方栋虽只剩一目，眼神却比双目之人更加锐利明亮，他也更加严于律己，恪守礼仪，成为远近闻名的大德之人。

寅

# 松龄

收录于作者一九二九年出版的怪谈小说，
该书为作者的中国怪谈小说集。

松齡

原稿现存于日本关东埼玉中古书店，
于首版五十七年后由"悉桑派"
译者探访获得。

# 莲香

沂州有个书生，姓桑，名晓，字子明，自幼父母双亡，独自寄居在红花埠。桑生性格文静，喜欢现世安稳的生活，除了每天去东邻家蹭饭之外，其余时间都端坐在家里。有一天，东邻的书生过来，和他开玩笑说道："你独自一人住在这院子里，就不怕有鬼狐来找你吗？"

桑生答道："男子汉大丈夫怕什么鬼狐？雄的来了，我用利剑赶走；雌的来了，我就开门收留她！"

听完东邻书生就回家了。到了晚上，与朋友们谋划，搭梯子把一个妓女越墙送进桑生院子里，让她轻叩桑生的房门。

桑生透过门缝瞧了瞧，见是一个陌生女子，便问道："你是谁？"

妓女说："我是鬼。"

桑生吓得全身的汗毛都竖了起来，牙齿"咯咯"作响。妓女见此情况，悄悄往后退，径自离开了。

第二天一早，东邻书生又来到桑生的书斋。

"昨夜发生了一件非常可怕的事情。"

桑生忙不迭地诉苦，说自己昨晚见鬼了，并表示："我想回老家去。"

男子拍着手说："怎么不开门留她呢？你不是说雌的来了就收留她吗？"

桑生终于明白，原来这是朋友搞的鬼。于是放下心来，不再想回家的事了。

转眼间半年过去了。这天夜里，又有人敲门。

"有人吗？有人吗？"

听起来是年轻女子的声音。桑生以为又是朋友与他开玩笑，便开门请女子进来。一看，原来是个绝色俏佳人。桑生吃惊地问她："你是谁？"

"我叫莲香，来自西邻的青楼。"女子答道。

因为红花埠一带青楼众多，桑生对女子的话深信不疑。随后，两人灭了烛火歇息，天亮前女子便离去。从此，每隔两日或三日，莲香必来一次。一天晚上，桑生独自坐在书斋里，正思念莲香时，施施然进来一个女子。桑生以为是莲香来了，忙起身迎接。

"你可来啦。"

仔细一瞧，来人竟然不是莲香，是个看上去只有十五六岁的少女，青丝还未束起，长袖飘飘，婀娜娴静。桑生十分惊奇，怀疑她是狐狸精。

少女说："我是李家小姐，爱慕公子高雅风流的才情，还请公子日后别忘了我。"

桑生大喜，牵过女子的一双柔荑，却发现其凉如冰块，他疑惑地问道："你的手怎么如此冰凉？"

"我自幼体弱，今晚又冒着严寒来的，怎能不凉呢？"

女子又说道："我年纪虽然不大，自小体弱，而且父母突然双双离世，独留我孤苦伶仃一个人，没处依靠。不知公子能否收留我？还是已有妻室了？"

桑生说道："妻室倒是没有，只有附近青楼女子会来，但也不常来。"

女子说道："那她来我便避开。我和她们那样的人可不一样，只要您不说，她来了我便回去，她回去了我便来。"

雄鸡报晓，女子便起身离开。临走时，送了一只绣鞋给桑生，说道："这是我脚上穿的绣鞋。公子只要抚摸它并在心里默念我，我便会来。但是有外人在场时，千万别摆弄它。"

桑生接过绣鞋一看，像解结的锥子一般尖尖翘翘。桑生心中非常中意。第二天晚上，莲香没来，桑生便想起了李女，拿出绣鞋来把玩。李女飘然而至，两人又亲热一番。

从此，桑生只要一拿出绣鞋并默念李女，李女便会到来。桑生心下好奇，便问道："你是如何知道我拿出了绣鞋的？"

李女笑着说："好巧啊。应该是我想要来的时候，公子正好拿出绣鞋吧。"

一天夜间，莲香来到书斋，吃惊地问道："你怎么变得如此虚弱？气色也不好？"

桑生说："是吗？我自己倒不觉得。"

莲香便起身告辞，约好十天后再来相会。莲香走后，李女又来了，一夜都不曾落下。一天晚上，李女问桑生："这么多天了，怎么不见公子的意中人来？"

桑生便说道："她和我约好了十日后来。"

李女笑着说："在公子看来，我和莲香谁美？"

桑生说："你二人都是绝色，只是莲香的身体要比你温暖些。"

李女闻言，脸色一变："你说我们都是绝色，应该是敷衍我的吧。莲香是月宫嫦娥，我肯定是比不上的。"

说完，她便一副郁郁寡欢的神态，又掐指算了算莲香约好要来的日子。原来十日之约马上就到了，她对桑生说："明晚我想偷偷看看莲香小姐。公子千万要保密哦。"

次夜，莲香果然前来，与桑生谈笑风生。同床共枕时，莲香大惊："哎呀！才十天不见，公子的身体怎么亏损得如此厉害？公子是不是有别的女人了？"

桑生问："你怎么知道？"

"我用神气探了探，发现公子脉象紊乱，是恶鬼缠身所致。"

次夜，李女一进门，桑生就问："你昨晚偷看莲香，觉得如何？"

李女答："确实很美。我原来便认为人间没有如此美貌之人，后来证实了果然是狐狸精！她回去时，我一路跟着，看她进了南山一个山洞。"

桑生寻思着，应该是李女忌妒莲香美貌，便随意敷衍了几句。第二天晚上，莲香来了。桑生开玩笑说："我是绝对不信的，可偏有人说你是狐狸精。"

莲香慌忙追问："谁？是谁说的？"

桑生笑着说："我开玩笑的。"

莲香说："狐狸与人又有什么不同？"

"不是都说狐媚惑人嘛。被狐狸迷住的人都会得病，重则丧命，太可怕了。"

莲香说："并非如此。一般像公子这般年纪，行房三天后，精气便可复原。即便是狐狸精也没什么害处。世间多少人死于痨病，难道都是被狐狸精迷惑死的吗？必定是有人在背后说我的坏话。"

桑生竭力辩解："并没有。"

"怎么可能没有？你说，你倒是说啊。"

莲香步步紧逼，桑生迫于压力，便如实招了。

"实际上有人来过。"

莲香说："我就猜到是这样。原本就奇怪，你为什么如此虚弱，而且虚弱得如此快。究竟是怎么回事？看来那女子不是人类吧。你不要声张，明晚我也像她那样，偷偷看看她。"

次夜，李女又来，还没与桑生说上几句话，听到窗外有人咳嗽，便落荒而逃。

莲香进屋来，对桑生说："公子，不好了！她果真不是人类。若不果决地与她一刀两断的话，你命不久矣！"

桑生以为莲香嫉妒李女，也没吭声。

莲香起身说道："我知道公子爱她，割舍不下你们的感情。可我也不忍心眼睁睁地看着公子死去。明日我会带药来为公子医治。幸亏目前中毒不深，十天便可治愈。我会一直陪着公子，直到公子康复。"

次夜，莲香带了一包药来给桑生服下。不一会儿，桑生便觉得腹中清爽，精神十足。桑生心中感激莲香，却不愿相信自己患的是鬼病。自那夜起，莲香夜夜同床陪伴桑生。

数日后，桑生的身体也健壮起来。待到桑生恢复如初，莲香便回去了。临走时殷切叮嘱他。

"公子可千万记住，一定要和她断绝关系。"

桑生压根儿就没想过和李女断绝关系，为避免麻烦，还是假意答应了。

"好啊，一定会断绝啦。"

桑生刚送走莲香便关上大门，点上烛灯，拿出那只绣鞋把玩，心里默念着李女。李女瞬间便出现在他眼前，几日未见，她满脸都写着不高兴。

桑生解释道："这几日，莲香来为我治病，所以我未能与你相见。你别生气啦，我心中可是一直都在想你的。"

李女的情绪这才好转。桑生在李女耳边悄声说道："我是爱你的，但有人说你是鬼。"

李女半晌不言，过了好一会儿才怒气冲冲地说道："一定是那个狐狸精在乱嚼舌根子！你若不与她断绝往来，我就不再来了。"

说完，李女捂脸呜呜地哭了起来。桑生手足无措，又说了无数劝慰的好话，她才罢休。

隔了一夜，莲香来了，知道李女又来过，生气地说："公子就这么一心想死吗?!"

桑生笑道："你妒忌心太强啦。"

莲香怒火更甚："公子得了绝症，不是我好不容易才治好的吗？不妒忌的那人究竟想将公子怎样？"

为了转移话题，桑生便开玩笑地说："李女说，前几日我的病是狐狸精作祟造成的。"

“是吗？”

莲香叹了口气，说道：“若方才那些是真心话，说明公子还是执迷不悟！万一你有个三长两短，我纵有一百张嘴也解释不清了。我们就此别过，一百天后，我再来看躺在病床上的公子。”

莲香不顾桑生的竭力挽留，愤然离去了。

从此，李女夜夜来与桑生欢会。大约过了两个月，桑生觉得自己浑身乏力。起初还没放在心上，直到后来日渐消瘦虚弱，每顿饭只能喝下一碗粥。本想回老家静心调养，又贪恋着李女，狠不下心离去。就这样拖了几日，终于病倒在床上，再也起不来了。

东邻的书生见桑生病重得无法起身，便日日派下人前来送食。直到这时，桑生才对李女起了疑心，对她说：“悔不该不听莲香劝告，才落到这般田地！”

说完便昏死过去。过了许久，桑生悠悠醒来，往四下看了看，李女早没了踪影。从此李女再也不曾出现。桑生独自躺在空房里，望眼欲穿地盼着说过百日后再来的莲香。那一刻，他仿佛体验到了农夫等待稻谷成熟的心情。

一天，他正思念莲香，忽然感觉到有人掀帘进来。艰难地睁眼一看，果然是莲香。

莲香走到床前，嘲讽道：“你这乡巴佬，我是胡言乱语的吗？”

桑生泣不成声，过了一阵，才敢开口。

“是我错了。求你原谅，求你救救我。”

莲香说：“公子已病入膏肓，实在没救了。我这次是来与你诀别的，只为了证明我并非出于嫉妒。”

桑生悲从中来，说道：“说来也是我枕头下的东西作祟，烦你替我将它毁了！”

莲香伸手摸出了个东西出来，原来是一只绣鞋，鞋上绣着李女的名字。莲香便将其拿到灯下，翻来覆去细看。李女忽然进来，一见莲香，转身想逃。莲香一个箭步冲过去堵住了门。李女呆立着不知如何是好。

桑生数落李女："你为何要骗我？你说，你说啊！"

李女无言以对。

莲香笑着说："我今天才与妹妹初次见面。以前你说桑郎的病是我造成的，现在又要如何说？"

李女低头谢罪："都是我的错。"

莲香说："如此佳人，怎么会因爱而结仇呢？"

李女跪在地上哭得凄凄惨惨："千错万错都是我的错，求姐姐原谅我。"

莲香扶起李女，细细盘问她的生平。

李女说道："我是李通判之女。少年夭亡，就埋在这院外。我身已死，但情丝未断，希望与少年郎交好，但置他于死地，绝非我的本意。"

莲香说："听说为了死后在阴间长相厮守，鬼都想置人于死地，可有此事？"

李女说："不。两个鬼在一起可没什么乐趣。若是有趣，我又何必来寻桑郎，阴间岂会缺少年郎？"

莲香说："妹妹可真是傻！夜夜交欢，人都受不了，何况是和鬼呢？"

李女也问："听说狐常常迷人致死，那又是为了什么？"

莲香说："你说的是那些采人精血补养自身的狐。我们可不是那一类的。因此，世间有不害人的狐，绝无不害人的鬼，因为鬼的阴气太盛了！"

桑生听了她们的对话，才知道鬼狐之说都是真的。不过他与二人早已相熟，也没觉得有多惊讶。只是他已经气若游丝，忍不住想大叫，却发不出声，只能挣扎着扭动身子。

莲香看向李女，问道："妹妹可有救桑郎的法子？"

李女红着脸摇头，说："对不起。"

莲香笑说："恐怕桑郎身体健壮后，有人又要吃醋了。"

李女郑重地说道："若能寻得名医，我一定求他救桑郎，若能救得桑郎，我一定老老实实回阴间，绝没脸再到人间来。"

莲香解开香囊，取出药来说："我早知会有今天，所以跑遍了三山五岳去采药，历时三个多月，才配好了药。此药能治愈世间一切绝症。不过病源在于妹妹，所以药引子还得从你身上取。不知你可否出手协助？"

李女问："需要什么？"

莲香说："樱桃小口中的一点唾液罢了。我取出一粒药丸，你放入他口中，口对口用唾液把它送下去。"

李女羞得面红耳赤，低着头直瞅着绣鞋，不敢抬起。

莲香取笑道："看来妹妹最在意的是这双绣鞋呢！"

李女越发羞惭，似乎已无地自容。

莲香将药丸放入桑生的口中，转身催促李女。李女不得已，只好口对口往桑生嘴里送了一口唾液。

莲香说："再来一次。"

李女再吐了一口唾液，一连三四次，药丸才被送下去。不一会儿，桑生的腹中传来雷鸣般的声响。莲香又给他服下一粒药丸，亲自为他渡气喂药。桑生觉得丹田发热，精神焕发。莲香说："如此一来，病便好了。"

这时雄鸡报晓，李女彷徨地与二人告别，离开了。

桑生重病初愈需要调养，不得进食。于是莲香将院门反锁，让人误以为桑生已返回故乡，以免桑生的朋友前来探病，自己则日夜照料桑生。李女也每夜必来，将莲香视如亲姐般殷勤伺候，莲香也很疼爱李女。

过了三个月，桑生痊愈。此后，李女便隔三四日才来一次。有时来了，也只是看一看桑生便走。即使留下来，也总是一副闷闷不乐的样子。莲香曾多次留她与桑生共寝，李女都坚决不肯。有一次，桑生追上她，硬把她抱回来，觉得她身子轻飘飘的，就像葬礼时用的稻草人。李女未能逃走，便和衣而卧，身子蜷曲起来不到二尺长。莲香越发怜惜她。待到次日桑生醒来，发现李女已经消失。

之后，十天过去了，李女再也没出现。桑生非常思念李女，经常拿出绣鞋来与莲香共同把玩。

莲香说："如此美貌女子，我见了都很喜欢她，何况你们男人呢！"

桑生说："以前一动绣鞋，她立刻就到，心里有怀疑，但是始终没往鬼的方向想。现在睹物思人，太难受了。"说着说着，忍不住泪流满面。

当时，红花埠有个姓章的富人，他有个女儿叫燕儿，年仅十五岁还未出阁却香消玉殒。停灵的第二日燕儿竟然苏醒过来，坐起来往四下一看，起身就打算向外跑。章财主赶忙关上门，不让她出去。

燕儿喊道："我是李通判之女的亡魂，得桑郎垂爱，我送给他的绣鞋还在他那里。我真的是鬼，将我关在这儿也没什么好处呀！"

章父听她说得有板有眼的，便询问她为何来到这里。燕儿四处环视了一番，也觉得迷茫。在场的一人说道："桑生不是生病回老家了吗？不可能有这事吧。"

燕儿执意说道："他确实还在，回老家其实是掩人耳目而已。"

章家人深感怀疑。东邻的书生听说这事后，爬上墙头上偷偷窥探桑生住处，见桑生正与一美貌女子面对面说话，便突然闯了进去。女子见有人来，慌乱不已，一晃眼居然不见踪影。

邻生惊异地问道："你不是回老家了吗？这是怎么回事？"

桑生笑着说："我曾和你说过的，雌的来了我就留下她！"

邻生将燕儿说过的话告诉了桑生。桑生想去燕儿家看个究竟，却苦于不到理由。章母听说桑生并未回老家，越发觉得奇怪，派仆妇到桑生那里索要绣鞋。桑生交出了绣鞋。

燕儿见到绣鞋十分高兴，急忙试穿，却发现绣鞋比脚小了一寸多。她大吃一惊，拿过镜子一照，瞬间花容失色，原来自己是借尸还魂了。于是，燕儿就把自己的身世经历说了出来。

章母这才觉得怪异。燕儿对着镜子大哭起来："当时我对自己的容貌很有自信，但一见莲香姐还是觉得相形见绌。而今反而成了这样子，叫我如何是好！"

旁人并不知道燕儿的身体里其实是李女的鬼魂。她拿着绣鞋放声大哭，谁都劝不住。哭完后，她蒙上被子就躺在床上，饭端到嘴边都不吃，就这样连续七天不吃不喝竟也没死。起初几天，她全身开始浮肿，渐渐地，浮肿消了，她便觉得饥肠辘辘，开始进食。两三天后，浑身发痒，蜕了一层皮。早晨起床时，病中穿着的鞋子掉了，拾起来再穿时，发现鞋子变得肥大。于是拿出从桑生那儿拿来的绣鞋试穿了一番，肥瘦正合适。燕儿大喜，再拿出镜子一照，眉眼俨然和李女一模一样，内心更是喜不自胜，麻利地梳洗打扮，去见母亲，凡是见她的人都惊艳得舍不得移开眼睛。

莲香听了燕儿的传说后，劝桑生向章家提亲。桑生觉得两家贫富悬殊，不敢贸然按照莲香说的去提亲。恰好章母寿辰到了。桑生就随着章家的子婿们前去祝寿。章母见拜帖上有桑生的名字，就试探着让燕儿躲在帘子后偷偷辨认。

桑生是最后一个到的，燕儿急忙跑上前去，拉住桑生的袖子，要跟他回家。章母见状训斥她一顿，燕儿才害羞地回到屋里。桑生仔细辨认，发现燕儿确实是李女，不由得潸然泪下，拜倒在章母面前。章母将他扶了起来，倒也没有表现出轻视之意。

章母托自己的兄弟去说媒，想要择一个黄道吉日招桑生入赘。桑生回去后将此事告诉莲香，并商量婚事。莲香泫然欲泣地听着，过了好一阵子，才说出一句话，竟然是要和桑生诀别。桑生大吃一惊，忙问理由，泪流满面。

莲香说："你被人家招赘成婚，我有什么脸面跟着去？"

桑生思量许久，决定回老家迎娶燕儿，莲香应允。桑生便去章家，将实情一五一十地说了出来。章家听说桑生已经娶妻，勃然大怒，将燕儿训斥了一顿。燕儿极力劝说，章家拗不过她，同意了桑生的请求。

到了成婚之日，桑生亲自去迎娶燕儿。因为筹备的时间有限，家里的布置也显得寒酸。可等到桑生迎亲回来时，只见从大门到新房铺了一溜儿的毛毡，张灯结彩，数百对蜡烛将黑夜照耀得如同白昼，异常豪华。莲香扶新娘入了洞房，盖头一揭下，发现燕儿容貌果然和李女一模一样。

莲香陪新人喝合卺酒，细细询问了燕儿还魂的奇异事。

燕儿说:"那天离开后,心中闷闷不乐,又觉得自己是鬼,不是这个世界的人,无比憎恨自己污秽的身子,怒冲冲地不想回墓地里,便随风飘荡。每每见到世上的人,就非常羡慕。白天藏在草丛中,夜里便由着自己的脚随处乱走。偶然到了章家,见一个少女病死在床上,就附到她身上了。"

莲香听了,沉默了好久,像是在思索什么。过了两个月,莲香生下一个儿子,而她产后患病,病情日渐沉重。她握住燕儿的手说:"我把孩子托付给你了,希望妹妹能视如己出。"

燕儿大哭不止,千方百计地劝慰她,并打算去请大夫来,莲香却拒绝了。眼看着莲香生命垂危,气若游丝,桑生和燕儿号啕大哭。莲香睁开眼睛,嘱咐道:"你们别哭了。你们盼着我活,我却盼着死。若有缘,十年之后再见。"

话音刚落,莲香就断了气。桑生掀开被褥要给她穿寿衣时,发现她已化为狐。桑生不忍心将她视为异类,仍以隆重的葬礼安葬了她。莲香生的孩子,取名狐儿。燕儿将他视如己出,每逢清明节,都要带着他到莲香的坟上拜祭。

十年后,桑生乡试及第,考中了举人,家境日渐富裕。狐儿颇为聪慧,只是自小体弱多病。而燕儿一直没有生育,颇为发愁,常劝桑生再娶一妾。

一天,丫鬟来禀报:"门外有个老婆子,领着个女孩要卖。"燕儿就让她将人领进来看看。见到女孩,她便大吃一惊,说道:"莲香姐姐又转世了!"

闻言,桑生也从里屋出来仔细看了看,见女孩酷似莲香,也觉得惊异。

便问老婆子:"多大了?"

"十四岁,老爷。"

"聘金要多少?"

"我这个孤老婆子只有这么个孩子,只要能给她找个好人家,让我有个吃饭的地方,不至于死无葬身之地,也就心满意足了。"

桑生多付了些银两,买下姑娘。

燕儿握住女子的手,来到内屋,将手放在她的衣领上,笑问:"你可认得我?"

姑娘回答："不认识。"

"你姓什么？"

"我姓韦，父亲在徐城卖酱油，已死了三年了。"

燕儿数着指头细算，莲香恰好死了十四年。再仔细观察姑娘，无论是容貌还是神态，都与莲香如出一辙。于是低头说道："莲香姐姐！莲香姐姐！你说十年后再见面，当真没骗我。"

姑娘如梦初醒，拍着胸口"咦"了一声，盯着燕儿细看。

桑生见状，笑着吟了一句晏殊的《浣溪沙》："真是'似曾相识燕归来'啊！"

女子泪流满面地说道："是了！听母亲说，我一出生就会说话，总说自己叫莲香。家中人以为是不祥之兆，让我喝了狗血，我就忘记了前世的事情，今天才如梦初醒。"

三人共同回忆前生的事，百感交集。

寒食节那天，燕儿说："今天是我与桑郎每年祭拜姐姐的日子。"

于是，三人一起到莲香墓前。墓地上野草丛生，墓前的树也有一人合抱粗了。女子触景生情，不由得叹息一声。

燕儿对桑生说："我与莲香姐两世都是好友，不忍分离，还请桑郎将我们前世的尸骨同葬一墓。"

桑生依言挖开李女的坟墓，取出尸骨，与莲香合葬在一个墓穴里。亲戚朋友听说这桩奇闻异事后，都穿着祭祀的服装前来观看葬礼，没想到那天竟有二三百人不约而来。


庚戌年，我（蒲松龄）南游到沂州，遇到雨天无法出行，便在客栈里休息。客栈里刚好住着桑生表亲，名叫刘子敬，给我看了同乡王子章写的《桑生传》，本文只是故事的梗概。

# 田七郎

武承休为辽阳人，平素广结善缘，与他结交的也都是些名人雅士。某夜，他于梦中见到一人。

那人道："公子的朋友遍布天下，却都是些泛泛之交。这世间唯有一人可与公子休戚与共，公子反倒不识。"

武承休问："阁下所谓何人？"

答曰："正是田七郎。"

武承休醒后心下称奇，翌日便四处访求此人，不久即打听到田七郎乃是东村的一名猎户。武承休寻访到田家，态度恭敬，以马鞭叩门。不多时，一位年轻男子行了出来。只见此人年纪二十有余，生得虎目蜂腰，衣帽满是油污，黑色犊鼻裈[1]上清晰可见多处白布补丁。他拱手齐眉间问客人从何处来。武承休自报了家门，假托行路途中身体不适，希望暂借此处休整一番，并趁机打听田七郎的下落。年轻男子闻言道："我便是七郎。"

---

1 跟后代的短裤、裤衩相似，因形似犊鼻而得名，一般为贫贱者所服。——编者注

说罢便引着武承休进了家门。

映入眼帘的是几间摇摇欲坠的残破小屋，上雨旁风，无所盖障，仅用几根木头撑着墙壁。他走进其中一间，放眼望去，只有柱子上挂了些虎皮、狼皮，不见其他摆设，室内无处可坐。

武承休正欲席地而坐，就见七郎将虎皮往地上一铺权充座位。二人遂坐下攀谈起来，谈话间武承休听他言辞质朴，甚是喜爱，立即掏出些银子想供他维持生计。七郎不收，武承休硬是给他。七郎只好接过银子，前去告诉母亲，不多时又返了回来，再次将银子还给武承休。武承休再三强让，他也坚决推辞。此时，老态龙钟的田母来到他身前，艴然不悦。

"老身膝下只此一子，不愿他侍奉贵客。"

武承休满心羞愧地退了出来。

归途程中，他反复思量田母的话，却始终不解其意。随行的仆人彼时恰好在屋后，将七郎母子的对话听得一清二楚，遂将事情原委告诉了武承休。

原来，七郎先前拿着银子告知母亲时，田母曾道："我方才见那公子脸带晦纹，料想他必定要遭奇祸。有言是：受人知遇则分人忧，受人恩惠则解其难。富人报人以财，贫人报人以义。无故受他人厚赠实为不祥，怕是要你以死相报啊。"

武承休听了此话，深感田母之贤能，同时也越加倾慕七郎。翌日，武承休设宴邀请田七郎，七郎推辞不来。武承休便到他家中，坐在屋里讨酒喝。七郎亲自为他斟酒，又端来鹿脯，很尽情礼。

又过一日，武承休再次相邀，七郎这才来了。二人意气相投，相谈甚欢，武承休又欲赠他银两，七郎仍是不收。武承休借口要买他的虎皮，七郎这才收下了。

七郎归家后看了看所存的虎皮，估量这些虎皮怕是不值那些银两，便决定再猎些来而后送之。可进山三天，无所猎获。又逢妻子患病，需日夜看护，也便没了时间出猎。

十天后，妻子忽然病重去世。一番厚葬后，七郎拿回的银子所剩无几。武承休亲自来吊唁送殡，所带帛金很是丰厚。

葬礼既完，七郎再次持弓进山，更想猎到虎皮以报答武承休，却仍旧一无所获。

武承休知晓此事后，劝他莫要心急，并言辞恳切希望七郎能前来看望。可七郎始终认为自己亏欠了武承休的恩情，心下惭愧，不愿上门。武承休遂以索要虎皮为借口，让七郎尽快前来。七郎查看家中所存的虎皮，竟已被蠹虫蛀坏，虎毛也尽数脱落，心情愈加懊丧。武承休知晓后骑马来到七郎家中，百般抚慰，又看了看坏了的皮革，说道："如此甚好，我本就想要无毛之皮。"

说罢便卷起皮革，并邀请七郎一同回府。七郎不愿，武承休只得独自归家。

七郎心道这样终归不足以报答武承休，遂带上干粮进了山。几天下来终于猎获了一只老虎，将其完整地送给了武承休。武承休大喜，大摆宴席，请七郎留住三天。七郎执意推辞，武承休遂锁了院门，使他无法出去。宾客见七郎衣着质朴简陋，都在一旁窃窃私语道武公子妄交。武承休对此充耳不闻，尽心招待七郎，比对其他宾客更为周到。他为七郎置新衣，七郎不受，便趁着他睡觉时偷偷把衣服换了，七郎醒来不得已只好穿上。

七郎回家后，其子遵照祖母的吩咐，将新衣送回武家，并索要父亲的破衣服。武承休笑道："回去告诉你祖母，旧衣已拆作鞋衬了。"

从此以后，七郎每日都把猎来的兔、鹿赠送给武承休，却再也没应武承休之邀。一日，武承休到田家拜访，正遇七郎出猎尚未归家。田母行了出来，倚着门道："请公子再勿招惹我儿，大不怀好意！"

武承休恭恭敬敬地向田母行了一礼，羞愧地离开了。

半年后，武承休的家人忽然告诉他："田七郎因与人争夺一只猎豹，殴死人命，被押入官府了。"武承休大惊，骑上马疾驰至县衙探望，七郎已是银铛入狱。七郎见到他后沉默不语，只说了一句："此后劳您多照顾我的老母。"

武承休不禁悲从中来，出去后急忙赠重金给县令，又拿出一百两银子安抚死者家属。过了一个多月风声渐息，七郎才被释放回家。田母感慨："你这条命是武公子给的，非我所能吝惜。只愿公子一生平安，无灾无难，这也是儿的福气。"

七郎欲上门感谢武承休，田母道："去便去吧，只是见了武公子莫要谢他。须知小恩可谢，而大恩不可谢。"

到了武家后，武承休温言慰藉，七郎只是恭顺地答应着。武家人嫌七郎粗鄙、不知礼数，武承休却喜欢他的实在，愈加厚待他。自这以后，七郎常常在武家一留数日，赠即受之，不再推辞，也不说报答。

适逢武承休诞辰，宾客仆从众多，夜里府中房舍皆满。武承休与七郎同睡斗室，三个仆人以稻草为席睡在床下。二更将尽，仆人早已入眠，他二人还在低声私语。七郎的佩刀原本挂于壁间，此时忽然跳出刀鞘寸许，铮铮作响，光亮闪烁如电。武承休惊起，七郎也起身问道："床下卧者何人？"

武承休答："皆是些仆从。"

七郎闻言称："其中必有恶人。"

武承休问其故。

七郎道："此刀购于异国，杀人不见血痕，至今已有三代主人。被斩刀下者成百上千，刀刃尚如新发于硎。若遇恶人即发出鸣叫、跳出刀鞘，此时就离杀人不远了。公子当亲君子，远小人，或能避免灾祸。"

武承休额首。七郎却仍是闷闷不乐，躺在床上翻来覆去不能入睡。

武承休遂道："天有不测风云，人有旦夕祸福，何必如此担忧？"

七郎说："我贱命一条，无所畏忌。只是有老母在堂，怕不能尽孝。"

"事情何至于此！"

"无事便好。"

睡于床下的三个仆人，一个叫林儿，平日颇受宠爱，很得武承休的欢心；一个是僮仆，年十二三，是武承休平日常使唤的；还有一个叫李应，此人愚顽不驯，常因小事与武承休瞪眼争执，惹武大怒。当夜武承休揣摩良久，怀疑这恶人定是李应，翌日一早便把李应叫到跟前，好言好语把他辞退了。

话说武承休的长子武绅娶了王氏为妻。一日，武承休外出，留下林儿在家看门。彼时武承休的庭院里菊花开得正鲜艳，新媳妇心想公爹既已出了门，院里必定不会有人，便自己过去采摘菊花。林儿突然从屋里出来勾引调戏她，王氏想逃，却被林儿强行挟进了屋里。她大声喊叫，不停抗拒，脸色急变，声音嘶哑。武绅闻声跑了进来，林儿才撒手逃去。

武承休回来后大发雷霆，派人四处寻找林儿，林儿却了无踪迹，竟不知逃去了何处。过了二三日才知道他原是投奔到某御史家中去了。

这位御史在京城任职，家中大小事务尽数托付给他弟弟处理。武承休念在与他有邻里情谊，便送书信去索还林儿，未想他竟置之不理。武承休怒极之下上书县令，虽得逮捕令，衙役却无动作，县令也不过问。武承休怒火中烧之际，七郎恰好前来。武承休道："你的话果然应验了。"

遂将事情的经过悉数告之。七郎听后脸色惨变，却始终不发一言，径直走了。

武承休嘱咐能干的仆人寻查林儿的行踪。林儿夜归时被寻查的仆人抓获，带到了武承休面前。严刑拷打之下，他竟出言不逊辱骂武承休。武承休的叔叔武恒宅心仁厚，恐怕侄子暴怒之下会招致祸患，便劝他不如用官法来治办林儿。武承休听了他的吩咐，把林儿绑赴公堂。但御史家的信函也送到了县衙。县令释放了林儿，交给御史弟弟的管家带走了。

如此一来，林儿愈加放肆，竟在人群中扬言，捏造称武家的儿媳和他私通。武承休无计可施，又气得七窍生烟，便骑马奔到御史家门前，指天画地破口大骂。邻人们好歹劝慰着让他回了家。

过了一夜，忽有家人前来报告说："林儿被人碎尸万段，扔到野外了。"

武承休听了又惊又喜，心情稍稍舒展。不多时又听说御史家告了他和叔叔杀人之罪，便和叔叔同赴公堂对质。

县令不容他二人辩解，要对武恒动杖刑。武承休高声说："杀人之罪莫须有！至于辱骂官宦一事，确曾为之，但与家叔毫无干系。"

县令对他说的话置之不理。武承休目眦欲裂几欲上前，众差役围起将他拿下。执行杖刑的差役皆为官宦人家的走狗，下手狠厉，加之武恒年老，未过半数已是气绝。县令见武恒已死，也不再追究。

武承休悲号怒骂，县令恍若未闻。

武承休遂将叔叔尸首抬回了家。他悲愤欲绝，想要讨回公道却束手无策，想征得七郎计谋，七郎却一直未来吊唁慰问。他暗想自己平日待七郎不薄，落难至此，七郎却似与他素未相识一般，进而也怀疑杀林儿之人必定是田七郎。但转念又想，若真是如此，他为何事先不同自己商议？武承休不解，遂派人到田家探寻了一番，发现田家锁门闭户寂静无人，邻居也不知其行踪。

一日，御史的弟弟正在县衙内宅，与县令通融说情。彼时正值晨进柴草用水之际，忽有一樵夫来到跟前，放下柴担抽出一把快刀，直奔他俩而来。御史的弟弟惊慌失措，用手挡刀，被砍断了手腕，接着又被一刀削去了脑袋。县令见状大惊，抱头鼠窜而去。樵夫仍在四顾寻找。众差役吏员急忙关上县衙大门，抄起木棍大声疾呼。樵夫遂用刀自刎而死。役吏们纷纷凑上前辨认，有人认出这樵夫就是田七郎。县令化险为夷，冷静下来，这才出来复验现场。只见田七郎僵卧于血泊之中，手里仍握着那把快刀。县令正要停下来仔细察看时，七郎的僵尸骤然跃起，竟然砍下了县令的头，随后复又倒地。

衙役去抓田七郎的母亲和儿子，但祖孙二人早已逃之夭夭，不知去向。

武承休听说七郎死讯，急忙赶至县衙，痛哭不已。众人皆说是他指使田七郎杀人，武承休不得已变卖家产贿赂高官，这才得以幸免。

田七郎被抛尸荒野三十余日，其间飞禽走兽始终围绕看护他的尸身。武承休将七郎的尸体取走后厚葬了他。

田七郎的儿子当时流落到登州一带，改姓了佟，后入伍当兵，因立下显赫战功升为同知将军。他回到辽阳时，武承休已是耄耋之年，这才领着他找到了父亲的坟墓。

# 凉亭

　　山东省淄川某乡村马路上，有一座凉亭。凉亭的屋顶建在马路正中间，屋檐左右两侧的檐柱边分别摆着一个大石块当板凳用，除了屋顶、檐柱和大石块，亭子里什么都没放，方便路人随意歇脚。

　　凉亭的一边是山田，田里种满水稻或黍子，另一边是农户，十来户泥土房子沿着发源自远处山谷的小溪一溜儿排开，透过屋顶可以看到后方绿荫间石头嶙峋的山丘。

　　那是康熙年间某个夏日的午后。蒲留仙独自坐在凉亭，嘴里叼着长长的烟管，出神地想着些什么。

　　他右边的石台上，摆着一个大茶壶，还配有一柄勺搁在堆叠着的两三个碗上，碗边放着一个用了有些年头的皮袋子和烟管。壶里装着的是当天现煮的茶，皮袋里则是满满当当的淡巴菰（烟草）。他的左边则摆着笔墨纸砚；脚边是枯枝燃烧后的余烬，一缕青烟袅袅升腾，仿佛一条蛇。蒲留仙就这样安静地坐着，等待路过的旅人，劝人喝茶，请人抽烟，再让人说说牛鬼蛇神的奇闻怪谈，作为自己那本《聊斋志异》的素材。

这时，一个村民从小溪上游悠闲地走来，进了凉亭。他头戴一顶竹制斗笠，左臂夹着一个带把手的笊篱，里面兜着一个瓜。一看到傻子一般呆坐着的蒲留仙，他的眼神便写满了嘲讽。

村民："先生和张公家的阿婆一样，耐性可真够好的咧。算起来今年都第六个年头了吧，阿婆还跑到那个山坡上等着张公回来，不管是刮风刀子还是下暴雨，一日都不曾落下。都说"人死如灯灭，好似汤泼雪"，就算她等到天荒地老，溺水死了的人怎么也是回不来的呀。不过，家里就那么一棵独苗，难怪她会疯。唉，想起来还真是可怜哪……说起来，先生，最近可有听到什么有趣的故事？"

听到有人搭话，蒲留仙终于睁开了眼睛，却也不看那村民，语气略带不耐烦地敷衍了几句。

蒲留仙："嗯……哦，故事嘛……"

接着，假装发现淡巴菰没火了，低头将烟管凑到脚边的余烬上点火，吸了几口。村民目不转睛地看着他这一系列的动作。

村民继续说道："真不愧是学者，能忍人所不能忍啊。红星发出雷鸣般的声音飞向东方的那一年，先生坐在这里；蝗虫像云一样来到这个村子的时候，先生还坐在这里。算起来也好些年头了，您还真有耐心。和先生比起来，张公家阿婆的疯癫程度还真是望尘莫及哪。"

"嗯……嗯……张公家的阿婆吗？"

见蒲留仙忙着往大烟管里塞新的淡巴菰，也不搭理他，村民自觉无趣，便迈开步子准备回家。

"算啦算啦，先生真是辛苦啊。您还是继续在这儿好茶好烟地伺候着，缠着路人说说蛇精勾魂的故事吧。"

两个旅人从小溪下游走来，与村民擦肩而过，进了凉亭。旅人甲肩上扛着一个草席裹着的方形包袱，旅人乙右手提着一个小竹笼。蒲留仙的视线转向了二人。

　　蒲留仙："啊，二位远道而来的客人，在这炎炎夏日里赶路，想必很热吧，快歇歇。不嫌弃的话，这里有些粗茶粗烟。"

　　旅人甲看了看蒲留仙，点头致意。"感激不尽。就在这里休息一下吧。"

　　旅人乙："也罢，抽上一袋淡巴菰。"

　　他们面朝蒲留仙，放下行李，摘下斗笠坐在了石板上。蒲留仙放下烟管，拿起勺，往两个碗里舀满了茶。

　　蒲留仙："请用茶，还有淡巴菰，请随意用。"

　　旅人甲："那么我喝茶。"

　　旅人乙："我也先喝杯茶，然后再来一袋淡巴菰。"

　　旅人甲先起身，走到蒲留仙身前，端起蒲留仙打好的茶喝了起来。

　　蒲留仙："您尽管喝，喝完再给您添上。"蒲留仙手里还拿着那柄勺。旅人甲将碗递了过去，准备喝第二碗。

　　旅人甲："那就劳驾您再给我一碗。"

　　"请尽管敞开肚皮喝。"蒲留仙接过旅人甲的碗并给他斟茶。旅人乙则放下了碗。

　　旅人乙："我就来点淡巴菰吧。"

　　蒲留仙："请用，烟袋里已经装好了淡巴菰。"

　　旅人乙："谢谢，那我就不客气了。"

　　旅人甲接过第二碗茶，回到方才的位置上坐了下来。旅人乙用手撑着皮袋口，从中捏出一撮淡巴菰塞入烟管里，就着脚边的余烬点上，美美地吸上一口，吐出一串烟圈儿后，悠然回到了刚才的位置上坐了下来。而蒲留仙早已拿着烟枪，坐在石头上，看向旅人。

　　蒲留仙："不知二位从何处来？"

旅人甲："我是崂山来的。"

蒲留仙："啊，从崂山千里迢迢过来，应该累得够呛吧？而且这两三天的酷暑也令人头疼……"

旅人甲："不过山里倒是很凉爽，沿途的水也是好水。"

蒲留仙："水确实是好水。水好，是山里人的福气。这壶茶用的也是从那边的山谷里涌出来的水呢。"

蒲留仙回头，用烟管指着透过村民屋顶清晰可见的远处山丘。

旅人甲："是吗？怪不得这茶的味道如此别致。"

旅人甲端着茶碗，旅人乙则将烟管从口中移开，微微往前探了探身子，隔着凉亭的房檐看向远方。

旅人乙："原来如此，有石，有树，山上应该有神仙居住吧？"

蒲留仙转回了身体，看了看旅人乙。"说到神仙，不知二位是否听过什么稀奇古怪的事？若是有什么有趣的故事，不妨说来听听。"

旅人乙："哦哦，您是说有趣的故事吗？"

蒲留仙："什么故事都可以。什么狐狸精的故事或蛇妖的故事啦，狼女和人结成姻缘的故事啦，又或者坏人的故事啦，遇鬼的故事啦，任何故事都欢迎。我每天都坐在这里，听路过的客人说各色各样的故事呢。"

旅人甲："先生的趣味还真是有意思呢。我这里倒也没有什么特别有趣的故事……啊，对了。我出门前，听过这样一个故事。有个姓唐的人，听说和匪徒是一伙的。一天晚上二更时分，月色明亮，他喝得醉醺醺地独自走在路上，看到一个红衣女人蹲在路旁，便想去调戏人家。他蹑手蹑脚地走到女子背后，挠她胳肢窝，女子便把脸转了过来。您猜怎么着？惨白惨白的一张脸，光溜溜的，没鼻子没眼。饶他平日里作恶多端胆大妄为惯了，也被吓得'啊'的一声不省人事。女子瞬间就消失不见了。正好有个同伙路过这里，将他抬回家照顾，折腾了好一通，才终于醒了过来。可他原本好端端的一张脸也变得光不溜丢的，什么眼睛、鼻子、嘴巴，全都没了踪影。对了，你上次说的，幼童被砍伤的故事也很有趣呀。"说完便偏头朝旅人乙看去。

旅人乙："对哦，那我就说说那个故事吧。那是很久以前流传下来的一个故事。有一个男子住在宋城南的一家客栈里，晚上趁着月色去路上散步。忽然发现前面有一位老人，边走边就着月光读手里捧的账簿。他心下好奇，不由得凑上去问：'老爷子，您在读什么呢？''这是姻缘簿，写着你们的姻缘。'二人聊得投机，不一会儿走到了米市。迎面走来一个独眼妇人，怀里抱着一个看上去只有三岁的女婴。老头看到来人，对他说：'那女婴便是你的妻子。'男子勃然大怒：'荒唐！我怎么可能娶一个独眼妇人的孩子！'于是，一不做二不休，吩咐随从将那个妇人的孩子杀了以绝后患。随从听命悄悄尾随着妇人，竟然在大庭广众之下将女婴的脸砍伤，随即逃之夭夭。十四年后，男子当上高官，娶了一位刺史的女儿为妻。妻子貌美如花，但眉间总是贴着螺钿，仔细一看，原来是眉间有伤痕。一问才知道，原来是被奶娘抱着走在街上时，被狂贼刺伤了，那一年她三岁。男子大惊失色，又问她奶娘的长相，原来是个独眼的。"

三人正聊得火热，不知什么时候叶生也来了。他站在小溪下游过来的入口，调皮地眨巴着一双碧眼，环视了一圈。

叶生来到蒲留仙面前，一副得意扬扬的样子说道："你说的是京兆眉妩的事吧。老师，今天还有什么好故事吗？"

视线被叶生的身体遮挡了，蒲留仙便抬头瞟了一眼他的脸："啊，原来是你啊。"

看着茶，叶生忍不住说道："老师，今天可真热啊！受不了了，我要来碗茶。"

两个旅人正说在兴头上，话茬儿被打断，露出不快的表情，同时似乎想起了自己远行的目的，便开口了。

旅人甲："我们也该走了。"

旅人乙："是啊，出发吧。"

于是，旅人甲端着空碗，旅人乙拿着烟管，站起身来，走到蒲留仙面前，将它们放回了原位。这时叶生已经自顾自地斟茶喝了起来。

旅人甲："谢谢您的好茶。"

旅人乙："谢谢您的款待。"

蒲留仙："谢谢二位让我听到了好故事。一路保重。"

旅人打了声招呼，便回到行李前，戴上斗笠，像来时那样，各自带上行李走了。

叶生："老师，他们刚才说的刺伤女婴的故事，说的是京兆眉妩的故事吧。"

蒲留仙："是啊，似曾相识的故事。"

叶生给自己斟上第二碗茶，说道："确实是啦。那个故事传着传着，就变样了。"

蒲留仙："不过这也挺好。每个故事加上个人理解，再说出来故事味道也不同。你呢，可有听到有趣的故事？"

叶生："有一个有趣的故事。特意来告诉老师的。"

"是吗？那太好了。"蒲留仙好像想起什么来，将烟袋锅放到膝盖上，装上新的淡巴菰。

叶生急忙将手中的茶一饮而尽，取了旅人用过的烟管，装了淡巴菰，点上火，坐到了茶壶边上："我也要吃淡巴菰。老师，我昨晚听说了一个故事。"

蒲留仙："是吗？"

叶生："是一个莱州来的秀才说的故事，和无聊的旅人的故事可不一样。"

叶生美滋滋地吞云吐雾一番，就是不开口。蒲留仙也不紧不慢地吐着烟圈儿。

终于叶生开口讲道："说到这个故事啊。老师，这个故事的主角是一个叫周立五的男子。那男子颧骨凹陷，尖嘴猴腮，脸上光溜溜的不长胡子，甚是其貌不扬，而且三十二岁了还没过童试，觉得人生无望便随着父亲去了荆南。途中借宿南城外仓桥旁的客栈。晚上做了一个梦，梦里来了个雉冠绛衣的人，那人右手执刀，左手拎着一个人头，须髯如戟。他到了周生的榻前，二话不说便砍下了周生的脑袋，再将手里提着的脑袋安了上去。周生吓得差点魂飞魄散，紧紧抱着父亲的大腿，大声尖叫起来，从梦中惊醒了。摸摸脑袋，还好端端地长在脖子上，没有感觉到异常，便放下心来。"说着，他吹了吹烟灰，塞上了第二锅淡巴菰，点上火，津津有味地吸了起来。

"但是，几天后，周生的颧骨变高，两颐骨渐丰，胡须逐渐浓密，脸变得周正起来。又过了一年半，他梦见一白须老者，头戴缁冠，手执长尾拂尘，与金甲神相伴而来。老者说：'我来为你换腹。'话音刚落，同行的金甲神便拔刀剖开周的腹部，将他的五脏六腑掏了出来，洗干净后照原样塞回去，并扣上四角竹笠，在四角钉上钉子。'叮叮叮'的锤子声在周生耳中回响，可他竟然丝毫感觉不到疼痛。"

他第三次装上淡巴菰，点上火，吞云吐雾起来："钉好后，老者挥了挥拂尘说了句'清虚似镜，原本无尘'，随即消失了。周生随即从梦中醒来，发现自己的才学也突飞猛进，最终官至侍讲学士。这是秀才说的故事，和不学无术的旅人说的可有天壤之别。"

蒲留仙："嗯，是吧。有意思，是个好故事。"

叶生："和刚才他们说的可不一样哦。"

蒲留仙点头说道："不一样，是个好故事。趁着还没忘记，我得把它写下来。"

蒲留仙放下烟管，朝向左边，静静地一手提笔蘸墨，一手拿着纸，开始龙飞凤舞起来。叶生目不转睛地看着，又塞上新的淡巴菰抽了起来。

蒲留仙："是个有趣的故事。"

叶生："这个故事有点意思吧？"

"很有趣，很有趣，这个有趣，那个也很有趣。"蒲留仙频频点头，手上的动作却没停。叶生默默地抽着淡巴菰，出神地看着。

叶生抽尽兴了，心满意足地吹出了烟灰，咔嚓一声放下烟管。

叶生："老师，今天我就先告辞了，有点急事。"说着，他站起来，对抬起头来的蒲留仙微微点头致意，往来时的路走去。"明天再带好故事来找您。"

蒲留仙："好啊，有劳了。"蒲留仙又低头动起笔来。

这时，李希梅静静地走了进来。


李希梅："老师。"

蒲留仙迷茫地抬起眼皮。李希梅恭恭敬敬地打招呼。"小李啊，你来得正好，坐吧。要不要喝杯茶？"

李希梅："一会儿再喝，现在不渴。"

蒲留仙问道："那来点淡巴菰？"

"现在没什么胃口，过一会儿再说。"

蒲留仙："哦，那就坐吧。"

李希梅走到蒲留仙的左侧坐下："是。老师，刚才叶生来过了吧？"

蒲留仙搁笔，卷纸，放在砚台旁边："来了，你见到他了吗？"

李希梅："见到了。今天他又说了什么故事？"

蒲留仙："说了些有趣的话。"

李希梅："他刚才是不是说《世说新语》里的故事啦？"

蒲留仙笑着问："你怎么知道呢？听他说过吗？"

"这个啊……"说着，李希梅从袖子里掏出一本脏兮兮的旧书来，他面带嘲讽继续说道，"他把这个落在路上了，肯定是拿这个来换淡巴菰抽的。他说的是哪个故事？"

"说的是周立五在梦里被换头洗肚子的故事。"

"老师明知道还默默地听他说吗？"

"知道是知道，但是经过不同的人思考，说出来的趣味又不一样了呢。"

"可那不就是为了骗吃骗喝才胡乱编造的瞎话嘛。不过他也不是简单的角色，而且从头发和眼睛看，好像是洋人呢。"

"也许是吧，不过也可能是女真族的。"

李希梅说着，把手里的书扔到一边，一脸严肃："是啊，不知道是哪里来的流浪人。老师以后还是不要再接近那样的人了，太傻了。我这话说着可能不中听，但像老师您这样有学问有才华的人，就这样籍籍无名过一生太可惜了。京城现在正在广招天下学者，老师要是去了京城，何愁没有用武之地呢？"

蒲留仙："不，你的意思我能理解，很感谢你的好意，不过那条路不适合我。年轻时，我也曾想过靠儒学来立身，不过后来一想，就算当上大官或大儒，扬名于世，也不知道自己内心能否真正快乐。也许在你们眼中，我这样搜集牛鬼蛇神的故事是走火入魔了。不过要是打个比方的话，学者就好比在昼夜分明的世间，一生都只在白天的单调世界里蝇营狗苟，从不知还有个神奇恍惚的夜间世界之人。"

李希梅："是的。"

蒲留仙继续说道："我平时也会想，假如我也能娶到狐妻或者与鬼怪成为挚友，这个世界又将变得多么有趣呢？即便是文学，我觉得有意义也只是我的一家之谈，绝不可以把自己的想法强加给别人。"

蒲留仙说着说着，好像忽然想起什么："今天就先回去吧，你也去我家吧。我将上次叶生说的《搜神记》中求瓜术者的故事改编成了种梨的趣事，给你看看。"

"好。"

蒲留仙起身收拾砚台。李希梅也熟练地收好茶壶，用左手搂着，右手则拿起了皮袋和两根烟管。蒲留仙右手拿着砚台，左手拿着纸和笔，终于站了起来。

蒲留仙说着，注意到李希梅捡来的书，用拿着纸和笔的手将其抓在手里："快走吧。明天再还给他吧。"

"是。"

# 老狗怪谈

汉朝时期，东华郡中人陈司空死后下葬，一年后他又突然回到家中。

陈司空同妻子讲述阴间之事，整日饮酒作乐、大快朵颐，行事风格一如生前。

唯一有变之处是他竟开始流连烟花柳巷，且异常好动，片刻不能停歇。

某日他从外归家，饮酒后倒头便睡。

妻子上前一看，竟发现躺着的根本不是人，而是村里酒肆的老狗。

卯

# 三生

收录于作者一九二九年出版的怪谈小说，
该书为作者的中国怪谈小说集。

三生

原稿现存于日本中部长野中古书店，
于首版五十八年后由"悉桑派"
译者探访获得。

# 崔生

崔生原是长安永乐里的一位书生。他生于博陵，后在渭南买了一栋别院。贞元年间的某个清明时节，崔生由博陵出发前往渭南别院度假，到了日暮时分依旧还未进入昭应城。

崔生一看天色，连忙挥鞭催马，生怕封城前无法进入。少顷，他乘马进入了一片松柏茂盛的树林，虽天色尚早，可树林里却已是十分昏暗。不多久，前方突然出现了一位衣着华丽的年轻女子，看到崔生疾行而来，似乎被吓了一跳，想要躲开。但许是过于惊慌失措，她只是踉跄了一下，并未走远。崔生转头对身后的家仆吩咐道："那小姐大概是迷路了吧，你且上前问问。"

家仆闻言翻身下马，走向那女子。

女子以袖掩面，并不正眼看家仆。家仆无奈，只好先反身回话。

"公子，那小姐羞涩，不肯回答，不过看起来应该住得不远吧。"

崔生闻言道："话虽如此，我等也不能就此置之不理，不如让那姑娘乘你的马，我们送她回家吧。"

家仆领命后，牵着马辔再次走向女子。

"小姐，天色已晚，我家主人愿送您回家，请小姐上马吧。"

女子放下遮挡在脸上的衣袖，看着家仆微微一笑。家仆将女子托上马背后，三人两马再次启程。

"敢问小姐家住何处？"

女子默默指了指前方，她的手指十分白皙。家仆驱马顺着女子手指的方向行进，崔生也骑马紧随其后。

月光如水，洒向林间。行至一半时，少女转头看了看崔生，莞尔一笑，崔生一愣，随即连忙笑脸相迎，他这才看清，前方的少女唇色红润，自有一番风情。

走了不久，前方就传来了几个女人的说话声，两三个身着蓝色衣裳的婢女见到他们后连忙迎了上来。

"小姐，您可算回来了，奴婢们找了您好久，都急坏了。"

其中一个婢女走上前来，仔仔细细地围着少女看了一圈后，转向家仆道："太感谢公子了，我家小姐给您添麻烦了。"

"我家公子见到这位小姐独自站在林中，猜测应是迷了路，便让我送回来了，后面那匹马上的便是我家公子。"家仆回答。

婢女闻言，连忙走向崔生行了一礼。

"蒙您照顾我家小姐，奴婢感激不尽。主人家离此不远，可否请您随奴婢们入府，主子一定也想好好谢谢您的。"

崔生心下一喜，他早就被那小姐所吸引，正想多加亲近，这等机会岂会放过。于是一行人再次向前，一直走到树林的尽头。那里站着一个身着蓝色衣裳的老婢，见到他们后连忙迎了过来，对着崔生深施一礼后道："多亏公子帮忙送回我家小姐，大恩不言谢。原是今夜主家设宴款待亲友，小姐不胜酒力，便于中途出门吹风醒酒，哪承想一不小心便走远了。多亏公子为我们送回小姐，夫人若是知道小姐安然无恙，也定要备下酒宴答谢公子的，还请公子屈尊随我们入府。"

一行人向前走了十丁¹后，又出现了一片树林。林子入口处有一座别院，四周桃李芬芳，暖风徐来，阵阵花香入鼻。

院门口也站着五六个婢女，见到他们后便迎上前来，将小姐扶下马后，又簇拥着进了院中。崔生也下了马，和家仆一起把两匹马拴在院旁的树干上。原本站在林边焦急等候的婢女，此时也随着众人一同返回院中。

"夫人非常高兴，请您随我们进屋吧。"

崔生将家仆留在屋外，在老婢的指引下进了屋。只见内室宽敞洁净，桌上满是美酒佳肴。角落处坐着一位约莫四十岁的贵妇人，见到崔生后连忙起身相迎。

"公子光临寒舍，真是蓬荜生辉啊。"

贵妇端庄恭敬地向崔生施了一礼，崔生连忙恭敬回礼。

"方才公子所救的女子，正是老身的外甥女，给公子添麻烦了，还望公子勿要怪罪。老身让人略备薄酒，请公子莫要嫌弃。"

贵妇请崔生落座，随即来了十几个年轻的婢女为崔生斟酒。崔生性格豪爽，凡劝必饮，不多久便酒酣耳热，陶然而醉。

贵妇与崔生对坐而饮，频频向他敬酒，一时间，主客尽欢。酒过三巡，贵妇白皙的脸上也逐渐染上了绯红。二人越发亲近，相见恨晚。

"老身想将外甥女许配与公子，不知公子意下如何？"贵妇借着酒意开了口。

"蒙夫人错爱，那小生就恭敬不如从命了。"崔生连忙应下。

贵妇吩咐老婢将少女唤来。这边的崔生难掩笑意，谈笑间又是几杯美酒下肚。

不多久，盛装打扮的少女走进房中，在贵妇的身侧坐下，脸上还带着些许娇羞。贵妇一脸慈爱地搂住外甥女道："从今往后，你便跟着这位公子吧。切记妇容妇德，勤俭持家，切莫让公子恼怒于你，记住了吗？"

---

1　一丁约为一百米，十丁即为一千米。——译者注

崔生遂留于府中与少女结为连理。那些日子里，美酒在手，佳人在侧，过得好不逍遥快活。一日酒足饭饱之后，崔生凭窗而立，贵妇推门而入对他说道："可有兴趣赌上一把？"

二人走向双陆[1]棋盘后，贵妇又问："你以何物为赌注？"

崔生想起自己在长安时，曾买了六七个精致的红盒子，便说："小生就拿这红盒作为赌注吧。"

贵妇颔首道："既如此，老身便以这玉指环为赌注吧。"

赌注既下，两人便执骰对坐。

"老身赢了。"崔生不善双陆，一开局就输了一个红盒。

"老身运气真好，又赢了。"被贵妇连胜两局后，崔生到了第三局才险胜扳回一局。

"可算是赢了一局，那小生可就收下这指环了。"崔生欣然地从贵妇手中接过玉指环。

下一局又是贵妇赢了。

"那老身便不客气了。"贵妇笑着又收下一个红盒。

下完棋，崔生夫妇与贵妇摆上酒菜，觥筹交错。突然，不知从何处传来了一阵沉闷的响声。贵妇和女子脸色骤变，与此同时，外院也一片骚动。

"有贼人！有贼人！"有人喊道。

女子慌忙抓着崔生的手，一脸惊恐道："相公，快随妾身躲藏起来！"

崔生随着妻子跑出房间。女子快速打开一个小门让崔生钻了出去。崔生走出小门后，回头一看，别说女子了，就连那扇小门也消失得无影无踪。崔生目瞪口呆，却又不知该如何是好，无奈之下只好先躲进一个阴暗洞穴恍恍惚惚地入了梦乡。醒来时，洞里竟然长满了杂草。崔生大惊，连忙钻出了洞穴。外面的林中开

---

1　双陆，古代博戏用具同时也是一种棋盘游戏。棋子的移动以掷骰子的点数决定，首位把所有棋子移离棋盘的玩者可获得胜利。——译者注

满了山茶花，可在这深山老林中却显得那般孤寂凄凉。失了神的崔生漫无目的地在林中乱转，突然发现一个男子正在小土丘上用铁锹挖着土。定睛一看，那人居然是自己的家仆。家仆看到主人后大喜过望，急忙停下手中的铁锹飞奔上来：

"啊，公子，真的是您吗？您到底去哪儿了？"

崔生一脸迷茫，不知从何说起。

"那日我见公子来到此地后就突然不见了。我觉得很奇怪，便想挖开看看。"

二人于是向内一看，下面居然是一个很大的墓穴。

崔生和家仆一看，便将那墓洞挖得更深了些，一块刻着文字的墓石随即露出地面。

"后周赵王女玉姨之墓。平生怜重王氏外甥，外甥先殁，后令与外甥同葬。"

墓中静静地躺着两口棺材。崔生打开其中一口，墓主人已经化为白骨，旁边还有五六个红盒子，崔生大为震惊，那不就是自己输给贵妇的红盒子吗？他连忙低头看了看自己的衣带，只见上面还挂着两枚玉指环。

# 竹青

据传曾有一名落魄秀才名为鱼容[1]，祖籍湖南，具体哪个郡县，后人不得而知。

鱼容家境贫寒，科举落第后他郁郁归乡，路途尚未过半，却已是囊空如洗。鱼容羞于向行人讨要路费，奈何饥饿难耐以致寸步难行，于是走进了吴王庙，打算在此处稍作休息。

吴王庙建于长江洞庭湖边上的富池镇中，殿中祭祀的乃是三国时期的吴将甘宁，因此也有里面供奉着镇守水路之神一说。

庙旁林中栖息着数百只乌鸦，每每飞行数里，迎接来往船只，而后成群结队盘旋于上空，见舟中有人抛肉而出，遂叼之，无一遗漏。故船上的人称其为"吴王神鸦"。

鱼容本就落榜失意，加上此刻饥饿难耐，只觉周遭一切都不合己意，便向吴王神像发了一通牢骚并祈求他保佑自己，而后走到走廊上和衣而睡。

---

1　蒲松龄版为鱼客。——译者注

半梦半醒之际，忽觉一人走到身前，来者说道："跟我来。"鱼容便跟着他走到了吴王面前。领着鱼容的那人跪拜在吴王面前道：

"黑衣队尚缺一人，请让他加入吧！"

"允。"

得到吴王恩准后，那人给了鱼容一套衣服。

鱼容按照指示换上衣服，竟摇身一变化为了乌鸦。他振翅而飞，身旁数只乌鸦也随之啼叫着飞了起来。

鱼容跟着鸦群盘旋于往来船只的桅杆四周。不多时，船上的人便争先恐后地扔来了肉食。同行的乌鸦身姿矫健，将空中的肉接住叼走了。鱼容有样学样，没过多久便觉饱腹，于是飞回到林子里栖于枝头，一脸餍足之色，先前的满腹牢骚也悉数散尽了。

过了二三日，吴王怜惜鱼容形单影只，便许配给了鱼容一只名为竹青的雌鸦。夫妻二人情投意合，生活和美。

鱼容每每飞向船只觅食时，竹青总是千叮咛万嘱咐，让他务必小心，但鱼容认为自己对此早已驾轻就熟，便把竹青的叮咛当作了耳旁风。

一日，有士兵乘船经过，鱼容同往常一般盘旋于桅杆周围等待投食，不料这次从船上飞出的却不是肉，而是颗颗子弹。鱼容被子弹正中胸腔，险些坠落之际，竹青一闪而过衔起他飞走，这才没让士兵抓了去。鸦群因同伴被攻击愤怒无比，纷纷振翅而起，浪花四溅，汹涌的浪潮掀翻了士兵的船只。

竹青带着鱼容往竹林中飞去，她寻来食物欲喂给鱼容，无奈他伤势过重，当日便气绝身亡。睁眼醒来，鱼容发现自己正躺在吴王庙的走廊中。原来竟是大梦一场。

早些时候，当地人在走廊上发现了鱼容，只见他倒在地上一动不动，好似一具尸体。众人不明缘由，伸手一探，发现他身体尚未凉透，便不时派人前来查看。

当下，鱼容终于苏醒，众人这才从鱼容口中了解了事情的来龙去脉。好心的村民们筹钱给他作路上盘缠，让他得以平安无事地回到家中。


三年后，鱼容出游时又途经此地，到吴王庙前去参拜，供上吃食，并唤群鸦以饵饲之。他祈愿道："竹青若在，请留步别走。"可那鸦群吃完便飞走了，一只也没留下。

再后来，鱼容乡试中举，归途中依然不忘参拜吴王庙，供奉猪羊，同时备上丰盛的食物款待鸦群，而后祈愿时又提及竹青，但依然没有一只乌鸦为他停留。

当晚，船泊湖村，鱼容正坐于烛灯旁，忽觉桌前似有只飞鸟飘落。他定睛一看，原是个二旬有余的美人，只见美人笑盈盈地说道：

"许久未见，可还别来无恙？"

鱼容心下称奇，问道：

"在下冒昧，请问姑娘是？"

"相公不记得竹青了？"

鱼容喜不自胜，问她从何处而来。

竹青答："我如今是汉江神女，鲜少归乡，但鸦群两次来使，向我传达你的思念之情，故此特来与你相见。"

鱼容越发欣喜若狂。两人如同久别重逢的夫妻一般，痴缠不已。鱼容希望带竹青一同南下回乡，竹青却想让鱼容陪她朝西去往汉水。二人意见相左，久久僵持不下，却也不知不觉中交颈而眠。

鱼容一觉醒来，睡眼惺忪地往身旁一探，却发现竹青已早早起身。他睁开双眼环顾四周，只见自己正身处一间豪华大房中，屋内烛光交相辉映，亮如白昼，怎么看都不像是在船舱之中。鱼容顿时清醒，起身吃惊问道：

"此为何处？"

竹青笑道："这是我的家乡汉阳，只是你我二人既已水乳交融，不分彼此，这里自然也是你的家了，何必一定要到南方去呢？"

谈话间天光逐渐放亮，侍女及老媪鱼贯而入，端菜备酒。宽大的床榻上支有矮小的茶几，二人在此举杯对酌。

"我的侍从们又在哪里？"鱼容问道。

竹青答："还在船上呢。"

鱼容担心船夫不愿久等，便又说道：

"船夫那边该如何是好？"

"相公不必担心，我备了些好物相赠，届时自会打点好一切。"

鱼容遂安下了心，与竹青日夜吃喝谈笑，将归乡一事抛至九霄云外。


次日清晨，舟中的船夫醒来时发现汉阳城近在眼前，瞬间大惊失色。侍从也前往主人屋里一探究竟，却见室内空无一人，几番寻找也杳无音信。船夫想要将船驶离，却解不开泊岸时系的缆绳，只得作罢，与侍从们一起等待。

过了两个月，鱼容忽又归乡心切，便对竹青说道：

"娘子贤惠周到，让我在汉阳这些时日过得甚是潇洒得意，只是如此下去怕要与家中亲友疏离。更何况你我二人早已结为夫妻，娘子却未曾上门见过公婆，总归不合礼数。"

竹青道："我身为汉阳神女，必须驻守汉阳城，即便有心与你一同回乡也难以实现。我知你家中已有结发妻子，我若同你回去，届时你又该如何安置我？不如就让我留在此地，相公把这里当作第二个家可好？"

鱼容心悦有妻贤惠如此，只恨汉阳城同自己家乡相隔甚远，不便常来常往。竹青遂起身取出一套黑色衣裳，说道："这儿有一件你曾经穿过的旧衣裳，相公思念我时就把它穿上，它能将你带到我身边。到了这里，我再帮你脱下。"

二人达成一致，竹青于是摆下了美味佳肴，给鱼容践行。

鱼容当晚喝得酩酊大醉，醒来后发现自己竟已回到船上，向外一看，船只依旧停泊在洞庭湖边，船夫和仆从都在。众人面面相觑，对他的突然出现感到十分震惊，连忙追问鱼容究竟去了何处。鱼容故意面露惊奇之色，摆出一副怅然若失的神情。

他见枕边放着一个包袱，打开一看，里面是竹青赠的新衣、鞋袜和那套黑色衣服。又有一个绣制的口袋系在腰上，里面竟装满了金子。

众人于是开船南行，到了岸，鱼容付给船夫一笔丰厚的赏金，随后便回了家。

回家数月后，鱼容对身在汉阳的竹青思念不已，于是偷偷拿出了那套黑衣，穿上后两胁立刻长出了一双翅膀，迅速向空中飞去。

不过两个时辰，鱼容已经飞到了汉水，在空中盘旋着往下看，见孤屿中有一片楼舍，便在那里落了下来。有位侍女已经看到了他，大声喊道："官人回来了！"

片刻后，竹青走了出来，命仆人们给鱼容脱了黑衣，鱼容顿时觉得身上的羽毛也随之脱落了下来。二人挽着手向屋内走去，竹青对他说道："相公来得正好，我产期将至，估计就在这两天了。"

鱼容同她打趣着问："不知娘子是胎生还是卵生？"

竹青笑答："我如今可是神女，早已脱胎换骨了。"

过了几日，竹青果然生产了。婴儿被厚厚的胎衣包裹着，像颗巨大的卵。破开一看，是个男婴。鱼容喜不自禁，给孩子取名叫汉产。

三日后，汉水的神女们前来祝贺，并送来了衣服珍宝作为贺礼。神女们个个貌美如花，芳龄皆未满三十。她们走到孩子的床榻前，用拇指点了点孩子的鼻子，说是增寿。

众人回去后，鱼容问竹青：

"方才那些都是何许人也？"

竹青说道："她们是我的朋友，也是汉水的神女。郑交甫曾于江汉之眉偶遇一女子，对其一见倾心，并向她索要佩玉，说的就是走在最后的那位身穿藕白色衣服的仙女。"

又过了两三个月，竹青派船送鱼容回家。那船无帆无桨，漂然自去。船只靠岸，早已有人牵着马在路旁等候了，鱼容便上马回了家。

自此以后鱼容和竹青往来不断。


又过了几年，汉产生得愈发俊秀伶俐，鱼容很是宠爱他。鱼容的妻子和氏因膝下无子，一直想见见汉产。鱼容遂将此事告诉竹青，竹青听后准备了行装，送汉产跟随父亲南去，并约定好三个月就回来。

汉产到家后，和氏对他视如己出，疼爱有加，拖了十个月也不舍得送他回去。一天，汉产忽然暴病而死，和氏悲痛欲绝，日日以泪洗面。

鱼容前去汉水告知竹青这一哀讯，未想刚进门就看到汉产光着脚正躺在榻上睡觉。鱼容欣喜若狂，忙问竹青：

"汉产不是突发急病夭亡了吗？这究竟是怎么回事？"

竹青答："是你违约在先，久久不送他回来，我又十分想念他，只好出此下策了。"

鱼容向她解释个中缘由，皆是因和氏对这孩子过于宠爱，这才过了期限。

竹青闻言道："待我再诞下一子，就将汉产送回去。"

过了一年多，竹青生了一对龙凤胎，男孩取名为汉生，女孩取名为玉佩。鱼容遂带着汉产回了家。然而一年要往返两地多次，多有不便，鱼容便举家迁到了汉阳。

汉产十二岁时，入郡立学堂学习。竹青认为人间并无美丽聪慧的女子，就带走了汉产，让他娶妻后再回来。汉产的妻子名叫凬娘，也是神女的女儿。

再后来，和氏魂归西天，汉生和妹妹玉佩前来送葬。

葬礼过后汉产留下了，鱼容则带着汉生和玉佩离去，从此再没回来。

# 西湖主

陈弼教，字明允，河北人士。因家里贫寒，便随副将军贾绾做了书记官。

某日，贾绾泛舟洞庭湖上，忽然一只大猪婆龙浮上水面。贾绾弯弓搭箭，射中龙背。一只小鱼衔住龙尾，猪婆龙中箭后也不逃走。

众人将龙和鱼捉上船，锁在桅杆上。龙、鱼都有一息尚存，弼教见猪婆龙嘴巴一开一合，似乎在向自己乞求怜悯，不由得心生恻隐，求贾绾放它一条性命。又拿来金创药，半是认真、半是戏耍地给它敷了些后，将它们放生。龙和小鱼在水面浮游良久才潜入水中。

过了一年，陈弼教要回北方，又乘船过洞庭湖。忽然湖上狂风大作，吹翻了弼教的船只。所幸陈弼教抱住一只竹箱，漂流了整晚，挂住一棵树才得以爬上岸来。刚喘口气，一具尸体随水漂来。陈弼教使尽力气将他拉上岸，正是自己的仆从，早已浑身冰凉，死去多时了。

陈弼教又累，心里又悲痛，顿时觉得了无生趣，只是坐在仆从的尸身前面不停叹气。

岸边是座树木茂密的小山，柔弱的柳枝随风飘摆。四周杳无人烟，也无从询问路径。陈弼教从天刚刚亮一直坐到辰时后，突然看见仆从的身体动了动。陈弼教喜出望外，赶忙帮他按摩身体。不一会儿，仆从嘴里吐出许多水，悠悠地醒转过来。两人脱下衣物，摊在石头上晾晒，直到晌午时分才终于晒干穿上。身上不冷了，肚子却擂鼓似的响起来。已经两天粒米未进，这时才觉得饿了。

两人想翻过山，找个有人家的地方歇歇脚。才到半山腰，忽然听见一声箭响。陈弼教急忙停下脚步，侧耳细听。一阵马蹄声响，两个女郎骑着骏马飞驰而来。两人都以红绡抹额，髻插雉鸡翎，穿小袖紫衣，腰束绿锦，一手持弓，另一只手臂上套着青色套袖。只见两人从小山南面奔驰而来，另有二三十骑紧随其后，都是美貌的女子，相同的打扮。

想必是富贵人家的小姐出来打猎，陈弼教不敢乱动，就停在原地。马群过去后，一个男人跟在后面拼命地跑，这定然是马夫，陈弼教上前搭话："请问刚才过去的是谁？"

马夫回答："西湖之主来首山打猎。"陈弼教将自己的遭遇告诉马夫，顺便说了一句："肚子很饿。"马夫分了些干粮给他，叮嘱道："你还是躲远些的好，冒犯车驾可是死罪。"

陈弼教心里害怕，赶忙带着仆从跑下山。

山脚下也有一片树林，飞檐殿阁在其中若隐若现，似乎是座寺庙。陈弼教喜出望外，带着仆从快步赶过去。不一会儿便看见白墙围住一座大院落，一道溪水从院前流过。红色的大门半开，溪上一座小桥通到门前。陈弼教扒住门往里看，只见楼台亭榭绵延高耸，很有王庭的富贵气象。

陈弼教犹豫半晌，终于鼓足勇气迈了进去。好大一个院落，藤蔓横生，花香袭人。过了几重围栏，又来到另一处庭院。院里种着数十株高大的垂杨柳，和朱红色的屋檐相映成趣。一时有山鸟鸣叫，微风吹过花苑，花瓣一齐飞舞，榆钱如雨般飘落。这般美景令人心旷神怡，简直不像人间所有。

陈弼教穿过小亭，旁边有一架秋千，上入云端，两条长索沉沉垂下。既然有秋千，恐怕快到这家人小姐的闺房了，陈弼教不敢再往前走。

突然间马蹄声从大门处传来，隐隐还有女子的笑声。陈弼教急忙和仆从藏进花苑中。笑声渐近，只听一个女子的声音说道："今天很是无趣，没射到几只飞禽。"又听另一个女子说道："要不是公主射下一只大雁，今天恐怕要白跑一趟呢。"

话音未落，几个穿红衣裳的女子簇拥着一个女郎走进院内，在亭子里坐下。女郎穿一身短袖军装，约莫十四五岁年纪，一头青丝如雾，盈盈细腰如柳，容颜之美较名花犹胜三分。众女子献茶焚香，远远看去真是一团锦绣。不多时，女郎起身下了台阶。陪同的一个侍女笑着说道："公主骑马劳累，还要荡秋千吗？"

公主含笑点头。侍女们有的架住公主肩膀，有的抬起公主手臂，有的帮她牵起裙裾，有的接住公主的鞋子，七手八脚，将公主放到秋千上。公主轻舒玉臂，换上一双尖头绣鞋，荡起秋千，身轻如燕，直入云间。玩了一会儿，众侍女将她扶下，纷纷说："公主真是仙人。"

说说笑笑，众人离开花苑走了。

公主荡秋千时，陈弼教看得眉飞色舞，神志飞扬。待到人声杳然，这才来到秋千下，边踱着步，边回味刚才的情景。忽然看见篱笆下落了一条红巾，陈弼教大喜，赶忙拾起收进袖中。来到亭中，看桌案上摆着笔砚，陈弼教又掏出红巾，在上头题诗一首："雅戏何人拟半仙？分明琼女散金莲。广寒队里应相妒，莫信凌波便上天。"

挥笔写就，陈弼教又念诵一遍，心满意足地沿着来时路往回走。来到门前，大门却已紧闭。陈弼教不知如何是好，只好在院子里乱转，想找个出口。正没办法的时候，突然碰到一个女子。两边都吓了一跳，女子大声问道："你们怎么进来的？"

陈弼教深深施礼，说道："我们是迷路之人，还望姐姐搭救。"

女子问道："可曾捡到一条红巾？"

"捡到了，只是弄脏了。"陈弼教掏出红巾，女子接过去一看，大惊道："该死！这是公主之物，你弄成这样，可如何是好！"

听她这么说，陈弼教也吓得脸上变了颜色，低声恳求："姐姐饶命。"

女子说道："偷入宫殿就已罪无可恕，但念你是个读书人，看着忠厚老实，原本可以放你离开。但你故意弄脏公主的红巾，我也没有办法了。"

女子捧着红巾，慌慌张张地去了。陈弼教心里害怕，鸡皮疙瘩起了一身，恨不能插上双翅飞出去。可惜翅膀没生出来，自己只能待在原地等着杀头。

不多时，那女子去而复返，笑道："你这颗脑袋或许保得住了。公主将红巾翻来覆去看了几遍，面带笑容，并没有生气，能饶你一命也说不定。你且再等一会儿，切记不要逃走，再被抓住可就真的万事皆休了。"

日头已经落山，陈弼教固然担心自己的生死，腹中饥饿却更是难忍。所幸那女子提着灯过来，还带了个提食盒的丫鬟。丫鬟摆上酒食，陈弼教边狼吞虎咽，边急切地问："姐姐，不知公主可愿意赦免我们？"

女子回答："方才我问公主，要不要放院子里的秀才走，否则他怕是要饿死在这儿了。公主考虑良久，怕天黑你们无处可去，才让我先拿些吃的给你们。这可不是个坏消息吧？"

陈弼教和仆从终于吃了顿饱饭，但这颗心还是放不下来，一晚上没能安睡。第二天辰时刚过，那女子又拿了食物过来。陈弼教又求她向公主说情。女子沉吟道："公主没说要杀你们，可也没说要放。我们只是下人，没法一次次地去求情。"

不觉间日头又已偏西，陈弼教还在苦等赦免。那女子上气不接下气地跑进来说道："大事不好。有人多嘴，把你们的事告诉了王妃。王妃大怒，将红巾扔在地上，痛斥你无礼。只怕你要大祸临头了。"

陈弼教吓得面如土色，一揖到地，求女子救命。这时远处有人声传来，女子赶忙甩手逃走。随后三四个人手持绳索，闯入房内。其中一人盯了陈弼教半晌，忽然说道："我当是谁，这不是陈先生吗？"转头止住持绳索的人："你们稍等片刻，我去禀报王妃。"

说完，那人跑了出去，不一会儿便返回来说道："王妃有请。"

陈弼教不明所以，战战兢兢地跟他们走，穿廊过户来到一座宫殿前。侍女高声通禀："陈先生到了。"见殿内坐一位衣着华美的妇人，想必就是王妃，陈弼教赶忙以头抢地，说道："小人途中迷失道路，误闯宫殿，请王妃饶命。"

王妃连忙站起身来，拉住陈弼教的手，将他搀起，说道："没有陈先生，我哪里有今日。婢女们不知内情，怠慢了先生，还望见谅。"安排陈弼教坐下，王妃吩咐摆酒设宴。金盘玉盏，珍馐美味，看他们前倨后恭，陈弼教莫名其妙，一动也不敢动。

王妃给他斟了一杯酒，说道："先生对我有再造之恩。我无以为报，一直深以为恨。今天恰巧先生为小女题诗，也算是天缘巧合。今晚就让她侍奉先生吧。"

幸福来得太过突然，陈弼教心里依旧惴惴不安。夜深人散去，一个侍女过来说道："公主已经梳妆完毕。"

陈弼教跟随侍女前往小姐的闺房。还没到，已经听见笙、笛声响。屋前的台阶上铺好了绣花地毯，门口、室内、墙上、茅厕各处都挂满了红灯笼。三四十个女郎扶着公主进来，与陈弼教夫妻对拜。一股麝香弥漫充斥殿内。陈弼教牵着公主的手进了帷帐，说道："我一介旅人，从未见过公主，还玷污了您的香巾。您不怪罪已是万幸，不想竟然还许我婚姻。"

公主笑道："我母亲是江阳王之女，西湖君王妃。去年到洞庭湖游玩，被流矢射中，多亏您求情才得以活命。而且您还亲自为她敷金创药疗伤，我一家无不感激您的恩德。我虽不是人类，还望您不要见怪。龙君曾教我长生之术，我愿与您一同修习。"

陈弼教这才明白，公主和王妃都是神人。

陈弼教又问："这事你怎么也知道得这么清楚？"

公主答道："那天在洞庭湖上，有条小鱼衔住龙尾，就是我了。"

陈弼教还有事情不明，又问："既然不杀我，为什么当初迟迟不放我走呢？"

公主笑道："实在是爱慕您的才华，只是我自己不能做主。我担心了一晚呢，怕别人不知内情，亏待了你。"

陈弼教叹息道："我若是管仲，你就是我的鲍叔。送饭给我的又是谁呢？"

"那婢女唤作阿念，也是我的心腹人。"

陈弼教这才完全放下心来，对公主开玩笑道："你要怎样报答我的大德啊？"

公主也笑道："我等了您这么久，今后尽心侍奉也为时不晚吧？"陈弼教又笑了笑，问道："大王去哪里了？"公主答道："随关帝爷讨伐蚩尤，还没回来。"

又过了四五天，陈弼教担心家里，就让仆从先回去报平安。陈家早就听说洞庭湖翻船的事，妻子已经在家服丧一年，突然仆从回来，这才知道陈弼教还在人世。然而之后陈弼教又音讯全无，家里依旧免不了担心。又过半年，陈弼教突然返回家里，骑肥马，着轻裘，囊中装满宝玉。

自此陈家陡然而富，陈弼教生活豪奢，纵然是世家大族也有所不及。七八年间，陈弼教多了五个儿子。陈弼教每天宴请宾客，料理丰盛无尽。有人问陈弼教的经历，陈弼教毫无顾忌，都会全盘相告。

陈弼教有个从小相交的朋友，名叫梁子俊。梁子俊到南方做官，十余年后返回故乡。乘船过洞庭湖时，远远看到一艘画舫，雕栏朱窗，笙歌吹奏，美轮美奂。梁子俊急忙让船家靠近，见画舫里坐着一个少年，肩上靠着一位十五六岁的美貌少女。看这排场，似乎是楚襄王一流的贵人，但随从又过于少了。梁子俊不由多看了两眼，却发现那少年正是自己的好友陈明允。

梁子俊将身子探出船外，大声招呼："莫不是明允？"陈弼教听见有人叫自己，命人停下画舫，自己来到船头，邀请梁子俊上船。画舫里满桌的残肴冷炙，酒气尚浓。陈弼教吩咐一声，三五个侍女立刻过来撤掉宴席，重新布酒、烹茶。接着摆上桌的山珍海味，都是梁子俊从未见过的。梁子俊大惊，问道："十年不见，你竟然已经这么富贵了？"

陈弼教笑道："你还以为我是当初的穷小子，无法发迹吗？"

梁子俊又问："刚才与你共饮的是谁？"

陈弼教答道："贱内。"

梁子俊依然半信半疑，又问："你们一家人要往哪里去？"

"要往西边去。"

梁子俊还要再问，陈弼教吩咐侍女唱歌劝酒。音乐声、歌声顿时响起，嘈嘈切切，盖住了两人的谈笑声。他乡遇故人，梁子俊喝得大醉，见满屋的美人，便借酒劲问陈弼教："明允公，能赠我一个美人吗？"

陈弼教笑道："足下醉了。美人不能相赠，但你是旧友，我送你一样东西，足够你买个漂亮小妾了。"

一个侍女捧来一颗明珠，交给梁子俊。陈弼教说道："有这颗珠子，就是绿珠那样的美人也能买到了。"不等梁子俊回话，又说道："我还有些小事，不能和旧友长聚了。"

送梁子俊回船之后，解开绑在画舫上的缆绳，画舫转眼消失不见。

梁子俊回到故乡，立即去陈家拜访，陈弼教正在家里和客人喝酒。梁子俊心里更是奇怪，问道："前几天你还在洞庭湖，怎么回来得这么快？"

陈弼教笑道："没有的事，我一直在家啊。"

梁子俊把当天的事一五一十说了一遍，满座皆惊，只有陈弼教依旧笑着说："你肯定是认错人了，我又没有分身之术。"

众人都觉得不可思议，但又百思不得其解。

陈弼教八十一岁而亡，葬礼时众人抬起棺材，棺材轻飘飘的。众人奇怪，打开看时，却是空棺材一口，并没有尸身在内。

# 陆判

陵阳人朱尔旦，字少明。性情豪放，只是资质愚鲁，因此虽然刻苦求学，却一直无法出人头地。

一天，朱尔旦和同窗好友一同饮酒。到晚上，酒酣耳热之际，一个朋友戏耍他，说道："人都说你胆大，今晚你敢不敢去十王殿走一趟，把左边廊下的判官背来？只要你敢，我们情愿出钱摆酒，给你庆祝。"

陵阳有座十王殿，殿里供奉着十殿阎王的木雕，个个栩栩如生。东廊下的判官像绿脸庞、红胡须，尤其骇人。每到晚上，廊下都会传出拷问的声音，让人毛骨悚然。朋友料定朱尔旦不敢去，就故意刁难他。

不想朱尔旦完全不以为意，笑了一笑，站起身走出门去。过不多时，众人听见门外有人大声喊："嘿！大胡子先生来了！"

众人纷纷站起身来，只见朱尔旦背着一尊木像走进来，将它放在桌上，敬了三杯酒。原本想让他难堪，不想他真的把判官像背来，众人都吓得缩在一旁，不敢靠近。过了好半天，才有人壮着胆子说："赶紧把它送回去吧。"

朱尔旦又倒满一杯酒，洒在地上，嘴里说："小生粗鲁，还请判官不要见怪。我家就在不远处，有空时就来喝酒，用不着客气。"说完，背起神像就走。

第二天，同窗凑了些钱，请朱尔旦喝酒。

第三天，天黑时，朱尔旦喝到半醉回家，觉得意犹未尽，就把灯点亮，拿出酒来自斟自饮。突然有人掀起门帘，走进房里。朱尔旦抬眼一看，正是昨夜的判官，赶忙站起身说："我的死期到了。昨晚我亵渎神灵，今天判官来取我性命了。"

判官捋了捋胡须，笑着说道："误会，误会。昨天承你相邀，今晚刚好有空，我是赴约来了。"

朱尔旦大喜，牵住判官的衣服，恭恭敬敬地请他坐下。自己清洗酒杯，要去温酒。判官一摆手，说道："天气暖和，就喝冷酒吧。"朱尔旦也不多说，打了壶酒放在桌上，又跑出去让妻子准备菜肴。妻子怕朱尔旦出事，极力劝他不要去陪判官。朱尔旦不听，站在厨房看着妻子做好了菜，亲自端着回到房里，和判官推杯换盏起来。

两人喝得高兴，朱尔旦问判官的姓名。

判官回答："我姓陆，没有名字。"

两人谈论古代的典籍，判官对答如流。朱尔旦问了些关于应考文章的事情，陆判官又说些阴司的趣事，和阳间并没有什么分别。陆判官酒量极宏，转眼间十大杯酒喝了下去。朱尔旦陪他直到早上，终于支持不住，醉倒在桌案上。醒来时客人早已离去，只剩残烛的火苗在突突地跳动。

此后每隔两三天陆判官就来一次，和朱尔旦日渐亲密。有时喝醉了，两人便同榻而眠。朱尔旦拿自己的文稿给陆判官看，陆判官看完总是皱起眉头，说一句"不好"。

一天晚上，朱尔旦又喝醉了，昏睡过去。睡梦中忽然觉得肚子疼痛，醒了过来。却看见陆判官坐在床前，将自己肚子剖开，把肠子抽出，一根一根地整理。朱尔旦吃了一惊，问道："我和判官并无仇怨，为什么要杀我？"

陆判官笑道："不用害怕，我不是要杀你，是帮你装颗慧心。"

118

说完，陆判官将肠子放回朱尔旦腹中，缝合创口，又用裹脚布作绷带，绕肚子缠了几圈。朱尔旦侧头看看，床上没有丝毫血迹。自己肚子也不再疼痛，只有一点点麻痒。又往桌子上看，桌子上放了块肉。朱尔旦觉得奇怪，问道："那是什么？"

陆判官笑道："是你的心。你文章不好，全是因为心窍堵塞。我在阴司几千万颗心中找了一颗慧心，帮你换上了。"到了早上，陆判官离开。朱尔旦解开布再看时，创口已经愈合，只有一道红线在肚子上。

此后朱尔旦的文章越作越好，读书也是过目不忘。过了几天，他拿自己的文章给陆判官看。陆判官说："嗯，文章不错。只是你福薄，担不起大富贵，最多也就中个举人吧。"

朱尔旦问："那我什么时候能中？"

陆判官点点头，说道："就在今年，你好好准备定然能够一举夺魁。"

不久后就是乡试，朱尔旦果然得了头名。

同学见朱尔旦应试，本来都笑他不自量力，等到发榜，见他高居榜首，不由得面面相觑。于是众人聚在一起，来找朱尔旦询问缘由。

朱尔旦是个实心肠的人，也不隐瞒，将事情一五一十全都说了。

众人啧啧称奇，又艳羡不已，就求朱尔旦介绍判官给自己认识。朱尔旦也不推辞，求得陆判官许可，告诉了众人。

这天晚上，众人大摆酒席，专等陆判官。初更时分，陆判官到了。众人见他红须抖动，目光如电，吓得三魂去了七魄，上下牙直打战。酒席没结束，一个两个地都找借口离席溜回了各自家中。

朱尔旦将陆判官带回自己家，两人又喝了一会儿。借着酒劲，朱尔旦说道："多谢你帮我换心，我才能中了举人。如今我还有一事相求，不知你能否答应？"

"什么事？"

"既然你能换心，那能不能换脸？我这妻子，是我的结发妻子。一副好身体，只是相貌丑了点……"

陆判官笑道："可以换，只是要等几天。"

又过了几天，夜半时陆判官敲响了朱尔旦的家门。朱尔旦赶忙开门将他让进屋里，点上了蜡烛。陆判官从怀里掏出一个包裹。朱尔旦好奇，问道："包裹里装的是什么？"

"前几天你托我的事，急切间没有好头颅，今晚终于有个美人，这才把她的头提来送你。"朱尔旦打开包裹，里面一个血淋淋的人头。

不等他细看，陆判官催促道："别看了，快些动手吧。只是千万不能吵醒了嫂夫人。"说完就要进朱尔旦妻子的房间。妻子已经睡下，将房门关紧了。朱尔旦又不敢叫门，急得团团转。陆判官赶过来，单手一推，房门应声而开。

两人来到床前，朱妻还在沉睡，浑然不觉。陆判官将美人头颅交给朱尔旦，自己从靴中掏出匕首，对着朱妻一划，顿时身首异处，头颅咕噜噜滚落到枕头下。陆判官手下不停，从朱尔旦手中夺过美人头颅，对准切口，合在脖子上，用力按了半晌。然后取过枕头垫在朱妻肩膀下。头颅安好后，陆判官吩咐朱尔旦将妻子的头颅埋在一处僻静的所在，自己悄然而去。

不久后朱妻醒来，觉得脖子有些发麻，脸上似乎皱巴巴的。伸手一摸，满手都是血。朱妻大惊，赶忙叫丫鬟打一盆水过来。丫鬟进屋，看到朱妻骇人的样子，吓得几乎一屁股坐到地上。朱妻洗完脸，盆里的水都变成了鲜红色。朱妻抬起头来照镜子，看到的是一张完全陌生的脸。这时朱尔旦进来，看妻子惊慌失措，赶忙将事情原委解释了一遍。妻子这才稳了稳心神，仔细端详自己的新脸庞。镜子里的美人眉目如画，笑靥如花。再解开衣领看看，一条红线绕了脖子一圈，红线上下的肤色截然不同。

陵阳城有位吴侍御，家里小姐生得国色天香，无奈命途多舛，定了两门亲事，却都没来得及过门丈夫便去世了。直到十九岁，小姐还没能嫁出去。

这年上元节，小姐去十王殿参拜。人群中一个无赖见吴小姐貌美，便偷偷尾随她到家。晚上搭了个梯子摸进家来，挖地道钻进小姐闺房。

120

丫鬟见有人进来，刚要喊叫，就被无赖杀死。无赖提刀，要逼小姐就范。不想小姐节烈，拼命挣扎，大声呼救。无赖又急又怒，手起刀落，将小姐的头切了下来。

吴夫人睡在隔壁，听见一点声音，让丫鬟去隔壁查看。丫鬟看见小姐的尸体，顿时就吓昏了过去。不一会儿，家里大乱起来。众人将小姐的尸体挪到前厅，安上头颅，整整哭了一夜。

到了早上，吴侍御掀开盖尸体的被子，小姐的头颅竟然不翼而飞。吴侍御大怒，将看守尸体的侍女挨个鞭打了一遍，责骂她们看守不严，以致小姐死后头颅都被野狗叼走。然而将她们打死小姐也无法复生，吴侍御只得将命案报到郡守那里。人命关天，郡守不敢怠慢，下令限期拿贼。可惜三个月过去，贼人依旧没有捉到。

朱尔旦妻子换头的怪事传到了吴侍御的耳朵里。

吴侍御觉得蹊跷，派家里的老妈子去朱家打探。没多久，老妈子慌慌张张地跑了回来。吴侍御有些不敢相信，女儿只剩尸身，头颅怎么可能独活？转念再一想，这朱尔旦或许是个妖人，就是他用妖法杀了自己女儿也未可知。于是自己亲自前往朱家，诘问朱尔旦。

"是不是你杀了我女儿，用她的头换了你妻子的头？"

朱尔旦急忙分辩道："实在冤枉。一天晚上，我妻子睡着以后头就被换掉了。我也觉得不可思议，不知那就是您家小姐的头。"

吴侍御哪里肯信，将他告到了郡守那里。郡守将朱家全家人带到衙门一一审问，但众人的供词都和朱尔旦如出一辙，郡守也无法将他定罪。朱尔旦回到家里，心中烦闷，和陆判官商量办法。

陆判官微微一笑，说道："这有何难，让她自己把事情说一下就好了。"

当晚吴侍御梦见女儿对自己说："杀我的是苏溪杨大年，朱孝廉对此毫不知情。朱孝廉只是不满老婆的容貌，因此陆判官取我的头安在了他妻子的身上。因此我身虽死，头却活着，请父亲不要与朱孝廉为仇。"

吴侍御惊醒，和夫人说起梦中的事。夫人居然也做了同样的梦，两人这才相信事非偶然。第二天，吴侍御出首告官。官府立即派人捉拿杨大年。

苏溪果然有杨大年其人。捕快将他带回府衙，一番审问之下，杨大年全盘招供。真凶伏法，吴侍御大仇得报，又来到朱家，见了朱妻，果然和自己女儿一模一样。吴侍御不由得又痛哭一场，认了朱尔旦做女婿，又将朱妻原来的头颅和女儿的身躯合葬在了一起。

后来，朱尔旦又三次参加会试，却都因违反场规而被赶出考场。朱尔旦这才想起陆判官说过自己福薄，绝了做官的念头。

平平安安过了三十年，一天晚上，陆判官来找朱尔旦，说道："朱兄，你命不久了。"

朱尔旦赶忙问："不知我还有多久的寿命？"

"还有五天。"

朱尔旦大吃一惊，赶忙问："有没有办法解救？"

陆判官摇摇头，说道："人的命数都由天定，哪有办法解救。且在豁达的人看来，生死本就没有分别，又何必乐生而恶死。"

朱尔旦点点头，深以为然。次日就开始准备自己葬礼的应用之物，第四天晚上穿上寿衣，自己躺进棺材里悄然而逝。

第二天，妻子正扶着棺材痛哭，朱尔旦从门外飘了进来。朱妻吓了一跳，朱尔旦忙安慰她道："你别害怕。我虽然是鬼，但和生前并没有什么两样。只是思念你和孩子，所以回来看看。"

妻子一听，悲从中来，不由得号啕大哭。朱尔旦轻声安慰。

过了半晌，妻子抬头问道："听说古时有还魂之法，你既然有灵，为什么不用这个办法还阳？"

朱尔旦答道："天命不能违背。"

"那你在冥府都做些什么？"

"陆判官推荐我做了个文书，也算小有官爵，在阴间并没有受苦。"

妻子还想再问，朱尔旦一摆手，说道："陆公和我一起来的，你去准备些酒菜。"妻子答应，去整治了些酒菜放进房里，自己出了房间，关上房门。

屋子里顿时响起了两人的谈笑声，豪情、语调和生前毫无二致。夜半时朱妻再去看，已经是人去房空了。

之后朱尔旦隔两三天就回家一次，有时就住在家里，和妻子闲谈，处理家中事务。

朱尔旦的儿子朱玮，当时五岁。来到身边时，朱尔旦也会抱抱他，陪他玩耍。到朱玮七八岁时，朱尔旦便开始在灯下教他读书。朱玮天性聪明，九岁能作文章，十五岁入了县学，居然都不知道父亲已经死了许多年。

朱玮入学后，朱尔旦回家次数越来越少，一个月只有一两次。

一天晚上，朱尔旦对妻子说："你我夫妻到了永别的时候了。"

妻子忙问："你要去哪儿？"

朱尔旦说："天帝命我做太华卿，即将远行赴任，今后事务繁杂，恐怕再不能回来了。"

母子二人心里不舍，抱住朱尔旦痛哭。

朱尔旦安慰妻子："不要哭了。孩子已经长大，今后你们定能生活无忧。世间哪有百年不散的夫妻。"又转头对朱玮说道："好好做人，不要让为父蒙羞。十年后我会再见你一面。"

说完，朱尔旦出门而去，之后再没有回来过。

朱玮二十五岁时高中进士，封了官职，奉命去西岳华山祭祀。路过华阴县，忽然一驾马车迎面而来，黄罗伞盖下坐着一个人，看不清脸面。

见有人冲撞官差，朱玮有些诧异，仔细朝车里看去，里面正是自己的父亲。朱玮飞身下马，哭着拜倒在路边。

朱尔旦停下车，对儿子说道："听说你官声很好，我可以瞑目了。"

朱玮只是一个劲儿磕头，不敢起身。

朱尔旦催动车子，走了不远，又停下车，解下自己的佩刀吩咐从人递给朱玮，远远地对他说："带着这把刀，能保你富贵。"朱玮想要追，朱尔旦车马如风，转眼就不见了。朱玮叹惋良久，拔刀来看。刀身精巧，刻着一行字"胆欲大而心欲小，智欲圆而行欲方"。

后来朱玮官至司马，育有五子，分别取名沉、潜、沕、浑、深。

一天晚上，朱玮梦见父亲出现，对自己说："把佩刀传给朱浑吧。"朱玮听从父亲的吩咐，将佩刀赠予朱浑。后来朱浑官至都御史，颇有政绩。

辰

# 倩女

收录于作者一九二九年出版的怪谈小说，
该书为作者的中国怪谈小说集。

鬼女

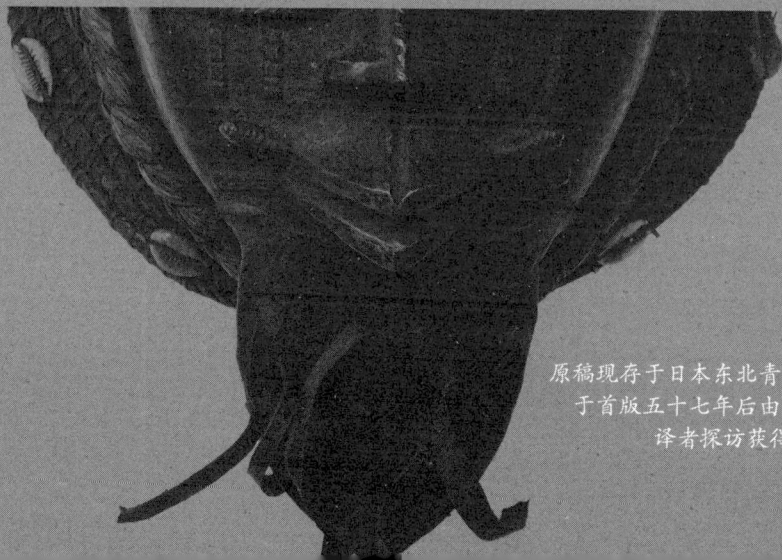

原稿现存于日本东北青森中古书店，
于首版五十七年后由"悉桑派"
译者探访获得。

# 金凤钗记

崔兴哥此次来寻这春风楼，乃是为了拜访一位名为吴防御的富户，这春风楼据说就是这位富户的宅邸。

崔兴哥原是扬州人，年少时便随父迁往宣德府。一晃眼，已有十五年不曾回过这扬州。此次回来，不似游子归乡，反倒似羁旅他乡一般。

他一路上四处向人打听春风楼的所在，眼看夕阳将坠，方才寻得这吴防御的宅邸。

推开宅邸大门，崔兴哥见一家仆正准备关上中门，遂伸手招呼道：

"且慢，小生姓崔名兴哥，刚从外乡归来，可否劳你向你家老爷通报一声，就说兴哥回来了。"

家仆皱着眉头上上下下打量一番兴哥的打扮，心中虽有疑虑，但还是依言进门去向主人通报了一番。兴哥也并不焦急，只是站在门前静静远眺落日的余晖。

少顷，家仆便疾步赶回，一改之前的态度，毕恭毕敬地说道："老爷一听说是您回来了便大喜过望，公子快快随奴才进门。"

兴哥便从中门走进了庭院，总觉这庭院中的一草一木都似曾相识。穿过庭院行至客厅时，便看见防御快步迎上前来道："你就是兴哥吗？前次见你还仿若昨日，没想到转眼间已长成了顶天立地的大男子汉，此去一别，竟是十五载光阴，想必你也有很多话要说与我听吧。来，快随我进屋。"

一见到吴防御，兴哥就觉得他亲切得如自己的生父，一时间竟湿了眼眶。行过礼后，便随防御往厅内走去。厅中灯火通明，两人隔灯相对而坐。

多年不见兴哥，防御脸上的喜悦溢于言表，可反观兴哥则不然，他神色阴郁，有些欲言又止。

"老夫虽已备下酒菜为你接风，但见你似有千言万语，不如我们先说说话罢。这么多年来，令堂令尊的身体可还安健？"

"唉，实不相瞒，家父家母皆已离世。"

"你说什么？！令尊令堂皆已仙逝？"

防御惊得瞪大了双眼。

"确是如此，家父曾任宣德府的理刑官一职，三年前于任上离世。家母去得比先父还要早上两三年。"

"怎会如此？如此大事，我竟未曾听闻丝毫。只道这世间福无双至，祸不单行啊。不过你能回来就已足够了，节哀顺变，日子总要过下去的。"

"伯父放心，我早就释然了。"

"唉，如此便好。只是，老夫还有一件不幸之事要与你说，也请你节哀。"

"何事？"

闻言，兴哥抬头看向防御，只见防御脸色阴郁而严峻，如同乌云密布。

"你那未过门的媳妇，兴娘，不久前也因病过世了。"

"什么，竟连兴娘也……"

兴哥的眼中惊悲交加。

"老夫理解你的心情，不过人死不能复生，我们还是节哀顺变吧。兴娘她患病半年，两月前刚刚离去。你给她下聘用的那根金凤钗，老夫也放入棺中陪葬了。你一走数年，一封书信也不曾见得。常有人与我说，眼看兴娘过了及笄年华，倘若再不物色其他夫婿，就会错过最好的婚嫁年纪。但老夫毕竟与你父亲有言在先，这些胡话从来也不曾听入耳中。兴娘也说此生非你不嫁，至死还反反复复念叨着你的名字。她走时，才十九岁啊。"

防御的声音愈发嘶哑。兴哥也已然泣不成声。

"这全是我的过错，家父也好，我也罢，若能早日回来，也不会落到如此田地。只是家母离世后，我不得不服丧三年，本打算三年一到便返回迎娶兴娘，岂料家父又故去了，我又要继续守孝三年，如今守孝期满，便马不停蹄地赶来，却不承想又是为时已晚。这全是我的过错啊！我愧对您啊！"

"这岂能怨你呢：时也命也，命该如此啊。兴娘虽已离世，可老夫依旧是你的岳父。既然令尊令堂皆已仙逝，你不妨就暂住老夫家中，老夫定保你安生。"

"多谢岳父大人。"

"如此甚好，随我去兴娘的牌位前报个平安，也好告慰她的在天之灵。"

兴娘的母亲也走了出来，于是三人一同来到供着兴娘牌位的小屋，在她的牌位前点燃香烛楮钱，念及兴娘红颜早逝，不免又是一阵痛哭。

自此以后，兴哥便留在了防御家中，就住在门侧的一个小斋内。

转眼，时至清明。防御家因新丧爱女，举家外出上坟，只留下家仆与兴哥看守家门。

这一日，兴哥与家仆二人在院中悠闲散步，不时聊上几句。待暮色将至时，他便站在小斋前的墙边恭敬迎候岳父母归家。

少顷，两乘轿辇自正门而入。兴哥正思索着哪一乘轿辇才是兴娘之妹庆娘所乘。突然，从后轿窗旁倏地落下一枚闪着金光的物什。兴哥茫然不解地走上前去一看，地上躺着的竟是一枚金钗。他抬起金钗，借着黄昏的微光细细端详，但见那金钗做工精细，若一只展翅高飞的凤凰。

兴哥心想，那金钗定是庆娘遗落之物，正欲追上前去归还失物，轿辇却已进了中门，门也很快就阖上了。

兴哥一个外男，自然不方便进内宅，于是他决定待明日再请家仆代为归还，便拿着金钗返回自己屋里了。进屋后他点上灯，又将那金钗对着光细看，竟不由开始想象起庆娘如今的模样。

在兴哥模糊的记忆中，兴娘四五岁时，庆娘还是个襁褓中的婴孩。不过这也就只能想想，即便他起了好奇之心，想要一睹芳容，可在这般家规严明的深宅大院中，别说男女同室说话了，就连远远地偷看一眼也是不能的。不过对庆娘的好奇心究竟还是难敌对兴娘的思念之情，他的眼前再一次浮现出兴娘幼时的模样，虽然记忆有些模糊，但他依旧感到了无限的哀伤。妻子未过门便离世，自己的前程也如那深不见底的溪流一般暗淡无光。

他不知道自己的前路究竟在何方，兴娘已逝，寄身他人篱下也不是长久之计，能否建功立业亦是未知数，前途渺茫，何其不幸乎！思及此，他不由得双手扶额，垂头叹气。

"咚咚咚"，门外突然响起了一阵敲门声，兴哥从悲伤中回过神来抬头问道："哪位？"

门外无人应答。兴哥正疑惑间，就听得那人又"咚咚咚"地敲响了房门。

"是哪位？"

门外之人依然没有答话。兴哥一脸疑惑，片刻后"咚咚咚"的敲门声再次传来。

"哪位？请进来吧。"

门外依然一片寂静。兴哥越发觉得不可思议，只得起身开门。只见门外站着一位美丽的年轻女子，兴哥惊得瞪大了眼睛。

"您是哪位？"

"我是庆娘，刚才我从轿辇上掉落了一只金钗，听说，是被你所捡。"

"确是我捡到了，本欲立即追上归还，奈何中门已闭，便打算明日一早送还，金钗就在我屋里收着。"

话毕，兴哥立刻反身走到桌旁拿起金钗。庆娘跟在他身后也进了屋，兴哥取了金钗正欲转身时，二人的身体紧紧地贴到了一起。

130

"哥哥。"庆娘柔柔唤道。

兴哥手里还攥着金钗，无法推开庆娘，庆娘的青葱玉手正轻柔地搭在他的手腕上。兴哥顿觉为难。

"小姐，恕我冒昧，您父亲于我有大恩，现在这场面若是被他看到了，我便是跳进黄河也洗不清了，还请小姐放手。"

兴哥说道，双眼始终不敢对视眼前的女子，但庆娘柔软的玉手却依然紧抓不放。

"您父亲待我恩重如山，小姐快快请回吧，莫要为难于我。"

"我不回去。难道不是你将我带来此处的吗？我是不会回去的。"

庆娘忽然提高了音量，越发用力地抓住兴哥的手腕。兴哥被她吓出了一身冷汗。

"这真是叫我为难了，此话若是让您父亲听见，后果可是不堪设想啊！"

"明明是你将我带来的，为何此刻又要赶我走？你太过分了！"

庆娘的声音愈发高亢。

"嘘，如此大声会惊动他人的。"

"若是为难，便随我去找父亲吧。不过你若是烦了我，我便回去告诉父亲是你将我诱骗至此的。"

兴哥哑口无言，除了顺从也再无计可施，只好照她所言去了邻室。


自那夜以后，庆娘每日傍晚悄然而来，到了清晨又悄然而出。如是反复了一个半月左右。

一天夜里，庆娘像往常一样来到兴哥屋里后，低声说道："你我之事至今虽无人知晓，却只恐好事多磨，怎知今后会因何事而败露，若真到了那一天，以我父亲那般严守礼法的性子，还不知会有多生气。我已下定决心，即使今后只能困于陋室之中，也不会离开你的，但只怕于你的清名有碍。不如你我二人寻一处无人认识的偏僻之地隐居起来，悠闲自在地白头到老，如何？"

崔生答道："庆娘所言甚是，我也正有此意。只是你也知道我如今孤身一人，亲朋知交甚少，不过先父在世时倒是曾经提起过有一位旧日仆人名唤金荣，如今住在镇江吕城镇，是个仗义有德之人，或许我们可以去投奔他试试。"

第二日清晨五更时分，崔生与庆娘悄悄溜出家门，乘船经瓜州，过扬子江，直奔镇江府丹阳县。一番打听后果真找到了那位名唤金荣之人。

多年不见，如今那金荣已经成为一村之保正，家境富裕，在当地也算是个小有名气的乡绅了。兴哥与庆娘一路寻到了他家。

"敢问阁下尊姓大名？"

金荣显然已经忘了兴哥儿时的模样。

"我是崔兴哥呀！"

金荣仍是一头雾水。于是崔生便从父亲的姓名一直说到了自己的乳名，金荣这才恍然大悟道："原是崔大人的少爷，多年不见，变化竟然这么大，恕老夫眼拙。"

金荣连忙将兴哥迎至正厅，着下人备上美酒佳肴亲自款待。兴哥也不敢隐瞒，把投奔至此的缘故一五一十告诉了金荣。虽是投奔至此，但金荣依旧精心侍奉，一如旧主，从未怠慢半分。

二人无忧无虑地在金荣家中住了一年有余。一日，庆娘突然对崔生说道："当初，我因害怕父母责难，所以同你私奔至此，但许久不曾侍奉膝下，又着实牵挂二老。我想，即便二老恼怒于我们，但毕竟他们如今唯有我这一个女儿，只要回去，他们还是会欣然接受我们的。不知你意下如何？"

兴哥却也觉得在理，于是二人拜别了金荣回到扬州城。小船靠岸后，庆娘对崔生说道："你我二人一同前往怕是不妥，我还是先在此等候，你回去探探父亲的态度再来接我吧。"

兴哥闻言上岸，正待举步，庆娘又叫住了他，从怀中掏出金凤钗递给他道："他们若是怀疑或拒绝你，你将这金凤钗递与他们便是。"

兴哥颔首，拿着发簪便回了吴家。

兴哥惴惴不安地走进吴家院子，在内门入口处忐忑地敲了敲门，那敲门声听在耳中好似足有千斤之重。

开门的是一位不曾谋面的仆人。

"还请通报老爷一声，兴哥求见。"

仆人依言返回通报。兴哥惶惶不安地在门外等待不久，门内便传来了防御的声音。

"是兴哥吗？你总算回来了，定是老夫招待不周，让你不适而另寻他处吧？如今你愿意回来，老夫真是太高兴了。"

防御的脸上是止不住的欣喜，而这头的兴哥却俯首跪地不起。

"我犯下大错，还请伯父原谅。"

"这并非你的过错，即便是不辞而别，那也定是老夫招待不周。只是你一人孤身在外，老夫甚是担心，如今你能平安归来，便是再好不过之事了。"

"是我罪不可赦，恳请您原谅。"兴哥拜伏在地，不敢抬头。

防御见他言辞恳切，不似作伪，不由地感到疑惑不解。

"你是不是误会了什么？你何错之有啊？"

"承蒙伯父错爱，我真是羞愧得无地自容。我未经二老应允，便与令爱私订终身，又携令爱私奔至镇江一带。但我与庆娘感念您二老的恩德，所以回来请罪。只求您宽恕我们二人的罪过。"

听罢，防御诧异不已。

"这话又是从何说起呀？小女因病卧床不起已有一年光景。你莫非是在做梦？"

"定是我犯下大错，损了吴家声望，您才假此托词吧。但我所言既非呓语，亦非妄言。"

"你是不是在说胡话呢？小女确实在闺中静养，老夫说的是事实啊。"

"可令爱方才与小生一道归来，如今正在江边船上等候。"

"怎么可能会有如此荒唐之事？你莫不是身有不适，才胡言乱语？小女现在的确在闺中。"

"不，令爱现在在船上。"

兴哥焦急地起了身。防御向站在一旁的仆人命令道："遣人去码头看看，是否真有此事。"

仆人依言去了码头，不久便回来了。

"查得怎么样？"

"小人察看了江岸旁停靠的各艘小船，均未见到小姐的身影，想是没有公子所言之事。"

"更何况庆娘如今就在家中躺着，你若不是说的梦话，那便是有利图之，才会说出如此荒唐之事吧！"防御怒斥道。

兴哥慌忙想起临走之时，庆娘交由他并嘱咐其作为证物的金凤钗。

"我绝非妄言，此处有一证物可以证明，请您看看此物。"

兴哥忙从袖中摸出了当时庆娘交由他的金凤钗，并递给了防御。

防御取过一看便大惊道："此物乃我亡女兴娘的殉葬之物。这只金凤钗是你家当年求娶兴娘的聘礼，早已入棺，又为何会出现在你的手中？"

防御陷入了沉思。兴哥也觉得不可思议，一脸迷惑地看着深思的防御。

此时，一名年轻女子突然直奔至堂前。防御抬起头一看，竟是久病卧床至今的女儿庆娘。

只见庆娘跪拜着说道："父亲！兴娘薄命，早早就与父亲母亲天人永隔。但兴娘与兴哥的缘分却未尽，此番还魂只为与他再续前缘。恳求父亲母亲能够让妹妹庆娘替我嫁与兴哥。若二老答应，庆娘的病即刻就会痊愈。"

那女子的体态样貌自是庆娘无疑，可言谈举止却无一不是兴娘生前之态。

防御听后，斥责兴娘道："你的心情为父虽然理解，但你既已身故，又怎可再到人间来妄作惑乱呢？！"

"只因我与兴哥的情缘未了，遂得阴司准假一年，重回人间与兴哥结为夫妻，了结这一段姻缘。还请父亲无论如何也要答应女儿的这个请求。"

防御听兴娘言词哀切，心下自是不忍，便点了点头道："既如此，那便依你吧。为父择日为庆娘与兴哥成婚，这间房子也赠予他们小两口吧。"

庆娘闻之，泣不成声，又紧紧地抱着兴哥流着泪道："你好好待庆娘，也千万莫要忘了我。"

庆娘言尽，恸哭而倒地。众人大惊失色，急忙将其扶起坐好，庆娘很快便睁开眼醒了过来，顿觉百病齐消，浑身舒畅，问及前事，只是一味摇头，称毫无记忆。防御也择了黄道吉日，让兴哥与庆娘完婚。

兴哥感念兴娘之情，便将金凤钗拿去集市上卖得二十锭银，将这银子送往扬州城东的城隍庙，委托那里的道士设坛为兴娘做了三天三夜的道场。

道场结束之后，兴哥在梦中再次遇见兴娘，她先是向兴哥道了谢，复又交代兴哥定要好生照顾小妹庆娘。

自那以后，兴娘就再也未曾出现过了。

# 蛙神

过去，在长江和汉江之间的这片广阔区域里，蛙神崇拜之风异常盛行。所以，在那些祭祀蛙神的宗祠里，总是挤满了密密麻麻的青蛙，个头大的甚至有竹筐大小。

更神奇的是，一旦哪户人家做了什么触犯天神的事情即将遭到报应，他的家里就必定会跑进成千上万的青蛙，爬满桌子椅子、灶头床铺。如果事情糟糕得不可收拾，则那些青蛙甚至会爬上滑溜溜的墙壁，稳稳当当地不会掉下来。当然，虽然不是所有人家的情形都一模一样，但毕竟是一种不祥的预警，所以那户人家必定惶恐万分，无不赶紧屠牛宰羊，以求避祸禳灾。一旦神明高兴了，这些奇怪的异象自然而然也就消失了。

话说，在楚国有一位叫作薛崑的人，从小就聪慧过人，而且风姿卓绝。

大概在薛崑六七岁上下时，家里来了一位身穿青衣的老婆婆。

"我乃蛙神派来的使者。"老婆婆进入客厅，自称是来传达蛙神意旨的。她说："蛙神吩咐了'我欲将小女许配崑生'。"

薛崑的父亲薛老是个有一说一、心直口快之人，他对这门亲事并不乐意，于是直接拒绝道："小儿年纪尚小，所以……"但是，他也没提薛崑会不会和其他人家缔结婚姻的事情。

就这样，又过了五六年，薛崑眼看着渐渐长大，于是父母做主让他和一户姜姓人家的女子缔结了婚约。不料，蛙神警告姜家道："崑生乃我神家女婿，汝等不得与其联姻结亲。"

姜家畏惧蛙神，于是赶忙把婚约给退了。薛老也心下不安，忙着准备牺牲供品，前往祠堂里祭拜祷告。

"老夫凡夫肉胎之家，实在无缘与仙家结亲，望祈恕罪哇。"

薛老祷告完毕，拜了又拜，不料起身再看那些供奉的美酒佳肴，顷刻之间爬满了肥大的蛆虫。薛老大吃一惊，抛下供酒供菜，忧心忡忡地返回家来。回到家后，心下仍然惊疑不定，思虑良久，最后只得决定走一步看一步，先看看神明意思再做打算。

一日，正在返家途中的薛崑，迎面遇见了神使。神使称蛙神吩咐，让薛崑即刻随他前往蛙神家。薛崑无法，只得一路随行。

走了没多久，穿过一扇大红色的门，便看见一座楼阁，好不富丽堂皇。阁中端坐着一位老叟，约莫七八十岁。薛崑见状，倒身便拜。老叟吩咐一旁的侍从扶起薛崑，引他到早已备好的案桌前坐了。

不多时，陆陆续续来了许多侍女、老妪，挤在周围指指点点、议论纷纷，她们全都是来看未来的蛙神女婿的。

老叟见时候不早，当即吩咐左右道："去，到后院把小姐请来，就说薛家郎君到了。"

话音刚落，早有两三个侍女三步并作两步朝后院跑去。只一盏茶的工夫，就看见一位老婆婆领着一位妙龄少女朝这边走来。那少女约莫十六七岁的样子，长得俊俏无双，岂止闭月羞花。老叟指着少女说道："这就是小女十娘，她自己认定你便是她的如意郎君。早前我曾向令尊提起，然而令尊觉得我辈乃异类，心下不甚乐意。所谓佳偶天成，也必得是你情我愿方可，并非一概只听父母之命、媒妁之言。故而，今日请你至此，愿与不愿，全凭你自己做主吧。"

薛崑听着蛙神介绍来由，早拿眼睛私下里看了十娘一眼，不料心下立刻便欢喜异常，对这门婚事自然是十个百个愿意。然而，他心下虽然欢喜，嘴上却不置可否。

这时，那位老婆婆开口说道："老生已然知晓儿郎心意，今日你大可先回府等候，不日定将十娘送进薛府。"

薛崑只讷讷地应了一声："是。"

薛崑告辞出来，立刻便把事情因果告知了父亲。薛老虽然惊急交加，然而事已至此，一时之间也不知如何是好。思来想去，薛老吩咐了儿子一番说辞，让他仍旧回到蛙神府上，去谢绝这门亲事，然而薛崑说什么也不肯去。

父子两人你一言我一语正在争执不休之际，没想到送新娘的轿子已经抬到了薛家门前，随嫁侍女如云，好不气派。十娘下了轿子也不娇怯，大大方方地进了宅子，往后院和一众姑嫂妯娌们见面认亲去了。

家里婆婆并姑嫂妯娌们见那十娘娇美可人，自然是十分喜爱。于是，两人当晚便即成婚，婚后两人郎情妾意，好得跟掉在了蜜罐子里似的，羡煞了一众旁人。

小日子就这么过了起来，蛙神夫妇也不时仙驾造访薛家。而且，每次蛙神夫妇降临必有赐福，只消看他们所穿的衣裳，如若穿的红衣裳，则必定喜事降临府中，如若穿的白衣裳，则必定宅中财源广进。回回如此，灵验无比。就这样，薛崑家眼看着日复一日地殷实繁荣起来。

只不过，自从和神明之家联姻之后，薛崑家到处都是青蛙，大门、厅堂、围墙甚至厕所里都是，真个无处不在。

府里阖家上下没有一人敢对这些青蛙恶语相向，更遑论踢打虐待了，只有薛崑年少，血气方刚，惯于我行我素，高兴起来对青蛙视若无物，生气起来却随手践踏打杀，毫无顾忌。十娘虽然性格十分温婉，但对此却也愤懑不已。

天长日久，新婚夫妇的那点甜蜜和新鲜也慢慢冲淡，十娘越来越难以从薛崑身上感受到善意。而薛崑也对十娘越来越没有先前的包容耐心。及至后来，十娘稍有违逆，薛崑便恶语相向道："你家的老爷子、老妈子凭什么掌握人间的福祸？我是个大男人，干什么要对这些青蛙低眉顺眼的？"

十娘本来就十分忌讳别人在她面前诋毁青蛙，听薛崑这么一说，更是火冒三丈。

"自我嫁入你家后，你家中不但粮米满仓，更是年年卖得比别人的价钱好。现如今，下至黄发垂髫，上至耄耋老人，哪个不是温饱有着，衣食无忧？现在倒好，你不知感恩便罢，反倒诋毁起我家来，你跟那兔死狗烹、鸟尽弓藏的忘恩负义之徒有什么区别啊？"

薛崑听了恼羞成怒，吼道："我可没指望发你们家的不义之财！这些东西，我还真没脸传给我的子孙后代呢。你这么厉害，还是趁早滚出这个家门，越远越好！"

说完，薛崑竟真的把十娘给赶出了家门。

等到薛崑双亲知道之时，十娘早就离开薛家了。他们怒骂薛崑少不更事，急吼吼地叱责儿子还不快去把人给接回来，无奈薛崑正在气头上，打死不听。

到了晚上，薛崑和母亲便病倒在床上。两人只觉得身懒头闷，食欲全无。薛老战战兢兢地赶忙到蛙神庙中祭祀致歉，自然是其情也恳、其言也切。过了三天，薛崑母子二人的病便不治而愈。十娘也自己回到了薛家。夫妇二人重归于好，又如往日一般亲密恩爱。

话说，十娘嫁入薛家之后，每天只是坐在梳妆台前，对镜贴花、描眉敷粉，家中大小事情、针线女红等一概不管。就连薛崑的衣服鞋子，也都是他的母亲费心收拾。

一天，薛崑的母亲实在看不过，发起牢骚道："咱们家虽说娶了儿媳妇，可家计还是得我们这些老骨头来操持。别人家是媳妇伺候婆婆，咱们家可是婆婆伺候媳妇呢。"

十娘听见了，怒气冲冲地闯进厅堂顶嘴道："我每天一早起来伺候您吃饭，到了晚上才得休息。我就听不明白了，我什么时候让您这位婆婆费心来照顾了？您心疼的无非就是多花了几个请下人的银子，怪我不能亲自操持家计罢了。"

婆婆听了媳妇揭短，又羞又愧，没再吱声，只是在那儿默默地淌眼泪。正巧薛崑从外面回来，看见母亲脸上泪痕犹在，于是追问事由详情。那薛崑听说十娘顶撞娘亲，当即火冒三丈，找到十娘兴师问罪。十娘也不是个软柿子，和薛崑你一言我一语，一时之间吵嚷不休。

薛崑眼看吵也吵不过，情急之下脱口而出道："既然娶进的媳妇一不能尽孝，二不能承欢，这样的媳妇不要也罢。我也不怕和你家那青蛙老爷撕破脸，不如拼个鱼死网破还有骨气些，横竖不过是个死罢了。"

说罢，又把十娘给赶出了家门。十娘也是个任性的，二话不说，扭身就走。不料，第二天，薛崑家的正房里便着了火，大火延绵烧了好几栋，什么床铺柜子、茶几案桌全都烧成了灰烬。

薛崑怒气冲冲，闯进蛙神庙责问道："女儿出嫁却不懂侍奉婆婆，那是她的娘家缺少家教的罪过。如此不守妇道的女儿，您却还一味偏袒，天下可有这等道理？您是神明，本应公正无私，可是却动用威严打压别人，让他畏惧自己的妻子，天下可有这等道理？再者，我们夫妇吵架，那是我们两人之间的事，双亲并不知晓，即便您余怒未消要降罪惩罚，冲我一人即可，何故还要烧我房屋殃及无辜双亲呢？既然这样，您也别怪我烧了你的神庙，一报还一报。"

说完，薛崑果然从门外抱进来大捆柴火，就要点火烧庙。

这时，街坊邻居听说薛崑要烧庙，都纷纷赶来哭着苦劝薛崑，可千万不能胡来。薛崑见烧庙不成，无奈只得气冲冲地回家去了。

家中父母听说此事，双双吓得面如土色。

当天晚上，蛙神托梦给四里八方的乡亲们，让他们帮忙薛崑重建新房。第二天天刚亮，村里人便运来了木材土料，点齐了泥工瓦匠，忙着为薛崑盖新宅子。薛崑一再推辞，无奈大家总是不听。每天都有成百上千的人赶来帮忙，不出几日

140

新宅子便建成了，而且里面家什器具一应俱全。

等到一切准备停当，十娘也回来了。她迈步进了厅堂，温声款语地向婆婆道了歉，又转过头来用目光寻到薛崑，对他妩媚一笑。

一家人冰释前嫌，全都欢天喜地团聚在一起。经过这次波折，十娘的性格也越发沉稳，一家人总算过了两年安稳喜乐的好日子。

话说，这十娘平生最怕的就是蛇。薛崑玩性未泯，喜欢折腾、恶作剧。他故意抓来小蛇装进信封，诱骗十娘开启。十娘自然被吓得花容失色，大骂薛崑。薛崑一开始还嬉皮笑脸，到后来被骂得不耐烦了，也便跟着急躁起来。两人又开始恶语相向。

十娘一跺脚，狠狠地说道："这次我可不想再傻乎乎地等着被你扫地出门了，从今往后，你我就此恩断义绝！"

说完，十娘拂袖离家而去。

薛老心下惶恐，拿着拐杖对着薛崑一阵好打，逼着他到神庙去给蛙神谢罪。幸好这次总算家中无灾无祸，但是十娘却也如黄鹤一去，杳无音信。

眨眼间一年过去了，薛崑十分想念十娘，心下更是后悔不迭。于是，他悄悄地来到蛙神庙，痛哭流涕地祈求蛙神把十娘还给他，但是仍然没有任何回音。

不久之后，薛崑听说蛙神打算把十娘重新嫁给袁家，不免心中十分失落。薛家有心再帮他张罗一门亲事，可是看来看去，他越发觉得没有一个女子比得上十娘的。如此，薛崑对十娘的思念日甚一日，忍不住偷偷到袁家去看个究竟。只见那袁家上下，正在刷墙粉地、张灯结彩，院子里还停着一顶簇新的娇子，等着良辰吉日一到，就去抬十娘进门。

薛崑心下更加愧疚，随即又自责万分，及至后来满腹怒气。就这样，一路上这心里百转千回不是滋味，闷闷地回到家中，饭也懒得吃，倒头便睡。双亲看着儿子失魂落魄，担心不已，可是任凭两老百般劝解，薛崑只是一句话也听不进去。

到了半夜，睡得迷迷糊糊之间，薛崑突然觉得有人拿手推了推自己，接着有人开口嗔道："堂堂男子汉大丈夫，自己闹得眼下这步田地，现在又做出这份样子，给谁看呢？"薛崐睁眼一看，跟前站着的不是日思夜想的十娘又是谁？

薛崐喜不自胜，一个骨碌从床上翻身起来，上前就要拉十娘，猛地想起现在的情形，不由酸酸地低声问道："十娘，你……你怎么来了？"

十娘看着他的样子，又好气又好笑，幽幽答道："想当初你对我是何等轻薄怠慢，所以我才一气之下听从了父亲母亲的教诲，接受了袁家的求亲。可是我这心里却慌得很，怎么也放不下你。今晚就是袁家上门提亲之日，事到如今父亲大人也万万拉不下脸来拒绝袁家，我百般无奈，只得自己偷偷跑了回来。方才我逃出来之时还撞见了父亲大人，他老人家跑着追上来对我说：'你这死丫头，现在不听老夫所言，日后薛家若是再给你难堪，你就算死在他们家里，也休想再让为父替你出头了。'"

薛崐感佩十娘的大义，早已在那里哭得跟个泪人儿一般。

家里人见两口子终于破镜重圆，全都兴高采烈地跑出去告诉老两口。婆婆听到消息，也等不及天明，黑天瞎地里就颤颤巍巍地摸到儿子房间，一把拉起十娘的手看了又看，喜得老泪纵横。

从此以后，薛崐也比往日更加老成厚道，再也没有做出什么轻浮越礼之举来。两人重归于好，真个叫情深意切，如胶似漆。

一日，十娘对薛崐说道："过去，我老觉得你轻浮飘忽，终究不是我可以白首托付的依靠，所以更不敢生下一儿半女的到这世间来受苦。现如今，我已经没有什么顾虑了，我给你生孩子吧！"

没过多久，蛙神夫妇穿着一身大红色的衣服上门来了。第二日，十娘临盆待产，终于平安诞下了两个大胖小子。自此以后，薛家和蛙神家往来更加亲密，宛如一家。

乡亲们若是有谁触怒了蛙神，想要祈求原谅，首先想到的总是让当家的来找薛崐说情，而女眷则盛装打扮到内室，找十娘哭诉。每次只要十娘一笑，蛙神的怒气也便自然消解了。

自此，薛氏一族人丁兴旺，子孙满堂。人们于是索性给他们家取了个外号叫"薛蛙子"。当然了，附近的四里八乡肯定是不敢直言冒犯的，不过在离得远的地方，这一称呼也就渐渐地传开了。

# 偷美女的妖怪

梁武帝大同末年，有一位名将欧阳纥，某次出征南方，于长乐平定土匪后，暂且在险阻的山崖之地安营扎寨，稍作整顿。

此次出征，他是带着妻子共赴战场的，进入山地后，当地人见将军夫人面若桃花，有着倾国倾城之貌，便问道："将军为何携美人到此地？相传此处常有妖怪出没，专门抢夺貌美的女子，不少来往此地的漂亮女人皆难逃其手。将军务必要保护好令闺。"

欧阳纥虽半信半疑，但还是依言将妻子置于密室，并安排了数十位婢女贴身伺候，也吩咐了士兵们在屋外严加保护。

第一晚无事发生，到了翌日晚上，忽然便起了一阵狂风。夜阑时分，众人因不堪疲惫纷纷沉沉睡去。欧阳纥忽然从梦魇中惊醒，一看身旁，哪里还有娇妻的身影。他慌忙起身检查了四周，发现门窗仍然紧闭，唯独不见了妻子的踪影。屋外群山环绕，加之天色昏暗，又事出突然毫无准备，虽然四处寻找却依旧毫无所获。

痛失爱妻的欧阳纥悲愤不已，暗暗发誓"不见妻子定不归"，便向朝廷上了奏折谎称自己突发顽疾无法班师回朝，带着士兵们日复一日地在附近的山谷中寻找。

一个月后，有人在距离营地百里之外处发现了欧阳纥夫人的一只鞋。于是欧阳纥连忙挑选三十精兵，带上干粮便往山坳奔去。十日后便到了两百里外的一处山麓。

此处有一座面南而立的巍峨高山，山麓里溪水滔滔。欧阳纥一行人沿着山脚、循着树根慢慢走进山中。走了不久，便隐约听到了不远处传来的女子嬉笑声。欧阳纥虽疑惑不已，却还是顺着声源向上走去。山腰上有一个很大的山洞，洞前花团锦簇、草木秀丽，仿若世外桃源。方才的嬉笑声便是此处的十几位美人追逐嬉闹时发出的。

看到欧阳纥领着数十精兵上山，美人们倒也并不意外，只是问了一句："你们来此所为何事？"

欧阳纥并不隐瞒，将原委一一道来后，美人们开口说道："我们见过那娘子，她来这儿已有三月，只是如今患了病，已是卧床不起。"说罢便将欧阳纥带入洞中。

"此地乃龙潭虎穴，夫君请速速离去。"卧病的妻子一见到丈夫，便摇着手赶他离去。

"我们与您夫人同病相怜，都是被那妖怪掳来之人，时间最长者甚至已有十年。那妖怪杀人如麻，百人持剑一拥而上也未必是他的对手，趁他还未归来，你且快些离开。倘若官人想取他性命，只需备上玉液一斛，肥犬十头与十斤[1]麻绳，十日之后再来，切记，午后为宜。"美人们如是说道。

欧阳纥听完高兴地下了山，为了不错过约定的动手之日，他很快就备好了一干物品。

十日后，欧阳纥如约再次进山，一俏丽女子见状立即走出山洞轻声说道：

---

1　全称"市斤"。市制重量单位。1斤=500克。——编者注

"那妖怪好酒，待他喝醉以后，便可用五色绢布将其缚之于榻，不过他力大无穷，一旦用力挣扎绸缎便会断裂，所以你需将那绸缎拧成三股才能让他无法挣脱，那麻绳可掺入绸缎之中用以加固，如此他便更难挣脱了。"

女子说完想了想，又补充道："那妖怪身体若铜墙铁壁般难以攻破，但在脐下五六寸处常以物覆之，想必那便是软肋之处。"

女子停了一会儿，又指向一旁的巨岩道："这便是那妖怪的储粮之处，你只需把好酒搁在花下，把肥犬栓在附近的大树下便可，切记，时机成熟之前绝不可轻举妄动。"

欧阳纥依言将酒放于巨岩之上，又将肥犬系于一旁的树下，他自己则躲于阴影之中静静等候。

申时一至，一个形如白练般的巨物如从天而降般飞速窜入洞门之中。不多久，就见得一个身着白袍、面容英俊的美髯公单手拄杖，被一众俏丽女子拥簇着走出山洞。前一刻还温文儒雅，一看到树下拴着的肥犬便瞬间凶相毕露，一个飞身跳了过去，一把活剥犬皮，瞬间便啃得只剩下骨头。一众俏丽女子纷纷拿起地上的美酒，争先恐后地敬了起来。美髯男子心情正好，便来者不拒通通喝下了肚，喝了六七升后便酩酊烂醉。

美人们见状便挽着美男之手将其引入洞中，洞中欢声笑语阵阵，好不热闹。欧阳纥依旧躲在阴影之中等待信号。

不久后，一名美貌女子从洞中探出身子，用嘴型示意欧阳纥快快行动。欧阳纥见状，立即带着一众士兵快速攻进洞中。只见洞中地上正躺着一只巨大的白猿，手足皆被缚住，正凶神恶煞地看着洞外闯进的一干人等。它用力挣扎着想要起身，但裹着麻绳的绢布结实无比，它怎么也无法挣脱，愤怒与焦急在它的眼中交汇。

一众士兵见白猿无法动弹，便纷纷拔刀，争先恐后地挥砍上去，不想其身躯如钢铁一般，刀刃所至竟不伤分毫。

欧阳纥突然想起先前美貌女子所说的"软肋"，手起刀落便向白猿的脐下刺了上去。白猿顿时大声嘶叫："亡我者天也，而非汝辈小儿也！"随后又对欧阳纥道："你的妻子如今已有身孕，你留下她腹中之子，日后定能遇贤王而立业。"言毕便一命呜呼。欧阳纥见白猿已然毙命，便下令士兵收缴了他多年来掠夺收藏之宝物。

清查洞中女子时，发现竟有三十人之多。女子们将白猿素日行径一一道出："被那妖怪掠夺至此的女子中，但凡年老色衰者，往往突然便不见了踪影。那妖怪每日清晨必定洗净双手，戴上高帽，于白衣之上再披同色罗裳。接着拿出一捆似乎刻着古文字的木简细细品读，读罢便将木简放于石头之下，而他则跃身舞剑，身形恰似电光。那妖怪所食之物也并不固定，平日里常以果物为食，极其厌恶犬类，见则必滴血不留生啖之。正午一过，那妖怪便会飞往其他山头，直至入夜才回。虽说对想要之物定是不达目的不罢休，但对我们倒也彬彬有礼，礼仪周全。前段日子他就说过，自己已是千年之寿，想必距离大限也不远了。"

欧阳纥将财宝与女子全都带下山，众女子道了谢后便各自回家与夫婿团圆了。

次年，欧阳夫人诞下一子，身形果然与猿猴一般无二。

春秋更迭，梁亡而陈兴，欧阳纥死于陈武帝之手。

欧阳家有一位侍从名叫江总，忠心耿耿，不忍主家绝后，便偷偷将小少爷带出欧阳府抚育长大。所幸虽经大变，那孩子依旧敏捷活泼，也确如那妖怪所言，此后颖悟绝伦，长大成人后更是举世闻名。

# 种梨

有一乡下人到集市卖梨。

梨子极好，皮薄个大，透着一股甜香。这时迎面来了一个道士，扎着顶破头巾，穿一件烂棉袄。走到梨车前，道士说道："舍我一个罢。"

卖梨的乡下人不肯，喝骂道："你这臭道士，快闪开些，别挡着我做生意！"

道士不走，说："这一车梨何止数百，我只要一个。一个梨子，你也损失不了多少，何必大动肝火？"围观的人看道士可怜，都劝这乡下人拿一个小点的打发他走，乡下人还是不肯。

旁边店铺的伙计见众人聒噪，就掏钱买了个梨子送给道士。

道士道谢后，对众人说："出家人从不吝啬，我有好梨，等我拿出来给大家品尝。"有人接口说道："既然你有梨，怎么不拿出来自己吃？"

"佳品要供众人品尝。我只吃这一颗，要用它的核作种。"

说罢，道士大口将梨吃完，把核捧在手心，另一只手解下肩上的铲子，挖了个两三寸深的坑。收起铲子，又将梨核放进坑里，盖上土。

148

转头向众人道："烦请哪位居士去讨一壶热水来。"

有好事的人从道路边的店里拎来一壶滚烫的热水。道士接过来，浇了下去。

众人都盯着看，只见坑里探出一棵树苗，见风就长，慢慢变成大树，枝繁叶茂。过一会儿大树开花，随即凋谢，结出一树大梨，果实累累，挂满枝头。

道士摘下梨子分给围观的人，不多时便分得干干净净。看没了梨子，道士拿起铲子叮叮当当地将树铲断，扛在肩上，分开人群从容而去。

道士作法时，卖梨的乡下人也在人群中观看。看他法术新奇，竟忘了卖梨的事。

等道士走远了，再回过头来，却见自己的车子已经空了，这才明白道士是拿自己的东西做了人情。跑到车子近前，又见自己的车把也丢了一根，凿断的痕迹还很新。

他顿时气急败坏，拔腿去追道士。转过墙角，发现断掉的车把被丢在了墙根底下。

原来道士斫下的梨树，正是这个东西。

乡下人再要去追，哪里还有道士的影子。

（巳）

# 冥梦

收录于作者一九二九年出版的怪谈小说，
该书为作者的中国怪谈小说集。

夢彼岸

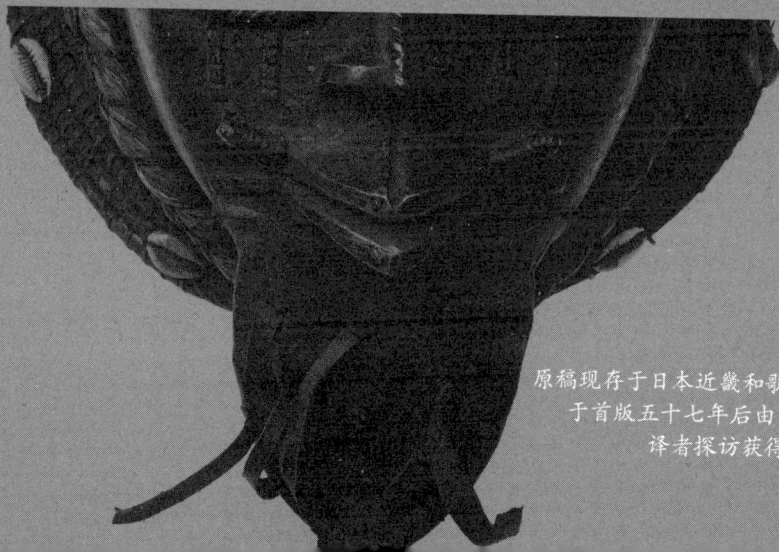

原稿现存于日本近畿和歌山中古书店，
于首版五十七年后由"悉桑派"
译者探访获得。

# 刘海石

刘海石原是蒲台人，十四岁时因家乡战乱纷起，随父母逃往滨州避难。

滨州有一位名为刘沧客的少年，与刘海石是同窗师兄弟，二人关系亲密，后又拜把子成了结义兄弟。

不久后，海石双亲亡故，他带着双亲遗骨返回故里，二人自此便断了音讯。

沧客家境优渥，至不惑之年时，膝下已有二子。长子刘吉十七岁时已是县中名士，次子也甚是聪慧。后来沧客纳了县中一位倪姓人家的女儿为妾，对其疼爱有加。

可惜天有不测风云，半年后，先是长子因头疾离开人世，夫妻二人悲痛万分，不久后，沧客之妻也因病逝去。三四月后，竟连长媳也因病撒手人寰。不仅如此，沧客家的丫鬟仆人也相继亡故。这给了沧客极大的打击，让他终日郁郁寡欢。

一日，沧客正一脸愁苦地呆坐在厅中，门房突然上前禀告称门外有客来访，名为海石。沧客喜出望外，连忙赶往门口相迎。

二人见面尚未来得及叙旧，海石便口出惊人道："沧客兄，你还不知你家即将大难临头了吧？"

沧客讶异，不知海石何出此言，只是张大了嘴巴看着他。

海石又道："我们兄弟二人虽久无联系，但我还是看得出你近来厄运不断啊。"

闻听此言，沧客想起这几个月的变故，不由得悲从中来，遂流着泪将家中不幸一一道出。海石先是陪着落了泪，但很快就笑着安慰道："如今我既来了，便可消灾解难，你只管安心便是。"

沧客道："多年未见，莫非你已成了杏林高手？"

海石道："这倒不是，我只是略懂些青囊堪舆之术罢了。"

沧客闻言大喜，便拜托海石帮着看看家中的风水。

海石入内后，将房屋内外仔细瞧了一遍，又道想要见见沧客的家眷。沧客依海石所言，将儿子、儿媳、丫鬟、小妾等家眷全部召集于厅堂之上，并一一介绍。

当沧客指向其妾阿倪时，海石仰天大笑，久久不止。众人不明所以，纷纷面露疑惑之色，只有阿倪浑身瑟瑟发抖，面如土色。

众人一看，只见阿倪的躯体竟在不停地缩小，瞬间就从一个正常人的高度缩至二尺左右。海石见状，将手中的纸符拍在阿倪的脑袋上，只听砰的一声，就像击打瓷罐发出的声音一般。紧接着，海石顺势抓住阿倪的头发，看了看她的后脑，只见上面长着三四根白发，正欲将其拔下，忽闻阿倪缩着脖子哀求道："我这就离开，恳请仙人手下留情，切莫拔我头发。"

海石大怒道："你还想残害无辜吗?!"说罢一把拔下白发。阿倪瞬间现出原形，竟是一只外表似黑狸猫般的兽物。

众人面色大变，震惊不已。海石捉住此兽后，将其放入袖口，转身对沧客次媳道："夫人中毒已深，背上当是生有异物，请容在下为您医治。"

次媳羞涩万分，怎么也不愿褪下衣裳。沧客次子无奈，只好上前强行褪下妻子身上的衣裳，果不其然，背上生有约莫四寸长的白毛。

海石用针将白毛挑尽后说道："此白毛生长已久，若再晚七日，夫人性命可就不保了。"海石复又看了看沧客次子之背，只见也已生出了二寸有余的白毛，便道："公子若再不医治，想必也就只有一月有余的性命了。"

于是沧客又请海石看了丫鬟和仆人们的后背。海石一一看后说道："若非我今日到访，只怕你一家都要命丧黄泉了啊。"

沧客后怕不已，指着海石袖中的兽物问道："这究竟是何妖物？"

海石道："此兽属狐类，好吸人元气，以人死为乐。"

沧客道："多年不见，你竟练得如此神通，莫不是得道成仙了？"

海石笑答："我只不过是随着家师学了些雕虫小技罢了，并非仙人。"

沧客好奇地询问其师为何方神圣。海石道："家师尊号山石道人。我如今道行尚浅，无法降杀此兽，待回去后交由家师处置。"

海石说完便欲作揖告别，摸了摸袖子，却发现袖中空无一物，不由大惊道："不好，此兽尾部仍有粗毛尚未拔去，行动也并未受限，想是趁着我们不注意逃走了。"

众人皆骇，海石忙又安慰道："头上之毛皆已拔去，它也就无法化身成人，左不过是变幻成其他兽类罢了，估计也逃不了多远的。"

说完，海石走进屋内看了看家猫，随后又出门检查家犬，均无异象。待打开猪圈门时才笑着说："这厮，原来竟是藏身于此啊。"

沧客闻声前来一看，猪圈里不知何时多了一头猪。那猪听到海石笑声后始终假寐不动。海石揪住它的耳朵拉出来一看，它的尾部长着一根坚硬如针的白毛，海石揪住白毛正欲拔下时，那猪疯狂挣扎，让海石无从下手。

海石斥道："你作恶多端，莫非还怜惜这一根毛吗？"

话音刚落，海石便牢牢地按住猪身，拔下白毛。那猪立刻就恢复成先前的狸猫模样。

海石将其放入袖口正要离开，怎奈沧客盛情难却，便决定在此用过饭后再回。

"今日一别，不知我们兄弟何日才能再见啊。"沧客感慨地说道。

"前事难料，家师立有大志，令我等遨游海上，普度众生，或许今日之后，我们再无相见之日也未可知啊。"

沧客与海石告别后，一番思索后方才恍然大悟道："海石实乃仙人也！"

山石道人，山石为"岩"，这不正是吕仙[1]的名讳吗？

---

1　吕岩，即吕洞宾。——译者注

# 爱卿传

恰值元朝社稷倾颓，大明将兴。

嘉兴有一名妓，唤作罗爱爱。此女不仅容色绮丽，精通歌舞音律，诗词更是作得极好，佳篇丽句，传遍四方，时人对她又敬又爱，称为"爱卿"。

其既有芙蓉之美，又有雅士之趣，故而风流才子无不趋之若鹜，懵懂无学之辈则自知难得美人青睐，唯有怅然叹惋而已。

某年夏季十六日，县中名士齐聚鸳湖灵虚阁纳凉避暑，爱卿也在其中。

此时一轮圆月升上天空，黄灿灿如铜盘一般，众人无不拍手叫好。有好事者便吩咐摆上笔墨纸砚，要赋诗玩月。别人尚在搜肠刮肚，只见爱卿已是挥挥洒洒，顷刻间作了四首出来。

画阁东头纳晚凉，红莲不及白莲香。
一轮明月天如水，何处吹箫引凤凰？

月出天边水在湖，微澜倒浸玉浮图。

掀帘欲共嫦娥语，肯教《霓裳》一曲无？

曲曲栏干正正屏，六铢衣薄懒来凭。
夜深风露凉如许，身在瑶台第一层。

手弄双头茉莉枝，曲终不觉鬓云欹。
珮环响处飞仙过，愿借青鸾一只骑。

众人看过爱卿的诗作，无不合掌惊叹，纷纷投笔，不敢与她相较。

同郡有富豪赵氏，虽家资巨万，却无奈父亲早亡，只有母子二人相守着过活。赵氏之子爱慕爱卿的才貌，不惜重金为她赎身，娶为正妻。

入门后，爱卿恪守妇道，谨言慎行，又持家有道，将偌大的家业打理得井井有条。赵氏子对她越发喜爱，也越发敬重，凡是爱卿说的话无不言听计从。

赵家有一同族叔父，官至吏部尚书。一日他从大都来信，许诺给赵氏子在江南谋一官职，要他即刻前往大都。

赵氏子本想前去，却又放不下年迈的老母、结发的娇妻；不去，又恐失了功名，心中踌躇不决。

爱卿见他这般模样，劝说道："妾身听闻，家中但凡有男儿降生，便取桑条做弓，蓬蒿做矢，射向天地四方，寓意大丈夫立身扬名，光耀门楣。夫君若是顾念私情，误了功名之期，岂非对亡故的父亲大人不孝？母亲自有妾身照料，夫君无须担忧。只是高堂年迈，又有病在身，盼你时时以此为念，早日归来。"

得到爱卿鼓励，赵氏子决意择日进京。

出发前，三人摆下宴席，在中堂饮酒作别。酒过三巡，爱卿对丈夫说道："请夫君为母亲大人祝酒一杯，祝母亲健康长寿。"赵氏子恭恭敬敬斟满一杯酒，双手捧到了母亲面前。爱卿随即站起身来，唱了一曲自己新作的《齐天乐》：

恩情不把功名误，离筵又歌《金缕》。白发慈亲，红颜幼妇，君去有谁为主？流年几许？况闷闷愁愁，风风雨雨。凤拆鸾分，未知何日更相聚！

蒙君再三吩咐：向堂前侍奉，休辞辛苦。官诰蟠花，宫袍制锦，要待封妻拜母。君须听取，怕日落西山，易生愁阻。早促归程，彩衣相对舞。


歌声散去，三人眼中都蒙上了一层泪光。此时载赵氏子前往大都的船已经在门前等待，借着酒力，赵氏子辞别老母和妻子，乘舟而去。爱卿随他来到岸边，目送着船离去，伫立良久。

待来到大都，尚书却已因病免官。赵氏子进退失据，返乡则前功尽弃，欲待寻个官做又苦无门路，不觉困在旅馆已然数月。

而家中老母时时牵挂儿子，病势日益严重，终于卧床不起。

爱卿侍奉得极是周到，煎药、煮粥无不亲力亲为，每日里更求神礼佛，祈求母亲康健。然不见亲儿，心病终究难除，母亲每日见到爱卿就只是问："不知我儿现在何处，为何一封家书也无？"

爱卿心中忧闷，却只能宽慰她："母亲不必忧心，不日定会有信来的。或许是官已经定了，夫君要亲自来接母亲也未可知。"

倏忽间半年过去，母亲非但不见好转，连爱卿进的汤药也端不起来了。眼看老太太出的气多，进的气少，爱卿坐在床头，泪珠一颗颗地滚下来。

母亲尽力伸出冰冷瘦削的手，握住爱卿的双手说道："我已是不能了。这几个月你尽心侍奉，我死而无憾，只是无法报答你了。只盼我儿早日归来，与你生子生孙，异日子孙待你也如你待我这般孝敬。苍天有眼，必不相负。"母亲的声音越来越低，终于没了声息。爱卿伏身放声痛哭。

爱卿将母亲葬在了白苎村。葬后，爱卿终日在灵前涕泣，悲伤过度，日渐消瘦。

至正十六年，张士诚攻陷平江。十七年，江浙左丞相达识帖睦迩传檄苗军军师杨完者，授其江浙参政之职，拒张士诚于嘉兴。但苗军纪律散漫，大肆劫掠，百姓怨声载道。

一日，杨完者麾下刘万户带兵突然闯入赵家。爱卿逃跑不及，被士兵带到刘万户面前。美色当前，万户眼中放光，抱起爱卿便往内室走去。爱卿并不挣扎，任万户用浓密的络腮胡蹭着自己的脸颊。

"蒙将军错爱，妾身不胜荣幸，请先让妾身沐浴更衣。"

万户斜过脸瞪着爱卿。爱卿并不畏惧，直视万户笑道："还请将军稍候。"

万户大笑，将她放了下来。爱卿转身向外，走时还含羞带笑地回望了万户一眼。爱卿回到厢房，沐浴，更衣，款款走上阁楼，再也没有出来。

待了半晌，万户不耐烦起来，闯入阁楼探看。但见一条罗巾悬在梁上，美人早已香消玉殒。万户无奈，只得用绣褥包裹尸体，埋在了赵家后园的银杏树下。

不久后，张士诚密派使者谒见江浙左丞相达识帖睦迩，称愿降朝廷。丞相大喜，急派参政周伯埼等前往平江招安，委士诚以太尉之职。

达丞相与参政杨完者素来不睦，士诚便派人偷袭，击杀杨完者，完者麾下军士也纷纷作鸟兽散。此时赵氏子仍在大都，虽是想要还乡，但嘉兴战乱四起，哪里能够回去，只能在旅馆中每日牵挂家中老母和妻子。

听闻张士诚投降，杨参政军溃，道路已通，这才赶忙雇了艘船南下，从太仓登岸回家。

嘉兴城内满目疮痍，旧日的繁华街市已尽成瓦砾焦土。终于赶到自家门前，宅院尚在，但大门倒塌，横在丛生的杂草之中。院内家具物什散落一地，堆积着厚厚的尘土。

赵氏子高声呼唤母亲和爱卿，哪里有人应声，只惊动了暗处的几只老鼠四处逃窜。落日西沉，几只寒鸦归巢，绕树聒噪。

是夜，赵氏子打扫中堂，草草歇息一晚，第二天一早便往东门赶去。至门外红桥，桥侧坐着一个衣衫褴褛的老人。不等赵氏子招呼，老人已经奔上前来，嘴里喊着："少主人回来了！"正是家中以前的老仆人。

赵氏子忙问："可知我家老母亲和妻子现在何处？"

"您还不知道吧……"老仆流泪大哭道，"老夫人已经染病亡故，少夫人被苗军的贼人所逼，自尽身亡了。"

如同晴天霹雳一般，赵氏子呆立当场，哑口无言。

"少主人节哀。"老仆边哭边将事情的来龙去脉说与赵氏子听，"老夫人染病，少夫人不分昼夜在床前伺候。老夫人去世后，也是她一个人在坟前守着。后来苗军入城，刘万户这贼人垂涎少夫人美色，欲以非礼犯之。少夫人不从，在阁楼悬梁自尽了……"

赵氏子这才放声痛哭："我不该去往大都啊！都是我的错！"

老仆带着赵氏子来到白苧村。母亲的坟前有一棵小松树郁郁葱葱，正随风摇摆。

"这棵松树是少夫人亲手栽种的。"老人又用手指着墓穴说，"坟上的土也是少夫人亲手培的。"

两人叹惋痛哭一番，回到了后院的银杏树下。

赵氏子悲痛不能自持，将爱卿的墓穴打开，只见尸体肌肤不改，容色一如生前。拉着爱卿的手，赵氏子顿时昏了过去。

不知过了多久，他听到老仆隐隐约约的呼唤声才醒了过来。两人将爱卿抱回家中，为她香汤沐浴，换上干净衣服，敛入上等棺材中，安葬在了母亲的身旁。

赵氏子边用双手为坟添土，边啜泣着说道："娘子平生聪明才慧，和凡人不同。若你在天有灵，盼你能再次现身与我一会。"

回到家中，他又呆站在银杏树下许久，许下了同样的心愿。日复一日，他每天往返于白苧村和银杏树，从不间断。

如此过了十余日，赵氏子一人呆坐在中堂，眼看着太阳从偏西到落山，天空从昏黄到黑暗，动也不动。就在神思恍惚之际，忽然听见外面传来若有若无的抽泣声。赵氏子心中奇怪，出屋去看时，哭声又消失了。待要转身回去，哭声却又响起。细听之下，这哭声似乎很是耳熟。赵氏子心中大恸，哀声说道："是爱爱吧？若是爱爱，为什么不愿现身见我？"

"妾身正是罗氏，虽然身在幽冥，但感念夫君的情谊，特意前来相会。"声音就在身旁，赵氏子循声看去，一个白色的人影缓缓走近。待到离自己五六步时，赵氏子看得真真切切，正是爱卿，容貌衣着一如生前，只是多围了一条黑色的罗巾。

爱卿哀怨地看着赵氏子，款款下拜。起身后轻启朱唇，唱了一曲自己作的《沁园春》：

> 一别三年，一日三秋，君何不归？记尊姑老病，亲供药饵，高堂埋葬，亲曳麻衣。夜卜灯花，晨占鹊喜，雨打梨花昼掩扉。谁知道，把恩情永隔，书信全稀！
>
> 干戈满目交挥，奈命薄时乖履祸机。向销金帐里，猿惊鹤怨，香罗巾下，玉碎花飞。要学三贞，须拼一死，免被傍人话是非。君相念：算除非画里，重见崔徽！

每唱几句，爱卿都会低声悲啼，最后已是泣不成声。赵氏子也忍不住涕泪横流。

一曲唱罢，赵氏子牵起爱卿的手，来到中堂，恭恭敬敬地请她上坐，说道："多谢娘子为老母送终，为我守节，今生无以为报，请受我一拜。"

爱卿哭着答道："妾身本是娼妓，身份卑贱，蒙夫君不弃，娶我进门，这份恩情便是粉身碎骨也难相报。本以为能白头偕老，不料妾为贼人所逼，只得自尽来保全名节。只恨今后再不能侍奉夫君，又哪里敢受您跪拜。"

赵氏子不顾爱卿再三阻拦，郑重地拜了一拜，这才说道："我深恨自己未能从贼人手中保护你周全，时时刻刻盼着能再见你一面。如今阴阳两隔……"说到这里，泪水又止不住地流出来。过了良久，才接着问道："你可知母亲现在何处？"

"母亲生前没有罪孽，如今已托生为人了。"

"那为何你没有投胎去呢？"

"因我贞烈，阴司已命我前往无锡宋家，托生为男子。只是我牵挂夫君，始终想再见您一面。如今心愿已了，明天便去投胎。夫君若顾念旧情，可前去探看，若孩子对您一笑，便是妾身了。"

两人心绪渐平，携手畅谈，和生前一般无二。

不觉间东方泛白，鸡声报晓。爱卿从卧榻起身，呜咽道："妾身要走了……"

赵氏子无言，起身相送。

来到门口，爱卿走下两三级台阶，忽然回头，满面泪痕地说："相公珍重。"赵氏子百感交集，胸口仿佛被什么堵住一般，一句话也说不出。

天光放亮，爱卿的阴灵飘然而逝。赵氏子黯然回望，屋内悄然，只有寒灯一盏半明半灭。


想起爱卿昨夜所言，赵氏子立即收拾行囊赶往无锡，打听着来到宋家。

叩门询问，才知他家刚得一男丁，母亲怀胎二十个月方才分娩。孩子降生后一直啼哭，家人想尽办法都无济于事。

赵氏子赶忙说起前因后果，请求一见。看到他后，孩子果然一笑，不再啼哭。

宋家人大为感佩，为孩子起名罗生。此后赵氏便与宋家结为亲属，两家往来馈赠，音问不绝。

# 令狐生冥梦录

话说，某地有一位儒生，名叫令狐撰。平时最不信那些鬼神妖怪之言。只要让他碰上有人谈论什么鬼神变化，什么幽冥果报，他必定冲上前去彻头彻尾地批判一番，坚决否认有神灵的存在。

这位令狐生可谓生性刚直，从来无所畏惧，为人又不免傲慢放荡，自以为是。

令狐生家隔壁有位大户人家，姓乌，人称乌老。这位乌老虽然家财万贯，但是却仍然贪得无厌、专好盘剥。也是命中该绝，一天晚上这乌老得了一场急病，竟然就此一命呜呼了。包括令狐生在内的左邻右舍早就看不惯乌老的为富不仁，所以对他的暴毙无不拍手称快。

没想到，三天之后，这乌老居然从棺材板里还魂复活了。大家非常好奇，纷纷向乌老打听究竟是怎么回事。那乌老说道："我死后，家里人举办佛事，又烧了大量的纸钱，终于感动了冥府的差役，这才将我送了回来。"

令狐生听了乌老的话，自然是嗤之以鼻。再加上他生性耿直，听说只要多烧纸钱地府就能够让人死而复生，这样的说法更是令他火冒三丈。

他强忍着内心的怒火，笑着挖苦乌老道："贪官污吏贪赃枉法、翻云覆雨，最擅长耍手段让有钱的有罪变无罪，没钱的无罪变有罪。我还道这等不平之事只是当世才有，听你所言，看来地府与之相比还要肮脏百倍啊。"

令狐生当即赋诗一首：

一陌金钱便返魂，公私随处可通门！

鬼神有德开生路，日月无光照覆盆。

贫者何缘蒙佛力？富家容易受天恩。

早知善恶都无报，多积黄金遗子孙！

作完诗后，他还饶有兴致地反复吟咏自乐。

当天晚上，令狐生独自一人点亮明烛坐在房中，不知不觉夜入三更，四周万籁俱静。

令狐生毫无睡意，仍在思量日间乌老焚烧银钱买命还魂之事，以及自己为此所作的讽刺诗文。他越想越觉得自己正义凛然，心下不免扬扬自得起来。

忽然，他感觉有什么东西飘进了自己的房间里来，于是顺势抬头一看。只见两个青面獠牙，也不知是人是鬼的家伙眨眼来到了跟前。

"我们奉了地府钦命，特来抓你归案。"两位鬼差阴着脸说道。

令狐生一看这情形大吃一惊：怎么还真的有鬼呢？情况不妙，令狐生立刻决定脚底抹油溜走。

"还想跑？你以为你真的跑得了吗？"

"哪里跑！"

其中一位鬼差一把揪住令狐生的辫子，另一位鬼差则扯住了他的腰带。令狐生拼命拍打，想要挣脱他们。他伸手去掰揪辫子的鬼差的手，可是哪里掰得动。

"何必徒劳。"

"休得胡来！"

令狐生的身体像一条鱼一样被吊在半空，脚不着地，根本使不上任何力气，只得乖乖束手就擒。

鬼差一左一右挟起令狐生如飞般掠窗而去，令狐生双脚离地三尺，只听得耳旁呼呼风响。

行不多久，便来到一处宅子前，那房子好似一座官府衙署，高大威严。两鬼差押着令狐生直接进了大门。

令狐生早已吓得半死，他战战兢兢地四处张望，只见大殿之中一个阎王模样的人高坐堂上，头戴王冠，身披王袍，面前摆着一张宽大的案桌。案桌下还有两排吏员分立左右，一众鬼卒举刀执斧，随时听候差遣。

两名鬼差把令狐生押到台阶之下，让他暂在那里等候吩咐。

"在这儿候着！"

令狐生依言在殿下跪了。其中一名鬼差留下看着令狐生，另一名鬼差抬级而上，前往阎王跟前缴旨交差。

"小的依旨，将令狐撰带到。"

阎王端坐殿上点了点头，拿眼看着台阶下的令狐生，声色俱厉地责问道："殿下狂徒，虽为儒生，却枉读圣贤之书，不知自我约束检点，口出狂言污蔑本府，简直岂有此理！来呀，把他给我押下去，打入拔舌地狱！"

话音刚落，早有三四个鬼卒扑将上来，抓手的抓手，揪头发的揪头发。令狐生一听要将自己打入拔舌地狱，吓得心胆俱裂，死死抓住身边的栏杆不肯松手。

"放手，放手。"

"你们，你们要干什么？"

虽然鬼卒们一拥而上，拖的拖，拽的拽，无奈令狐生求"生"心切，牢牢抱紧栏杆就是不放。

"你这个老顽固，死到临头还生事端。"

鬼卒们急了，围上来用力拉扯令狐生的手，不料竟然把那栏杆硬生生给拖断了。眼看自己就要被投入拔舌地狱，令狐生高声大喊道："令狐生乃人间一介儒士，如今却无罪遭刑。恳请苍天开眼，证明我清白之身。"

这时，阎王身边坐着的一位身穿绿袍、手持笏板的男子听闻令狐生哭诉，便向阎王进言道："殿下，这男子专好无端生事。如果就这么给他定罪，他也必定不服。不如对他详加盘查，令其签下供书，定明其所犯之罪状，方为妥当。如此一来，日后他也必定不敢再胡乱喊冤攀咬了。"

阎王一听，觉得颇为在理，于是吩咐左右："来啊，备纸，令其速速招来。"

其中一名吏员早取来了笔纸放在令狐生脚下。

"如今阎王准你自辩，快如实写来。"

令狐生依言抬笔写罪状，可思来想去实在不知自己到底所犯何罪，因而迟迟难以落笔。

"小生确实未曾犯下罪过，实在无话可写呀。"

阎王闻言大怒，劈头盖脸地喝道："大胆狂徒，阎罗殿上，还敢狡辩！你既自认无罪，那我问你，当日那'一陌金钱便返魂，公私随处可通门'的诗句，又是何人所作啊？"

令狐生这才如梦方醒，原来自己因为作诗嘲讽地府，这才获罪被抓到这阴曹地府来的。

于是，他也不再多言，抓起笔来一挥而就，辩道：

"天地初开，乾坤始奠，混沌二气阴阳相生，这才有了天地上下之雏形。开天辟地以来，天、地、人，谓之三才，而鬼神却并未列入其中。自古以来，万物生生不息，才有了大千世界的多姿多彩。人们通过焚烧纸钱来往通神明，通过诵读经文来奉承菩萨。于是名山大川，全都有了生灵鬼怪，古庙丛祠，也多有了庙神祠主。然而天地众生大都愚昧昏聩、冥顽不宁，所以就有人长期作恶多端而不思悔改，有人行凶作孽而不知收敛。

"他们依仗强权而欺负弱小，凭恃财富而欺辱贫穷。对上不懂孝敬君王父母，对下不思和睦宗族乡党。贪图钱财，背信弃义，唯利是图，忘恩负义。殊不知天门高耸而有九重，地府深藏而具十殿，自有那锉烧舂磨死后炼狱，生死轮回报应不爽，使得为善之人受到鼓励而更加向善，使作恶之人得到惩罚而引以为戒，真可谓是法度严密，天道至公。然而法律虽然威严，施行之中却每每只看前过而忽视了后效，天道虽然昭昭，报应之中却也不免发现了小殃而遗漏的大祸。结果贫穷之人堕入地狱遭受祸殃，而富贵之家则诵经烧纸免于罪责。结果，所谓的天道报应，只不过猎取被弓箭射伤的小鸟，而常常放过了吞掉舟船的大鱼。赏罚自当分明，如此却根本无从谈起。至于像我令狐生，世世代代蓬门荜户，寒窗十载依然是一介穷儒。即便每日穷于应付，仍不免儿啼女哭，成日里东写西画，还是挽不回时运不济、天命乖蹇。如今只不过偶尔感慨不公，发泄愤懑不平，却马上招来多嘴妄言之罪责。事到如今，令狐生虽百口莫辩、追悔莫及，然而却也耻于摇尾乞怜、贱卖气节。今日背负此等罪名，还被逼具结供状。既然触了逆鳞，碰了龙珠，我也不敢奢望求生；既然摸了虎头，拔了虎须，怎会不知受祸难免？令狐生言尽于此，望求明鉴！"

写罢，吏员上前将供书呈与阎王。阎王看完供书，颇以为然，于是断道："令狐撰所言，中肯有理，其心志亦颇为坚定，实在难以加罪其身。今特许将其放还，以嘉许其古道遗直。"

说完，阎王又追言道："至于乌老，仍旧抓捕归案，投入地狱。"

于是，令狐生仍然由抓他的两位鬼差送回家中。

临行前，令狐生问两位鬼差道："小生在阳间之时，乃读圣贤之书的儒生，所以对怪力乱神虽然时有耳闻，但是却从不相信。不想今日竟有幸来到这阴司地府，很想一睹其中真貌，不知可使得？"

鬼差答道："使得是使得，但须得刑曹录事点头才行。这样吧，我们先带你去问问刑曹录事，看看你有缘无缘。"

鬼差说罢，带着令狐生直往西廊而来。

不多久，到得一处厅堂，只见一名吏员坐在堆积如山的名册账簿之中。那就是鬼差所说的刑曹录事了。

其中一名鬼差走上前去打了个千，说道："这位书生想要一览地狱，特来请您示下。"刑曹录事点头应允，随手拿起朱笔写下一帖，递与鬼差。那帖上写的字形似篆籀，难以辨识。

拿到帖文后，令狐生一行出了地府，径直向北而行。走了七八里路，来到一座巨大的城池跟前。只见整座城漆黑巍峨，仿佛钢浇铁铸，城内黑气冲天，非烟非雾，与那天上的乌云连成一体，遮天蔽日。

城门口到处都是守卫，一个个面目狰狞，令人望而生畏。说是守卫，可都是些牛头马面的怪物，全都通体青黑，头发绀青，满头满脸、双手双脚全都长着乱蓬蓬的长毛，手执钢叉铁戟，或站或坐。

两位鬼差上前，把文帖交给其中一个守卫勘验。守卫看了一眼，点头让道。

一行人穿过城门，来到墙内，耳边立刻便铺天盖地传来鬼哭狼嚎的哭叫声。那叫喊声凄惨无比，仿佛正在遭受割肉挖骨的酷刑一般。令狐生心下惊悚，唬得连腿都抬不利索。

鬼差很快便带着令狐生来到了哭叫声传来的地方。这里黑雾弥漫，在一些似墙非墙的东西围成的牢房里，关着一个个披头散发、浑身是血的人，他们在里面痛苦地扭曲，发出凄惨的呻吟声。有的被剥了皮，有的被刨开了肚子，有的被砍断了手脚，有的被挖去了眼睛，有的被拔掉了舌头，活生生一幅地狱惨景，不忍细看。

正走着，令狐生只觉得眼前越发暗沉下来。

"既然来了，不妨再往前多走几步吧。"其中一名鬼差说着，带头往前走去。令狐生心惊肉跳，逃也似的追了上去。一路上，牢房里传来的惨叫声不绝于耳。

走不多时，眼前出现了两根放倒的铜柱子，分别绑着一男一女，全都赤身裸体。令狐生一路走来，心里总算开始有了些适应，心想这里的情形只怕还缓和些。

不料，门口一个像是守卫，头上长角、通体青黑的夜叉，不知道从哪里拿出一把尖刀来，走到男子身边，突然一刀捅进男子的腹部，一顿乱搅。男子连惨叫也没来得及喊一声，只剩下黑血四溅，五脏六腑全都"稀里哗啦"地流了一地。

另一根柱子上的女子看了，吓得尖叫连连，拼命挣扎着被绑紧的四肢。夜叉丝毫也不理会，将那把切开男子腹部、沾满黑血的尖刀毫不犹豫地捅进了女子的腹中。女子立刻偃声气绝，黑色的血液混合着五脏六腑"汩汩"往外冒。

这还没完。另外几个夜叉端着一只大勺过来，里面盛满了蒸汽腾腾的沸水。令狐生早已看得目瞪口呆，心想他们端热水上来干什么？只见夜叉举着大勺来到男子身边，把里面的沸水一股脑儿全倒进了被割开的肚子里。其他几个夜叉也如法炮制，把一勺勺沸水灌进了女子的肚子里。

"他们……他们这是？……"令狐生不禁向其中一位鬼差问道。

"哦，他们生前一肚子坏水，这是在帮他们洗干净呢。"鬼差满不在乎地答道。

"这，他们何故一肚子坏水？"

"那男的生前是个大夫，借着给那女子丈夫看病的工夫，和女子淫乱通奸。后来，女子的丈夫到底还是病死了。人虽然不是这对男女下手杀的，但是推究本情来定罪，与杀害是相同的，故而死后要遭受这开膛洗肚之苦。"

"啊，原来如此。"

说罢，一行人继续前行。

这回大家来到一处地方，只见许多和尚还有尼姑浑身赤裸地站在那里。许多夜叉正忙着拿来一张张牛皮、马皮，把它们从和尚尼姑的头上往下套。套完以后，那些和尚尼姑就变成了一头头牛或者马。其中一个胖尼姑被套上马皮后，立即用蹄子踢着泥土，一边"嘶嘶嘶"地叫唤起来。夜叉嫌麻烦，直接用手扯着马鬃赶往别处。那马又跳又叫，就是不肯走。夜叉从脚下随手操起一根铁鞭，"啪啪啪"劈头盖脸往马肚子上一顿猛抽，只打得它皮开肉绽。那马昂头痛苦地尖叫几声，撒开蹄子朝前猛冲而去。

"这些人，为什么要让他们转世成畜生呢？"令狐生好奇地问道。

"那些和尚尼姑们，生前不事稼穑、懒惰成性，而且还不守清规戒律，贪图淫乐，吃荤饮酒，所以来世做牛做马，报答供奉他们的人们。"

三人继续前行，来到一个地方，入口处立着一块牌子，上面写着"误国之门"四个大字。门内摆着铁床，上面坐着数十人。这些人看上去全都是重罪之身，手铐脚镣自不必说，连脖子上也戴着用青石板做成的巨大枷锁。

"你看那个男的。"

其中一位鬼差指着一个男子对令狐生说道。

"他是谁？"令狐生好奇地问道。

"他就是宋朝的秦桧，生前谋害忠良、欺君罔上，犯下亡国的滔天大罪，所以才受此重刑。其余人等全都是误国奸臣。这些人，每遇上人世间改朝换代之时，便会被牵出去，遭受毒蛇噬咬、饿鹰啄食，等到他们的肉身腐烂不成人形之时，又用神水冲洗、业风吹拂，使他们再次恢复如初，如此往复，无止无尽。这些家伙，已经堕入了万劫不复的无尽炼狱之中了。"

地狱惨景，触目惊心，一处更比一处惨，令狐生一刻也难以再待下去。

"今日有劳二位，就看到这里吧。还烦请速速送我回去。"

鬼差依言将令狐生送出地狱，没走几步，令狐生的家就在前面不远处，已经无须鬼差再送。

"两位差官，就送到此处吧。有劳相送，小生无以为报。"

两位鬼差闻言笑道："什么报不报的就别提啦。只是一件，日后若是再作诗，可别再牵累我等便是。"

令狐生听罢也大笑起来。


令狐生一个懒腰，惊觉而醒，竟是黄粱一梦。

翌日醒来，想到昨夜梦境，令狐生赶忙前往乌老家中。

原来，昨夜三更，那乌老已经再次死于家中。

# 富贵发迹司志

元至正六年间，泰州有一书生，名为何友仁。此人出身名门，学识渊博，才华横溢，然命运不公，何友仁始终不能入仕。

友仁家中素贫，到这一年，愈发陷入贫窭境地，不能聊生。贫饥交加之下，友仁意前往城隍司竭拜祈福，希望之后能时来运转。是夜，乃去城隍司祠堂。

祠堂内列有诸多神像，皆位于祠堂左右庑殿之下，各自点有灯火。谒者可依祈愿种类任选其一，跪拜于神像前，虔心祈祷。

友仁不知该对哪一尊神像祈祷，便脚步不停，四处观察。经过庙里东边的廊屋时，友仁注意到有一暗处并无灯火，他不知此处能为何祈愿，便透过暗处细观其中。只见神像前有一几案，上方匾额大书"富贵发迹司"。友仁心想正是此处了，遂祷于神像之前道：

"某生年方四十有五，冬一裘衣，夏一葛衣，朝夕不过粥饭一盂，自懂懂以来不行铺张浪费之事。然虽终年忙碌，却常有衣食不足之忧，冬暖则愁寒，年丰则苦饥，既无知己，亦无积蓄。妻儿蔑视于我，乡党不予结交，个中

173

艰苦难处，无他处可诉。素闻大神主司富贵之案，乃不避呵责，诚恳求教将来之事，还望指点弟子迷津，如何摆脱此穷困境界。若得以相告，就如枯鱼得斗水而活，亦如鸟托一枝而安。倘若命中注定，此生终将薄命不遇，亦望大神明示。”

友仁在神像前久久俯身不起。其他祈愿之人往来其侧，步履声不绝于耳。友仁听其声响，却似是从远方传来。

不知不觉间已是夜半时分，祠堂内不见他人踪影。忽闻侍从前呵后殿、喝令让道之声，那声音由远及近，愈发作响。友仁暗道莫不是有数位官员秘密前来参拜，遂朝庙门望了一眼。

转眼间，呵殿之音已入祠堂，只见随行的仪卫手提烛光闪烁的纱布灯笼列成两行，一位官员于其间缓步走来。

此时，本立于各处的木像判官忽然有了动作，纷纷起身前去迎接官员。前后仪卫有条不紊地进入祠堂，官员一身朝服打扮，在纱灯的照映下愈显姿态庄严。

见此情景，友仁才惊觉此官员正是城隍祠的府君。

府君登上正殿坐下后，判官们纷纷上前，有序参见，随之各回原处。其中一位判官回到了友仁面前，看其相貌正是富贵发迹司的主神，他此前随府君前往天庭朝拜，方才回到殿中。

先前始终昏暗的佛像忽然亮起。只见有判官数人，皆头戴乌纱、腰系角带，身着绯绿朝服。众人入室相见，各述其事。友仁欲知其所言何事，遂屈身听之。

“某县某户，家中藏米二千石，因近日旱灾蝗灾相继而来，致使米价翻倍，邻国已无余粮相售，路边亦有饿死骨，乃开仓救济百姓，且以原价相售，不得分文利益。又施舍粥汤接济贫困百姓，因其功绩得以使无数百姓续命。方才县神于本司申报此事，呈于府君，亦已上奏天庭，增其寿命三十六载，并赐万钟俸禄。”

"某村某氏，孝顺婆婆，其夫在外，而婆婆身患重疾，医师巫师皆束手无策，乃斋戒沐浴，向上天祈愿，愿以自身性命换婆婆一命，且割股进呈，遂使婆婆终得愈重疾。适才天庭诏命已下，称某氏孝行感天动地，鬼神亦闻之动容，乃赐其生子二人，将来二子皆成贵人，侍奉朝廷，荣宗耀祖，终赐大夫命妇之封号以报其恩。府君于本司下令，已在福籍上刻其姓名。"

"某姓某官，位高权重，俸禄丰厚，却不思报国，赃贿狼藉，受金三百锭，取银五百两，贪赃枉法，迫害良民，府君已上报天庭，欲治其罪。奈何其前世积有阴德，故暂任其享不义之财，稽延数年，免其灭族之祸，今已奉命，记载恶籍，只待审判。"

"某乡富贾，拥田数十顷[1]，仍贪得无厌，更欲将邻地收归己有。此子为达目的不择手段，欺人孤立无援，以贱价购之，却又迟迟不清账，最终使人愤恨而死。冥府令本司将其捉拿入狱，今已转世为邻家耕牛，偿还前世罪孽。"

众判官报告完毕，发迹司判官忽横眉张目，唏嘘长叹道：

"诸位各司其职，赏善惩恶，可谓是尽忠职守。然而天地有其运行规律，生灵有其遇难时分，国统渐衰，大难将至，即便诸位擅理时事，又有何用呢？"

众人不解："此话怎讲？"

"我此前随府君一同朝拜天帝，听闻众圣谈及将来之事，数年以后，兵戈扰攘，黄河以南，长江以北，横尸三十余万。是时，若非积善成德、忠孝至纯之人，必在劫难逃，岂非生灵寡福，当受此灭顶之灾？然此乃命数之至，无人可逃脱，诸位以为如何？"

众判官皱眉蹙眼，面面相觑。

"此非我等所能妄言。"

"不知。"

---

1　全称"市顷"。市制中的面积单位。1顷=0.0667平方千米。——编者注

"我等如何知晓。"

话毕，遂各自散去了。

友仁这才从案下匍匐而出，拜见判官，讲述来意："大神在上，弟子自初更时分来此，是以为前程祈福，不知可否请大神告知弟子将来是何境况？"

发迹司判官注视友仁良久，命身旁小吏取来账簿，细细翻看查阅，稍作考虑后道："你是福禄绵长之人，必不至久陷贫苦，从今以后，当日胜一日，扶摇直上。"

友仁闻言大喜过望，还想问个详细。

"恕弟子冒昧，不知大神话里所指的日胜一日是何情形？弟子愿闻其详。"

"既如此，我便如你所愿。"

主判官随即朱笔一挥，手书后将信纸授予友仁。

友仁恭敬接下，只见纸上写着几个大字："遇日则康，遇月则发，遇云则衰，遇电则没。"友仁看得一头雾水，却也不好多问，于是将纸收入怀中，再次拜谢后，退出了神庙。

庙外天色将明，友仁欲再看一遍方才的字诀，伸手探向怀中，却是空空如也。

回到家后，友仁向妻子说起此事，依旧难掩喜色。

不久，城中一名为傅日英的权贵前来拜访，希望友仁能教授族中子弟。友仁应下，搬至傅府，从此月薪五锭，家境亦日渐殷实。

友仁居傅府已有数年，其间张氏于高邮起兵，元朝命丞相脱脱率兵讨伐。有太师名为达理月沙，此人甚爱学识渊博之人，友仁献计于阵前，颇称其心意，遂被举荐为脱公幕僚。

自此，友仁跟随脱公，车马仆从，身份显赫。至脱公班师回朝之时，友仁也一同入朝为官，历经馆阁事务，又任省部要职，可谓位高权重。

未久，友仁被提拔为文林郎内台御史，其同僚有名云石不花者。友仁与此人极为不睦，受其诽谤，被贬为雷州录事。

友仁时常忆起判官之言，现在日、月、云三句谶言皆已应验，自前往雷州以来，深以为惧，下定决心不做恶事。

上任第二年，友仁有事要申报总府，命部下备好公文，署其官衔为"雷州路录事何某"，谁知正写到"雷"字时，风来纸起，于"雷"字下带出一笔，赫然成了个"電（电的繁体）"字。友仁大骇，急忙要重新拟写，却为时已晚。

入夜，友仁忽然病重，卧床不起，他心知自己命不久矣，遂交代后事，诀别妻儿，不久便咽了气。

午

# 不死

收录于作者一九二九年出版的怪谈小说，
该书为作者的中国怪谈小说集。

不死

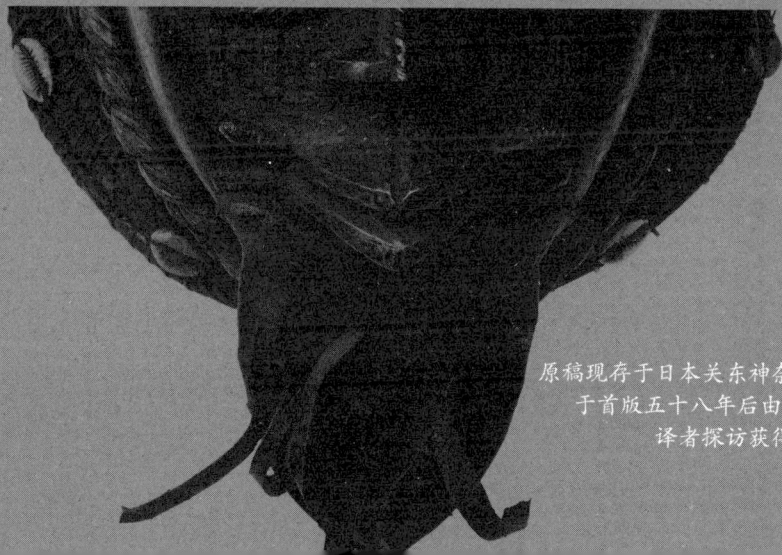

原稿现存于日本关东神奈川中古书店，
于首版五十八年后由"悉桑派"
译者探访获得。

# 酒友

　　从前有一位姓车的男子，虽身无长物却嗜酒如命。每到夜里，若不饮上三大杯酒就无法入睡。故而日日都会备上一坛子酒放在枕边。

　　一天夜里，车生睡到半夜忽然醒来，正准备重会周公，却莫名觉得身旁睡有他人。他也未曾深想，只觉得大概是被褥掉了，便伸手去抓，谁知却摸到了一团毛茸茸的物什，并非人类，大小如猫。

　　他点灯一看，竟然是只狐狸，周身酒气，正在自己身旁昏睡如泥。正觉得奇怪呢，再一看枕边的酒瓶早已见底。

　　车生顿觉好笑："此乃吾之酒友焉。"他也不忍惊醒，为它盖上了被衾，自己也躺在一旁继续睡下。

　　不过这狐之所为却让车生心生好奇，所以他并未熄灭烛火。又睡了一会儿后，那狐狸欠身伸腰醒了过来，车生笑曰："尔甚得佳眠也。"只见被衾之下躺着一位头戴儒巾的秀才。

　　书生起身走到榻前拜谢车生的不杀之恩。

　　车生言曰："我因贪饮，世人每每讥诮我是一根朽木，你于我，就如同是鲍叔牙之于管仲。若信得过我，不如就此结为酒友何如？"说完便拉起狐狸的袖子上榻同寝，复又言曰："往后你便夜夜来此饮酒罢，无须猜忌于我，我绝无恶意。"

狐狸欣然应允，与车生双双睡下。

次日天亮时，车生一看狐狸已然不知所终，遂将美酒倒满了酒壶，等着狐狸今夜再来共饮。

当夜月亮升起，狐狸果然如约前来。于是一人一狐相对而坐，开怀对饮。那狐狸不仅酒量好，说话也甚是幽默诙谐，惹得车生频频发笑，只道与它相见恨晚。

如是这般过了一段时日，某日狐狸上门饮酒时说道："你日日以美酒相待于我，不知如何才能回报你？"

车生道："区区一点小酒罢了，何足挂齿？"

狐狸摇头道："话虽如此，然你也并非衣食无忧之人，日日买酒岂是小钱？我自当为你考虑考虑酒钱之事！"

次日夜里，狐狸进门后对车生说："从此处向东南方向走上七里地，可见路边落有银钱，你尽快去捡了来吧。"

车生听了它的话，第二天一早就出门去了。

果不其然，地上躺着二两银子。车生捡起银子后，立即就去集市买了美酒佳肴等待狐狸上门。

狐狸来了以后又道："此屋后藏有一处地窖，打开瞧瞧吧。"

车生听后立即转身到屋后一看，那里果然有一处地窖，不仅如此，窖内居然还藏着万贯钱财。

车生大喜："从此以后我就是有钱之人了，何愁没有好酒招待于你啊。"

狐狸摇头道："此言差矣，这些钱财就犹如车辙中的积水，哪里能用得长久呢？你应该好好思量生财之道才是。"

一天后，狐狸登门时对车生道："如今荞麦的市价很是低迷，这也是一个良机啊。"

车生听从狐狸的建议买了四十余石荞麦。

众人纷纷嘲笑他愚钝，谁知不久便遭遇大旱，所有的稻谷都枯死了，只有荞麦可以存活。于是车生靠着兜售荞麦种而获利十倍。

车生拿着这笔钱买了二百亩[1]良田。

说来也奇怪，他种麦子时，麦子就能丰收，种玉米时，玉米就会多产。

无人知道实是狐狸军师的功劳。

自那以后，车生与狐狸日益亲密。狐狸称车生的夫人为嫂子，也将车生之子视如己出。

车生死后，狐狸就不再来了。

---

1　全称"市亩"。市制面积单位。1亩=666.7平方米。——编者注

# 狼妖

深山里溪流蜿蜒，峭壁如屏，这里即便是白昼也弥漫着一股危险的气息。

暮色渐浓，少年十分懊恼自己只顾着打猎却忘了时间，他虽胆量过人，却也心怀畏惧，不敢在夜里下山。暗叹了一口气，少年走到大石头后，解下背上的箭筒，将箭筒和装着两只野兔的袋子放到脚边，拿着弓靠着岩石稍作休息。

在少年的右侧，远处山峰如锯，一抹抹黄云在夕映的余晖下染上了绯色。章生一边心不在焉地望着天边的云彩，一边吃着剩下的干粮。下方的山谷里传来沙沙的声响，听不出是水声还是风声，一阵冷风忽地吹过，他感到颈间传来丝丝寒意。

夜色彻底笼罩大地，远处传来野兽的嘶吼声，听起来格外瘆人。夜空深邃，透出点点星光，章生推测月亮就快要升起了。

野兽的吼声越发凶戾。

他有些口渴，想起来时瞥见岩石的裂缝中似有水滴落下，便绕到岩石后面以手掬水一饮而下，随后又回到了原来的地方。夜色如墨，周围只隐约可见缥缈微光。少年的左侧，在山谷的那端，穿过茂密的树林，一轮红月正缓缓升起。

章生稍稍放松了紧绷的神经，背靠石头伸长双腿，白日里的疲惫席卷而来，脚底和膝盖都在隐隐作痛。

月圆如镜，攀上枝头。

章生拉过箭筒充当枕头，以天为被以地为床，不知不觉间竟也睡着了。章生全然忘了眼下处境，睡得昏沉，朦胧间感觉似有什么在舔自己的喉咙，他有意伸手挥开，指尖却传来了活物才有的温度，他就势用力一握，女人尖叫的声音在他耳边猛地炸开。

章生自梦寐中苏醒，却见一位身着蓝衣的娇小女子被自己单手制住倒在一旁。

"先生饶命，先生饶命。"

章生闻言放松了力气，只见眼前女子相貌年轻，脸形瘦长，正低头抽泣着。

"是鄙人失礼了，姑娘请见谅。"

章生虽惊讶于年轻女子竟会来此深山，但念及对方只是个手无缚鸡之力的弱女子，便松开了抓住她的手。

"姑娘是为何人？"

女子依旧蹲在那处，答道："小女就住在前方的山谷中。"

"为何孤身一人深夜至此？"

"我见月色甚美，不觉间就走到了这里。"

章生忆起先前喉咙似被舔过一事。

"我也不知为何会抓着姑娘的手，但总觉方才好似做了个梦，喉咙像是被舔过，姑娘可知发生了何事？"

"我漫步至此，见先生睡得香甜，便起了玩笑之心。小女知错，还请先生勿怪。"女子双眸剪水。

章生不忍继续为难眼前单纯的女子。

"原来如此，我还道是有什么野兽前来作祟。方才一时情急，可有吓着姑娘？"

女子嫣然一笑，并未作答。

"时候不早了，姑娘家人想必甚是担心，我送姑娘回去吧。"

女子道了声谢，但仍迟迟未起身。

"说来惭愧，鄙人实有一不情之请。我今日未打到猎物，不好空手而归，只能露宿于此，但此处委实让人不得安睡，不知姑娘能否行个方便，让我于贵府借住一宿？"

"先生客气了，那便有劳先生送我回家。"

章生遂起身，将猎袋背起。

"小姐，您在此处做什么？"倏然又传来一女子的声音。

章生手握箭筒转过身来，只见一位瞧着约莫二十七八的高挑女子行上前来。

"自是来见这位先生的。"年轻女子蓦地笑道，"正是如此。"

"见了之后呢，您莫不是又捉弄了这位先生。"

年轻女子笑而不语。

"看您这样子定是又淘气了。"

"确实，我趁先生睡得香甜，轻轻摩挲了先生的喉咙。"

年轻女子言笑晏晏。

"我想来也是如此，您啊，真是，怎么说您好。"

高挑女子说罢望向章生道："我家小姐年岁尚小不懂事，还望先生海涵。"

"姑娘言重了，鄙人原以为是野兽来袭，抬手躲避时指尖恰好碰着何物，便用力抓了过去，未承想竟是小姐的玉手。说来倒是鄙人乍醒迷糊之时害小姐吃了苦头，实在失礼。"

章生噙着笑意望向年轻女子。

"唉，小姐性子活泼跳脱，妾身也不知该拿她如何是好。"

高挑女子又望向年轻女子道："此番幸得遇上这般好心肠的先生，若换了旁人，后果委实难料。人心难测，事当行处再三思，今后万不可再如此莽撞了。"

年轻女子听罢又展笑颜。

"晓得了，方才先生可说要送我回去呢。"

"这如何使得。"

高挑女子复又望向章生："小姐今日亏得先生照顾，妾身感激不尽，岂敢再叫先生劳心，小姐由妾身送回便可。只是眼下夜色已深，不知先生接下来有何打算，若先生不嫌弃，今夜就在寒舍住下可好？"

"哪里敢嫌弃，实不相瞒，鄙人原本就有此打算。我乃是山下村子的猎户，追逐猎物途中忘了时辰，回过神来竟已是日暮时分。本以为今夜要露宿荒野，未料遇上了小姐，正想趁着送小姐回去的机会在贵府借住一宿。"

"那么，先生请吧。府内只有小姐同妾身二人，若有招待不周之处还请先生见谅。"

三人于是顺着小山的垄沟向东走去。交谈过程中，章生得知身材高挑的女子乃是年轻女子的奶娘。这片荒野深山中竟住着两位女子，章生对此深感不可思议。

穿过垄沟向下走去便到了山谷的洼地，皎洁月光下，不远处显现出一栋房屋。谷中溪水激起的层层白浪从门前流过，浪花之上，一道石桥横架而过。章生跟在奶娘身后，走过石桥进到屋里。

屋内灯火通明，金丝锦帐流光溢彩，二女嘱咐章生在此暂作歇息后便往外走去，不多时，两人端着盛满肉的大碗走了进来。

"粗茶淡饭招待不周，还请先生见谅，小姐与妾身将静侍左右。"

章生起身行了一礼。奶娘又端了些酒菜进来，三人遂在饭桌前坐下了。

"先生请。"

奶娘往章生杯里斟满了酒。

"小姐也请自便。"

小姐得了准许便津津有味地吃起了肉，一派天真烂漫的模样，章生忍下心中旖旎，视线却总是不由得被她吸引。看到二人都动筷后，奶娘这才动手夹了肉。

章生又望了奶娘一眼，发现她虽年纪略长，脸上透露出的神情却似与小姐如出一辙，那是他在村里女人脸上从未见过的温柔纯真。

"先生请随意，我们也不客气了。"奶娘时而招呼着说道。

章生从方才起就一直盯着小姐的嘴角，但她一心只有眼前的食物，似乎没有注意到章生的视线。

"小姐，您别光顾着吃，也要招待客人的呀。"

被奶娘这样一提醒，小姐才如梦初醒般望向了章生的方向，顿时小脸涨得通红，放下了筷子。

"我家小姐心思单纯、不谙世事，让先生见笑了。其实小姐也是个可怜人，我家老爷是个远近闻名的大善人，府里虽称不上家财万贯却也曾是富甲一方，只可惜小姐刚出生时就由于种种原因举家搬到了这深山里，不久后老爷和夫人也相继去世了，只剩小姐孤苦伶仃的一个人在这世上。这么多年来我一手将她抚养长大，也算没有辜负老爷夫人对我的恩情。"

奶娘满脸宠爱地看着小姐，感慨万千地说道："小姐今年便满十七了，也到了谈婚论嫁的年龄，我有意将她许配给好人家，如此一来，我也能放下肩上的重担。只是我一介女流，手不能提肩不能扛，家中又无其他亲友，怕到时给人家小瞧了去。若真到了那一步，妾身希望能有几位可靠的男性友人给小姐撑撑门面。"

奶娘眉眼间的忧愁让章生蓦地生起了一股同情之心，他年纪尚轻，本就少年意气，此刻两杯酒下肚更觉心头情感涌动。

"确实如此，真是难为姑娘了。"

"当年若非老爷夫人相助，我怕是早已……即便是为了报答这份恩情，我也当竭尽全力服侍小姐，更遑论这么多年来我早已将小姐视如己出，只要小姐能幸福，我做什么都在所不惜。可我二人终究只是两个弱女子，若在外抛头露面，一来行事多有不便，二来怕有损小姐清誉。不瞒先生，我一直希望能够结识先生这般年轻可靠的友人。今日有幸与先生相识一场，若先生愿与我二人结交，妾身将感激不尽。"

"鄙人一介猎户虽能力有限，幸得姑娘厚爱，愿为姑娘小姐效犬马之劳，今后若有难处请尽管直言。"

章生双亲已故，既无手足，也未娶妻，是个一贫如洗的猎户。

"我上无父母，下无兄弟姊妹，也无亲眷故旧，不过孤家寡人一个。"

"这么说来，先生无论身居何处都无大碍吧。"

"确实如姑娘所言。"

"既然如此，先生愿同我们一道吗？"

"若姑娘不嫌弃，鄙人自是愿意的。"

章生遂在二女家中住了下来。第二日用早饭时，小姐和奶娘的态度丝毫未变，一如昨夜般温柔纯真。

往后每日用过早饭后，章生便拿着弓箭出去狩猎，直到日暮时分再带着捕获的鸟兽回到家中。

三人围坐在篝火旁吃饭，小姐和奶娘的脸上仍是不变的纯真。

章生注意到二人似乎每天都要出门一趟，某次，他向奶娘问起了此事。

"你们好像每天都要出去，是去哪儿呢？"

奶娘深深地凝视着章生的脸，似是要透过他的双眼看穿他内心的想法。

"不去哪儿，每日待在家里好生无趣，出去散散心罢了。"

毫无目的地闲逛吗？章生心下生疑。此外，家中有许多猎物分明是连他都无法捕获的，章生不由地怀疑二人是否出去捕猎了，但又委实难以想象她们配弓持箭的样子。一日，章生实在按捺不下心中的疑惑，再次向二人问道：

"你们究竟去哪儿了，难道不可以对我说实话吗？"

"先生莫气，其实小姐的姑母隐居在对面那座山上，我们每日前往的就是那处。"

章生总算解了心中疑惑。疑心既解，他又忧心起那边的往来山路，恐有野狼出没。

"那边只怕有狼出没，甚是凶险。下回且让我来送二位一程吧。"

"多谢先生好意，只是我二人早已熟识那边山路，纵是遇狼，也定能轻易脱身。"

"不可，此事太过冒险。你们两个手无缚鸡之力的弱女子，纵识山路，遇上狼也是凶险难料啊。"

章生曾因遇狼身陷险境，他以此为例苦苦相劝，可那二人却丝毫不为所动。章生出猎后，二人果然又出门去了。

章生知二人心意已决，便也不再多言，只琢磨起如何能手刃野狼以护二人安全。一日，他狩猎归来后，将猎到的鹿劈作肉块，并涂上箭毒，扔在二女的必经之路上。

翌日，章生如平日一般出猎，因牵挂鹿肉之事，原想着归家路上前去一看，但因那日去了后山耽搁了时间，便作罢径直回去了。

回到家中却未见人影，章生想着二人定是又在小姐姑母家耽搁了，便未作他想，可她们却至夜未归。

章生只得独自囫囵用了晚膳，心中慎是忧虑，一夜未眠等到天明，竟还是不见二人归来。二人虽偶有晚归，却从未像这般彻夜不归过，莫不是在姑母家出了事？他如此想着，草草充饥后赶忙下了山谷，往姑母所在的山那边去了。

行至谷间岩石齐立之处，前日的毒鹿肉正是抛于其间。章生蓦地往那岩间一瞥，却见那里倒了两人，所着衣物甚是眼熟。他大惊之余奔去一看，却是两只穿了衣裳的狼。

# 黄英

马子才乃顺天府人氏。

马家世世代代都是菊花迷，传到了马子才手里更是青出于蓝。只要听说哪里出了什么好品种，他就无论如何也要买到手，就算上天入地也在所不惜。

有一天，马家来了一位从金陵来的客人，对他说道："我有一个表亲，家里培养了一种良菊，那品种北方绝对没有。"

马子才听后喜不自胜，立马准备好行装，当下就催促客人一起赶往金陵。经过那位客人多方周旋，马子才总算拿到了两枚菊芽。他视若珍宝，小心翼翼地把花芽包了一层又一层，这才唤了车打道回府。

某日行至半途中，马子才遇见了一位风度翩翩的少年，骑着一头驴子跟在一辆油壁车后面。两人渐渐走近之后，相互一打听才知道，这少年姓陶，并且谈吐风雅、举止不凡。两人一见如故，越聊越投机，陶氏少年问马子才长途奔波所为何事。马子才自然是实言相告。

陶氏少年听完，正色道："花的品种本身并没有什么好坏，关键在于人的培育。"

两人由此打开了话题，热烈地互相切磋育花心得。马子才得遇知音，心下畅快，于是向对方打听道："陶老弟这是要到哪里去？"

陶氏少年答道："家姐住不惯金陵，现正准备前往河北择地居住。"

马子才听了赶忙自荐道："在下家中虽不算富裕，然而加几张床榻的房间总还是有的。如果你姐弟俩不嫌粗陋，就请移步寒舍住下，何必麻烦再寻下处？"

姓陶的少年听罢，走到车前去和他姐姐商量。

这时，车里的姑娘掀起了帘子来答话。马子才一望之下，竟是一位年方二十的绝色女子，不由怦然心动。她望着弟弟说道："房间不怕小，就是院子要大些。"马子才听见，赶忙替陶氏少年答道："这个容易。"当下三人结伴同行，晓行夜宿，不日便回到了马子才家。

马家的南院有一片荒废的园子，里面只剩下三四间小屋。陶氏姐弟也不嫌弃，简单地拾掇齐整，便欣然搬进去安顿下来。

陶氏少年每日到北院帮助马子才养菊护菊，遇到有枯死的菊枝，经陶氏少年剪去老根重新种植，无不再次焕发生机，甚至长得比原来还要好。

陶氏少年一双妙手的确了得，然而看他家境却似乎甚为清苦。

陶氏少年每天都在马府用饭，而且看他家里的样子，也不像有开伙的迹象。马家娘子吕氏与陶氏姐姐倒也投缘，几升米、几斤菜地时常接济姐弟俩。陶氏姐姐自称幼时乳名为黄英，一得空闲便到北院来，与吕氏一道缝缝补补，做些女红活计，两人相处甚为融洽。

一日，陶氏少年突然对马子才说道："马兄家里也并不宽裕，还要时常接济我们姐弟二人，如此下去也终非长久之计。我寻思着，我们是不是可以靠卖菊花换些银钱，也好补贴生计，不知马兄意下如何？"

马子才生来就是一副耿直性子，听了陶氏少年的提议，顿时满脸鄙夷地回敬道："我本以为陶弟乃风流雅士，断能安于清贫。如今看来，也不过是借着风流做买卖的投机之徒罢了。陶弟如此行事，岂不是折辱了这满园子的好花？"

陶氏少年听了也不生气，依旧笑盈盈地说道："我们这是凭自己的力气吃饭过活，与那一干贪图富贵之辈自然是不同。再者，我们养花贩花谋生过活，也并非俗不可耐之举。您想啊，人生在世虽然不能妄求富贵，但是也决计没有特意追求清贫的道理吧？"

马子才听了，偏过头去不予理睬，陶氏少年也只好起身离开。

从那以后，陶氏少年再没有在马子才家中留宿过一夜，也没有在他家吃过一顿饭。马子才再三邀请，才总算过来了一次。再往后，陶氏少年倒是三天两头仍旧到北院来，不过也就是来捡走马子才废弃不用的残枝断枝罢了。

不日间，又到了菊花盛开的季节。

马子才听说陶氏少年在自家门前摆摊卖菊，生意好得很，于是心下好奇，忍不住悄悄地过去查探一番。只见陶氏少年那里果然门庭若市，前来购买菊花的人络绎不绝。人们买下自己喜爱的菊花，有的用车拉，有的直接背在肩上，一个个喜滋滋地往回走。再看那出售的菊花，全都是难得一见的珍贵品种，有的甚至连马子才自己都从未见过。马子才心下鄙夷陶氏少年贪求钱财、毫无气节，准备和他割袍断义，但是又对他背着自己私藏奇花良种而愤恨不平，不当面质问则始终心下烦躁，思前虑后，还是决定走一趟问个究竟。马子才刚一敲门，陶氏少年便打开门，伸出手来一把将马子才拉了进去。

马子才展眼一看，只见原本荒芜的半亩田地里满目菊黄叶绿，除了姐弟俩住的那间小房子以外，已经再无一寸空地。那些花儿被拔走售卖的位置，马上又从其他花茎上折下枝条及时补种。烂漫花田里，朵朵皆是精品。

马子才用心看去，有许多竟然还是用自己废弃不用的断枝残枝培育起来的。陶氏少年也不多言，兀自回屋取来美酒佳肴，就在花田之畔设下筵席，请马子才入座饮酒。

"我这个人哪，原不惯于安贫乐道。所幸每天早上靠着门前的花市能够赚上几文，总算请马兄小酌的酒钱倒是不愁啦。"

正说着，姐姐在小屋里喊道："三郎！"

"唉，就来。"陶氏少年应了一声走进小屋，旋即便端出一盘热气腾腾的美味佳肴来。一眼便知，那是一道精心料理的上等好菜。

马子才喝着酒，就着菜，想起了具有这等好手艺的陶氏姐姐，于是向陶氏少年问道："你姐姐为什么不结婚呢？"

陶氏少年也不遮掩，答道："不是不结，是时机未到。"

马子才追问："什么时候才算时机已到？"

"四十三个月之后。"

马子才更加好奇："这又是为什么？"

陶氏少年却笑了笑，不再作答。

两人丢开话题，痛快饮酒，爽朗吃菜，尽欢而散。

第二天，马子才又来到了陶氏姐弟家。他惊奇地发现，园子里新近扦插的菊花居然已经长到了一尺有余。马子才觉得简直太神奇了，当场央求陶氏少年："无论如何，求你把方法告诉我。"

陶氏少年说道："这方法不是三言两语就能说得清楚的。再说了，你也不靠菊花维持生计，学这个又有什么用？"

几日之后，眼见菊花卖得差不多了，陶家门前终于又恢复了往日的平静。陶氏少年一刻也没有闲着，他用菖蒲编成的草席子把剩下的菊花包好，装了满满好几大车，往外地拉去。

第二年仲春，陶氏少年从南方回来，还随车带回了非常珍贵的新品种。他把这些带回来的品种拿到城里的花肆出售，短短十天时间便被抢购一空。

陶氏少年收拾家当，回到家中准备继续多种些菊花，没想到家门前已经聚集起了许多前来抢购的客人。一问之下才知，原来都是去年从陶家买过菊花的回头客。他们原本把去年凋谢的菊花残枝留下来，想着看看今年能不能继续种活，不料养倒是养活了，开出的花却都是些歪瓜裂枣的残次品，只好又拥到陶家来买新的。

一来二去，眼见得陶家的日子一天比一天富足起来。他们当年就扩建了姐弟俩蜗居的小屋，第二年又新建了更宽阔的新宅。姐弟俩也没和马家主人商量，自己做主就把房子给建起来了。因为扩建宅邸占用了原来的花畦，陶氏少年又花钱购置了大片田地，四周扎起篱笆墙团团围住，里面全部种上了菊花。

金秋十月，陶氏少年又拉着满载菊花的大车外出走生意去了，一直到了第二年春暖花开也不见回来。这段时间，马子才的妻子吕氏不幸病亡。于是，他对那位黄英姑娘越发日思夜想起来。

后来，马子才按捺不住，终于寻了一日，托了个妥当之人上门打探。那人回报说黄英听了马子才的意思后抿嘴一笑，似乎姑娘对马子才也芳心暗许，估摸着这事八九不离十。如此一来，马子才更加热切地盼望陶氏少年能够早日回来。然而，恍然之间一年多又过去了，陶氏少年仍然没有回来。

黄英每日吩咐下人好生料理菊花，一切都和陶氏少年在家的时候一模一样。随着菊花越卖越多，陶家赚的钱也越来越多，逐渐显露出鸿商富贾的规模来。黄英用这些赚来的钱在远离村庄的地方购买了二十顷肥沃的良田，房屋也建得越发高大气派。

这一日，马子才突然从一个东粤回来的客商那里收到了一封陶氏少年捎给他的信。马子才打开信件一看，内容竟是请他上门迎娶自己的姐姐。再看落款时间，马子才两下仔细一推算，正好是他的前妻病死的那一天。再想到上次和陶氏少年在院子里喝酒，问起他姐姐的婚嫁之事，屈指一算，到今日可不正好是第四十三个月嘛！

马子才心下称奇，拿着陶氏少年的信来找黄英，对她说："我会找个良辰吉日来下聘的。"

不料黄英听了，却说："我不要你下聘。"

原来，黄英觉得马家不够干净，想一直待在南院，所以希望马子才能搬过来。不过，马子才不同意，所以还是由他挑了一个黄道吉日，一顶轿子把黄英娶进了家门。

黄英嫁进了马家之后，在宅子的围墙上开了一扇通往南院的门，方便两头往来。黄英三天两头回到南院，吩咐家里的杂役仆从料理好菊花，忙着收拾各种家务。

马子才在妻子殷实的家财面前有些自惭形秽，但是却又端着那一丝文人的傲气，于是三天两头提醒黄英南院和北院的花销账本要单独分开，两家一应的吃穿用度也不可混淆。可是，黄英总是一不留神就把南院的东西拿到北院来用了，没过半年，马子才家里的东西，满目看去全都变成了陶家带来的。马子才见状，马上叫人把东西一件件挑拣出来，让黄英全部带回南院去。

"这些东西，不要再带过来了，可听仔细了？"

马子才虽然对黄英耳提面命，不过，也就过了十来日，两家的东西又混成了一团，少不得马子才又得费工夫让挑拣一遍，一一送回南院。如此这般，几次三番折腾，连马子才自己也不胜其烦。

这时，黄英却对马子才款款一笑道："陈仲子（战国时期齐国人，因过分追求廉洁而饿死）呀，你到底累不累吗？"马子才闻言，也不禁哑然一笑，从此再不计较，一切听从黄英安排。

于是黄英便放开手脚，差人请来一大帮工匠，大肆采买砖瓦木料，开始大兴土木起来。马子才最怕奢靡招摇，无奈却根本无力阻止。

不出两三个月，黄英终于让人将北院和南院连在一起，两家并作了一家，再无你我分界。不过，这回黄英倒是听了马子才的建议，从此以后关门闭户过日子，也不再继续做那菊花生意了。然而，家里依旧锦衣玉食、精致富贵，其中一应吃穿用度丝毫不逊色于世家门第。

马子才心下始终惶恐不安，对黄英说道："马某三十年积累的清德，只怕一朝便要坏在你的手上了。人活一世，却要仰赖女子来养活，马某身为男儿已是无地自容。虽然世人皆贪求富贵，然马某却恨不得但求清贫。"

黄英笑道："妾并非那等贪得无厌之人。只是如果不稍微让生活过得体面自在些，岂不是为后世落下口实，误以为那位采菊东篱的渊明先生天生贫皮贱骨，百世不得发迹，故而为家中积累些家底也好解世人嘲讽。然而，相公也要知道，贫者致富殊非易事，而富者返贫却只在朝夕之间。妾赚的那些钱，相公随意取用便是，妾并不吝惜。"

马子才凛然道："然而伸手白使他人赚的钱，也非君子所为。"

黄英听了无法，只得回道："君不愿意富，而妾却也受不惯那凄清贫寒。如此，不若你我仍旧分家别院，清者自清、浊者自浊，岂不两厢安好？"

于是，黄英果然在院子中建了一座茅草房，让马子才住了进去，又拨了好些俏丽的婢仆跟随伺候。马子才总算心下稍安地住了下来。不过，没过几日，马子才便分外想念黄英，于是差人去请，然而黄英却总是不来。马子才无可奈何，只好亲自往黄英住处寻来。从此以后逐渐形成了惯例，马子才每隔一天便往黄英屋里住上一晚。

一日，黄英笑着打趣道："相公这是东食西宿呢，廉洁之人可不会如此行事哟。"马子才听了，也不答话，自己脸上一笑了之。一来二去，干脆又像刚结婚的时候一样，两人仍旧住在了一起。


有一次，马子才有事到金陵去了一趟。因为正好遇上九月初九赏菊之日，马子才起了个大早便赶往花肆去赴花会。花肆中盆种菊花琳琅满目，每一株都形态各异、争奇斗艳，更为难得的是，那盆中全都是清一色的白花。马子才感觉这些花似乎和陶氏少年所培育的花种非常相似。

没过多久，花肆主人出来了，果然就是陶氏少年。马子才欣喜若狂，赶忙上前相认，热切地叙话别来光景。当日，马子才就在陶氏少年的花肆住下了。

马子才劝陶氏少年道："你姐姐对你分外想念，这次无论如何且跟我一块回去。"

不料，陶氏少年却答道："金陵本就是小弟故乡，小弟正准备在此结婚生子呢。这些时日，我也赚了些钱，你帮我带些回去给姐姐。晚则年末，我一定找时间去看你们。"

马子才不听，坚持道："先不管那些，这回好歹先随我一道回去，你姐姐可想苦你了。"

于是，马子才三天两头劝说陶氏少年跟他回去。陶氏少年被劝不过，只好说道："所幸家中已经攒了些银钱，即便闭门坐吃，日子也还过得下去。既然这样，这生意就不做了吧。"

马子才闻言，索性在花肆中坐定，吩咐花肆中的掌事老爷，立马重新商定价格处理存货。由于是贱卖，所以不出几日便把库中菊花销售一空。

待花肆大小事务打点妥当，马子才又不停催促陶氏少年收拾好行李，择了个吉日便雇了船只，往北打道回府。

一行人回到家，不料黄英早就打扫干净屋子，收拾好床榻被褥，仿佛一早就知道弟弟要回家来一样。

陶氏少年回到家安顿好行李，便马不停蹄安排人手修建了一座亭园。从此以后，每日只与马子才在园子里下棋对饮，一概不结交任何外人。

马子才几次催促陶氏少年结婚，对方却是无动于衷。黄英安排了两个婢女给陶氏少年侍寝，过了三四年，为他生下了一个女儿。

陶氏少年本就酒量惊人，因此虽然日日饮酒，却从未酩酊大醉。马子才有个朋友姓曾，也是酒中豪杰，号称酒桌之上无人能敌。

一日，曾姓好友来府上拜访，正好遇上马子才与陶氏少年饮酒取乐，于是便也添碗加筷一起喝了起来。正所谓棋逢对手、酒遇知己，曾氏和陶氏两人开怀畅饮，千杯不醉，说不尽的惬意畅快，顿起相见恨晚之情。

两人从辰时开饮，一直喝到深夜二更，算起来每人总得有不下两百坛美酒下肚。曾氏终究不胜酒力，喝得烂醉如泥，就地呼呼大睡起来。陶氏少年晃晃悠悠地起身，走出房门穿过菊花地想要回房，不料醉意涌来，迷迷糊糊间脱了衣裳躺在花田里，现出了本相，竟是一株菊花。只见那株花高一人有余，枝头开了十朵大花，朵朵都比人的拳头还大。马子才心下惊骇，赶忙跑回家叫来了黄英。黄英急急忙忙赶来，从地里拔起菊花横放在地上，嘴里嗔怪道："真是的，怎么喝成这副样子！"

说着，又拾起地上的衣服为他穿上，这才和马子才一起回房去了。

"万一被人瞧见，可就糟了。"回到房间后，黄英仍然忧心忡忡地说道。

第二天早上，马子才跑到昨夜的花田里一看，只见陶氏少年躺在花畦里呼呼大睡。马子才恍然大悟，原来姐弟二人竟是菊花仙子，于是对两人越发敬爱有加。

再说陶氏少年，自从暴露了自己的本相，越发毫无顾忌地痛饮起来，时不时便差人直接送信给曾氏，邀他上门痛饮。一来二去，两人遂成无所不谈的好友。

农历二月二十五日，正值"花朝节"。曾氏命两个家仆扛着一瓮药酒来到马府，和陶氏少年又是一顿痛饮。两人你来我往，一瓮酒很快就见了底，但是两人都意犹未尽。这时，马子才却提着一瓶酒走了进来。两位酒友怎肯放过琼浆美味，喝完之后，曾氏醉醺醺地由他的家仆搀回家去了。

陶氏少年又躺在地上呼呼大睡，现出了菊花本相。马子才见怪不怪，倒也淡定。他一如往常把菊花拔起来横放在地上，坐在一边细心照料，等待陶氏少年醒来恢复原状。

不料，过了不久，那菊花上的叶子居然眼见地开始枯萎下去。马子才心下害怕，这才飞奔回房叫来妻子。黄英闻言，吓得面如土色，嘴里脱口道："糟了！"立即飞奔进园一看，只见那颗菊花连根带叶全都枯死了。

黄英见状，悲痛欲绝，放声大哭。她哭哭啼啼地把干枯的花茎放入盆中，带回了房间，此后每日浇水养护。

马子才也是追悔莫及，心中不由痛恨曾氏饮酒惹祸。不料，两三天之后，马子才听说曾氏居然醉死了。

话说，黄英每日浇水养护的花茎渐渐地长出了新芽，到了九月竟开出了鲜花。花茎不长，却开满了密密麻麻的花朵，凑近一闻，竟有阵阵酒香飘入鼻中，因此人们为它取名"醉陶"。说来也怪，这花要是不浇水，改成浇酒，它会长得更加茂盛娇艳。

陶氏少年留在世间的女儿，后来也寻了个好人家嫁了出去，日子美满。

黄英呢，除了上了年岁，其他一切如旧。

# 延寿

南阳管辂，精通《周易》，擅长占卜，能知过去未来。

某个夏日，管辂睡饱午觉，到村外散步。炎炎烈日下，一个眉清目秀的少年正在地里割麦子。管辂看了一眼，赶忙把少年叫到跟前，问道："年轻人，你叫什么名字？生得一副好相貌，只是可惜了。"

少年有些莫名其妙，回答："我叫赵颜。不知先生说什么可惜？"

"看你的面相，活不过二十岁，所以我说可惜了。快回家准备准备后事吧。"

赵颜一听就慌了，赶忙跪在地上磕头："先生您是高人，既然能看出我什么时候死，那肯定也知道怎么帮我续命。请您务必救我一命！"

"人的寿数自有天命，我又有什么办法。"说完，管辂飘然而去。

赵颜什么都顾不上了，三步并作两步跑回家里。一看到父亲，眼泪立刻流了下来。

"父亲，了不得。今天我碰到个怪人，说我活不过二十岁。我再三恳求他救我一命，他只说人的命天注定，自己也无能为力，说完就走了。我想这人肯定

200

不简单，父亲您一定要追上他，无论如何求他救我一命。"

父亲听完也吃惊不小，赶忙从马厩里牵出马来，两人骑马沿着管辂走的方向追了下去。

跑了十里多路，终于看到管辂的背影。两人连忙赶上前去，翻身下马，不住地磕头。

"听小儿讲，先生说他已经时日无多。我年过半百，膝下只有这么一个儿子，要是白发人送黑发人，那我也活不下去了。万望先生可怜可怜我们，帮小儿躲过这一劫。到时我一定给您立个长生牌位，天天烧香磕头，保佑您一辈子福寿双全。"

管辂待要拔腿就走，父子二人一面死命拉住他两条裤管，坚决不放手，一面仍旧捣蒜一般地磕头。

沉吟半晌，管辂捻须说道："也是因我多嘴才生出这一番事端。既有此因，我也不能丢下你们不管。罢了，你们速速回家，准备上等的鹿肉干，一壶好酒。待到卯日，我自有安排。"

"上等的鹿肉干，加上一壶好酒，我们马上置办。请先生到时一定帮我们想想主意。"

"卯日我定会去你家中，你们等我便是。"

父子两人喜出望外，又拜了几拜，回家置办应用物品不提。过了三天就是卯日，两人早早地就起身，坐在院子里专等管辂。

到傍晚时管辂才来，看完酒肉，对赵颜说道："你几日前割麦子的田地往南有棵大桑树。你拿着这些酒肉去树下，那里有两位老人正在下棋。你把酒肉摆开，他们专注棋局，顺手就会喝酒吃肉。酒杯空了你便斟满，如果两人察觉，不管他们说什么你都不要答话，一味施礼就是，到时两人自会帮你延寿。最要紧的，万万不可开口说话。"

赵颜听完，拿着酒肉赶往桑树下。果然如管辂所言，两个胖胖的老人正在下棋。

赵颜不敢说话，悄悄走到近前，斟满两杯酒，将鹿肉切了一盘放下。两人眼睛全在棋盘上，根本无暇理他，只是顺手将酒肉放入口里。赵颜牢记管辂嘱咐，酒杯一空便赶紧斟满，鹿肉吃完就再切一盘续上。

过不多时，一盘下完。坐在北边的老人这才抬起头来，一见赵颜就开口怒斥道："你是什么人?!到这里来做什么?!"

赵颜不敢开口，只顾拼命作揖。南边的老人劝阻道："这少年送酒肉来与我们吃，定然是想延寿。他自己如何想得到这个法子，想必是管辂所教。"

"混账！"北面的老人依旧愤愤不平。

"以你我的身份，岂能受人恩惠而不相报？如今既然吃了他的酒肉，就帮他一回吧。"

"这怎么使得?!他的寿数已然记录在册，没法更改了。"

南面的老人伸手说道："且拿簿籍我看。"另一位从怀中掏出一本册子拿给他。老人翻动册子，找到赵颜的名字，上写着"赵颜，寿十九岁"。老人看了看，拿起笔来在十字上面又加了个"九"，对赵颜说："我已将你的寿数改为九十九岁，你回家去吧。告诉管辂，切不可再泄漏天机。"

赵颜大喜，拜了三拜，赶忙回家。

到家中将经过原原本本地告诉管辂和父亲，管辂笑道："南面坐的是南斗星君，北面的是北斗星君。南斗注生，北斗注死。如今南斗星君为你添了寿算，你可以高枕无忧了。"

父子二人连忙下跪，管辂却已悄然而去。此后管辂怕泄露了天机，再不轻易为人占卜。

# 赌债

德化县县令张氏，任期已满，这日带着家丁奴仆起程回都。

这些年在任上搜刮而得的民脂民膏，足足装了一整辆马车。

行至华阴时，先行的奴仆们杀猪炙羊，在客栈中恭候主人的大驾。

突然，一位身着黄衣的男子走进驿站后便坐了下来，大有准备饱餐一顿的架势。众人面面相觑，皆不知这男子从何而来。

"来者何人？你可知张大人马上就要到了，还不快快离去，免得大家都为难。"

一个家丁上前对着男子大声斥责，可那黄衣男子却依旧岿然不动。

说话间，张氏已经到了驿站门口了。家丁们眼看交涉无果，便合计着直接将那男子捆了丢出去。

"住手住手，何必动此干戈？"

正抬脚进门的张氏见此情景连声阻止道，复又转向黄衣男子问道："阁下从何处来？"

黄衣男子却只是颔首，不发一言。

张氏心想："好一个猖狂之人，怕是见我这外乡人路过，想要寻些好处罢了。"不过毕竟也是见惯了风浪之人，张氏倒也不以为意。

"无妨，相逢即是缘分，阁下不妨留下饮些薄酒吧。"

仆人们为那男子斟满一大碗酒，黄衣男子端过便一饮而尽。

一碗酒下肚后，他又死死地盯着那碟烤羊肉，眼中贪婪尽现。张氏见状，笑着切下了一大块羊肉递给他，黄衣男子狼吞虎咽地吃完却依旧一脸的不知餍足。

张氏愈发好奇了，于是又命仆人端上十四五张大饼。岂料那黄衣男子竟也一口气全都吃下，紧接着又灌了好几口酒。酒足饭饱后，那黄衣男子总算是开了口。

"在下并非凡人，不过是个手持将死之人名册的使者罢了。"

张氏越发按捺不住自己的好奇之心，连忙凑近问道："阁下可否借我一观？"

闻言，黄衣男子从包袱里取出一幅卷轴。张氏接下一看，上书"泰山之主，金天府碟书"，其中第三行写道"德化县县令张氏，贪财无道，草菅人命"。

泰山之主乃东岳泰山之神，金天府乃西岳华山之神，遵泰山神之神意，记张氏入亡者之籍。饶是平日里无法无天，到了生死关头，此刻的张氏也是被吓得面色如土。

"在下家中老小奴仆众多，若不交代好后事，恐生变故。在下囊中有金数十万，悉数奉上，万望阁下宽限些时日。"

张氏不禁痛哭。黄衣男子说道："钱财非我所欲，但今日既得你盛情招待，便破例提点一二罢。华山莲花峰下，有位仙人名为刘纲，你可前去求情。另，华山之神在与南岳衡山之神的博弈中败北，正苦于无力偿还赌债。你可先往华山庙，许千金重礼，再前往仙人住处，想必就有转机了。"

张氏听完，当即便着人备好车马前往华山庙。到了庙中，献牲焚香自不必说，又许诺愿献千金只求宽限几日尔尔。

出了华山庙后，又马不停蹄地驱车赶往莲花峰。莲花峰下有一座小庵，庵内有一道士倚桌而坐，抬眼见来的是张氏后便斥道："将死之人，何故来此？"

张氏上前跪伏在地："求仙人大发慈悲，救小人一命。"

"不可，本仙曾欲宽限汉朝一权臣性命，上奏此事后便被贬谪居。你所求之事本仙是不会答应了，你回去吧。"

张氏哪肯作罢，他知道走出这道门后就彻底没了希望，于是跪在地上拼命告求。此时一位使者走进庙中，将一封书简递给道士。道士打开书简浏览了一遍后，不禁大笑出声。

"原来你已求了华山之神啊，罢了，本仙且上奏一试。"

道士说罢执笔起书，写完后收入函内，焚香叩拜，那书函便凭虚升空往天上去了。

少顷，书函落下，道士上前接下。函上写有"彻"字。道士复又焚香叩拜后，方打开书函。内书延张氏阳寿五年。

"既得延寿五年，你今后就应修身谨行，清心养性才是。"

张氏大喜过望，辞过道士，走出一步后回头一看，那小庵和道士皆已不见踪影。

复行十数里，先前的黄衣男子突然现身站在张氏面前。

"托阁下洪福，在下得延阳寿五年。在下愿倾尽全部身家，报阁下之大恩。"张氏连忙躬身道谢。

黄衣男子却说："我别无他欲，只求阁下向华山之神还愿献金之时，求他让我为他守门，便可救我出苦海了。我本是宣城人士，因生前是脚夫，死后便被吩咐运送亡者名册。"

话音刚落，黄衣男子便已消失在了柏树旁。

张氏回到华阴的客栈后，突然惋惜起自己许诺给华山之神的钱财，便对一旁的仆从说："虽是许诺还愿时献上千金，但若有千金，足够我们行三百里的路费了，白白给了泥像岂不太过可惜？"

仆从也全然不信鬼神之事："大人说得极是。"

次日，张氏离开华阴，十日后便抵达偃师。进了客栈房间后，突然有人打开小门闯了进来，正是那黄衣脚夫。

"你这出尔反尔之徒，今后没人能帮得了你了，好自为之吧。"

张氏这才感到害怕，忙拉着黄衣脚夫想让他帮忙求情，可手中一空，那黄衣脚夫竟消失不见了。

入夜后，张氏突患恶疾，他知道这次是肯定逃不过了，便挣扎着起来想给妻子留下一封遗书，但书未过半，便一命呜呼了。

# 还魂

收录于作者一九二九年出版的怪谈小说，
该书为作者的中国怪谈小说集。

## 還魂

原稿现存于日本九州福冈中古书店，
于首版五十七年后由"悉桑派"
译者探访获得。

# 黄金枕

辛道度一直过着漂泊无依的生活。他身无分文，衣单食薄。无人赏口饭吃时便靠喝水充饥，无处安身时则以树叶为席露宿途中。尽管生活穷困潦倒，他也毫无气馁之心。可以预见他的未来应该是一片光明，毕竟，他正当年。

他自雍州城西门往北走了约五里，此时已是日暮黄昏之际。

辛道度这天和往日一样，自清晨起除了喝水粒米未进。他边走边寻，希望有大户人家愿意施舍他些吃食。经过田野与山林时，他看见里头虽有几处稀疏错落的民房，却并不似富庶人家，遂无入门乞求施舍之念。不过，辛道度对此早已司空见惯，因而他内心既不慌张，也不悲观。他一如往常般从容自若地缓步前行，心想："总归能觅得一户合适的人家。"

穿过小河上的木桥，沿遍地落叶的河岸拐过去，一座高大的宅邸映入眼帘。

"这不就让我给找到了吗?!"

道度朝那户人家走去。只见有一女子，作侍女打扮，站在门口像是在专程迎候他一般。

道度走到女子跟前。那女子面露感怀之色。

"鄙人乃陇西来的书生，姓辛名道度。身无分文，饥饿难耐，能否请您向贵府主人通报一声，看看能否给小生一些吃食以果腹？"

"晓得了，请先生稍等片刻，我这就去通报我家主人。"

女子爽快应下后便走进门去，道度就坐在门外石头上等待。

不多时，那位女子便回来了。

"我家主人宅心仁厚，说先生您这样的情况，今晚留宿于府中也未尝不可。快请进，我家的主人可是一位小姐呢。"

道度连连道谢，跟着女子步入宅邸。一路走去，赤柱翠墙美轮美奂，让人看了赏心悦目。

女子将房门打开，说道："我家小姐就在里面。"

道度心想男女共处一室怕是有伤小姐清誉，有些不好意思地走了进去。

一进门，便见一位身姿窈窕、华冠丽服的女子端坐在房间正中的折凳上。房间的四角立着云母屏风，流光溢彩。道度远远地向小姐鞠躬行礼。

侍女向小姐介绍道："这位就是刚刚来拜访的先生。"

小姐稍稍欠了欠身，指向面前的折凳，说道："先生请坐，家中只有小女一人，您也不必客气，我让侍女马上做些饭菜端过来。"

道度有些受宠若惊，说道："多谢小姐。鄙人乃陇西人，姓辛名道度，这一路游学而来，但由于路费不足，实在饥饿难耐，不得已贸然造访，给您添了不少麻烦，十分抱歉。"

"方才侍女已将先生的情况告诉我了。"

小姐说罢便用眼神示意了一下身边的侍女。

侍女会意连忙说道："先生别客气，快请坐。"

道度遂走到小姐面前坐下来。侍女见状便出去了。

"小女孤身一人于这府中，无他人相伴，委实寂寞难耐，劳烦先生同我讲些逸闻趣事吧。"

道度起初紧张得呼吸急促，甚至不敢直视对方，听了小姐的话才渐渐放松下来。只见那小姐白皙透亮的脸上涂抹了一层薄薄的胭脂，微微泛红。

"先生一路游行而来，想必见识了不少趣事吧。"

美艳的小姐毫不避讳，径直在道度身边坐了下来。女子独有的温言软语萦绕在年轻男子的耳边。

"这世间再没有像我这般不幸的人了。"

即便说着这样的话，小姐依然面带微笑。

说话间来了两名侍女呈上饭菜。小姐命其将饭菜置于屋内东侧的桌上。

"粗茶淡饭招待不周，先生若不嫌弃就请尝尝吧。"小姐指着饭菜说道。

道度如在自己家中一般，毫不拘束，径直向餐桌走去，只见桌上还备有美酒。道度饮酒吃肉，旁有两名侍女静侍左右，又见小姐脸上笑意盈盈，心中好不畅快，露出几分男儿本色。


道度与小姐并肩而坐。烛光摇曳，气氛旖旎。道度醉意渐浓。

"不知先生眼中的我是怎样的？"

道度只觉这小姐秀外慧中，无可挑剔。

"说来惭愧，鄙人还未曾细想过这个问题。"

"我本是秦国闵王之女，来曹国已二十三年，此间一直是独自生活。"

道度想到自己竟能与这样的贵族同席而坐，心下倍感荣幸。

"先生若不嫌弃，可愿与我结为夫妇？"

"您身份高贵，我一介书生如何能高攀得起？"

话音刚落，小姐曼妙的身姿就缠了上来。

青纱微落，二人倒在榻上，共赴云雨。

"我与你欢好了三天三夜，尽享温存甜蜜，若是继续恐有灾祸上身，先生该回去了。"小姐气若游丝地说道，"临别之际，我有一物相赠，以表真心。"

她将手伸进床后的小箱子里，从中取出黄金枕。

"我将此物赠予你，还请先生务必收好。"

小姐说罢又掩面涕泣。

最初接待道度的那位侍女将他送到府前，目送他走出了门。出府没走多远，道度不经意间回头一看，却发现高大的宅邸竟已不见踪影，只有一座杂草丛生的古墓。

道度心下大骇，匆忙逃走。跑出一段距离后他才回过神来，想起方才的信物，下意识伸手一摸，怀里的黄金枕依旧完好如初。

道度只身前往秦国，穷困潦倒之际，他打起了黄金枕的主意，想卖掉置换些钱财。他朝市场走去，不少人聚集在那儿做买卖。道度见到富贵打扮之人便把黄金枕拿与他看。

"您瞧瞧我这个宝贝，这可是价值连城的黄金枕。"

可一个穷书生的黄金枕，哪会有人相信那是真的呢？好些人即便看了也没有要买的意思。

"您再考虑考虑，可以便宜卖给您。"

道度又给之前遇见的有钱人展示了一番。

迎面而来一辆牛拉的轿撵，丹楹刻桷，四周簇拥着奴才丫鬟。车驾中坐着的乃是秦国王妃。她注意到道度手中的黄金枕后，命令道："快去把那卖黄金枕的男子带来。"

一个仆从来到了道度的身前，说道："先生请跟我过来，王妃要见您。"

道度跟着仆从来到了停止行进的牛车旁。

"把那枕头递给我看看。"

仆从将道度手中的枕头递到轿撵窗边，王妃接了过去，问道："敢问先生这枕头从何而来？"

道度俯首跪拜，向王妃说明了黄金枕的来龙去脉。话未尽，王妃竟哭泣起来。

"这的确是我女儿的物件，难道你所说之人真是我的女儿？"

王妃泪流不止。

道度遂跟着王妃的车列回到秦王宫。王室对道度的解释半信半疑，便派人去挖坟墓，打开其中的灵柩来查验。公主虽二十三年前便已香消玉殒，面容却无半点腐烂迹象，一如生前般美丽。他们又查验了陪葬品，发现除了黄金枕之外，其他的陪葬品都保存完好。

接着他们又验尸，发现尸体上的确留有云雨后的痕迹。

秦王妃这才相信了事情的始末，说道：

"先生确实是我的女婿啊。我的女儿定是羽化成仙了，若非如此，如何能在辞世二十三年后还与世人交往？"

王妃遂封道度为驸马都尉，赏赐了金银绸缎和宝马香车，让他衣锦还乡。

# 虎娘

故事发生在明朝末年。

话说，中州地区有一个书生叫焦鼎，有一次和朋友一起到汴河上游去玩耍。正值清明时节，家家户户忙着上坟扫墓，就连那些平日大门不出二门不迈的闺秀们也都纷纷走出闺阁，所以惹得那些年轻男子们全都迫不及待出门，名为祭扫，实则争相看姑娘。

焦生这日也早早出门，和朋友一道一路欣赏莺莺燕燕，点评燕瘦环肥，游山玩水，好不痛快。两人不知不觉来到一处远离人家的广场上，只见那里密密匝匝地挤满了一圈人。

书生们好奇心起，也凑热闹挤上前去一看，原来人群中心有一个驯兽师，用栅栏围着一匹吊睛白额大虎，正在那儿耍技卖艺。

那是一只威风凛凛、色泽鲜丽的斑纹猛虎，但可惜的是坏了一只眼睛，成了独眼虎。上了年纪的驯兽师一会儿把自己的光头送到老虎嘴巴面前让它舔了又舔，一会儿伸手去扯虎须，一会儿又钻到老虎的肚皮下，从它两只前爪之间探出头来。当大家都在心里为他捏一把汗时，只见他纵身跃上虎背，双手抓住套在老虎脖子上的项圈当成缰绳，就像骑马一样骑着老虎在栅栏中闲庭信步起来。

驯兽师像玩小狗一样自在娴熟地表演耍虎绝技，引来围观人群一阵阵喝彩，大家纷纷慷慨解囊，投钱打赏。

清明少晴日，今年也不例外。焦生和朋友一道挤在人群里正津津有味地看热闹，不料片刻之后，天上开始下起了瓢泼大雨。看热闹的人也都纷纷跑开躲雨去了。驯兽师只得拉过放在旁边的木箱子，把老虎赶进去，上锁拴紧。

焦生和朋友避雨不及，被淋成了个落汤鸡，只好扫兴地回到住处。

当晚，两人还不过瘾，又相约去一家熟识的酒肆，点了几坛好酒，要了几道小菜，一边痛饮，一边闲话。两人自然说到了白天看到的那场老虎杂耍，这时已经喝得七分醉的焦生红着眼睛，不无感慨地说道："嗨，你瞧，就连如此威风的猛兽，有朝一日还是落得个虎落平阳的下场。试问天下英雄豪杰，敢不唏嘘悲叹？"

朋友听罢笑着说道："你既然这么有同情心，不如去买下那只老虎，放它归山呀。"

"我可告诉你，我就是要买下它，然后放它归山。"

两人酒足饭饱回到住处，并排躺在榻上，熄灯睡觉。

焦生翻来覆去难以入睡，脑海中总是想着白天看见的那只老虎。正思虑间，突然卧室的门被人用力地拉开，一位戴着红色帽子、身上一袭白衣的老人走了进来。老人见到焦生，也不说话，先是一个长揖到地。焦生注意到，老人脸上坏了一只眼睛。

"求公子救我于水火。我来自异界仙邦，若公子能够救我并放我回山，我就保你日后娶得娇妻美妾，一生逢凶化吉、无灾无难。"

焦生听完，顿时明白了这老者的来历。

"可是，那位驯兽师，他肯放你走吗？"

"明天我会想办法创造一个机会，到时候请你来买我。"

"好，一言为定，我一定把你买下来。"

第二天，焦生一个人前往老虎的杂耍场地。场外已经围满了看热闹的人，一声钟响，马戏开场。焦生挤到栅栏边的时候，昨天那位驯兽师已经骑在虎背上绕着场子打转了。

驯兽师终于转场完毕，骑着老虎来到场地正中，一跃下了虎背，绕到老虎跟前去拔虎须。焦生心里不住地猜测，昨夜老虎化身的那位神秘老人所称的绝妙机会，到底是什么呢？

这时，只见驯兽师放开虎须，开始把他的光头往老虎嘴巴里送。说时迟那时快，只听得老虎长啸一声张嘴就咬，老人随即血溅当场。

看热闹的人大惊失色，乱哄哄地尖叫着从栅栏处四散逃命。

栅栏里，老人横尸当场，一颗光头被咬得血肉模糊。两个年轻的男子手持尖刀，一步步向老虎逼近。

焦生见状，赶忙拨开四散逃跑的人群挤到栅栏边，然后爬上栅栏高声问道："喂，你们打算如何处置这只老虎？"

其中一个年轻男子回过头答道："这个畜生，咬死我的父亲，我要亲手杀了它。"

"嘻，你也别怪我话说得难听，如今你父亲被老虎咬死了，现在若是又把老虎给杀了，岂不损失太大？不如这样，你把它卖给我，还可以得一笔银子，就当是拿它抵一些丧葬费，你看如何？"那只老虎此刻也垂眉顺眼地站在两人面前。那位和焦生说话的男子听罢，走到另一个男子身边，两人开始商讨计议。焦生则站在原地等待他们商量的结果。

两人似乎存在分歧，计议良久方才商量妥当。先前回话的男子掉头朝焦生走来。

"怎么样，你们到底卖不卖？"

"如果你肯出十万贯钱，我们就卖。"

"好，一言为定。你们谁跟我一起回去取钱？"

"我跟你去。"

焦生领着男子回到住处，把十万贯钱交到对方手里，又一起回到关老虎的杂耍场。

"买卖已定，你们可以把这只老虎放了。"

"如果在这里放，保不准这畜生又做出伤人性命的事情来。老虎已经卖给你了，如果非得放生，那也得有劳你自己把它弄到山上去。"

他们正商量的时候，老虎则蜷缩在栅栏的角落睡大觉。

焦生翻进栅栏，走到老虎旁边，牵起锁链拉了拉。老虎晃了晃耳朵，像条听话的家养犬似的慢悠悠地站了起来。

就这样，焦生牵着老虎往山上走去。

一人一虎沿着溪川溯溪而上走了一段，焦生便解开了老虎身上的铁索。霎时间，一阵猛烈的大风刮来，直吹得草木摇晃，飞沙走石。焦生大吃一惊，被大风刮倒在地。而那只老虎则趁机往深山处跑得不见了踪影。


光阴似箭，很快到了一年一度的秋试，焦生自然准备下场一搏。他骑着马，只带着一名随身书童，赴京赶考。

这一日，焦生取道燕赵两国之间的山路，不知不觉错过了借宿村寨，误进了一座山谷，越往前走越是危岩耸立、人迹罕至。正是月黑风高之夜，天上流云如矢，借着偶尔露出云端的两三颗星星的星光，也只能勉强看见一尺开外身边突出的岩石，其他四周则伸手不见五指，根本迈不开步。

焦生和书童进退不得。

两人没有办法，只得决定摸索着寻一处稍微像样的栖身之所，先将就一晚。焦生下马，深一脚浅一脚地走在前面，看看能不能在这荒郊野岭找到栖身之地。摸索了良久，来到一片矮小的杂木林边，羊肠小道一直通往林中。山风吹来，树木挥舞着枝叶东摇西晃。

焦生无路可退，只得领着书童硬着头皮往前走。也不知走了多久，来到一条流水潺潺的小溪边，遮天蔽日的树丛下卧着一块巨大的岩石。焦生心想，不如就在这巨石的背风处找个地方将就一晚吧。焦生小心翼翼地绕着岩石往前走,转过岩角,眼前居然出现了一丝火光。借着微弱的火光,分明还隐隐约约可以看到屋檐。

"有人家,哈哈,有人家啊。"

焦生不顾脚下艰辛,三步并作两步往那户人家门口走去。这时,从屋里走出来一位个头高大的老人,把焦生迎进客房,还给书童也另外安排了一间。

老人说话豪爽,不过却只有一只眼睛。焦生心下感激,把自己的来历向老人和盘托出。老人的妻子给焦生端上茶来,她虽然身形消瘦,但是却和老人一样高大。

老人看了一眼妻子,向焦生介绍道:"这就是贱内。"

焦生连忙欠身致意,说了些麻烦收留过夜的感谢话。趁这会儿妻子和焦生互相客气推让,老人回过头对着身后的帷幔粗声粗气地喊道:"珊珊,家里有客,快出来打个招呼!"

焦生和老人的妻子客气完,屁股刚挨座位,就见从帷幔后方走出来一名十五六岁、容貌娇媚的女子。

老人伸出手拍了拍女子的肩膀说道:"这是小女,快见过贵客。"

老人介绍完女儿,又吩咐妻子备饭。老婆子在厨房和客厅间进进出出,不一会儿就布下了一桌的酒菜。

见桌上准备妥当,老人热情地邀请焦生入席。女子乖巧地挨着她的母亲坐下。年轻的焦生面对如此美貌的女子,不免心神荡漾。

"贵客一路旅途奔波,想必劳顿得很,你去帮忙收拾一下房间吧。"饭毕,老人看着女儿吩咐道。女子闻言脸上露出低低的浅笑,闪身进了隔壁的一间卧室。

不一会儿,老人和妻子也都离开了客厅,剩下焦生独自一人枯坐等候,不觉睡意蒙眬。女子铺好床被安静地走到焦生旁边,用指关节轻轻地敲了敲桌面,焦生这才猛地睁眼醒来。

"床铺收拾好了，请您好生休息吧。"

"啊，有劳姑娘了。敢问今年几岁了？"

"十六了。"

"可曾许配了人家？"

女子嘴上虽然假意嗔怒，但脸上却喜笑颜开。

焦生见状越发忍耐不住，就要伸手去拉女子红色的衣袖。女子害羞地扭身跑进自己的闺房去了。焦生的手空荡荡地愣在半途，只得尴尬地讪笑一声，起身回到自己的卧室。

焦生躺在床上，满脑子都是女子的音容笑貌，翻来覆去良久方才入睡。半夜醒来，焦生只觉得喉干舌苦。

"倒茶，倒茶。"

焦生睡得迷迷糊糊，以为还在自己家里，习惯性地使唤书童道。不久，只见那女子端着茶走了进来。

焦生心下过意不去，赶忙解释道："啊，惭愧惭愧，我在家里吩咐我家书童习惯了，所以一下没来得及改口，你看这怎么好意思呢。"

"不碍事的。我想着您夜里可能要喝茶，早就给您预备好啦。"

女子细声暖语地一边说，一边把茶放在枕边的小桌子上。焦生按捺不住，一把抓住了女子正要抽回的手。

"讨厌——"女子娇嗔一声，身子却并没有动。

这时，只听隔壁的老婆子咳嗽了几声。女子慌忙从焦生手里挣脱出来，跑出门去。

焦生后悔不迭，怪自己错失良好时机，悔得连茶也忘记喝了。就这样，焦生思前想后，有一阵没一阵地一夜没睡安生。

"还在睡吗？外面可下雪了呢。"

焦生闻言睁眼醒来，只见女子笑盈盈地走了过来。

经过昨夜一番试探，焦生胆子已经壮了几分，当下握住了女子的一对玉手。

"你可真坏。"

"你说，我哪里坏了？"

"哪里都坏。"

两人就这么笑嘻嘻地打情骂俏。女子几次欲言又止，可是脸上却红到脖子根儿，没好意思开口说。

"你告诉我，想找个什么样的夫婿？"

"你要娶我吗？"

"求之不得啊。"

两人正说着，老人嘴里一边大声说着"哎呀，好大的雪呀"，一边走了进来。女子赶忙低着头急匆匆地跑了出去。焦生这才更衣起床。

焦生推开窗户，只见天上落下鹅毛大雪，纷纷扬扬地铺满大地，到处一片银装素裹。

"这雪还真够大的。"

"可不是嘛。看这情形，一时半会儿也停不了。贵客就安心地多逗留一阵子吧。"

焦生和老人闲聊着信步来到桌前入座，老婆子和女子早已备好了饭菜。

两人就着桌上的美味推杯换盏，喝起了小酒。

酒过三巡，焦生借着微醺壮起胆子问道："在下失礼，冒昧问一句，令爱可与什么人有了媒妁之约？"

"这倒没有。不瞒您说，我也正发愁上哪儿去找一户好人家呢。"

"小生惶恐，不知能否将令爱许配与我？"

"如果您不嫌弃小女，那自然再好不过了。"


计议已定，焦生当夜便与珊珊拜堂完婚。翌日，焦生扶珊珊上马，自己和书童步行继续出发赴京赶考。

一行三人晓行夜宿，终于抵达京城。

焦生寻了一处房子安顿了家小，不日便下场赶考。总算老天眷顾，焦生科场得意中了进士，圣意命他做了会稽令，于是择日带着珊珊一道新官赴任去了。

到任之后，焦生勤勉尽责，政绩显赫，故而翌年又加官晋爵封了钱塘太守。官运亨通的焦生自然门庭若市，其中也不乏利用焦生攀附权贵、中饱私囊之徒。对这些人，珊珊一概拒之门外。一来二去，心怀不轨的门客自然视珊珊为眼中钉肉中刺，故而聚在一起凑了银两，不知从哪里买来一个名为窈娘的妖妇献给焦生。焦生很快堕落在窈娘的温柔乡里，渐渐疏远了珊珊，连带政务也怠惰不理。

窈娘把焦生视为己物，嫌珊珊在一旁碍手碍脚，于是起意想要除之而后快。

一天，窈娘在一碗酥酪里加入了毒药，放在房间准备嫁祸珊珊。被蒙在鼓里的焦生来到窈娘的卧室，看见桌上的酥酪似乎甚为可口，于是捏起一块就要送进嘴里。窈娘急忙制止，说道："官人稍待，这酥酪似乎有些问题。"

说着，窈娘端起酥酪来到院子，把它倒在狗的面前。那狗满心欢喜地吃了起来，可是还没吃完，便呜咽了几声中毒身亡了。

"这东西，可是夫人亲手做的呢。"

焦生虽然对珊珊的恶毒心肠生出嫌恶，但毕竟她是正室夫人，故而没有马上将其扫地出门。另一边，焦生自从娶了窈娘后，日复一日荒唐取乐、荒废政务，终于东窗事发，眼看就要被捉拿问罪。

焦生赶忙召集心腹门客商谈对策，最后决定花费大笔银两贿赂中枢权臣，以便为自己开脱罪名。于是，焦生花费重金买来了玉鼎和冬貂裘裳，准备进京打点，不料，玉鼎买回当日便破了，冬貂裘裳也起火烧成了灰。窈娘恶毒地诬陷说，这一切都是珊珊造的孽。

焦生听信谗言，发疯似的用手杖毒打珊珊，并将她赶出了家门。

贿赂不成的焦生，最终还是获罪，被发配到云南边陲充军。

在三名监卒的押送下，焦生一路往凤凰城下一座叫作万山的深山之中前进。

为官多年，过惯了锦衣玉食的生活的焦生，哪里还经得起这样的长途跋涉，不多日，两只脚便肿得像萝卜，疼得沾不得地。监卒一路吆喝抽打，强迫焦生继续赶路，但是焦生实在挪不动半步。

眼看无计可施，三个监卒干脆密谋杀掉焦生，也省得陪他这千里迢迢一路辛劳。

商议已定，其中一名监卒提起刀准备砍下焦生的脑袋。这时，不知从哪里蹿出来一只老虎，把三名监卒全都咬死。

被折磨得奄奄一息的焦生恍惚之间仿佛听到女子的声音，他战战兢兢地睁开眼睛一看，站在跟前的，正是被他赶出门去的妻子珊珊。

"妾，其实并非凡人。因为你曾经救过父亲大人，所以为了报答救命之恩，我才来到你的身边，助你逢凶化吉。"珊珊坦白道。

丢了功名的焦生已经无处可去，便索性跟着珊珊一起回到林中的住处，正是当年焦生初遇珊珊的家，卧室的床上，还躺着一个嗷嗷待哺的婴儿。

"这孩子，是你的亲骨肉。"

据说，多年后，焦生和珊珊夫妻二人最后都羽化飞仙了。

# 狐狸与狸猫

燕惠王的陵寝处，常年居住着一只狐狸与一只狸猫。

它们都是修炼千年的妖兽，后来不知从哪儿听说晋国有一位司空张华，才高八斗，满腹经纶，自那以后就心向往之，想找找机会一睹名士风采。于是，狐狸与狸猫化作两位少年书生的模样，准备骑马前去拜会，可是还没出发就被华表神拦住了。这位华表神，为千年神树所化，驻守神域，乃是帝王陵寝的看护之神，见到二妖后问道："二位这是去往何处？"

狸猫答道："我二人久闻司空张华之盛名，正欲登门拜访，与他攀谈几句。"

闻言，这位华表古树精却极力劝阻道："张司空此人七窍玲珑，若是贸然前往，不仅你二人性命堪忧，就连我这千年古树也难逃厄运啊！万万不可前去哪！"

可狸猫与狐狸却对此充耳不闻，径直出了神域。

不久后，书生模样的二人来到张华的住处，一见张华便开始谈古论今，就连名满京都的张华也甘拜下风。"这二人绝非凡人，我定要让他们原形毕露。"

张华正心中暗暗琢磨着法子，正巧其好友雷孔章走进门来。张华一见好友便道："来了两个可疑的书生。"

雷孔章闻言道："兄台乃国之栋梁，向来求贤若渴，且不与不肖之人为伍。又怎能因为别人更有才智，便将其视作妖怪呢？不过，若他们着实可疑，兄台不妨找一条猎狗来试探一下，便知虚实。"

张华觉得有理，便找来一条猎狗，牵到两位少年身边。少年见状并不慌张，依旧一副淡然的模样。

这时，狸猫幻化成的少年说道："吾二人之聪明才智乃是天赋异禀，明公却因此而将吾二人视作妖怪，甚至牵来猎犬加以试探，岂有此理！"

张华闻言便道："若是道行百年的妖精，见了猎犬自然现出原形。可若为千年修行的老妖精，就须得点燃千年神树，方可照出原形。"

雷孔章问道："千年神树？不知何方才有啊？"

张华答道："听闻燕惠王墓前有一棵华表树，如今已是千年之龄。"于是便命随从前往燕惠王墓前砍伐。

华表树前站着一个小儿，见到随从后不解地问道："二位大人从何而来？不知所为何事？"

随从答道："吾等奉司空张华大人之命，来此砍下华表树带回。"

小儿一听便不住哭骂道："该死的老狐狸，不听我的劝告，这下好了，连我也一同遭了殃！"说完便消失不见了。

随从奉命开始砍伐华表树，谁知刚砍了一刀，就见树干的伤口处涌出一股鲜血。随从虽疑惑万分，还是继续砍下并带了回去。

张华点燃华表树，眼前的两位少年便瞬间恢复了狸猫和狐狸的原身，张华一笑，心道果然如此，遂命人逮之。

# 还魂

话说，秦邮这个地方有个叫作王鼎的年轻男子。他生性豪爽，而且非常喜欢云游四方。

十八岁那年，这个王鼎曾经娶过一房妻子，但不幸的是，那位妻子短命，过门后不久就得病死了。

他的兄长担心王鼎就这么一个人鳏寡无依的终究不是长久之事，因此准备为他张罗着续一房继妻。无奈他自己的心思根本不在娶亲成家上头，一年到头就顾着上哪里云游自在，因此兄弟俩总说不到一块去。

兄长实在没有办法，只好端出兄长的架子压着，要他暂时在家消停一段时间，可是王鼎根本听不进去，瞅了个空儿又雇了条船，自往镇江方向扬帆而去了。

王鼎在镇江其实有个知交故旧。不过不巧得很，王鼎抵达镇江的时候，这位旧友碰巧外出不在家。王鼎没法，只好先找了一家旅馆安顿下来，再细作打算。

旅馆不错，房间也很好，窗户正下方就是那条清澈明丽的镇江水，临窗远眺，还可以一睹金山那如诗如画的雄伟身姿。美景如斯，王鼎心下自然甚为满意。

第二天，外出的旧友也回到了镇江，寻到王鼎在旅馆的住处。

"王兄远道而来，在下有失远迎，实在是失敬、失敬啊。走，赶紧把房间退了，搬到我家去住。"

但是王鼎还没有赏够那窗外风景呢，于是推辞道："不瞒你说，我对这窗外美景很是中意，想要多停留几日，还望成全呀。过几日，过几日我定到府上叨扰，如何？"

于是，王鼎就这么在旅馆里住了下来。平日里，他造访旧友，或是邀请旧友来到旅馆，两人天文地理、朝野政治，海阔天空地聊得甚是投机，仿佛有说不完的话。

就这样大约过了半个月。

一天晚上，王鼎从朋友家回来，收拾停当上床睡觉。正睡着，突然感觉有什么人飘进了房间。仔细一看，只见一位大约十四五岁的美丽女子站在那里。王鼎心下十分诧异，看着女子，不料那女子却一句话也不说，自己爬上了床铺，在他的身边躺了下来。

王鼎晕头转向，如此艳遇令他不知自己到底是醒着还是在做梦。然而细看那美丽女子的容颜，却又感觉和自己那已故的妻子有几分相似。就这样过了一夜，第二天早上醒来，王鼎翻身查看，发现床边佳人已去。

王鼎心下安然，不禁自顾自笑道，这一夜做的梦倒也还有些别致。

到了第二天晚上，王鼎上床睡觉，不料昨天的女子不知又从哪里冒了出来，仍然和昨夜一般自己爬上床，在王鼎的身边躺了下来。王鼎还是觉得女子很像自己过世的妻子。一夜云雨，也不知是梦非梦。不过，等他第二天睁眼醒来查看时，女子却已经不在身旁。

王鼎心想，怎么又做了同样的梦啊？

不料，第三晚、第四晚仍然一样，王鼎上床睡着之后，女子必然如约而至，可是等王鼎第二天醒来时，却都不见女子的踪影。

226

王鼎虽然觉得连续几天都做同样一个梦未免也太过荒唐，可是因为每次起床都不曾见过那位女子，所以一时之间还不敢断定那到底是真是假。虽然王鼎自己也不敢相信那是真的，但女子那秋波流转的眉眼，那丰润潮湿的红唇，那香艳动人的身子，在每个醒来的早晨都仿佛历历在目，让人不敢相信那只是一场美梦。

　　到了第五天，王鼎再也忍不住了，心想今晚就不睡了，我倒要亲眼看看这女子到底还来不来。于是，他早早爬上床闭上眼睛假寐，为了不让自己睡过去，心里不停地思七虑八。他还把枕头边上的床前灯也特地调得比往日更加亮堂。

　　过了一会儿，王鼎果然觉得有人爬上床来，耳边还传来衣服窸窸窣窣摩擦的声音。王鼎心想，这下可以确定不是做梦啦。但是他怕睁开眼睛吓跑了佳人，于是仍旧装作睡着的样子，躺在那里一动不动。

　　爬上床来的人和往常一样，安静地在王鼎枕边躺了下来。王鼎冷不丁一个翻身抱住那个身体，然后睁开眼睛看。映入眼帘的，果然是过去四五个晚上，每晚必至的女子那张美丽动人的脸庞。女子被抱了个措手不及，早就羞得满脸通红，在王鼎怀里不自在地扭动着身子。王鼎哪里肯放。

　　"求求你了，快放开我。"

　　王鼎虽然觉得怀中的女子并非人间女子，但是却也不觉得讨厌。

　　"那你得先告诉我你是谁。"

　　"小女子姓伍，名秋月。"

　　"那你这是？"

　　"实不相瞒，我已经过世多时，就葬在这旅馆的东面。我十五岁那年不幸天亡，死后在此地苦等三十年，就是为了和你续一段上天注定的姻缘。"

　　女子所说的话虽然不可思议，但王鼎还是认真地听她一一道来。女子说完后起身要走，王鼎惊觉时间匆忙，竟生出了依依不舍之情。

　　"既然你已将实情告诉了我，又何必要走呢？"

　　"公子莫急，你我姻缘乃上天注定，相见之期非只今日，你我来日方长。"

　　王鼎不好勉强，只好任由女子又悄悄地起身离开卧室。

第二天晚上，王鼎早早坐在房中焦急地等待女子的到来。不多时，女子果然来了。王鼎请女子与自己对面而坐，两人促膝长谈。

当晚，王鼎便和女子在月下拜堂成亲。从此，女子每当夜幕降临便会飘然出现，与王鼎共度良宵。


一天夜里，月华如水。两人见夜色正好，不可辜负，便移步庭前散步。王鼎像是突然想起似的问道："阴间是否也和阳间一般，有城池、人家？"

"当然有啦。而且，那里的城池和房子，可一点也不比这里的逊色。"

"那离这里远吗？"

"不远，距离此地也就三四里路程。不过，白天和黑夜与这里却正好相反。"

"我能去看看吗？"

"能啊。"

"如此甚好，我还真想见识见识。"

"既然如此，我就带你去看看。咱们走吧。"

话音刚落，只见月光之下，女子衣袂飘飘已迈步在前引路。王鼎慌忙紧跟上去，但是不知怎么的，女子像是脚下生风般奇快无比，王鼎无论怎么紧赶慢赶，还是远远落在后面。追了好半天眼看就追上了，这时女子却停下了脚步。

"我们到啦。"

王鼎睁眼四顾，却什么也没看见。

"我看怎么什么都没有啊？"

"我来帮你。"

女子伸出纤细的手指在他的眼前一挥，王鼎顿时觉得四周景物清晰起来。王鼎仿佛刚从睡梦中醒来，睁大眼睛看着前方。只见前面有一条宽阔的大街，左右两旁还隔着栅栏。街上人来人往，好不热闹。王鼎正寻思着，这里和阳间也没啥两样，只见两名阴差押着两三个用绳子捆着的犯人迎面走来。这些犯人每个人的脖子上都勒着绳子。一行人从王鼎身边踯躅而过，王鼎无意中瞧了一眼，发现走在最后的一个犯人，长得很像他的兄长大鼎。

王鼎心下好奇，追上前去问道："你可是我的兄长？"

犯人听到喊声，回过头来。果然是王鼎的兄长大鼎。

"啊，小鼎，怎么是你？"

王鼎大吃一惊，发疯似的大喊道："兄长为什么会在这儿啊？"

大鼎泪眼婆娑地哭诉道："我也不知道是怎么回事啊，突然就这么莫名其妙地被绑来了。"

王鼎听完，赶忙跑到阴差跟前说道："我的兄长，乃江北名士，坦荡君子，今日不知何故竟被带到了此地。兄长绝不是作恶之人，可否请贵差稍候，待小生问清来由？"

两位阴差哪里肯理会王鼎，闻言叱责道："不行不行。我们只管押人，其他一概不知。快走开，走开！"

王鼎见好言相商不成，只得闪身站在路中间，拦住去路。

"等等，等等。兄弟你听我说，他们押我也是奉了上官之命，具体缘由他们也的确不知。只是，如今我身无分文，如果能交些钱出来，或许还可救我一命。你快快回去，帮为兄筹些银钱来才好。"

王鼎见一时没有办法回旋，只得站在兄长跟前，拉着他的手痛哭流涕。阴差早就不耐烦他俩磨磨蹭蹭，耽误行程，凶狠地用力猛扯捆在大鼎身上的绳索。大鼎站立不稳，一骨碌摔倒在地。

王鼎见状，不禁怒从中来，拔出腰刀砍下了其中一位阴差的脑袋。另一位阴差见同伴被砍，尖叫着就要逃命。王鼎索性一不做二不休，追将上去把他也给砍死了。

这时，带王鼎前来的女子赶忙走上前来说道："如今你杀了阴差，必将引来杀身之祸，你快快雇了舟船离开此地。你逃回去以后就待在家里，必须七天之内闭门不出，如此方可逢凶化吉。"

王鼎解开兄长身上的绳索，留下那女子，雇了小船和兄长一路往北而逃。兄弟俩回到家一看，只见自家大门上素旗高挂，来来往往尽是前来吊唁的亲朋好友。

王鼎这才知道，原来自己的兄长已经死了，前几天正是被押往阴司的途中啊。王鼎依照女子之前的吩咐，关好大门，准备闭门不出。和他同行的兄长，一进门后，就不见了身影。

与此同时，王鼎那正在为死人守灵的嫂子，看见丈夫突然还魂，吓得面如土色。

"饿死我了，饿死我了，快拿吃的来。"大鼎居然在死了两天之后，又活了过来。正在这时，王鼎走了进来，向众人说起自己从阴司路上把兄长的魂魄带回家来的经过。

就这样，七天之期已到，王家重新打开大门，把那些丧旗全都摘了下来。左邻右舍听说大鼎死而复生，全都又惊又喜，纷纷上门道贺。

再说这王鼎，虽然身在家中，心里却着实想念秋月。于是，择日又雇了一艘船，径直往南方镇江的那间旅馆奔去。到了旅馆，进了自己早先登记的客房，太阳刚一落山，便迫不及待地点亮灯火，心焦地等待女子的到来。

不料左等右等也没等来佳人。王鼎有些泄气，心想不如先睡下吧。可是没等到女子，王鼎觉得浑身没劲，也懒得动弹，干脆一屁股坐在桌前发呆。半夜，王鼎正迷迷糊糊间，突然眼前闪过一个女子的身影。王鼎以为是秋月，正要叫她，仔细一看，却是个比秋月年长的老妪。王鼎默然不语，盯着老妪等她说话。

"是秋月姑娘差我来的。那日你杀了阴差逃回家去，却苦了秋月姑娘。她被抓了起来，还关进了牢里。那些差役每日折磨秋月姑娘，这可如何是好啊？"

王鼎听了老妪的话，一刻也坐不住了。

"她人在哪里，快告诉我，我要去救她！"

"好吧，我这就带你去。"

老妪说完转身往外走。王鼎紧随其后。

走着走着，王鼎眼前出现了一座城池。老妪带着王鼎从西门进了城。

"从这里进去就到了。"

两人来到一座威严的大门前，老妪停下脚步说道："秋月姑娘就被关在里面。"

"哦，就在这里面吗？多谢您领路。"

王鼎向老妪道了谢，抬腿往门内走去。进去一看，只见里面囚室颇多，从囚室的窗户可以看见里面关着的各色囚犯。王鼎踮起脚尖，从最近的囚室开始看起，透过窗户只恍惚看见五六个男人的脑袋，并不见年轻女子的身影。第二间囚室关着三个女人和一个老人，也没有秋月的影子。王鼎就这样，一个窗户挨一个窗户地往下看，其中有一间窗户特别小，从里面透出一丝如豆的灯光。王鼎赶忙凑上去看。

只见囚室里，秋月坐在地板上哭得正伤心，旁边坐着一个狱卒，伸出一根粗大的手指，托起秋月的下巴，正猥琐地调戏她。

"嘿嘿嘿，你个小贱人，还在老子面前装什么贞洁啊？"

王鼎见状气得火冒三丈，一脚踹开牢门冲了进去，拔刀把正要逃跑的狱卒杀死了。

"秋月姑娘，我来救你了。"

王鼎擦干刀上的血迹，收刀入鞘，一只手轻轻地揽在秋月的腰上，护着她逃出了牢房。两人撒腿狂奔，不觉之间，似乎回到了熟悉的旅馆入口。正寻思间，王鼎猛地一个激灵，又感觉自己仿佛刚从一场梦中醒来似的。王鼎心下吃惊，环顾四周，只见秋月站在身边，眼中晶泪汪汪。

"看起来，刚才只是做了一个梦呢。"

王鼎说着起身走上前，把哭得跟个泪人儿似的秋月抱入怀中。

"你怎么哭了？刚才，我做了一个很奇怪的梦，不知你竟到了。你何时来的？"

"我是你救回来的，我们一起逃回来的。那不是梦啊。"

"哦，果真不是梦？"

"当然不是梦。对了，我还魂的时辰就要到了，快去把我挖出来。"

"你是说，去掘坟？"

"对啊。今晚月落之时就是我的还魂时辰，你把我的尸身挖起来，三日之后，你呼唤我的名字，只要这三日一过，我定然还魂复生。"

"好，我这就去挖。我一定把你带回家。"

"只一点，万万不可误了时辰，切记，切记。"

"请姑娘放心。到时候，我只要到这家旅馆的东侧去挖就行了，对不对？"

"虽然没有坟头，不过，当年我的棺木的确是葬在那里，一定可以找到的。"

说完，女子便匆匆忙忙地离开了。王鼎起身收拾停当，手里拿着一柄铁锹出了旅馆。虽然不知道具体几更几刻，但是抬头可以望见一轮明月挂在远处的江面上，反射出粼粼的波光。王鼎踏着月光，往旅馆的东侧摸去。到了地方，王鼎眼见满目枯草中有一处微微隆起的土丘，心想，这里莫不就是秋月的坟冢？眼看时辰不早，王鼎也不多理会，挥锹挖土。

往下挖了数尺，现出了一具已经腐朽的棺木。王鼎刨干净周遭的泥土，小心地打开腐朽不堪的棺盖，里面果然躺着一位年轻女子，那尸身历经岁月，却依然脸色红润，鲜活生动。王鼎抱起尸身回到客栈，替她换上自己的衣服，背着她来到岸边，雇了一艘泊在河上的小舟，一路往北而来。

一路南风劲吹，小舟不日便到了秦邮。

王鼎背着女子的尸身回到家里。兄长和兄嫂听了来由，全都唬得心惊肉跳，但是对王鼎接下来要在家中帮女子还魂之事倒也没有怎么反对。

过了三日，女子果然醒了过来。七日之后，女子开始可以下地走路了，只是还不甚稳当。又过不了几日，眼看着女子脸色开始渐渐泛出光泽，已经和常人无异。

# 杀神记

唐朝上元年间，有个叫郭元振的少年。他心胸豁达，身携长剑、背负书卷游学四方。此时正从晋地去往汾地。

这一日，元振贪睡，再醒来时太阳已经落山。只见夜空中星光点点，路的前方是一片山峰，重峦叠嶂，看起来乌黑一片。小路沿着山涧溪流蜿蜒而过。远处似有深谷，可以听见水声。一群不知是鸟还是蝙蝠的动物一边发出尖锐的叫声，一边从眼前不远的地方掠过。

夜晚，白色的水汽好似天仙散落，在漆黑一片的山涧飘逸。脚下的路上，一道显眼的车辙画出一条泛红的线。这条路是上坡路，行走其间还可以听到林间高耸的树冠上传来微风拂过的声音。

小路通往一个小丘，元振刚上去就勒住了马，因为漆黑的山那边已无道路。在一筹莫展之际，元振突然发现昏暗的山谷中依稀有点点灯火。

"有人家！"

元振的眼睛立刻亮了，他想着如果山谷中有人家，应该可以借宿一晚。

马儿静静地沿着平缓的斜面，向着那户人家的方向行走，马上的少年则无比兴奋。伴随着兴奋，一股倦意也缓缓袭来，促使他加快脚步赶路。

仅仅行走了三里地的距离，刚刚的点点星火便成了眼前的人家。此处虽无人声，但屋中似有酒宴，从门缝和窗户中漏出了明亮的灯火。

元振下了马，把马拴好后走到了院子的大门前，眼前的人家寂静一片。元振轻轻地叩了几下门，既没人回应也没听到有什么动静，元振加大了力道又叩了几次，家中依旧鸦雀无声。

"有人吗？在下有事相求。"

元振一边说话一边叩门，但依然无人回应。于是他准备先进入院中再与主人交涉，想着便推开了门。伴随着一阵嘎吱嘎吱的声响，门被推开了。元振进到院中，发现屋里确实灯火通明，但一个人也没有。

"有人吗？在下有个不情之请……"

元振喊了起来，但屋子里依旧没人应答，闭上眼睛甚至听不出这里是户人家。此情此景令元振大为困惑。

"这里难道没有人吗？"

元振又试着问了几次，依然无人回应。虽无人应答但总不能在院子里干站一夜，想到这儿，他便果断地进到了屋子里。

屋里应该是在举办酒宴，桌上各色菜肴琳琅满目，元振站在屋子门口往其中望去，屋中确实无人。准备了这么一桌酒席，屋里却空无一人，那么人都去哪里了呢？元振又想，或许这户人家开席前正在后屋商量什么，于是他朝着一处像走廊的地方走去，准备到后屋瞧瞧。

刚走到走廊处，元振便听见一阵有气无力的哭泣声，他停下脚步留意，准备去声音的源头一探究竟。在声音传来的屋子隔着门缝朝屋里望去，只见屋中一个十五六岁的少女俯卧在地上，正低声哭泣。

"在下游学至此，想借宿一晚……"

不知是不是没听见，此番请求后女子并没有应答。元振原不想女子受到惊吓，但事已至此也只能进门问个明白。

女子见有人进来便抬起了头，一看到元振竟像看到了什么恐怖之物般，吓得以袖掩面，浑身发抖。

"在下郭元振，因贪睡误了时辰，想在此处借宿一晚，见屋中无人才四下走动，是在下失礼了。"

女子听完这才把袖子从面前移开，看了看元振的脸。

"我见那屋中酒菜齐备，看是要设宴，有这好事你为何要哭呢？"

"我今晚就要给山神当供品了……"

元振大吃一惊。

"用活人当供品？是什么山神？"

"我们村子有个叫鸟将军的神，每年都要一个女子当供品。如果不给，村子里就会有灾祸发生。我爹贪图五百贯钱财，便把我卖作供品，隔壁那桌酒席也是给山神的……"

"那村子里其他人呢？"

"他们把我安置好后就逃回村子里了，您救救小女子吧！"

元振说着已经准备拔剑。

"你放心，我一定帮你。我虽不清楚那山神，但我知道要活人当祭品的神一定不是什么正经神仙，实在不行我就陪你一起死！"

"还望大人您相救！"

"那个邪神什么时候来？"

"听说一般都是半夜来的。"

"那我就把命交给老天爷，好好会会这个邪神。你别害怕，在这儿等着就好。"

元振说完便走向前屋，尽情享用桌上的美酒佳肴，酒足饭饱后便坐到门口静候邪神。

夜半时分，元振打开大门看看外面的动向，看到远处有个满载供品、点着两三火把的牛车缓缓驶来。元振知道邪神来了，便躲到了屋里静观其变。过一会儿，门口传来一阵杂乱的脚步声，接着，一个穿着紫衣服的怪人进来了。

"相公到。"

紫衣人说完便出去了，然后又进来一个黄衣人。

"相公到。"

黄衣人说完也出去了。听到"相公"二字，元振想到了宰相大臣，没准将来自己也能当宰相呢。想到这儿，元振一下子来了兴致。

这时门又开了，从门外进来十多个人，他们簇拥着一个头戴冠饰、身材魁梧的家伙。元振认准了这就是那个"乌将军"。"乌将军"此时也注意到了元振。

"相公今日有何贵干？"

"我在路途中闻听此处有婚事设宴，特来赴宴。"

邪神一脸喜悦。

"真是有幸，那就请去席间就座吧。"

邪神一行人前往酒席处，元振则跟在身后，这时邪神把元振叫到自己跟前，元振心生一计，便朝邪神说："您喜欢吃鹿肉脯吗？"

"我原本喜爱鹿肉，只是这附近山中无鹿，所以不太能吃到。"

元振从腰间拿出做干粮的鹿肉脯来。

"我这儿倒有些鹿肉。"

说罢，元振拔剑割下一块肉脯，用左手递给邪神，邪神大为喜悦，伸手去接。这时，元振拿着肉脯的那只手紧紧地攥住邪神的手腕，邪神大惊，忙往回缩，元振看准时机手起剑落，一剑斩下邪神一只手腕。邪神大声号叫着逃走了，邪神身边的小喽啰也四散而去。元振一手持着邪神的手腕，一手举剑，生怕妖怪们再返回来。

定睛一看，斩下的手腕是只毛茸茸的野猪蹄子。


第二日清晨，在元振和女子谈话间，村里的人来了。村里的人本是来给女子收尸的，但看到毫发无伤的女子和元振大吃一惊，当然了，他们也看到了那只被斩下的野猪蹄子。

"那……那不是保佑我们村子的山神吗?！你竟敢砍山神的手！不管你信什么，现在都得打死你告慰山神！"

村民们你一言我一语，越发愤怒起来。

"以活人为供品的神就是邪神，天地不容，十恶不赦，尔等连这都不懂，枉活世上！"

元振的一番话点醒了村民们，浇灭了他们的怒火。于是由元振带头，村里的人顺着血迹，前去寻找受伤的邪神。

二十里之外有一个巨大的洞穴，一只少了前蹄的野猪在其中痛苦地呻吟。村民们在洞口处点燃柴火，准备用浓烟把野猪逼出来。野猪在洞里呛得难受只得从洞中出来，一出来就被村民们制服了。


事成之后，元振带着被他解救的少女再次踏上了旅程。而后，元振果然大展宏图，成了大唐的将领。

申

# 罗刹

收录于作者一九二九年出版的怪谈小说，
该书为作者的中国怪谈小说集。

羅刹

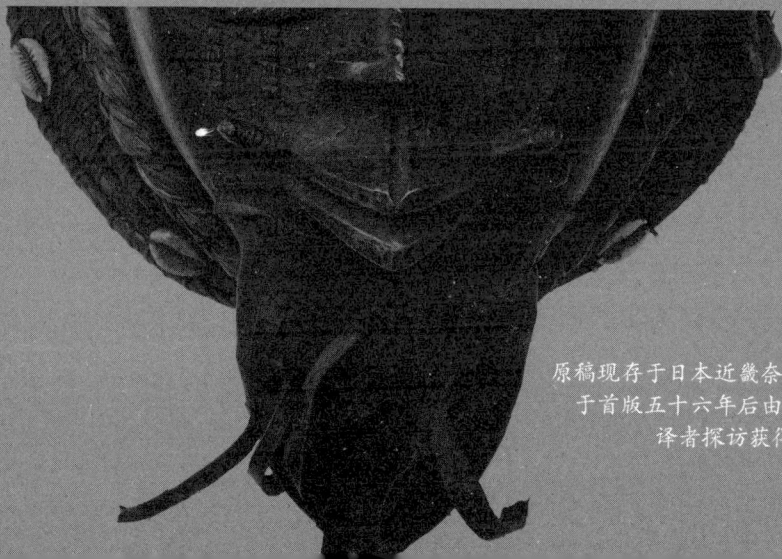

原稿现存于日本近畿奈良中古书店，
于首版五十六年后由"悉桑派"
译者探访获得。

# 窦氏

前一瞬间还是艳阳高照，忽然头顶上暗了下来。南三复止住胯下的驴子，抬眼看了看天。淡墨色的云彩快速铺开，一朵乌云在它上方如同黑龙似的不停翻滚，又像一只巨大的蝙蝠在上下飞腾。

不久前刚下过一阵雨，才晴了没多会儿，眼看雨又要来了。

南家是晋阳的世家大族，在郊外也有别墅。南三复刚刚丧妻，没人管束，又有使不完的银子，闲极无聊便每天到别墅风流快活。他今天穿了件新长袍出门，可不想弄湿，得找个地方躲一躲，不能待在这荒郊野外，于是他便用长长的烟杆代替鞭子，使劲敲了几下驴子的屁股，催它快走。

大颗大颗的雨点落了下来。这种过云雨来得快去得也快，找个地方躲一下就好。南三复四下看看，前面不远处有个小村落，几户低矮的土房周围种着些榆树。南三复记得这个村子，心想村子里应该没人不知道南家，便看准一户宽敞些的人家，径直赶了过去。闯进门里，南三复飞身下驴，把驴系在院里的榆树上，跑到了屋檐底下。

雨越来越大，打在地上水花四溅。南三复看着眼前珠帘一般的雨线，一只手掸了掸落在长袍上的水珠。见外面有人，主人出门来看，一见南三复慌忙说道：
"这不是南老爷吗？"

南三复认得他，自己往来别墅的时候见过几面，只是不知道他叫什么，当然
更没跟他说过话。见他招呼自己，南三复摆摆手说道："借你家屋檐躲躲雨。"

主人打躬作揖地将南三复往屋里让："快请到屋里面去，这么大的雨，怎么
能让您在外面站着。"

南三复也不推辞，跟着他走进屋里。屋子局促，俩人进来几乎都转不开身。
一进来，主人摸起笤帚就打扫房间，手里忙活着，嘴里还抱歉地说："屋子脏，
我打扫一下。"南三复原本有些嫌弃，但看他对自己这么尊敬，倒有些过意不
去，说道："不用忙了，我一会儿就走。"

"南老爷千万不要客气。我家里简陋，您别嫌弃，请坐，请坐。"边说着，
主人边去里屋端了壶茶回来。南三复见屋子寒酸，本不想坐，又不好驳了主人面
子，只好道了句"失礼"后坐下。

"今天路遇大雨，到老丈这儿打扰，还没请问高姓大名？"

"不敢，小老儿姓窦，名廷章。"说完主人又回到里屋。里屋传来翻箱倒柜
的声音，中间还夹杂着低低的说话声，似乎是在商量着准备什么东西。

南三复专心看着窗外的雨幕，并没有仔细听。不一会儿，窦廷章的身影将南
三复的目光吸引了回来。看到他端着的酒和菜肴，南三复不禁瞪大了眼睛。虽然
知道他尊敬自己，但招待酒饭还是有些出乎意料。顺势朝他身后的里屋一瞥，入
口处一个十五六岁的少女正在整治菜肴，只露出半边身子，虽然衣裳粗陋，但容
颜俏丽。南三复不由得看呆了。

"家里只有些村酒，不成敬意。"廷章斟满一杯酒递过来，把南三复吓了一
跳。窦廷章不过一个农户，难得有城里的世家公子大驾光临，只顾着招呼，没注
意到南三复的失态。

"多谢。"南三复有些窘迫。

"吃菜，吃菜。"菜是刚杀的雏鸡。南三复夹了一筷子送进嘴里，完全没尝

出自己吃的是什么，嘴里还说："嗯，味道不错。"乘窦廷章不注意，南三复又朝里屋看去，正碰上往这边偷瞧的少女的眼神。二目相接，少女慌忙躲了进去。怕窦廷章发觉，南三复用举起酒杯遮住脸，想再看少女一眼，但终究没有等到她再出现。

不多时，风停雨住，阳光照进院子。雨既然停了，也就没借口一直待下去，南三复只得恋恋不舍地离开了农舍。

第二天，南三复备好一袋谷子、一卷锦帛，早早地来到窦家，专程为了再见少女一面而来。没想到她一直不露面，南三复只得失望而归。

当晚南三复辗转反侧，夜不能寐，第二天又备好美酒佳肴跑了过去。见南三复毫不嫌弃自己身份卑贱，窦廷章感动得五体投地，忙不迭地带少女出来拜见。少女害羞，藏在父亲背后低着头。

南三复喜出望外，只要见了面，自己翩翩浊世佳公子，一个农户的少女岂不是手到擒来？刚想开口说话，少女却面露羞赧之色，拜了一拜逃进里屋去了。

窦家只有父女两人相依为命。南三复一边和窦廷章闲聊，一边等着她再出现。果然，不一会儿，少女从里屋入口露出头来。南三复看着她，满眼都是笑意。少女别过脸去，一只碧玉的耳环晃来晃去，宛如少女悸动的心。

南三复胸怀大畅。之后少女又露了一次侧脸，依旧羞羞答答的，很是可爱，可惜一直不肯和自己说话。

过了三个多月，南三复又来，正和窦廷章闲聊，少女好像有什么事，走进屋子里来。南三复已经不太顾忌窦廷章，大着胆子笑眯眯地拿眼睛盯着她。她似乎感觉到什么，两手捂着脸飞也似的往外跑。

"这孩子，怎么不跟客人打招呼？"窦廷章看着南三复抱歉地笑了笑。过了大概半个时辰，南三复看见少女正从里屋探出头来朝这边笑，就逗她道："你过来。"

"我才不呢。"说完，少女藏了进去。终于开口说话了！南三复明白，自己就快能得偿所愿了。之后每隔三四天，南三复就会到窦家一趟，和少女也慢慢熟稳起来。

　　这天他又带着酒肴前往窦家，刚巧窦廷章去了田里，只留下女儿一人在家。南三复喝着酒，等待着机会。这时少女从身旁走过，南三复忙将手搭住她的肩，一把拉到自己身边。

　　"干什么，放开我。"少女扭动着身子不停挣扎。

　　"我就那么讨厌吗？"

　　"不是讨厌，只是我们不能做这种事情。你快放开我。"

　　"这种事情？你老老实实听我的就行啦。"

　　"不可以！我家虽然只是平头百姓，但我是要嫁人的，不能做这种轻浮的事情。"

　　南三复自然有话应对："我对你是认真的。不知你父亲有没有说过，我还没有妻室，将来会娶你的。"

　　"当真？"

　　"一诺千金。"

　　"一定？"

　　"千真万确。"

　　"那你起个誓。"

　　"那就起誓好了。"

　　窗外是一片晴空。南三复用手指天，说道："我对天起誓。"少女顺着他的手指向外看了看，说道："在心里起誓就好了。"

　　"好嘛……"说完，南三复紧紧抱住了她。

　　自此以后，南三复专挑窦廷章出门的时候过来。有一天欢好过后，少女在他耳边轻声说："总这样下去也不是办法，你和我父亲说一下，把我娶过门吧。"

　　一个大户人家的老爷怎能娶农户的女儿为妻？南三复心里想着，有些为难，又不想让她太难堪，只得轻轻点了点头。

244

晋阳城里有位出了名的媒婆，专为大户人家保媒。有天她来南家提亲，进门就笑呵呵地高叫："老身有一门上等的亲事，特地来给南老爷牵个线！"听她说完，南三复暗暗点头，那户人家的小姐十分美貌，自己早有耳闻。

"她们家老爷对南老爷十分赞赏，您要是有这个意思，我现在就去打问。"

"还是要从长计议……"

"您还计议什么啊？！她们家不光小姐长得俊俏，还有数不尽的家财……"

听到"数不尽的家财"几个字，南三复心动了，截断媒婆的话头，说道："那劳烦您去帮我问问吧。"

媒婆走后，南三复又来到窦家。少女赶忙迎了上来，说道："你快点提亲吧，我好像怀孕了。"南三复心里一惊，不动声色地敷衍过去，之后再没登过窦家的门。

窦氏女并不知道南三复心里的计较，苦等着他上门提亲。

女儿的肚子一天比一天大，窦廷章察觉出异样，责问起来。女儿这才将自己和南三复的关系和盘托出。窦廷章稍稍放心了些，赶忙托人找到南家，要南三复将女儿接走。每次南三复不是闭门不见，就是顾左右而言他，始终不肯痛痛快快地答应。

终于十月怀胎，一朝分娩，窦氏女生了个儿子。窦廷章再去求南家，南三复却依旧推三阻四。一怒之下窦廷章回到家里，从女儿手中抢过孩子，带出去扔掉了。

窦氏女痛哭一场，挨到晚上，趁父亲看管不严，偷偷跑出去找孩子。满天星斗下，孩子早已哭得没有力气，发出小狗一样的呜咽声。窦氏女满脸泪水，抱起孩子朝南家跑去。

到南家门口，早有守门的人拦住去路。

窦氏女苦苦哀求，守门人这才进去禀报，门外有位怀抱婴儿的年轻女子，要来见老爷。南三复赶忙吩咐，万万不能放她进来。当晚，南三复耳听大门外女人和婴儿的哭声响了一夜，到黎明时忽然戛然而止，全都停了。

早上，南三复来到门口。一个女子靠在门边，怀里紧紧抱着一个婴儿。两人早已经浑身冰冷，死去多时了。


窦廷章将孩子丢掉，没多久又后悔自己做得过分，去女儿房里想安慰她一下。到了屋里，女儿却已经踪影全无。窦廷章家里家外地找，哪里找得到人。怕女儿想不开做傻事，窦廷章又赶忙出门去找。

直到拂晓时分，窦廷章才猛然想起：女儿该不会是去找被丢掉的孩子了吧？想到这儿，他赶忙掉转脚步，向村外自己丢孩子的地方跑去。

孩子不在这里。莫不是被野狗吃了？但仔细查看，又没有血迹。那就是被好心人捡走，女儿也跟着去了？女儿如果跟着去了，能去哪儿呢？窦廷章心里想着，脚下没停，不知不觉间往晋阳城的方向走去。

晋阳城门早就开了，三三两两的行人从城门穿过，几只燕子在人们头顶低低地回旋。窦廷章进了城门。晋阳大街两边的商店鳞次栉比，都挂着金字招牌。窦廷章无心停留，沿大街直走了一会儿向右转。不远处就是南三复的家，许多人正聚在门前。

窦廷章心里一颤，往人群中跑去。

一个年轻女子抱着婴儿死在了门前，晋阳府的官差和仵作正在勘验。窦廷章看了一眼，疯了似的狂叫："南三复这恶鬼！是南三复杀了她们！是南三复！"

一个官差拦住窦廷章，喝道："乱喊什么！你认识这女子？"

"这是我女儿！南三复诱骗她生了孩子，又把他们都杀了！"

官差又喝道："不许胡说八道！南家是有名的世家，怎么会做这种事情?！"

"就是南三复！南三复经常趁我不在到我家去，诱骗我女儿生了孩子！村子里的人都知道。"

"那跟我们走一趟，到府衙去说吧。"

官差抬起少女和孩子的尸体，带着廷章就走。

到了衙门，听窦廷章说得有理有据，不像诬告，上官命官差将南三复也带到衙门，审理此案。

南三复财大势大，从晋阳府尹到各路小吏上上下下都使了钱。最后案子落得个不了了之，南三复毫发无伤，窦廷章只能带女儿和婴儿的遗体回去安葬。

南三复无事人一般回到家。没几天，媒婆又找上了门来。

"听说前些天有来路不明的人到府上闹，老身还有些担心呢。今日一见，没事就好。"

"啊，跟那种人扯上关系就免不了惹一身骚。南家不是在郊外有别墅吗？我常和一些年轻人去那边玩，就被一些存心不良的人盯上了。你仔细想，我怎么能看上那种乡下姑娘？"

"谁说不是呢。那边的老爷问起这件事，我也是这么说的。再怎么说，南家可是世家，老爷不可能跟那种土包子扯上关系！这可真是不白之冤。"

"我真是倒霉透了！有天我去别墅，回来时遇上大雨，就到这老头家躲雨。看他好酒好肉地招待，当他是个好人，去别墅时就偶尔送些东西给他。没想到他从一开始就打算拿女儿做诱饵，想从我这儿捞些好处。这次真是百口莫辩！"

"您说得是。出这种事，其实还得怪您没早把亲事定下来。"

"可能吧。"

"当然了啊。所以我才说赶紧给您两家牵线呢。您是同意这门亲事的吧？"

南三复也想尽快结婚，将流言蜚语平息，接口道："同意。只是不知道您能不能说合成功？"

"要是没这桩官司，婚事早就成了。我不是说过吗，那边的老爷对您很是赞赏，小姐也对您很倾心呢。"

当天晚上，想要和南家结亲的老爷正在房间里算账，忽然感觉一阵寒气袭来，不禁抬头去看。只见一个小个子的女人披头散发，垂着头站在面前，怀里抱着一个婴儿。老爷大吃一惊，问道："什么人？"

"奴家出身卑贱，老爷不会知道我的名字的。"女人依旧垂着头，头发遮住了脸，声音也有些模糊。

"你来做什么？"

"听说您要把府上的小姐嫁给南三复，我特地赶来劝您。请您一定阻止这门亲事，否则我只能杀了小姐。"

听到这话，主人大惊失色，起身想要逃跑。只听得椅子一声大响，原来是南柯一梦。到了早上，媒婆前来保媒。"老爷，我昨天去见过南老爷。他一再跟我解释，自己是被奸猾的农民陷害了。南老爷从别墅回晋阳城时，到他家躲雨，感激他好酒好菜地招待，就时常周济他。没想到他生了歹心，反而设计讹诈南老爷。"

"此话当真？"老爷忽然想起了昨夜的怪梦，转念一想，"你说得倒也有理，一个大家的老爷怎么会去招惹个乡下姑娘？"

媒婆听这话，掩口笑道："可不就是这个理嘛。南家有使不完的银子，就是天上的嫦娥也能带下凡来，哪儿能看上一个村姑？南老爷心善，哪儿知道乡下人的手段，才有了这次的事。"

心善什么的无所谓，使不完的银子最要紧。有了银子，女儿嫁过去便不会吃苦。老爷心一横，说道："那就这么定了吧。"


事情谈成，南三复赶忙下聘礼，和女方交换了生辰八字，催媒婆挑了个日子前去迎亲。

晋阳城首屈一指的豪门嫁女儿，嫁妆自然是丰厚得很。南三复得意志满，将新人接回了家。夜半更深，红烛高照，两人相对而坐。新人面容姣好，只是两眼含泪，不见笑容。南三复一把将她搂住，用自己的脸去蹭她的脸颊，柔声问道："怎么了？不开心吗？"

新人的神色更加悲伤，眼泪扑簌簌地掉下来。南三复看她哭得梨花带雨，心里更是怜爱，想要把她哄转过来，接着问："舍不得家里吗？"新人也不答话，双手捂着脸只是一个劲地哭。南三复用手搭住她的肩膀，又问："到底怎么了？"新人这才轻轻说："没什么。"

南三复不再追问。当晚两人虽然同床共枕，但新人的身体、态度都如同冰块一般寒冷，南三复想象中的温存没能发生。

又过了三四天，南三复和新人在房中相对而坐。新人依旧满脸悲伤，但看起来竟然楚楚可怜，别有一番风韵。

南三复忽然想到：她这个样子，是不是心里惦记着其他男人？不由得怒火中烧，大声质问道："你摆这副脸孔，是想着老情人吧？！"新人满脸惶恐，结结巴巴地说："哪有……哪有这回事。"明显是秘密被揭穿时的反应。如此一来，南三复更加相信自己猜得不错。

正想继续追问，门外传来老乳母的通报声："有客人到了。"南三复心中不快，来人也太不成体统了，怎么能直闯新人的闺房？吱呀一声，房门被推开，客人冒冒失失地闯了进来。南三复正想发火，抬头一看，赶忙换了一副面孔说道："啊，是父亲大人。"

女儿出阁还没过几天，按理岳父不应该过来，而且事前完全没有通知自己，到底是怎么回事？南三复一边施礼，一边心里嘀咕。

岳父搀起他来，说道："也没什么事，这两天老是做噩梦，我就有些担心，所以过来看看。你这里没事就好。"说完，岳父将视线转向女儿，忽然双眼圆睁，大叫："这……这不是我女儿！我女儿去哪儿了？！"

南三复大吃一惊，转头朝新人看去。她面朝两人，双眼看向南方。然而那张脸全变了，变成了窦廷章女儿的脸。

南三复头脑里嗡的一声，昏了过去。新人也砰的一声倒在床上，像倒了一截烂木头。

"不……不好了！夫人她……"新人的一个陪嫁丫鬟边喊着边跑进了屋里。

"夫人怎么了？"

"夫人在桃树底下……"

不等她说完，岳父已经跑向外面，丫鬟随后追了出来。院子里飘着雾一样的小雨。丫鬟加快脚步，带着岳父往后院跑去。后院是一片桃园。桃树已经绿叶满枝，叶子下面结出了小小的果实。一株高些的树上挂着一条青色的带子，新人吊死在了上面。

听到有人呼唤，南三复悠悠醒来。一面挣扎着起身，一面扭头往床上看——床上躺着窦廷章女儿冰冷的尸体。

南三复魂飞魄散，往外就爬。旁边的老乳母将他搀起，大声叫他："少爷，快去看看夫人吧！夫人不好了！"南三复两条腿抖得迈不开步，被乳母拽着往后院走去。

后院的桃园里，岳父将女儿的尸体放了下来，抢过丫鬟端来的药拼命从鼻子、嘴巴给她灌下去。见女儿没有反应，岳父把药碗一丢，大声叫："给她叫魂！叫魂！"丫鬟赶忙从附近找了个神婆过来。

神婆来到尸体旁边，铺上一张草席，祝祷起来。也不知她嘴里念叨些什么，发出猴子叫一样的声音。然而过了半晌，魂没有回来，新人也没能活过来。岳父只能哭着将女儿的尸体带了回去。

南三复脑子里一片茫然，木偶一般呆呆地站在院子里，直到老管家来叫自己。从南三复父亲那时起，老管家就在府里伺候，是看着南三复长起来的。老管家不知该如何处理屋子里的尸体，跑过来问："少爷，那具尸体该怎么办？"

南三复也不知道该怎么办，正在沉吟，老管家又追问道："那尸体是谁？"

"像是窦廷章的女儿。"

"是她？"老管家陷入了沉思，过了好一会儿才接着说，"可能是有人记恨我们南家，杀了夫人，又把尸体偷运了进来。少爷，这事不能让外人知道，不如赶紧把尸体送到窦家，再给他些银两，堵住他的嘴。"

南三复也不想别人再提起自己做过的"好事"，一听这话连连点头。老管家将尸体运到窦家。窦廷章不相信有这种怪事，但女儿的尸体就在眼前，又不能不信。

两人来到女儿坟前，打开棺木，女儿的尸体竟然不翼而飞，只有婴儿的尸体还在里面。窦廷章原本就满腹冤屈无处申诉，这一下更是忍不住放声大哭。老管家还要提给钱的事情，窦廷章一把推开他，赶到府衙报官。

衙门也觉得事情太过匪夷所思，决定派人调查。无奈南三复又上下贿赂，把事情压了下去。

案子虽然不了了之，但流言蜚语却不胫而走，再也没人敢给南三复保媒。南三复心里明白，晋阳城内是没指望了，只能托人到远处打听。两三年后，终于定下了和曹进士家的女儿的婚约。

还没迎娶，晋阳城内就有流言传出：朝廷要选良家女子入后宫。一时间有婚约的女家都惊慌失措，赶着把女儿送到夫家去。这天中午，两乘小轿停在了南家门前。看门的人出来询问："请问您是？"

后面的轿子里传出一个老女人的声音："我们是曹家来的，请禀报你家老爷。"

听说是曹家人，守门人不敢怠慢，赶忙去告诉南三复。南三复不知曹家为何而来，理了理衣服，迎出门来。门口站着两个人，一个老太婆，一个十五六岁的娇俏少女。

"是南老爷吧？我们是从曹家来的。想必老爷也听说了，如今朝廷正在选民间女子充入后宫。一入宫门深似海，我们老爷舍不得女儿，所以命我先把小姐送过来，婚礼可以暂且延后。"

南三复早就听到过传闻，这几天正在担心。见曹家主动将女儿送过来，不由得喜出望外，忙答道："二位远道而来，辛苦了。"再四下张望一眼，心里有些纳闷：曹进士诗书之家，即便是仓促嫁女，也应该派十个八个人护送才是，怎么会只有一个老妈子跟着小姐就来了？就问："就只有你们两位吗？"

"啊，其他人还在路上。虽然时间仓促，来不及准备，但我们也带了些嫁妆，他们都在护送嫁妆赶路。"

听完这话，南三复不由得多看了老太婆一眼：不愧是常年办事的，一定是怕路上生出变故，所以自己先护送小姐过来，嫁妆走慢一些并不要紧。想到这里，赶忙将两人往里让："原来如此。二位路上辛苦，先进家里休息吧。"

小姐羞答答地低着头不答话，老太婆答道："请带小姐进府休息。我还要赶回去禀报老爷，好叫他放心。"说完，转头嘱咐小姐："小姐，我这就回去了，您自己保重。"

客人大老远赶来，怎么能连门都没进就回去了？

南三复不想失了礼数，挽留道："进去喝杯茶再走也不迟嘛。"老太婆回道："路途遥远，耽搁太久的话今晚就回不去了。那……我这里就把小姐托付给老爷了。"说完，乘上小轿，走了。

看她走远，南三复三步并两步走到小姐身边，说道："那小姐，我们进去吧。"小姐一直低着头，看不清脸面，只见她略微点了点头，嘴里似乎不知小声说了句什么。南三复前头带路，小姐袅袅婷婷地跟在后面，两人向房中走去。

到了房里，两人相对坐下，小姐还是低着头。南三复心痒难耐，凑过去求欢，小姐也不答话，只是低着头笑。南三复又说："人家说呆若木鸡，说的就是你吧？"小姐依旧轻声地笑。"你这么远过来，一定累了，到床上休息会儿吧？"

听到这话，小姐抬起来头。一张修长的鹅蛋脸，相貌姣好。南三复一看之下，觉得她长得像一个人，只是想不起来是谁。定睛再一看，南三复心里一颤——这小姐的眉眼像极了窦廷章的女儿！如同一盆凉水当头浇下来，南三复满腔的春意顿时冰消瓦解。

小姐站起身，来到床边坐下，弯腰躺下，拉起被子盖住了脸。南三复神思恍惚地看着这一切。

南三复到床边坐下，逼自己想象和小姐欢好的画面，极力想赶走过去的恼人回忆，但怎么也挥之不去。不知不觉天已经黑了，老管家在外面叫南三复："少爷，您出来一下吧。"

听到老管家的声音，南三复如梦初醒，走出门去。老管家在他耳边轻声说："少爷，曹家的嫁妆怎么还没到？是不是出什么事了？"南三复点点头，附和道：“出什么事了呢？”

“是不是走错了路？”

“嗯……他家小姐是晌午时分到的，按说嫁妆就算慢一些也早该到了。”

“要不您问一问夫人？”

“好。只是她旅途劳累，已经躺下睡了，我把她叫醒问问吧。万一出了岔子可不得了。”

“少爷说的是。最近世道可不太平。”

“我去叫她，你也进来吧。”南三复带老管家进了屋。他怕吓着小姐，轻手轻脚来到床边，小声说：“还睡呢？醒一醒。”

小姐睡得很沉，没睁眼。南三复一笑，对老管家说：“看来是累了，睡得这么沉。”说完，用手去拉小姐，又说道：“该起来啦。”小姐纹丝不动，身子冰凉。

南三复吃了一惊，赶忙掀开被子——一具尸体仰面朝天，躺在床上。南三复一口气透不过来，昏死过去。

老管家赶忙扶起南三复，还不忘打发人去曹家报信。曹进士一听之下莫名其妙，自己几时将女儿送过去了？将来人骂了一通，打发回了南家。

南家亲没娶成，家里又多了一具来路不明的尸体。

晋阳城有个姚孝廉，女儿刚刚过世。下葬当晚，女儿的墓便被贼人打开，尸体和陪葬的宝物都不翼而飞。

孝廉悲愤之下，连日追索盗贼。听说南家又出了怪事，带了几个随从赶到南家，要看尸体。

南三复不敢拒绝，带姚孝廉去了安放尸体的房间。一见尸体，姚孝廉放声大叫：“女儿！女儿！是我女儿！你这恶贼，偷我女儿尸体！把他捆上！”

随从们一拥而上，将南三复捆得结结实实。

姚孝廉将南三复送到府衙。南家再三发生怪事，衙门早就不满南三复做出许多恶事，便借机问了他盗冢暴尸之罪，判了死刑。

# 重生

秦王一统天下后，民间有一男子姓王名道平。

王道平自小就与同村唐叔楷之女定了亲，不久后道平应征入伍，赴南国征战，身陷敌营，这一去就是九年。

女方见其女儿年岁渐长，而道平却一直生死未卜，不忍自家女儿望穿秋水，故而打算悔婚，将女儿嫁给另一个名为刘祥的男子。可那女子忠贞不贰，誓死不从。

怎奈父母却是铁了心地逼她改嫁他人。

那女子满心满眼只有道平，成日郁郁寡欢，终是积郁成疾，只强撑了三年便香消玉殒。

道平在女子死后三年终于荣归故里，岂知日思夜想的佳人早已亡故，只觉万念俱灰，直奔女子坟茔而去。

"都是我不好，若能早日归来，你也不必落得这般境地，你可知我心痛欲绝。若你的魂魄尚在，可否显灵见我一面？"

王道平言罢潸然泪下。恍惚之间，他似乎看到了故去的未婚妻的面容。

"奴被家父所逼，欲使奴委身于刘祥，奴不允，日夜思君情难绝，是故郁郁而终。然奴肉身未腐，君可掘开坟墓，将奴的身体从棺材中取出，奴即可还阳，与君再续前缘。"

道平连忙打开墓门进入墓中，掀开棺盖一看，棺中女子面色红润，正是自己日思夜想的未婚妻。

女子缓缓睁眼，莞尔一笑，起身后欣然随道平一同归家。

女子的夫君刘祥听说自己的新妻重生，并随其他男子回家后，一纸状书递上了衙门。地方官虽欲依法处置，奈何本无此法，无计可施之下只得上奏秦王。

秦王道，此女本就该是道平之妻，如今不过是夫妻团圆罢了。

# 老狐怪

有僧法号志玄，平日恪守清规戒律，仅着布制袈裟，云游四海却从不借宿他寺，每每宿于城外林中。

某日，志玄宿于距缝州城东十里处的一片墓地。

是夜，月明如昼，四下清晰可见。

志玄蓦然一看，只见树下藏有一狐，正拾起旁边的骷髅，套于头顶，摇头晃脑，遇松散而掉落的骷髅便弃之，另寻他选，动作宛如人类。

如此三四番，直至找到牢靠的骷髅才作罢。

接着这狐狸扯下旁边的草叶裹在身上，摇身一变成了一位美人。

是时，马儿的嘶鸣声传来，只见一男子策马而至。狐妖见状便站在路边，低声啜泣。男子见此情景便下马。

问道："荒山野岭之地，姑娘何故在此哭泣？"

闻此，狐妖答："小女子乃易州人也，许给北门张姓人家，奈何去年官人离世，我孤身一人，又无银钱傍身，原想回娘家寻一安身之处，怎奈小女子步履缓慢，眼见得日落西山，却仍在此地耽搁，自偎自燃，一时竟哭出声来，惊扰了大人。"

　　说来也巧，那男子正是易州的士兵。

　　士兵道："小生正巧也要回易州，若姑娘不嫌弃这马，不妨让小生送你一程。"女子破涕为笑，连连道谢。

　　眼看士兵就要将妖女抱上马，志玄随即现身说道："施主，你眼前的这女子并非人类，乃狐狸幻化成的妖怪！"

　　士兵怒道："大师，出家人不打诳语，不要诬陷好人啊！"

　　"施主若是不信，贫僧这就让她现出真身给你看看。"

　　志玄说着就开始结印念真言，举起锡杖喝道："还不快快显出原形！"

　　话音刚落，那狐妖痛极倒地，现出狐形后吐血而亡，身上覆满了骷髅和草叶。

# 义猴记

万历年间，毗陵中有一耍猴的乞儿，每日带着一只猴子走街串巷，靠着耍猴的技艺谋生，几年下来也攒了五六两银子。

一日，乞儿与相识的乞丐一同饮酒，醉意上头便开始夸耀起自己攒下的银两，言语间尽显得意。对面的乞丐听后心生歹意，在酒中下了毒，毒死乞儿后抢走银两，并将他抛尸荒野。

不仅如此，乞丐还夺走了猴子企图让它听从自己的指挥，不料猴子并不顺从其意。

乞丐大怒，用鞭子抽打猴子。猴子只得暂时屈服，同他外出卖艺，却还是趁乞丐不备之时逃走了。

彼时县里有一位新上任的县尹，名为张廷荣。

升堂之际，张廷荣忽见一猴子跪于台阶下嚎叫不止。

他心下称奇，便命衙役跟着猴子。

猴儿先去了养济院，一帮乞丐正聚集在门前，猴儿在人群中上蹿下跳，似乎是在寻找何人。

不多时，猴子寻人无果，便离开了养济院往另一方向行去，衙役依旧紧随其后。

途中，猴子到一户人家中讨了块饼给衙役果腹。

随后，一人一猴继续向大市桥而去。

行至桥下，看到某个乞丐时，猴儿先是拉了把衙役的袖子，然后就跳到乞丐肩上挠他的脸。

衙役明白这名乞丐约莫有问题，便将他抓回了衙门。

在张廷荣的再三审问下，乞丐终于承认自己杀害了猴子的主人。

张廷荣于是命人掘出乞儿尸首，入棺火葬。

大火熊熊燃烧之时，猴儿突然向衙役行了一礼，随后便纵身跃入火中。

张廷荣大为感动，遂撰《义猴记》刻于石上。

# 义猫冢

南剑州有座西林院。

寺庙建在靠海的小山上，规模虽然不大，住持却是位慈悲为怀的高僧。

这天海上风波骤起。住持生怕有船只遇难，赶忙出门察看。

巨浪拍打着山崖，一块木板在怒涛中起起伏伏，似乎是船只的碎片，还有一只小猫无助地趴在上面。住持一路奔下山，敲响了海边渔民家的门。

"那也是一条性命，可怜见的，帮忙救救它罢。"

话虽如此，但风高浪急，哪有人敢去。

住持心中焦急，只能恳求："大家都不肯去的话，还请借条船给贫僧。"看到他如此诚心，甘愿亲身犯险，渔民们不再推脱，推舟下海将小猫救了出来。从此这猫便被养在西林院。它通人性得很，尤其对住持说的话言听计从，很是受住持喜欢。

不知不觉十年过去。那一年春暖花开时，寺里的僧人正在檐廊下小憩，忽然听到一阵说话声。

声音很奇怪，带着"喵、喵"的尾音，似乎是猫在学人说话。

"今天太阳真不错，一起去附近的道观玩耍怎么样？"

"我倒是想去，但放心不下我们寺里的老和尚。他最近似乎有些灾气。"

"这样啊……那是你的救命恩人，的确不能坐视不管。"

僧人心中一凛，张开眼睛四下观瞧，只有寺里的猫和隔壁寺院的猫蹲在檐廊下，周围并无一个人影。

到了晚上，僧人刚要睡着，不知哪间房子的顶棚上传出一阵阵巨响，似乎是什么东西在打架。僧人惊醒，睁开眼睛看见住持已经起身点上了灯笼。

二人面面相觑，不知发生了什么事情。点着灯笼找了一圈，却没有发现任何怪异，只得再次睡下。

第二天天放亮，住持来到正堂，发现顶棚上有鲜血正一滴一滴地滴在地上。

住持慌忙找来年轻僧人爬上顶棚，自家和隔壁寺里的猫满身鲜血，死在了上面。不远处还有一只近三尺长的大老鼠，也早已没了气息。奇怪的是老鼠身上还裹着僧人的法衣。

"原来如此……"住持心中有了计较。

几天前，有位不知从哪儿来的游方僧人到寺内挂单。住持来到游方僧人的房间，房里铺着被褥，却不见僧人的影子。

住持心中立刻全都明白了。

住持在寺院里建了座义猫冢，住持养的猫和隔壁寺院的猫就合葬在里面。

# 豕

东晋穆帝永和末年，有一人名叫李汾，平日里最爱游山玩水，因喜欢四明山的风景，就在山上结了个草庵住下。

山下有个张大户，最爱养猪，从不宰杀。

这年中秋月圆，李汾在庭前散步赏月已毕，闲来无事便抚琴自娱，忽然听到门外传来赞叹声。李汾心中奇怪，便问道："外面是谁？深更半夜到此何干？"

外面一个女子答道："我来听秀才抚琴哩。"李汾开门看时，门口站着一个年轻的女子。问她是谁，女子答道："我是张家的女儿，趁今晚父母都不在家，特地来看看你。"李汾看她生得漂亮，大喜道："若是姑娘不嫌寒舍简陋，就请进来坐吧。"

领女子进了门，李汾端出茶水，和她谈笑了一会儿。

女子口齿伶俐，李汾有所不及。及至夜深，两人上了罗床，放下幔帐，吹熄灯火，琴瑟和鸣，不胜其美。不觉间金鸡唱晓，天色放亮，女子起身穿衣，想要回家。

李汾不愿放她走，看见地上摆着女子穿的青色靴子，便偷藏了一只到衣柜里。藏好之后，李汾毕竟累了一夜，恍恍惚惚又要睡去。忽觉女子晃动自己的身体，哀求道："把靴子还了我吧！若是还我，今晚准来陪你。若是不还，我恐怕活不成了。"边说边哭，李汾只装听不见。

不多时哭声止住，李汾也沉沉睡去。再醒来时女子已经不见，床前流了一地鲜血。

李汾心中诧异，赶忙打开衣柜，靴子却已经不见了，只有一只猪蹄壳。

李汾循着血迹，找到张大户家的猪圈里。圈里一头猪见他过来，瞪起眼睛大声咆哮。

李汾顿时明白，昨晚是谁陪了自己一宿。

他找到张大户，将事情经过说了一遍。张大户听完，怕这猪妖再作怪，赶忙杀了，炖成一锅烂肉。

吃过猪肉，李汾也不好意思再待下去，又到别处云游去了。

酉

# 杂俎

收录于作者一九二九年出版的怪谈小说，
该书为作者的中国怪谈小说集。

雜俎

原稿现存于日本东北秋田中古书店，
于首版五十七年后由"悉桑派"
译者探访获得。

# 荷花公主

古时，南昌有一秀才，名曰彭德孚。肤白貌端，乃一翩翩少年郎。

一次彭德孚访友路至钱塘，借宿昭庆寺中。

次日，彭生游于西湖岸边。盛夏晚霞瑰丽，清风抚水，卷起莲叶，摇曳曼舞，日头渐落，夕阳余晖也渐冷。彭生沿岸漫步而行，前去圣音寺。

途中，一十七八岁样子的女子身后并从一老妪，迎面而来。此女子碧衣绿裳，身量纤细，容貌清丽，光艳绝代。行至近前，女子似羞模样，抬眼望了望彭生。

彭生见其闭月之容，惊为天人，开口搭讪："小生有幸，竟得路遇佳人，虽是唐突，不知佳人从何处而来？"

女子闻言，顿时双颊绯红，转头向老妪道："婆婆，天色不早，咱们快些赶路吧。"

说罢，便莲步轻挪，向前去矣。彭生如迷了心窍，尾之而行，随于老妪身后。

这一路，女子不时便回首而望，越过身后老妪，偷瞧随行的彭生。也不知是否彭生察觉，可巧抬头之时，二人眼神相撞，四目相对。

女子一惊，慌忙转回头去，强装镇定，继续赶路。

彭生见女子眼神羞涩亲昵，似有爱慕之情，便更加心生坚定，仍紧步跟上。可这女子与老妪竟如脚下生风，所行之路又曲折蜿蜒，疾趋却也只能勉强随在其后，仿佛眼下就要跟随不及了。

彭生不敢掉以轻心，疾步而走。

眼瞧着前方便是孤山脚下的水仙庙，而此时夕阳已落，余晖映衬，西方苍穹一片赤红。临近水仙庙前，女子与老妪沿路几番迂回，夕阳之色也衬得二人身影隐隐其中，模糊不明。

不多时，二人转入水仙庙后，不见踪影。

彭生不见两人身影，快步赶到庙后查看，忽停步伫立，四处张望，却仍未见二人半分踪迹，不知已去往何处。

彭生无奈，怅然而立。时余晖亦逝，天色曛黑，空留水仙庙剪影一幅，如同墨染。

"吾友彭君？怎得在此处？"

忽然传来一声召唤，彭生一惊方才回过神来。适其友人自灵隐寺归来，见彭生呆立于此，出声唤之。

"原是吾友啊……"

"在此处呆立着干什么？"

彭生赧然，不好讲明原是在寻那女子。便道：

"不过是随意散步，恰到此处罢了。"

"既然如此，便同吾一道归家去吧。"

彭生虽同友人而归，却仍心念那美貌女子，翌日一早便前去孤山脚下，四处查找，却殊无踪影。

一路寻访，也无人知晓。即便如此，彭生仍未断了念想，每日辄往孤山脚下，日复一日，竟无一日落下。

日久天长，彭生百寻无果，于是恹恹卧病于内室，昼不食夜不寝。

一日深夜，有一人推扉而入。彭生正疑何人到访，怎奈身体虚弱，便是抬下头也是苦痛难忍，便未动弹。只听来人说道："公主遣奴婢前来迎接郎君相会。"

遂睁眼来瞧，只见一位头梳稚子环髻的年轻女子执灯立于枕旁。可彭生无心应付，转身面壁。

"公主正是公子前日水仙庙处所遇之人，虽今日叨扰，但奴婢受公主所托，为公子引路，为求一见。"

彭生闻言，一跃而起。

"姑娘言下之意，那日小生水仙庙下得见之人，可是公主殿下？"

"正是。公主派奴婢前来，与公子一道返回宫中。"

"小生冒昧，不知公主品性如何？"

"公子不如亲自前来，一见便知。"

"那小生劳烦姑娘前方带路。"

彭生说罢，起身穿戴齐整，跟在女子身后去了。屋外月明星稀，凉风吹拂。明月之光笼住灯笼烛火，橙光摇曳，朦胧模糊。

彭生好似心病已除，精神顿爽。前方道路曲径通幽，多番辗转。

"终于到了。"

彭生听闻抬头望去，霎时惊讶万分，怎想水仙庙后，山脚之下，竟有宫阙参差，背山而起。可他每日寻访女子之时，自这水仙庙便到那孤山之顶也是走了个遍，却从未见过这宫宇楼阁。

"公主居于别院，奴婢引领公子前去，还请公子悄声随后。"

彭生点头。女子推开近前一扇朱漆大门，踏进门去，门内一条小路，犹如玉石铺设，粉雕玉砌，十分精美。路旁花木丛生，高有山茶，树树掩映，低有牡丹，花花交茎。巍峨高树之上，点点白花坠于碧叶，又有藤蔓缠绕其间，藤上结花如繁星，黄金颜色如凌霄，黄白相映，素雅成趣。宫宇重檐，越梢可见。

初段小路狭窄，只得踮足而行，不多时，路宽而渐缓。随后，见一殿门，形似洞口。入口高挂一匾，上书"水晶城"。

此殿四面环水，水中白荷红莲竞相盛开，如梦如幻。临水还立有珠箔红栏，甚是好看。

女子入殿，彭生随之而入。入内才见窗户皆为水晶所铸，青白月光洒于其上。再往里，正见公主独自倚栏赏月。

"禀告公主殿下，公子已到。"

公主抬头望来，立即起身相迎。

"公子可还安好？那日一见，可知公子好奇甚重，妾身已等有四五日，可公子怎仍未寻来？"

公主一笑，便将柔荑搭在彭生手上。彭生羞赧，笑而未语。

"数日不见，公子怎得消瘦至此？"

公主说道，转眼望向身边婢女。

"取一杯碧霞浆来罢。"

婢女低头转身去了邻间，又马上捧了酒盏归来。公主一手与彭生相握，另一手取来酒盏递与彭生。杯中颜色绀碧，芬芳甘洌。

"此为绿萼夫人所赐。"

彭生取来饮下，一边环顾四周。

"小生无知，敢问此处为何地？"

公主戏曰："此处为广寒香界，公子凡夫俗子之躯，不可久留，快些回去吧。"

彭声便再无顾虑。骤起拥之，踱步而入房，房内帷幕掩掩，绮丽暧昧。

楚梦云雨后，彭生与公主方才缓息休憩，耳鬓厮磨，闲谈几句。彭生轻抚其身，道："佳人岂非合德转世？"

公主面色含春，掩口一笑。

"郎君胆量过人，方才言明，妾身乃是水仙王之女，实为荷花之精。那日遇君，得知郎君情深如许，心生爱慕，愿以身相许。可妾身自幼蒙舅父抚育，舅父家法严厉，为人严苛循规，若为舅父所知，恐怕再无缘相见。只得隐瞒舅父，夜半引郎君前来相会，怕是晨晓未明便要送君离宫去了。"

"公主舅父为谁？"

"妾身舅父乃蟹中之王，如今已任西湖判官。"

黎明，可闻寺院钟鸣之声，彭生连忙起身归去。此后，彭生每日披星而至，未明便归，殆无虚夕。

一日晨晓，二人同寝未起，但保姆已至。保姆觉察，随即告之其舅。

彭生慌忙起身欲脱身而去，却反被判官衙差所捕，缚身押至舅父处。舅父一副判官行头，头顶乌巾，身披绿袍，坐于堂上。

"大人，贼人带到。"

彭生畏缩后退，一衙差劈手便将他拖至判官跟前。彭生心想不知要受何罚，着实惊惶不安。

判官目光严厉，以上视下，几番打量彭生面容，若有所思。忽得瞠目惊起离座，疾步走下堂来。

"公子乃老朽恩人，冒犯至此，多有得罪，恩公切莫怪罪才是。"

判官忙解其所缚，可彭生仍未解其意。

"老朽多亏恩公出手相救，方有今日。"

彭生始悟其为公主所谓舅父蟹中之王。彭生忽地忆起一事。

一日，彭生与友二人共游南屏，归来途中，见前方有一叶网渔船。偏此时渔网拉了上来，彭生心生好奇，欲知网得何物，细看，见网中扣住一蟹，蟹钳墨紫，体格大如圆盘，苦于逃走。彭生从未见得如此大蟹，心中异之，欲放其归去，便划近渔船。彭生买下大蟹，泛舟远离渔船，划至一渔船尚不能捕处，方才将大蟹放入湖中。大蟹甫一入水，竟举其双螯，向船头作作揖状后沉入湖水。

"多有失礼，恩公快些请进。"

判官说得真切万分，彭生放下心来。

271

"方才听得老婢来报，只说不知何处来一莽撞男子，闯了老朽甥女闺房，搅扰清净，不知竟是恩公，故致此冒渎，失礼万分。敢问恩公家乡何处？"

"小生乃是南昌生人，姓彭名德孚。"

"不知恩公可有婚配？"

"未曾。"

"此乃天定良缘！甥女才貌尚佳，配与恩公为妻可否？"

此更遂彭生所愿。判官唤来一旁保姆，吩咐道："速请公主来此。"

保姆连忙应下，不多时，携公主至。公主羞愧而不能仰视。判官夫人闻其事，亦前来查看。

"此乃吾之恩公，已将甥女许配与他。"

彭生遂与公主成亲拜礼，送至水晶馆居定。

彭生擅抚琴，公主擅吟，每每彭生鼓琴，公主便一旁吟诗以和，十分恩爱和气。

转眼间，二人成亲一年有余，已到次年春。此日，正是西湖每年游水之节，每逢此日，西湖上定有龙舟赛船，乡人皆喜观赏，热闹非凡。彭生亦驾船携公主至湖中观竞渡。

此日无风甚暖。忽得前方有一船划来，仔细听来，船上有人扬声而语："前面可是吾友彭生？"

彭生听闻很是耳熟，抬头一瞧，此人正是钱塘之友。

"吾友吾友，便是在下呀。"

"吾友彭生啊，不知吾友究竟去了何处，吾得有君之家书一封，近日已遍寻君之所在而未果。"

使舟舟并行，直至两船舷已近，彭生与友双臂可碰。

"竟让吾友担心至此，万分抱歉。"

"无妨，此乃君之家书，快些收好。"

说着，友人便将手中书信投至彭生船内。

"多谢吾友。"

"不必言谢，来日再会，不多打扰，告辞。"

"便是再会了。"

友人所乘之舟不多时便翩然驶过。彭生赶忙展信详看，方才知竟是其母病危。

"吾母病矣。"

彭生甚是惦念其母之病，唯恋公主不忍言别，故烦恼万分。

"母亲病重，怎能因念及妾身而舍母亲不顾？郎君务必归乡侍母，妾身愿一同前去。"

二人收拾妥当，便由居所去往判官处请辞。可判官言说，公主体弱，不许其与彭生返乡。

"甥女荏弱，不便奔波。然太夫人此病如今当已痊愈，无须伤神，恩公仁孝，生为人子，自应返乡探望。"

判官取出一粒药丸，授予彭生，道："若见太夫人，便将此丸与其服下，饮后便可却老不衰。"

彭生遂要独归家去，对公主道："以秋为期，必定归还。"

公主泣曰："此二三月来，腹中震动异常，望郎君惦念妾身，切莫忘怀。"

彭生当日便动身返乡，到家见母病果然痊愈。彭生欲奉母同至钱塘，可其母不愿远行，便拜别亲人，独自折返，途中借居圣庆寺，翌日便行至水仙庙后。

然至重檐宫殿均不得见，仅有棒莽塞途，破败凌乱。彭生以为所寻方向有误，可又遍寻四处，也未见到楼宇城墙。

暮色渐沉，彭生无奈，只得怅然始返，归至西泠桥。欲渡桥时，忽见一女子自东冉冉而来，看身影似曾相识。

"郎君。"

"可是公主？"

二人手手紧握。

"怎得不见吾家楼宇？"

"家遭罹灾，现已迁至雷峰塔下。"

"原是如此，吾竟全然不知。"

二人由此雇舟行至雷峰塔下。望雷峰塔下楼阁鳞次栉比。

"便是此处。"

二人上岸而去，朱柱华栏，绮影婆娑，二人入房，前有一婢女相迎，女子命其备酒设宴。女子离席少顷，不时换作一身浓艳装扮而归，以往楚楚可怜之姿全然也无。酒宴未毕，辄起拥彭生进屋入帏。

女子紧缠彭生不放，纵欢一夜，使得彭生精疲力竭，难以复支，次日未能起身，竟是卧病。女子便贴身侍奉汤药，一刻不离。彭生虽厌，却无如何。

忽地有人掀幕而入，彭生惊异，睁眼瞧去，来人竟与身旁之女长相无二。女子奔至榻前，抚彭生背而痛哭。涕泗良久，指向彭生枕边之女骂道：

"妖魅祸患，外子病已至此，竟犹不放归，还妄做甚！"

彭生才将二人几番相看，二女面目发髻、衣衫鞋帽均无二异，竟分不出真假。

"汝二人休要再作吵闹，吾是怕已命不久矣。"

进门女子失声大哭，却又若有所思，顷之拂袖而出。

彭生仍体虚而力竭。那日傍晚时分，见方才那女子携婢女返，怀中抱一仙鹤，玄身而丹顶。甫一入门，彭生身旁女子便顿缩伏地，婢女放鹤而去，鹤便径自以嘴敲击该女头颅，女子顷刻化作一条白蛇。鹤剖其腹，得一小珠。女子拾珠以示彭生。彭生方才看明，这女子才是真公主。

"郎君且看，此乃雷峰塔下蛇精，冒充妾身模样。妾身前日随舅父至瑶池为王母庆寿，未能在家中等候郎君归来，竟致妖物乘虚而入，祸害郎君至此。此鹤乃王母所借，郎君中毒已深，需以此珠配雄黄一同服下，方可痊愈。郎君无须担心。"

公主将珠子递与婢女，婢女受命，入另室合药去了。

彭生三日而起，和公主一起回去。果然往日居所，仍在孤山脚下水晶阁中。

公主抱一幼儿，已两月余，正是彭生与公主之子。彭生欣喜万分。

"吾儿以来复为名罢！"

闻言，公主哽咽泪流。

"妾身不能见其长成，郎君切要善待吾儿。"

"公主此言竟是何故？"

"妾身乃是紫府侍书，因与郎君情深，痴缠至今，故以责罚，命妾身投胎凡人，生为黄冈刘修撰家之子。"

公主泣而言之，接过彭生怀中幼子，解衣哺乳。后将幼子交还彭生，挥泪而走。行十多步，倏不见矣。

# 申阳洞记

　　元朝天历年间，陇西有一小生姓李，名德逢，已二十有五，生性十分勇猛，又善骑马射箭，却厌烦生产耕作，因此受乡党排挤，友人极少，无人交心，实在无奈。

　　其父亲一友人任职于桂州监郡，李生思前想后，决心前去投靠，所以便千里迢迢地去往桂州监郡，却不承想，父亲这位友人早已驾鹤归西。

　　李生背井离乡，在此地无人可依，又盘缠用尽，眼看着返乡无望，只得流落他乡。

　　李生头脑灵活聪明，见郡内名山多立，便决心以射猎为生，每日持弓入山打猎。

　　郡内山峦起伏，层峰叠嶂，岩石纵横谷底，山涧谷底又有杂木成林。

　　一日，李生入山遇到一猎物，追赶至一片赤松林中，挺拔细长的赤松郁郁葱葱，密密实实。李生不愿错失猎物，一路穷追猛赶，直跟到了夕阳西下，余晖散布于赤松之上。此时再向前方仔细查看，已不见猎物踪影，瞧着似乎是往谷底树林方向逃去了，李生并未多想，继续紧追而去。

不知何时阳光渐渐消退，夜幕缓缓降临，远处山峦耸立，紫烟缭绕，天空仅留一抹霞光。李生惊觉日头已落，天色曛黑，便放弃追赶猎物，匆忙欲下山去。

不料方才追踪时，已进到了密林深处，李生再想回去，却也分不清来路，又辨不出方位，便以落霞所在之处为准判定了方向，试探着循南方而行。

此时树林间烟昏云暗，鸟兽鸣啼，树影森森，山峦相倚。李生沿坡而上，望见远处隐隐露出古庙屋脊。遂前往古庙，委身借宿一晚，等休憩至日出时分，再返回家中。

李生来到古庙近前，见此处廊柱倾斜，屋檐破裂，落叶堆积的回廊之上交杂遍布着鸟兽足迹。

李生虽说心里有些打哆嗦，可这般时候哪里还能计较，凑合一夜便也罢了，便在厢房落下脚，将手中弓箭一干工具置于身旁，阖眸少憩。

虽是静心休息，李生却也十分警觉，时刻注意着周围动静。庙外已是明月高悬，庙前那株参天大树漆黑粗壮，两三点星光透过层层掩映的枝丫挥洒而下。

忽地传来一阵异样声响，也辨不出是人语还是兽鸣。李生侧耳细听了一阵，倒觉得像是皇帝或大官出行时，前头侍卫警戒路人、清道止行之声，而此声还愈发近了起来。

李生心想，这事可是奇了怪了。深山老林，三更半夜，到底是谁还要警戒清道来到此处呢？难不成是强盗土匪，或是鬼怪搅乱？定不是那寻常的贵族官员。

李生细一琢磨，若真是如此，自己如被发现，恐怕是凶多吉少。不如赶紧藏起身来，先观察个究竟，再想想对策才是。

李生左右思量后，便带着弓箭顺着廊柱攀爬而上，栖身梁上，窥看动静。

不多时，警戒之声到了门口，只见队前举着两盏红灯引路，红灯后跟着数个奇怪的人影列队而入，待进到屋内后，行至李生脚下位置左右便停住了。

李生大气不敢出，小心屏住呼吸向下瞧看。红灯之火燃得噼啪作响，灯光明亮。可见为首的那一个，头戴三山之冠，身披淡黄长袍，腰间束着一条玲珑玉带，几步径直走到神案前，背靠神案，坐在了神座之上。其随从约有十几来个，各自手执叉戟，列队左右，立于阶下。

李生借着光亮，发现那为首戴冠的面色黝黑，竟是一副巨猿面庞。再细看阶下列队仪仗，竟也都是猿猴之相。

李生心下明了，果然是妖物一类，就伸手拔箭搭弓，朝着戴冠妖怪射出一箭，正射中那妖物一侧臂膀。妖物惨叫一声，随从妖怪顿时惊慌失措，乱作一团，作鸟兽散状，红灯也消失不见了。

李生又搭好了第二箭，警惕地瞪视下方，虽然屋内一片漆黑，看不清何状，可四周也没了声响，估摸妖物已四散逃遁，不在庙里了。于是，李生便自房梁上翻身下来，和衣打盹，准备待天亮后再去寻那中了箭的妖物。

日出东方，晨风吹散了晚夜冷雾。李生一醒便去查看神座四周，只见堆积的枯叶之上鲜血点点，一路滴出庙去了。

李生一刻未停，沿着鲜血指引，跟了出去。顺着血迹，行至山南垄地。

走了约莫五里路光景，李生发现地上有一大洞，朝阳微露，晨光铺在洞口，可见血滴延伸至洞里去了，但向内望去，那洞内深不见底，漆黑一片。

李生探头瞧了瞧洞里，又回头看了看身后，顾盼之际，不承想脚下土崩而塌陷，一下子失足坠入洞中。

待李生回过神来，先仔细分辨了自己身处何处。此时他仰面朝天，正横躺在坚硬的石板之上。四肢筋骨也并不太痛，想必自己是掉入了洞底。

李生睁开眼来，发觉洞内暗如黄昏，又爬了起来在身边摸索。虽幸身上并未受伤，可好一番寻摸，也未找到所带弯弓箭矢并箭筒等物，仅留下一只皮袋，内里装的是平时为箭头淬毒的毒药。李生也知这弓箭怕是在掉落时遗失，不能再得，心中十分可惜，又站起身在四周翻找查看，仍未寻到。

一股不安随之而来。李生方才意识到，此洞甚深，自己已坠洞底，如何能出？不过多想也是无益，只能信步而行，在幽暗之中探寻向前。

往前百余步，见前方泛有微白光亮，有一巨石横在路中。李生绕过巨石，只觉得顿时豁然开朗，眼见之处亮如白昼。苔藓草丛中有一条小路蜿蜒至远，李生便顺着小路继续前行。

少顷，遇一大石室，入口处有三两个守卫模样、手持叉戟之人，李生来到近前一看，手持叉戟之人一副猿猴相貌，其装束也如昨日庙中所睹。

石室入口上方挂有一张匾额，上题"申阳之洞"四字。李生心想自己昨夜射中的那戴冠妖物，怕就在此洞中。

"来者何人？为何到此？"

一守卫见到李生，目瞪口呆，甚是惊讶。

"小人乃是府城中的医者，平日以医药为生。家中草药不足，遂进山四处采药，没想一时脚滑，摔入洞中，惊扰了各位神仙。"

李生一边说着，又毕恭毕敬地鞠躬行礼。

守卫一听此话，面露喜色，问李生："你既是大夫，那可否治疗手伤？"

李生想，若是大意行事，怕是要引来杀身之祸，此处如何应答尤为重要。而此时，他忽然灵机一动，生出一绝妙的损招来。

"小人身上正巧带有灵丹妙药，服下此药，不仅手伤能愈，还可不老不死哩！"

"当真？大夫您惠然来此，可真是及时雨、天赐的神医下凡哪！我们大王申阳侯昨天出游，手臂被飞箭射中，现今卧病在床，疼痛难当，正需您这灵丹妙药！大夫这边请！"

此守卫就把李生带到了石室之中。只见石室内正坐着昨夜古庙中所见的列队仪仗，个个双目放光。

"大夫且在此稍事休息，小人前去禀报大王！"

说罢，守卫便急急忙忙跑进内里，而李生便也坐在门口榻上静等。

不多时守卫便回来了。

"大王甚是喜悦，请大夫快些请进，为大王治疗吧！"

李生随着守卫进入里间寝殿。过了二重门，再往里去可见内室，上垂锦绣帷帐，十分华丽，室内正中有一石榻，上卧一只老猿猴，口中呻吟不止。榻旁围坐着三位容貌绮丽的女子，似为巨猿侍奉。

"那里躺着的便是我们大王，大王听闻大夫医术，高兴非常。大夫快将灵药俸与大王，助他恢复吧！"守卫瞧着李生说道。

李生听罢，便向大王行上一礼，走上前去。

"多有失礼，容小人看下大王伤势如何。"

大王并未说话，只是呻吟两声以表同意。坐于榻旁的一位女子来到跟前，伸手慢慢解开包扎布料，只见巨猿长满毛发的手臂上赫然一道伤口，鲜血淋漓。

李生靠近，轻抚疮口，说道："不妨事，小人所带之药乃是仙药，不仅药到病除，还可益寿延年，长生不老。此等小伤，服用一次即可痊愈了。"

猿猴大王又呻吟了几声。李生解下腰间皮袋，将其中浸满药液的石棉取出，捻下少许放于那大王手中。

"这些仙药便献与大王吧。"

大王想都未想，抓起石棉便放入口中。

李生一时松了口气，可转念一想，即使结果了这大王，却不知他那群手下将如何对他，遂又紧张起来。

不知何时，那妖猴的三十几个手下都挤在入口处，不住地朝里张望，正等着李生出来。李生心下害怕，却仍照常走了过去。

"请大夫赐我灵药！"

"尊驾乃神人在世，也请赐小人些灵药吧！"

"请大夫也让小人沾沾光吧！"

他们七嘴八舌地吵嚷着，也还动手抢了起来。

李生窃喜，便将石棉全部拿出捻分，周遍赠送，无一漏下，皆发至群猴手中。

忽然，那榻上躺着的大王竟是昏厥了。李生抬头见榻后石壁上悬有一柄宝剑，便几步飞身上去取下了宝剑。

"当啷啷"一声响，利刃出鞘，李生再回过头一看，只见那群手下也早就昏作一团。

猿猴大王已是昏死，再不能动。李生便用宝剑砍下他的首级，那猿猴大王的头顿时滚下榻去。李生又持剑走向猿猴手下，此时他们全都昏死过去，无一丝反击之力。李生毫不懈怠，斩杀了大小妖猴三十六头。

那三位女子伏在榻旁，吓得浑身打战。李生以为此三人也是妖怪，打算一并除掉，提剑便走了过来。

"妾等乃人，并非妖物，被这群妖猴强行抢来至此，还请公子开恩，救救妾身吧！"一女泪流满面，声嘶力竭道。

"妾身当真并非妖物，还请公子相救！"又一女高声喊道。李生便手握长剑，而未砍下。

"你们家从何处？"

"妾身家住府城。"那第二个申辩的女子说道。

李生忽地想起几月前，当地大户钱翁的爱女失踪一事：听闻一天夜里钱家小姐突然不见，钱家鸡犬不宁，费尽心力四处寻找，仍未寻到一丝踪影。钱翁思女心切，便许诺，若是有人寻得钱小姐，就将一半家财赠予此人，并将女儿许配与他。可时隔甚久，竟还是石沉大海，音讯全无。

"姑娘乃是钱家女儿吗？"

"妾身正是钱翁之女，只要公子将妾身送回家中，愿全然以报！"

钱家小姐一边痛哭流泪，一边哽咽说道。

"姑娘们不必担心，小生定然将各位送返家中。"

此时，有五六个长髯老者走了进来。其中有一白衣老人，来到李生面前，施以大礼。

"吾等是虚星之精，久居此地，可妖猴可恶，竟强行霸占，又将吾等撵了出去。待吾等图谋如何夺回之际，正巧恩公至此，击毙凶邪，吾等才得重返家中。大恩不只言谢，特备下薄礼，还请恩公笑纳！"

白衣老者自袖中取出金银珠宝，放在李生面前。

"既有神通之力，为何会被此等妖物欺负，抢占居所呢？"李生疑道。

"恩公有所不知，吾等现下仅有五百岁，而那为首妖猴已有八百岁，因此不能胜他。可终究这妖猴也到了该遭天谴之时，老天借恩公之手斩杀了此妖。若无天谴，如此凶恶妖物，怕是仅凭恩公之力，是万万制服不了的。"

李生现下总算明白老者对此洞天知根知底，便想向其问明出洞之路。

"金银珠宝便是不用了，可否告知小生应当如何出了此洞呢？"

"这又有何难，恩公请闭上眼，稍后便可如愿了。"

李生和那三位女子听从老者所言，闭上双眼，耳边只闻暴风疾雨之声。声音停止之时，李生睁开眼来。只见一只大白鼠领着几只老鼠自他们跟前跑过。李生瞧着那只白鼠若有所思。

群鼠跑向前方山丘，横向挖掘，少顷竟挖出一个如窗户大小的洞来。

李生几人来到洞前，只见洞外好似别个世界，很是奇妙。李生几人便钻入洞中向前走去，不多时，便见到一条熟悉山路。

李生将钱家小姐送回家中，钱翁一见，万分惊喜，便要招李生为婿。而另两位女子也要嫁与李生，李生推脱不住便答应了下来。

昨日还身无分文、迫于生计的青年，一下子娶了三位女子，摇身变成了富贵显赫之人。

后来，李生想起此事，还曾再探过洞穴出口之处，可草木茂盛，丛林高深，再也找不出踪迹了。

# 贾后与小吏

西晋时盗尉部有位少年小吏，生得美貌端庄。

盗尉部小吏大概等同于当下警察局的巡警或雇员，少年又只是做些被人使唤的杂活，因此每月不过领些粮米勉强糊口，比下人、杂役好不了多少。

这天，少年来到京城洛阳的郊外，一来是奉了上官之命到此巡查，二来自己也想寻摸点来钱的门路。

忽然他听到有人在叫："少年郎，少年郎！"

少年心里纳闷，循声望去，看到一个满头白发的老妇人站在那里。

老人不慌不忙地说道："打搅了。老身有个不情之请。我家主人生病，找巫师占卜，巫师说须得请年轻男子厌伏[1]一下才能痊愈。小哥如果肯帮忙，我们一定重礼酬谢。不知小哥儿是否愿意随老身回家一趟？"

"重礼"两字实在让人心动，但少年又有些疑惑——不知什么病必须要厌伏一下才能治好，便问道："您说厌伏，需要我做什么呢？"

---

1　指用巫术镇伏邪祟。——译者注

"不要您特别做些什么，只是帮点小忙。到家您就知道了。"

帮点小忙就能治好病人，还能拿到厚礼，少年觉得这买卖很划算。

"老妈妈要是觉得我行，走一趟也未尝不可。"

"万分感谢！那我们这就动身吧。"

"不知您家在哪里？"

"很快就到。马车已经备好了。"老妇人指了指身后。少年顺着她的手看去，不远处有架一匹马拉的小马车，车子通体漆黑，没加一点装饰，不是外面常见的凡品。有这么气派的车子，主人想必非富即贵。

"请上车吧。"

少年正琢磨，老妇人已经转身迈开脚步朝马车走去。少年赶忙跟上，按她的吩咐上了车。老妇人也跟着上了车，关上车门，又把车窗也严严实实地都挡上。

感觉马车立刻动了起来，少年本想看看外面，只是窗户紧闭，什么都看不到。

"车子狭窄，您别见怪，一会儿就到了。"老妇人和少年并肩而坐，一双眼睛倒显得很是年轻，在昏暗的车厢里闪闪发亮。

少年赶忙回答："没关系的。"车声辚辚，少年的心情也变得轻松起来。

车子显然越跑越快，拐弯时带得人也左摇右晃，使得两人身体不时碰撞在一起。忽然车头抬高，少年身子向后仰去，他赶忙朝前稳住身子，不料车头又低了下去，让他差点趴倒在地。看情形，似乎是过了一座石桥。

随即马车走上了平坦的石板路。这样的路在郊外可不多见，少年猜测自己已经到了城内，只是看不见外面，终究没法证实。不过少年并不担心，他觉得既然对方是听了巫师的占卜来求自己，那总没有害自己的道理。

又过了许久，车子越走越慢，终于停了下来。

"好了，到了。"老妇人说话的语调和开始时不同，变得干脆爽快。她起身开门，下了马车，回身招呼少年道："请下车吧。"

少年下车，好奇地四处张望，想看看到底是个什么样的人家。只见处处雕梁画栋，珍珠卷帘，一派富丽堂皇的景象。

"请吧。"少年正看得目瞪口呆，被老妇人一声招呼才回过神来。

"请问这是哪里？"

"到地方您就知道了。"

"好吧。"少年有些无奈地说。

"请随我来。"老妇人在前头引路，少年如同被拘了魂一般跟在后面。

两人脚下金砖铺地，纤尘不染，不多时来到一带游廊。游廊的栏杆上都镶嵌宝石，旁边珠帘低垂的窗户后飘来阵阵熏香的气息。

廊下不时有年轻女子往来，个个穿得花团锦簇，身上环佩叮当，如同画中走出来的仙女。有些女子和二人擦肩而过，都掩面忍笑，却又毫不忌惮地打量少年的脸。也有些和老妇人互相使眼色，眼里都是笑意。

少年如在梦里，觉得这里全然不像人间，不由得有些胆怯。

"这里，这里究竟是什么地方？"

老妇人似乎不想他多问，回答道："到了这里，您还是不要乱说话的好。这里可不是凡人该来的地方。"

少年心里一颤：不是凡人该来的地方，那就是仙界了？这时前面出现一群年轻女子，大家聚在一处。老妇人冲她们说："官人已经走了，仙妃怎么还不早点出来？"

话虽然也传到了少年耳中，但方寸大乱的他完全不明白是什么意思。没过多久，如同彩云飘落一般，年轻女子们向这边走来。彩云之中，有一位个子低矮的中年妇人，衣着又与众不同，越发华丽无比。等她们快到近前时，老妇人指着中年妇人说："那就是仙妃，你千万别冒犯了。"

少年听她一说，赶忙就地跪倒，趴在那儿一动都不敢动。

"哈哈，"仙妃来到少年跟前，低头看着他说，"起来吧。"

少年战战兢兢，脑子里一片空白，没敢起身。

仙妃伸手握住少年的手，笑着说："你有仙缘，所以才能来到这里，今后必有福报，不必害怕。"

少年如在梦里，默默地站了起来。仙妃牵着他的手向前走去，身后两个婢女跟在左右。一行人进了不远处的一间屋子，少年依旧如痴如醉，边听着仙妃跟自己说话边四下打量。房间里金碧辉煌，仙妃示意少年在自己身边坐下。

"你在人间做什么生计？"仙妃问着话，将一只手搭在了少年肩上。

少年诚惶诚恐地回答："小人在盗尉部做个小吏。"仙妃又问他姓名、年纪、父母，少年如实地一一回答。

仙女又寻根究底地问道："你平常每天都做些什么？有什么有意思的事？"

"我家里穷，每天都为吃的发愁，没什么有趣的事。"

"为什么会为吃的发愁？吃的东西不是到处都有吗？"

"穷人家不是这样的。"

"那我让你以后富裕起来就是了。你有妻子吗？"

"没有。还是因为家里穷，娶不起。"

"真是可怜。"

"唉……"少年长长地叹了口气。

"往后你不用发愁了，我会让你心想事成。"

"多谢仙妃。"

"不用这么拘束，我们两人有天缘。"说完，仙妃用力捏了捏少年的肩膀。

少年这才大着胆子看了看仙妃。她面目青黑，眼角上翘，谈不上美丽，只有两只眸子闪着男子一般坚毅的光。这眼神让少年的心微微放松了些。


照亮窗外珠帘的阳光渐渐暗淡下来，房间里的银烛吐出幽蓝的火焰，桌子上已经摆满了酒菜。少年偷眼看去，只见美味珍馐不一而足，有许多自己连名字都叫不上来。杯盘碗盏也全都由美玉雕成，一看就知不是凡品。

仙妃招呼少年落座后，婢女们立即来到近旁伺候，那个老妇人也在其中。

婢女们为仙妃和少年斟满了酒。

少年心里多少还有些惴惴不安，但看仙妃似乎只想与自己重修未尽的前缘，并没有别的意思，也就大着胆子喝酒吃菜，不再顾忌。

仙妃看着少年的脸，似乎十分有趣，笑着说："别着急，慢慢吃。"

"好的，好的。"少年嘴里答应着，手上的象牙筷子和玉盏都没有停。早上就没能吃饱，因此这会儿比起仙妃，桌上的山珍海味对他更有吸引力。仙妃也喝了些酒，或许是不胜酒力，频频给少年夹菜，很有些小女儿情态。

过了一会儿，少年酒足饭饱。仙妃又拉起他的手，笑着说："吃饱了吗？吃饱了我们到那边去吧。"

"好。"少年答应一声，站起身来。仙妃也站起身，拉着青年向内房走去。早有婢女手持灯盏在前面引路。内房略显狭窄，但装饰得极为华贵。翠绿的幔帐后面有张卧榻，铺着花团锦簇的大红锦被。

仙妃带少年来到床边，说道："我和你前世有缘，因此今天才叫你来。良夜易逝，不如这就就寝吧。"

少年不敢推辞，赶忙殷勤地伺候仙妃。

明亮的灯光下，仙妃眉梢处有个小小的疤痕清晰可见。虽然少年心情激荡，但依旧忍不住多看了几眼。

第二天早上，仙妃笑骂少年道："你还要待到什么时候？再不走，要遭天谴了。"说完从身旁的箱笼里取出几件衣裳递给少年："给你留作纪念吧，就当它们是我。方便时我会再召你来的。"

少年想到要离开仙宫做回贫寒的盗尉部小吏，未免有些怏怏不乐，然而又不能赖着不走，只得接了衣裳告辞。

仙妃招呼老妇人道："你送他走吧。"

老妇人带着忸忸怩怩的少年出了门，来到昨天下车的地方，早有一辆马车等在那里。催促少年上了车，老妇人自己也坐了进去，和昨天一样关了门窗。

马车跑了起来，和昨天一样跑过石板路，越过石桥，又跑了好一会儿才停下。

老妇人打开马车门，稍微侧了侧身，给少年留出下车的空隙。少年有些恋恋不舍，但看看老妇人，只得无奈地下了车。当然，仙妃送的衣服也没忘了拿在手里。

马车就停在昨天上车的地方。

少年还在回味昨天的事情，马车却已经飞一般地绝尘而去。


少年对仙妃念念不忘，第二天便穿着她送的衣服招摇过市。只是这些衣服实在太过华贵，不是一般人家能穿得起的。很快周围便物议纷纷，终于惊动官府，将他抓了起来。

少年哪里经历过这种事，痛哭流涕地为自己辩白道："这衣服是仙妃所赐。"接着便把如何跟随老妇人遇到仙妃，仙妃和自己续了前缘后赠送衣裳，又把自己送回人间的事详细说了一遍。问官又问："那仙妃长什么模样？是否貌美？"

"算不得美女。个子很矮，面色青黑。"

"还有没有其他特征？"

"她的眉梢有块小疤痕，记不得是左边还是右边了。"

听到这里，问官呵呵笑起来，说道："好，好，知道了。那确实是仙妃。既然是仙妃所赐，那就不算偷盗。"

查明了情况，问官将少年放了回去。这个问官便是当时天子孝惠皇帝的皇后贾氏的亲戚。


这便是西晋贾后的故事。

这个故事很早以前就传入日本，演变成了《吉田御殿》等故事。

谷崎润一郎也曾改编过这个故事。

# 驱怪

收录于作者一九二九年出版的怪谈小说，
该书为作者的中国怪谈小说集。

## 退治

原稿现存于日本四国鸟取中古书店，
于首版五十六年后由"悉桑派"
译者探访获得。

# 牡丹灯记

元朝末年，方国珍割据浙东时，明州每年上元节都会举办灯会，连续五个晚上张灯结彩，通宵达旦。满城人都会出门观看，彻夜不眠。

至正庚子年，又到了正月十五，家家户户都在房檐下挂起了灯笼，淡红色的灯光和白色的月光相映成趣。

乔生站在自家门口，远远看着城里的热闹。乔生家住镇明岭下，妻子刚刚过世，因此心中凄凉，不愿往人堆里凑。

天气已经转暖，也没有风，观灯的人来来往往，说说笑笑。人群中不时有三三两两的女眷，都打扮得花枝招展，提着各色灯笼。乔生打量着路上，看到年轻女子时偶尔眼睛一亮，但转眼间就黯淡下去了。

转眼间圆月西斜，行人渐渐变得稀少。乔生不愿回屋，依旧呆呆站着。

这时传来一阵轻轻的脚步声，他循声向东边看去。只见一个小丫鬟提着灯笼，灯笼头上有两朵鲜艳的牡丹花。丫鬟后面跟着一个女郎，约莫十七八岁年纪，穿着青色上衣，生得比牡丹花还要娇艳，只看得乔生神魂荡漾，不能自已。

女郎看到他的模样，不由得一笑，露出几颗洁白的牙齿，又赶忙拿衣袖遮住脸，快步走了过去。乔生两条腿不由自主地跟了上去，想多看那女郎两眼。

乔生脚程快，女郎脚程慢，不一会儿就走了个肩并肩。乔生怕被女郎识破心思，脚下没敢停，越过了她。走一会儿，听不到女郎的声息，忍不住放慢脚步，等她过去。

女郎从他旁边走过，回头又是一笑。乔生看她对自己笑，大着胆子赶上，搭话道："姑娘是去看灯了吗？"

"正是。我带着丫鬟去玩，可惜城里没有熟人陪着，一点意思都没有，就回来了。"女郎声音清脆，说不出的好听。

"我也是呢。今晚就一个人在门口站着，没心思看什么灯会。我家就在附近，家里也没有旁人，姑娘不嫌弃的话，去我家歇歇脚吧？"

"您这么说，我就不客气了。我们正累得不行，想找个地方休息呢。"说完，转头吩咐拿灯笼的丫鬟："金莲，这位公子邀请我到他家中休息，你也跟着来吧。"

乔生带着两人回到家里。到屋里点上灯，招呼她们坐下，打听女郎的姓名住所。女郎俏丽的脸上有一丝倦色，答道："我姓符，名淑芳，字丽卿。家住湖西，原本是奉化人，父亲曾做过奉化州判。前几年父亲、母亲都过世了，家道中落，我又没有兄弟亲戚可以投靠，只能在这里和丫鬟金莲苦熬岁月。"

乔生听完大为同情，又勾起了自己的伤心事，叹了口气说道："姑娘受苦了。我也是，妻子刚刚过世，现在孤身一人。"

"尊夫人过世了？您身边没人照顾，也很辛苦吧？"

"没成婚时倒没觉得什么，只是妻子在世时凡事都有她打理，她这一走，真的是事事不便。"

"说的是。"女郎黑亮的眼睛里泛着一层泪光。


两人谈得投机，当晚女郎就住下了，天快亮时才走。这一天乔生神不守舍，只顾坐在家里等天黑，哪里还记得死去的妻子。

好容易熬到晚上，听到外面细碎的脚步声响，乔生赶紧跳起来开门。门外，一盏鲜红的牡丹灯笼分外耀眼。

此后女郎每晚都来，到天明才回去。

乔生家隔壁住着一个老汉，听他家里每晚都有谈笑声，心里纳闷，寻思："这乔生刚死了媳妇，是谁天天过来跟他说话呢？"两人家的隔墙上有个破洞，老汉蹲下偷偷去看。只见乔生抱着一具红粉骷髅，正坐在床边。那骷髅下颚开合，不知在说些什么。老汉吓得眼前一黑，赶忙离开墙壁，钻到了床上。


第二天天一亮，老汉将乔生叫到自己家里，颤声说道："你可知道自己要遭大祸了？"

乔生不明所以，以为老汉要劝自己不可贪图美色，就装糊涂："我能有什么祸事？"

老汉连声叹气，顿足说道："死在眼前还不自知！再这样下去，只怕你命不久矣！"乔生听他说得严重，这才认真起来，问道："到底是什么事情？"老汉说："我问你，你抱着一具骷髅做什么？"乔生哈哈大笑，说道："老丈，你别吓唬我。这些天是有个姑娘来和我私会，但哪里有什么骷髅？"老汉说："你还笑！你眼里是个美女，我看得真真的，那是一具红粉骷髅！你这是被厉鬼迷了！"

乔生害怕起来，拉着老人问："老丈，没有骗我？"老汉说："我骗你干什么！我听你家每天晚上都有声音传出，起初以为你是在说梦话。后来觉得奇怪，昨晚就从墙上的破洞里偷偷去看，这才发现是一具骷髅。你从哪里把它招惹来的？"

"观灯那晚在门前碰见，之后每天晚上都到我家里来。那么漂亮的姑娘，真是厉鬼？"

"不是厉鬼还能是什么？！"

"可她说自己是奉化人，父亲曾做过奉化州判。眼下只有自己和丫鬟两人住在湖西。都是鬼话？"

“当然啊！我言尽于此，你要是还不相信，自己去湖西查访就是，肯定没有什么独居的小姐丫鬟！”

乔生半信半疑，说道：“多谢老丈直言。她曾说自己小字丽卿，我现在就去查访。”


乔生辞别老汉，径直来到月湖西畔。

初升的太阳冷冷清清，照得湖面上点点亮光。一道长堤贯穿湖中，堤上架着几座石桥。湖周围种着些柳树，还没发芽，丝线般的枝条耷拉着，动也不动。树丛中掩映着几户人家。

乔生沿着湖边，打听有没有一户姓符的人家。也不知敲了多少门户，终于还是一无所获。红日西沉，湛蓝的湖水变成了青黑色。

乔生这才相信老汉所言不虚，一步一挨地顺着湖堤往回走去。

湖中央有座寺庙，名叫湖心寺。好大一座古寺，风景也别致，平常有很多游客。

乔生信步走到寺里，想要在这里歇息一会儿。已经是黄昏时分，游客们早已回家，寺里空荡荡的。乔生走东廊、串西廊，打算找个舒服的地方坐一坐。不觉间来到西廊尽头，一间房子黑洞洞的，门户大开。乔生心中好奇，就走进去看。里面摆着一副棺材，上贴一张白纸，写着斗大的“故奉化符州判女丽卿之柩”。棺前挂着一盏双头牡丹灯，灯下站着一个小小的稻草人，背上也贴了一张纸，写着“金莲”。

乔生吓得魂不附体，拔腿就跑。

回到自家门口，刚要推门，停住手，转身跑到了隔壁。老汉见他进来，问道：“查访清楚了吗？”乔生脸色苍白，上气不接下气地答道：“果然不出老丈所料。”老汉说：“你别慌，慢慢说给我听。”

乔生定了定神，说道：“我去湖西打听，没打听到符家，就想回来。路过湖心寺，因走得乏了，就进去歇歇脚。到西廊尽头，看见有间暗室，也是一时兴起，就闯进去看。谁想里面竟是一副棺材，写着'故奉化符州判女丽卿之柩'。我心里害怕，赶紧跑了回来。"

"我怎么说的来着？那女子就是厉鬼。"

"何止啊！那女鬼带的丫鬟原来是稻草扎的假人。那牡丹灯笼就挂在棺材上面。老丈，我可如何是好？"

"听说玄妙观魏法师是开府王真人的弟子。王真人已经仙逝，但魏法师学全了他的本事，符箓之术天下第一，你不如快去求他。"

当晚乔生不敢回家，就在老汉家里住下了，第二天一大早就急忙忙赶往玄妙观。

魏法师远远瞧见乔生，高声喝道："好重的妖气，你来这里做什么?!"乔生三步两步跑到近前，一头跪在地上，哀求道："我被厉鬼缠身，求法师救我的性命！"魏法师听完来龙去脉，掏出两道朱符递给乔生，嘱咐道："两道朱符，一道贴在门上，一道贴在床边，能够保你平安。只是记得今后万万不可再去湖心寺。"

乔生千恩万谢，回家将朱符贴好，果然一夜平安无事。


过了个把月，乔生害怕的心慢慢淡了。这天他去袭绣桥访友。老友相聚，不觉多喝了几杯，天快黑时才往回走。乔生醉醺醺的，早忘了魏法师的吩咐，嫌湖边绕远，径直走上了湖中的长堤。

长堤两边的柳树才发新芽，随风轻轻摆动。湖中不时传来几声蛙鸣。微风一吹，乔生酒意上涌，不觉间来到湖心寺前。金乌西沉，一轮明月升上天空，照在地上如同下了一层霜。乔生看到寺院，吓得头发倒竖，转身要往回走。

忽然背后有人叫道："公子。"乔生听着耳熟，停下脚步。只听得脚步声响，金莲来到面前，款款下拜，说道："公子怎么总也不来？小姐在家等得你好苦，快跟我走吧。"说完拉住了乔生的手。乔生死命甩手，哪里挣脱得掉。想要站住脚跟，却只见脚底下生出一团灰蒙蒙的雾气，裹着双腿，缠着自己向前跑去。

进到寺里，穿过西廊，金莲一把将乔生推入屋内。牡丹灯点着，为房间里染上一层暗红色。丽卿在灯笼下坐着，哀怨地说道："我与你两情相悦，不想你竟被妖道欺骗，怀疑于我。你对得起我吗？"

乔生吓得牙齿打战，跌坐在地上，嘴里说不出话来，却还想往外爬。丽卿怒道："真是多情女子负心汉！今天既然见面，无论如何也不能再放你走了！"

说完，她起身将乔生拉住。背后的棺材盖忽然打开，丽卿拥住乔生，纵身跳进棺材。盖子又唰的一声合上，屋子里没了半点声息。


第二天，老汉见乔生家里没人，心下担忧，赶忙四下寻找，哪里找得到。后来想起湖心寺里有棺材的事，忙叫上几个邻居赶往湖心寺。来到乔生所说的屋子，只见里面一口大棺材，棺材缝里露出乔生的衣角。

老汉大惊，叫来住持。住持打开棺盖，乔生和一女尸相拥而卧，早已死去多时。那女尸丝毫没有腐坏，容颜依旧如生时一般。住持感叹道："这女子本是奉化符州判之女，十二年前死去，只有十七岁，棺椁便寄放在这里。不久后符州判举家北迁，音信全无，竟把它丢在这里，直到如今。"

众人将女郎和乔生移到西门安葬。之后每到阴天下雨，或是月黑之夜，往往能见到乔生与丽卿携手同行，一个丫鬟手提牡丹灯在前头引路，见到者必然重病缠身。当地人无不又惊又怕，只得前去玄妙观求魏法师禳解。魏法师叹道："我的符箓只解得了事前，如今它们成了气候，我也无计可施。四明山铁冠道人法术高强，你们去求他吧。"

众人依了魏法师之言，攀崖过溪，一路来到四明山。

四明山顶上有一小草庵，庵旁一株大松树，树下一个道人正凭几而坐。又有一童子，在草案前喂鹤。众人连忙上前磕头，诉说缘由。道人听完，说道："我不过一个隐居的老者，哪里会捉鬼？你们找错人了吧。"众人苦苦哀求道："玄妙观魏法师不会骗人，万望道长慈悲！"

老人这才笑道："我六十年不曾下山，如今因为这道士多嘴，少不得要跑一趟了。"说完，招呼童子往山下便走。两人步履轻健，犹如飞鸟一般，众人远远落在身后。等众人疲惫不堪地赶到西门外，道人早已结好了一座一丈见方的大法坛。

道人登坛端坐，画一道符烧掉。顷刻间空中出现三四名武士，个个头扎黄巾，身穿铠甲，披着锦袍，手持长戟。几人降到坛下，并排站好。道人开口道："此地最近有邪祟作恶，惊扰民众，你等可速速将它们捉来。"

武士们哄然答应一声，听令而去。不多时，用枷锁套住乔生、丽卿、金莲三鬼，押了过来。只见武士挥舞钢鞭，将三鬼打得皮开肉绽，鲜血淋漓。

道人呵斥道："你们几个妖物，怎敢作怪，惊扰民众?!"随即又叫人找来纸笔，先令乔生书写供状。

乔生写道：

　　小人丧妻鳏居，某日倚门独立，见符家女而生色心。昔日孙叔敖见两头蛇，断然打死，方能避祸；唐时郑子遇九尾狐，心生爱怜，终于招灾。只因一时心动，如今追悔莫及。

符丽卿写道：

　　小女青年弃世，白昼无邻。虽七魄去了六魄，然尚有一灵未泯。灯前月下，逢五百年欢喜冤家；世上民间，作千万人风流话本。迷途不返，罪实难恕。

金莲写道：

　　某稻草作骨，生绢当肉。埋藏坟中，不知何人制成。面目口鼻，精细堪比活人；又有姓名，不觉便生灵异。而今悔改，不敢为妖。

武士将供状呈给道人。道人看罢，拿起如椽巨笔，写下判词：

古时大禹铸鼎，神鬼奸邪无所遁形；温峤燃犀，水府龙宫俱现其状。幽明异趣，鬼怪多端，遇之不利于人，遭之有害于物。故大厉入其门则晋景公死，妖猪啼于野而齐襄王殁。降妖为祸，兴灾作孽。是以九天设斩邪神使，十地列罚恶阴司，使魑魅魍魉，无以容其奸，夜叉罗刹，不得肆其暴。当此清平之世，坦荡之时，尔等变幻形状，依附草木，天阴雨湿之夜，月落参横之晨，啸于梁而有声，窥其室而无睹，蝇营狗苟，羊狠狼贪，疾如飘风，烈若猛火。乔家子生犹不悟，死不足惜。符氏女死尚贪淫，生时可知！况金莲之怪诞，假明器而矫诬。惑世诬民，违条犯法。狐绥绥而有荡，鹑奔奔而无良。恶贯已盈，罪名不宥。陷人坑从今填满，迷魂阵自此打开。烧毁双明之灯，押赴九幽之狱，沉沦暗狱，永无出期。判词已具，主者奉行。急急如律令！

写完判词，武士们拉着三只厉鬼便走。待武士消失不见，道人也起身和童子飘然而去。

第二天，众人来到四明山顶的草庵，想要叩谢道人。道人却已不知何处去了，只剩空空一座草庵。

第三天，众人再到玄妙观打听道人的行踪，魏法师竟生了哑病，不能再开口说话了。

# 雷峰怪迹

俗话说，上有天堂，下有苏杭。

这杭州自古以来便是繁华富庶之地，物华天宝，名人辈出。杭州有西湖，西湖南北两岸的山上各有一座五层高塔。北岸的塔名为"保俶塔"，南岸的高塔名为"雷峰塔"。日落时晚霞镀塔，犹如佛光普照，动人心魄，因此被列为"西湖十景"之一。

雷峰塔本是吴越国王为庆祝王妃黄氏得子所建，但《西湖佳话》中记载了一则关于它的动人故事，至今仍在民间流传。

话说宋高宗为金兵追袭，南渡长江逃到杭州时，杭州城过军桥黑珠巷内住着一个年轻男子，名叫许宣。许宣自幼父母双亡，跟着姐姐长大。姐夫李仁在南廊阁子库做幕事官。李幕事的弟弟李将仕在官巷开一家生药铺。许宣平时在李幕事家里住，白天就到表叔的生药铺做主管。

这时许宣二十二岁，相貌清秀，隐隐然有贵公子的气质。这年恰值清明，许宣要去保俶塔寺里烧香，祭奠祖先。当晚先和姐姐说了，第二天早早起身，买了些纸马、香烛、经幡、纸元宝之类。吃过饭后，换了新衣新鞋，将一应物品包好，先到官巷口的铺子对李将仕说道："小侄要去保俶塔追祭祖先，还请叔叔准一天假。"

清明祭祖本就是当地习俗，李将仕连连点头道："这也是你一片孝心，路上谨慎些，快去快回便好。"

许宣离了生药铺，往钱塘门方向而去。这天阳光很好，晒在身上仿佛初夏一般。一路上尽是去往寺里烧香的男女施主，有骑马坐轿的，也有人乘舟前往，顺便观赏西湖美景。

许宣出钱塘门，过石函桥，登宝石山，径直来到保俶塔。寺里已经有许多人在烧香磕头。许宣也在正堂前焚香，烧了纸钱纸马，点上香烛，跪拜祷告。又到客堂用了斋饭，布施了和尚，这才反身下山。

待来到山下四圣观，突然云生西北，雾锁东南，只见氤氲之气托高塔，层叠孤山镶银线，不一会儿，下起了微微的细雨。

许宣站在四圣观的屋檐下，眼看淡墨色的云彩慢慢染遍天空，雨也越下越大，丝毫没有停下的意思，心里焦急，便脱下鞋袜，拴在腰上，打着赤脚走了出去。

许宣出门时未曾带伞，打算寻一条船回涌金门。这雨下得突然，许多行人躲避不迭，四处找地方躲藏。许宣急忙忙来到湖边，只见湖中许多小船都被雨点打得左右摇晃。

这时一个老人，头戴斗笠，摇着乌篷船正打东边过来。许宣看他面善，打眼一瞧，正是熟识的张老汉，连忙叫道："张阿公、张阿公。"

老汉闻声，抬头往岸上看。许宣忙道："张阿公，是我。带我到涌金门去。"老汉这才从人堆里找出许宣，笑道："我当是谁，原来是许主管。快上船，别被雨淋出病来。"嘴里说着，早停下橹，将船靠在岸边的沙滩上。

许宣忙就着水边洗净脚上的泥沙，登上船头。

张老汉撑船继续往东，还没走出多远，岸边有人叫喊："船家，船家，载我们一程！"许宣从船舱里探头去看，却是一个身姿窈窕的女子，带着一个穿青衣的女婢，手里捧着小包。许宣心善，见这情形，便和船家商议："张阿公，捎她们一程吧！两个弱女子，哪里禁得住雨淋？"

张老汉点头称是："想必也是来上坟的，遇了雨，捎她们一程也不妨事。"这时雨势已经小了些，小雨像丝线一般落在船上。两个女子上了船，赶忙向船家道谢。张老汉笑道："没关系的。二位娘子请到舱里坐。"二人又道过谢，进到仓内，看到许宣已经在里面了，也向他深深道了个万福。许宣反倒慌了，往后缩了缩，小声说道："娘子请坐。"

女子依言，斜斜地坐下。一股香气，似有似无，在船舱里散开。许宣眼睛都没地方放了，低头看着脚尖，窘迫之中又好奇女子的模样，不由得又抬眼偷瞧她。不想女子一双黑亮水润的眼睛正盯着自己，许宣忙把头撇向了一边。

"请问官人高姓大名？"女子落落大方地问。

"小可姓许，名宣。"

"不知您住在哪里？"

"家住过军桥黑珠巷。"许宣的语调稍稍平稳了些，"敢问娘子芳名？"

"奴家姓白，是白三班白直殿之妹，嫁在张家。丈夫于去年过世，今天便为他扫墓，不想遇到大雨，还好搭上了官人的船。"

"原来如此。小可自小父母双亡，现投靠在姐姐家中，平常在亲戚的生药铺里帮忙。今天去往保俶塔寺祭奠，看到下雨，便想雇条船回去，也是巧了，正碰上娘子在湖边等船。"

雨丝轻薄，船如同穿行在薄雾中一般，沿着府城的城墙不断向南而去。两人谈谈笑笑，颇不寂寞。许宣已经没了初见面时的窘迫，和女子说得很是投机。只是女子身旁的婢女，不知是无聊还是怎的，身子扭来扭去地不肯安分。

不知不觉间，船已到了涌金门外，雨却还没有停。女子忽然忸怩起来，眼睛绕自己周身扫了一圈，一脸窘迫地凑到婢女耳边小声嘀咕。婢女眼角含笑，也低声回应。半晌，女子别过脸去不说话。婢女招呼许宣道："喂，有事情想要拜托你。"许宣连忙答应："请讲。"

"今早出门时走得急，忘了带钱在身上。官人可否将船钱付了，等我们回家拿了钱立刻就还你。"

"我付了便是，不用还。"

说话间船靠了岸，许宣打开腰间的钱袋，掏了些铜钱放在舱内。

女子低声道谢："深谢官人。"说完和婢女一同下了船。许宣看看鞋子还没干，赤着脚也上了岸。女子正在岸边的柳树下等他。

已经是日落时分，四下里灰蒙蒙的。女子敛首说道："今日多亏有官人在。官人是否随贱妾前往寒舍奉茶？也好将船钱奉还。"许宣想去，又怕回去晚了被姐姐责问，只能推托道："天色已晚，今天就不去了。"

女子似乎有些不舍，却也没再邀请，和婢女冒雨走了。许宣呆呆站着，看两人越行越远，终于不见。这才和张老汉寒暄两句，进涌金门里，沿着一溜儿屋檐底下，到三桥巷的亲戚家借了把伞。

已经是傍晚，亲戚说要留饭，许宣满心都是刚才的女子，哪里肯听，撑着伞就出了门。

走到洋场头，路边茶棚下站着一个俏丽的女子，正是方才的白娘子。许宣喜出望外，问道："娘子为何一个人在这里？"

白娘子吃了一惊，见是许宣，才敛容答道："原来是许官人。眼见这雨总也不停，奴家只得打发婢女回家取伞，自己在这里等待。"许宣忙将手中的伞递了过去，说道："娘子就打我的伞走吧。"白娘子连连摆手道："使不得，婢女不久就回。"

许宣又将手向前伸了伸，劝说道："我家就在附近，也无须撑伞了。娘子就拿着，赶紧回家。明天我自会去取。"白娘子这才款款下拜，说道："多承厚意。奴家就住在荐桥双茶坊。"

许宣道："明天小生必定登门拜访。"两人道了别，许宣怕白娘子难堪，递过伞便拔腿先走了。白娘子也撑了伞，出了茶棚，款款向南走去。

当晚许宣睡在床上，翻来覆去，眼前尽是白娘子俏丽的脸，心里将白天她说的话想了一遍又一遍。忽然房内传来响动，有人掀开幔帐，来到床边。许宣吃惊，睁眼看去，白娘子一双杏眼正含情脉脉地盯着自己。许宣又喜又窘，想着说些什么，又不知从何说起。

白娘子来到床上。一股香气透入许宣的鼻子，幸福来得太突然，许宣觉得透不过气来，猛然醒来，这才察觉是南柯一梦。

第二天清晨，许宣照旧早早来到铺子里，但满眼满脑子都是白娘子，哪有心情做生意。好容易挨到吃完午饭，赶忙找个由头离了铺子，来到荐桥双茶坊。

许宣沿路寻了半天，没找到白家。四处打听，竟然也没人知道。回头想想，自己不可能听错，白娘子说的就是双茶坊，只能沿着街一家一家地找下去。

不料将双茶坊转了个遍，依旧一无所获，许宣心中怅然，转身想要回家，忽听得街东头有人招呼："那不是许官人吗？"

许宣回头看去，正是昨日那个青衣婢女，忙道："正是小可。今天铺子里无事，便想到府上讨回雨伞。也是才刚走到这里。"许宣怕被她猜到了心思，没敢说自己已经找了许久。婢女一笑，说声"请随我来"，便带着许宣穿街过巷，往外走去。

不多时，一栋气派的大宅出现在眼前，四周被高墙围住。婢女停下脚步，对许宣一笑道："就是这里了。"许宣左右打量，心里有些奇怪：这么大的宅院自己怎么会没有发现？但他也没有多问，跟着婢女进了门内。

两人来到中堂，婢女向内低声叫道："娘子，许官人来了。"白娘子在里面答应道："青儿，请许官人进来奉茶吧。"许宣有些犹豫，不知该不该进去。

青儿催促道："官人不必拘束，请进。"许宣这才定了定神，走进内堂。

屋子两面是四扇格子窗，中间有一道门，挂着一幅青布帘。青儿单手掀开帘子，将许宣让了进去。

里间的正中摆着一张桌子，桌上放一盆虎须菖蒲。两旁挂着四幅名画，背后墙上挂着一幅神像。神像下面有一张香案，案上放着古铜香炉和花瓶。

白娘子迎了上来，妆容齐整，和昨天的素雅又截然不同。想到昨晚的梦，许宣心里一阵紧张。

"昨天多谢官人了。"白娘子深深万福道。

"没什么的。今天我正巧到这附近办事，想顺路来府上取回雨伞，正在路上跟人打听呢，恰好碰到青儿，便跟她过来了。"

说着，两人在桌边坐下。婢女端来茶水，许宣喝着茶，神魂颠倒，完全没听清白娘子说了什么。

坐了半晌，许宣起身告辞。刚要起身，婢女已经捧来了果品酒肴。白娘子挽留道："天色不早，官人不如用过酒饭再走。"许宣再三推辞，却禁不住两人苦苦相劝，草草喝了几杯酒，说道："天色已晚，小可这就走了。"

"官人既然要走，奴家也不便强留。只是还请再稍待片刻。相公的伞昨天被亲戚转借走了，奴家这就让青儿去取来，不会耽搁太久。"

许宣一听，正中下怀，赶忙道："不忙。我明天再来取就是了，今天就此告辞。"

"那明天奴家将伞送到府上。"

"不敢烦劳娘子。我自己来取，明天店里也没什么事情。"

"那奴家在家等候官人。家中只有我和青儿两人，每天也无聊得紧。"

"明日我一定来。今天多谢娘子款待了。"

许宣告别白娘子，青儿送他到了门口。许宣这颗心都系在白娘子身上，双脚犹如云里雾里，不知怎么回到的家中。

第二天来到铺子，略坐了一会儿，哪有心思做生意，找个借口又来到了双茶坊。

青儿早已在门口等候，见了许宣就笑道："许官人来了，快请进。娘子刚刚才念叨过您呢。"

"小可是来取伞的，烦劳姐姐将伞拿来，我就在这里等着。"许宣嘴里这么说，心里却不想早早地就回去。白娘子能出门来和自己见一面，也就心满意足了。青儿一笑，说道："官人别这么说，进来略坐一坐吧。"说完转身进了院里。许宣知道她是回去叫白娘子，心里高兴，侧着头听里面的动静。

不一会儿，青儿回来了，身后跟着白娘子。白娘子见到许宣，忙道："奴家从今早一直等到现在，官人为什么在外面站着，何不进去小坐？"

"今天就不进去了吧。总不好每天都到府上打扰。"

"奴家每天闷在家里也是无聊，盼着有客人来呢。官人如果不着急，就进来坐坐吧。"

"倒是没什么急事，只是……"

"既然没事，就请进吧。"

许宣原本就在犹豫，经不起白娘子劝说，随她来到了昨天的内堂。两人刚面对面坐下，青儿已经摆好了酒菜。许宣心里过意不去，忙说："为一柄破伞，多次叨扰，真是不好意思。"

白娘子答道："今天倒不是专为了伞，官人请用，奴家还有话说。"说完，脸色变得郑重起来。许宣看得痴了，缓过神来，赶忙将眼光落到了桌子上。白娘子给许宣斟满一杯。美人在侧，美酒在前，许宣如在梦里，接连喝了几杯，不觉有些面红耳热。

"不知娘子要跟我说什么？"许宣问道。白娘子又斟了一杯酒，笑道："请官人再饮一杯，奴家才好说话。"边说，边用黑白分明的眼睛看向许宣，将酒杯递与他。一股香气随着杯子透过来，白娘子也跟着靠在了许宣身上。

"神明在上，奴家不敢有半句虚言。自从丈夫去世，奴家一直单身过活，无依无靠。前日碰见相公，便觉有缘，奴家愿与官人永结百年之好，不知官人可有此意？"

许宣有些不敢相信，自己一个孤儿，能和这样大户人家的女子结成夫妇，自然是天大的造化。不过想到自己的处境，不禁默然。

"官人不愿意？"

"哪里。只是小可上无片瓦遮身，下无立锥之地，至今仍投靠姐姐家中，在亲戚的铺子里帮忙，拿什么迎娶娘子？"

"若是官人不愿意，自是难以勉强。如果是为了这个，奴家颇有积蓄，官人不必忧心。"说完，白娘子小声吩咐青儿。青儿出屋，不一会儿拿回个小包裹交给白娘子。白娘子将包裹递向许宣，道："这里有白银五十两，官人拿去用。如果不够，可再来取。"

许宣不接，说道："怎能让娘子破费？"白娘子一笑，拉过许宣的手，将包裹塞给他。许宣收到袖子里，告辞道："既如此，等我打点停当，再来回报娘子。"

青儿拿来伞，许宣摇摇晃晃地起身，拿着伞离开了大宅。

许宣本想当晚就和姐姐商议，但结婚是人生大事，不能轻易开口。当晚无话，第二天许宣早早起身，拿出自己平常攒的碎银子，到集市上买了些鸡鹅鱼肉和果品，又打了一升好酒。回家后在自己房间摆好，请姐姐和姐夫一起吃。

李幕事夫妇不知缘故，跟他来到房里。看到一桌酒菜，李幕事奇怪地问："你是有什么事吗？为什么买这么多东西请我们吃？"

许宣先让两人坐下，斟了两杯酒，说道："姐夫、姐姐，先满饮几杯。我有事情相求。"酒过三巡，李幕事又问。许宣这才说道："我自幼蒙姐夫、姐姐照管成人，感激不尽。最近有一头婚事，很是合我意，希望姐夫、姐姐做主成全。"李幕事拈着酒杯，皱眉对妻子说道："婚姻大事，要考虑周全，不能草率，对吧？"说完就把话题岔开了。许宣还想细说，见话头被截住，也讪讪地不敢再多说。

吃过饭，李幕事飞也似的走了。许宣一心等李幕事给自己回信，等了两三天，李幕事那边没有丝毫动静。没奈何，只得去找姐姐打听。

"我前几天说的事情，姐姐和姐夫商量过没有？"

"还没有呢。"

"怎么还不商量？"

“你姐夫这两天忙，你再等等吧。”

许宣一笑，说道：“我知道姐姐的意思了。你是怕我让姐夫出聘礼的钱吧？钱我有，姐姐大可放心。”说完，从袖中掏出五十两银子递给姐姐。

“这是纹银五十两，不用姐夫出一文钱，只是要请他给我做个主。”

看到银子，姐姐眉开眼笑，说道：“不是你说的这个意思。只因你从没提过成亲的事情，所以我们想从长计议。既然你都安排好了，这银子我先收了，等你姐夫回来就跟他商议。”

当晚，李幕事回家。妻子把许宣的银子拿给他看，说道：“我弟弟这是和别人约定好了，你只要替父母做个主，帮他办个婚礼。我们就答应了吧？”

李幕事拿着银子打量，忽然大惊道：“不好了，要出大事！”妻子不明所以，问道：“不就是一锭银子嘛，能出什么大事？”李幕事说：“你懂什么。这银子是从邵太尉的库里偷来的！他库内的银子都有封印，如今封印好好的，却少了五十锭大银子，临安府悬赏五十两，正捉拿犯人呢。顾不得许宣了，我们得赶紧去官府自首，不然一家人都要身首异处。”

不等天明，李幕事连夜拿着银子前往临安府自首。

临安府韩府尹一见银子，立即派兵捉拿许宣。没多久，许宣就被带到大堂上。“李幕事告你从邵太尉库中盗银，剩下的四十九锭现在哪里？还不从实招来！”

许宣莫名其妙地被带到官衙，听到这番话才知道自己犯了这么大的罪，急忙辩解道：“小人不是贼人，从来没有盗过官银！”

“还要狡辩！这五十两银子不是你交给姐姐保管的？上面有库银的字号，就是物证！剩下的银子在哪里?！”

“小人不敢说谎。这银子是一位姓白的娘子送给小人的。她家就住在荐桥双茶坊的秀王墙对面。”说完，许宣将自己如何认识白娘子，两人如何定下终身之约，自己如何拿了银子，原原本本都招了。听他所言似乎不虚，韩府尹立即下令捉拿白娘子。

许宣带路，公差们拿着捕绳赶往双茶坊。来到秀王墙前，只见一溜高墙围着一栋高楼。屋里黑魆魆的，似乎已经很久没人居住。

许宣一见，惊得目瞪口呆。公差忙跑到邻居家里询问。原来这里早先住着毛巡检，因五六年前一场瘟疫，早已全家死绝，后来再没人居住。最近又有小童不时出来采买东西，不知住的是谁。此地从没听说过有姓白的人。

公差推开大门，许宣跟着进来。只见院内荒草丛生，门户倾颓，全没有两三天前所见的金碧辉煌。公差们分头到各个房间搜查，没有一个人影，几只老鼠被脚步声惊动，从墙角里四处逃窜。最后众人在最里面的一间房子集合，屋内有一个穿白衣的女子坐在床上。

公差们不敢大意，将她团团围住，喝道："我们是临安府的公差。你可是白娘子？现有韩府尹的牌票在此，要带你去讯问许宣银子的事情，跟我们走吧！"那女子一动不动，脸色不变，也不说话。众人又惊又疑，壮壮胆子一拥而上，要捆白娘子。突然间一声大响，如同打雷一般，吓得众人缩作一团。再看时，哪里还有白娘子的影子，床上明晃晃的一堆大银子，数一数正好四十九个。

众人将银锭扛到临安堂上。许宣洗清了盗窃的嫌疑，但私相授受官银，仍然有罪，被判发配苏州。银子交还到邵太尉处，依照约定，邵太尉赏了李幕事白银五十两。李幕事虽然得了银子，但想到妻弟因自己惨遭发配，心中不安，因此专门到牢里去见许宣，把这些银子给他当盘缠。又叫李将仕写了两封书信：一封写给苏州押司范院长，一封写给吉利桥下开客店的王掌柜。

又过几天，许宣被两位解差押出牢房。李幕事夫妇和李将仕早在府厅门口等候，许宣痛哭一场，辞别了姐姐、姐夫。

三天后，几人来到苏州府。许宣将书信交给范院长和王掌柜，两人受了李将仕委托，上下使钱，许宣也没进牢房，就在王掌柜店里住下了。

不知不觉许宣在店里已经半年，每天无事可做，很是寂寞。一天，王掌柜来找许宣，说道："外面有个娘子，坐着轿子，带了个婢女，要见你呢。"许宣心里奇怪，赶忙出门去看。门口站着白娘子和青衣婢女。许宣又惊又气，冲出来骂道："你这贼人，害得我好苦！如今又来干什么？"

白娘子垂首说道："官人错怪奴家了，奴家今日前来，就是要辩明冤屈。"

许宣哪里肯信，破口大骂："你这妖怪，还要骗我，我怎能再上当?!"王掌柜见两人在门口吵起来，怕左邻右舍笑话，急忙将白娘子往屋里请："娘子远道而来，到里面说话吧。"

白娘子想往里走，许宣挺身堵住门口，说："她是妖怪，不能放她进去。"王掌柜打量了白娘子两眼，笑道："哪里有这样的妖怪，请进来慢慢说话。"许宣见王掌柜这么说，不能再拦，只得气呼呼地闪开。白娘子和青儿跟着王掌柜进来，先见过王掌柜的母亲，又望向满脸怒容的许宣。

"奴家既然将身子许了官人，怎么会坑害于你？那银子应该是先夫所盗，奴家毫不知情，没想到惹出这么大的祸端，故而特地前来辩白，若官人仍然怪罪，奴家这就去了。"许宣听了，心意略平，又问道："就算你说的有理。那我跟临安府的公差去时，明明看你坐在床上，怎么一声大响就不见了？还说你不是妖怪？"

白娘子笑道："那是青儿用毛竹片敲板壁，趁着众人吓得六神无主，奴家才能逃脱，到华藏寺前的姨娘家躲了起来。"说着，脸色黯淡了下来："我打听到你发配苏州，连忙备了些盘缠过来看你。你却全不顾念我一番辛苦，只疑我是妖怪。既然这样，我这就告辞了。"

说完，白娘子转身向外就走。

王妈妈慌忙跑来抓住她，说道："娘子远道而来，想必也累了，不如在店里歇息两三天，咱们从长计议。"白娘子不答话，青儿在一旁说："娘子，老妈妈好意挽留，不如就住几天。"白娘子看了一眼青儿，说道："但许官人已经变心，留下又有什么意思。"王妈妈抓着她不肯放，再三劝道："如今事情已经说清楚，许宣也会回心转意的。"

许宣见自己错怪了白娘子，心里也后悔得很，一起过来劝说。王妈妈推着白娘子到了许宣的房间，当晚两人就住在了一起。

光阴易逝，转眼已是二月中旬。

　　一天，许宣和二三好友去卧佛寺游玩。暖风和煦，游人如织，许宣一行夹在人群里看过卧佛往回走。走到寺门前，有个道人正在卖药，赠送符水。

　　许宣凑过去看，不料道人一见许宣，惊叫起来："官人头顶一道黑气，定然是有妖怪缠身，若不小心，恐怕性命难保！"

　　许宣最近正感觉身体虚弱，没有精神，听道人一说，不由得勾起了对白娘子的疑念。赶忙一个头磕到地上，恳求道："请仙长救小可一命。"道人点点头，递给他两道灵符，吩咐道："这里有灵符两道，官人可在今晚三更烧一道，自己发髻里藏一道。"

　　许宣拿了灵符，告别朋友回家。也不和白娘子说话，坐等三更。眼看快到时辰，白娘子忽然叹气，说道："我和你成婚已久，你竟然还不相信我，想要烧符整治我。你我每天同起同卧，你倒说说，我哪里像妖怪了？"许宣战战兢兢，连忙说："没有这回事，哪里有什么符。"

　　白娘子伸手到许宣袖中，将灵符掏出来，就着旁边的灯烧了。过了一会儿，并没有什么动静。白娘子笑道："我变妖怪了没？"许宣分辩道："卧佛寺外的一个道人说我被妖怪缠身，原来是在耍我。"

　　"明天我跟你一同去见那道人，看看到底谁是妖怪。"

　　第二天，许宣陪着白娘子来到卧佛寺。寺内依旧是人潮涌动，热闹非凡。一簇人围着道人，正在那儿散符水。白娘子径直走过去，大喝一声道："你这妖道，还敢在此妖言惑众！"

　　道人抬头，盯了白娘子半晌，叫道："什么妖怪，敢到我这里来捣乱？我行的是五雷天心正法，任你再凶猛的妖怪，喝了都会现出原形。怎样，妖女，你敢喝吗？"白娘子冷笑一声："说得好！请大家都来做个见证，把符水拿来，我喝给你看！"

　　道人倒了一杯符水，递给白娘子。白娘子一口喝完，将杯子还他，笑道：

"怎样，我是不是要现原形了？"许宣及众人眼睛一眨不眨地盯着白娘子的脸，过了许久，并没有任何动静。白娘子喝道："妖道，还敢说我是妖怪吗？"道人目瞪口呆，无言以对。

"你花言巧语蛊惑我夫君，挑拨我两人的关系，实在是情理难容。今日就要对你小施惩戒。"说完，白娘子嘴里不知念了些什么，只见那道人好像被绳子绑住了似的，慢慢地双脚离地飘了起来。

许宣和众人都看呆了。过了一会儿，白娘子说："姑且先饶过你。"吐了一口气，道人摔下地来。那道人身子一着地，赶忙挣扎着爬起，飞也似的跑了。


转眼间又到了四月八日佛诞，许宣一时兴起，要去承天寺看佛会。白娘子帮他换上新衣新裤，又拿出一柄系着珊瑚坠子的金扇子给他，嘱咐道："早去早回。"

来到承天寺，只见卖艺的、唱戏的、买货卖货的，好不热闹。许宣在人堆里东游西逛，听见有人闲聊："周将仕家典库内进了贼，金银珠玉衣服之类被盗走无数，官府正在追查。"反正与自己无关，许宣也不以为意。

这时对面走来一人，正要和许宣擦肩而过，忽然停住脚步，一把擒住许宣拿扇子的手。许宣大惊回头，男人仔细看了看那把扇子和珊瑚坠子，大声叫道："贼人在这里，你们快来！"不等许宣出声分辩，一堆人围了上来，掏出绳索将他捆住，推推搡搡押到府衙。

府尹升堂，大喝道："这衣服和扇子都是赃物，你这贼人斗胆，光天化日之下竟敢穿着招摇过市！剩下的赃物藏在哪里？快快从实招来，免受皮肉之苦！"

许宣连忙分辩道："小人的衣服和扇子都是贱内置办的，绝不是贼赃，请大老爷明察。"

府尹大怒道："现有物证就在你手里，还要狡辩！既然说是妻子置办，那就将她拿下一同审问。你那妻子现在哪里？"

"现在吉利桥的王掌柜家里。"

府尹当即派公差押着许宣来到王掌柜家。王掌柜见许宣被押解进来，大吃一惊，忙问：“这是怎么回事？”

许宣恨恨地道：“又是因那女人吃了官司，她现在可还在家里？”

“娘子见你久久不回，和婢女一同去承天寺寻你了。”

听到白娘子不在家，公差一把将王掌柜捆上，连同许宣又带回了府衙。

府尹还在堂上等待，下首坐着周将仕。见没带回白娘子，府尹决定将两人收监，待抓到白娘子后再行审理。

这时周将仕家的下人来到堂上，报称丢失的金珠衣服全在库里的空箱子中找到了。周将仕慌忙回家，果然东西全在，只是不见了扇子和扇坠。相同的扇子和扇坠并不是什么稀罕物，仅凭这两样东西无法给许宣定罪。

周将仕赶忙回到府衙，将实情告诉府尹。虽然无法问罪，但府尹总觉得事有蹊跷，找个借口将许宣改配到了镇江。

快出发时，恰巧杭州邵太尉命李幕事到苏州办事。李幕事来到王掌柜家，听说许宣改配一事，赶忙给镇江的亲戚写封信，交给许宣。这亲戚名叫李克用，在镇江亲子桥下开了一间药铺。许宣拿了书信，和解差来到镇江，先找到李克用家。李克用看了书信，忙安排酒饭款待解差，又和他们来到府衙，上下使钱，将许宣带回了自己家中。

许宣在李克用家里歇息几天，一边庆幸免了牢狱之苦，一边又恨那妖妇让自己吃了许多苦。

听闻许宣曾在杭州做药铺主管，李克用便让许宣在自己铺子里照顾生意，见他做事机灵，对他很是喜爱。许宣怕其他店员嫉妒，就出钱请他们去酒肆吃酒，也是个邀买人心的意思。酒足饭饱，众人各自回家。许宣结过账后一人走出酒肆，自觉有些酒意，就沿着街边的房檐慢慢往回走。

走到一栋楼下，忽然二楼窗户打开，有人倒了一筐煤灰下来，飞了许宣一头。许宣停下脚，骂道：“不长眼睛的吗?！”楼上一个女人探出头来，看到许宣后嘟哝了一句，又缩了回去。许宣正莫名其妙，那女人已经从门口跑了出来，正是白娘子。

许宣一见是她，气不打一处来，骂道："你这妖妇，害得我好苦！今天既然撞见，定要拿你见官！"白娘子眉开眼笑，说道："官人不要着急，先听我说。两次害你被发配，的确是我不对。但那些衣服、扇子都是先夫遗物，不是贼赃，所以你才能脱罪，不是吗？"

"那我回王掌柜家时，你为何不在？"

"因你迟迟不归，我和青儿两人去寺里找你。听说你被抓走，心里害怕，就乘船来到这里婢女的母舅家借住。"白娘子一番话说完，许宣满肚子怒火早已冰消瓦解，竟随着白娘子回家，两人一晚欢愉不提。

几天后是李克用生日，许宣夫妇买了些礼物来到李家祝寿。

当晚李克用安排酒席，招待亲友。这李克用本是个好色的男子，见到白娘子时骨头已经酥了半截。酒席间，看到白娘子去解手，他也偷偷离席，跟在了后面。扒在茅厕的门缝往里张望，哪有什么如花似玉的佳人，只见一条吊桶粗的白色大蛇盘在里面，两眼如同灯盏一般放着金光。李克用吓得半死，转身想跑，脚却已经软了，一跤跌在地上。

李家的养娘也来出恭，看见李克用昏倒在地，赶忙叫人把他抬到屋里，喂服了药，半天才醒过来。

大家问起缘故，李克用不好明说，只得推脱称自己连日劳累，身体不支，这才昏倒。见李克用好转，众人又回去饮酒。

酒宴散去，许宣回到家中，发现白娘子已经在家等候。见许宣回来，不住地叹气，说道："今晚我心情不佳，所以先回家来了。"许宣不解，问起缘由。白娘子说道："你平常总说李克用是老实人，谁知竟是假老实。今晚我去茅厕解手，他竟尾随在后，意图不轨。真是知人知面不知心！"

"他毕竟是我主人家，又不曾真的奸污你，这次就忍了吧。你也累了，赶紧休息吧。"

"这次虽然侥幸逃了，以后还不知道怎么样呢。我身上还有二三十两银子，不如辞了这里，我们自己去码头附近开个小药铺吧？"

许宣也早觉得在别人家做主管并不自由，不如自己开个店铺。

两人商量定了，第二天许宣便找李克用商议。李克用心里有鬼，也不敢强留。自此许宣和白娘子两人离了李克用家，到码头旁边租了间房，开起了药铺。

这年七月七日，正是英烈龙王的生日，许宣要去金山寺烧香。他再三要白娘子同行，白娘子只是不去。最后白娘子说："你就一个人去吧。记得不要到方丈里去，那里的和尚絮絮叨叨，定会缠着你布施。千万记住，不要到方丈里去。"许宣答应，雇了条船，往上游而去。浩渺的长江上白帆点点，都是去金山寺拜佛的人。

来到金山寺，在龙王堂烧香已毕，许宣信步闲游，不觉间来到和尚讲经的方丈。想起白娘子的吩咐，许宣赶忙撤步要走。这时座上讲经的大和尚忽然吩咐侍者道："那人满脸妖气，快叫他回来。"侍者赶出来时，许宣却早已下山去了。大和尚见侍者一人回来，不再讲经，拿起禅杖追了出去。

此时山脚下忽然刮起大风，江上波涛翻滚，船不能行，众人都在山门前等待。

忽然一艘小船劈开波浪，箭一般地来到岸边。许宣一看，船上站着白娘子和青儿。白娘子看见许宣，急忙道："官人快上船。我看起了大风，特地来接你。"

许宣喜出望外，抬脚就要上船。这时大和尚赶到，冲着船中大吼一声，挥起禅杖要打。白娘子和婢女丢了船，翻身跳下了水。

许宣惊得目瞪口呆，问身边的人道："这和尚是谁？"有人回答："那是法海禅师，算得上当今的活佛。"

正说话时，侍者来叫许宣。和尚见到许宣便问："你在哪里碰到的这两个女子？"许宣将事情原原本本说了一遍。听完，和尚叹道："这也是你们的宿缘。只是你欲念太深，所以才三番两次执迷不悟。幸好你灾难已过，赶快返回杭州，修身立命。她们如果再来纠缠，可去西湖南面的净慈寺找我。我赠你四句偈语，务必牢记：本是蛇妖变妇人，西湖岸上卖娇声。因汝欲重遭他计，有难湖南见老僧。"

许宣吓得浑身打战，辞别法海禅师，来到亲子桥李克用家。李克用听许宣说完，这才将自己生日那晚见到蛇妖的事情和盘托出。许宣因此关了码头旁边的铺子，又回到李克用家做生意。

没几天，朝廷大赦天下，除十恶大罪之外尽皆赦免。许宣也被赦免，想起禅师的吩咐，急忙赶回杭州去了。

到了杭州，李幕事夫妇早已在家等他。许宣赶忙拜见。李幕事等他拜完，开口道："你这番可是遭了罪了。虽说我在苏州、镇江极力打点，但你孤身在外，定然吃了不少苦头。不过这全怪你一个人游手好闲，这才生出许多事来。这次回来，赶快寻一门好亲事，也就没有来路不明的人缠着你了。"

许宣打了个激灵，忙道："小弟已经吃够了苦头，不愿娶妻。"

话音未落，外面人声喧哗，两个女子闯了进来，正是白娘子和青儿。白娘子指着许宣说道："你明明已有妻室，为何要瞒着姐夫？我不就是你的妻子吗？"

许宣身子抖得筛糠一般，哆哆嗦嗦地说："姐姐，这女子是个妖精，万万不要相信她说的话。"

白娘子走近许宣，哭着说道："我与你既是夫妇，你为何总是听信他人，不信妻子？我已经嫁给了你，如今叫我到哪里去？"许宣急忙站起身来，拉着李幕事的袖子往外就走。来到外面，许宣道："那女子真的是白蛇成精，现在却如何是好？"又把自己在镇江的事说了一遍。

"如果真是蛇精，白马庙前有位捉蛇的戴先生，我们可去求他。"李幕事急忙带着许宣来到白马庙，恰巧戴先生正在门前站着，见二人奔自己过来，便问道："二位有什么事情？"李幕事忙道："我家进了一条大白蛇，想请先生收服。"说着，从腰间掏出一两银子，放进戴先生掌中："这些银两先生权且收下，待捉了白蛇，另有厚报。"戴先生收下银子，笑道："两位先回去，我准备一下，随后就到。"

李幕事和许宣先行回家，不久戴先生也到了，手里拿着一罐雄黄，一瓶药水。进门就问："白蛇在哪里？"李幕事将白娘子的房间告诉他。

戴先生来到屋外，只见房门紧闭。戴先生口中念念有词，伸手正要推门，门却自己开了。戴先生心中纳闷，抬腿刚迈进门内，一抬头，只见一条吊桶粗的大白蛇，两只眼睛犹如灯笼一般闪闪发光，正吐着火焰般的红芯子要吞自己。唬得戴先生丢了雄黄，打碎了药水，连滚带爬逃了出去。

李幕事和许宣还在外面等着，见戴先生慌慌张张地跑回来，忙问："先生，可捉到了？"

戴先生上气不接下气地说道："我是捉蛇的，你让我来捉妖怪！差点让它把我捉了去。银子奉还，两位另想办法吧。"说完，一溜烟地跑了。

许宣正和李幕事面面相觑，只听见后院传来白娘子的声音："官人，请进来说话。"许宣吓得魂不附体，又不敢不去，哆哆嗦嗦地来到房里，白娘子和青儿正坐着等他。

"你真是绝情，竟然找个捉蛇的人来捉我！你若是再这样欺辱我，我生起气来，只怕杭州全城人的性命都要断送。"听到这里，许宣脑中嗡地一响。白娘子似乎还在说什么，但自己已经一个字也听不见了。

信步出门，许宣也不知该去哪里，只是不敢停下。等回过神来，才发现自己已到了清波门外。左思右想，正不知如何是好，许宣突然想到法海禅师说过"有难湖南见老僧"，赶忙跑去净慈寺。

见到监寺，许宣忙问："法海禅师在贵寺吗？"

"法海禅师不曾来过鄙寺。"许宣听说不在，只得闷闷不乐地往回走。来到长桥下，没了力气，坐在岸边呆呆地望着湖水。不如我死了吧！我一人死，也就不用连累杭州百姓了。许宣爬上栏杆，正要往下跳，背后有人说话："堂堂男子汉，为何轻生？凡事都有个商量不是？"

许宣回头一看，背后站着法海禅师，背负衣钵，手提禅杖。许宣飞奔过去，叫道："禅师救我一命！"

"可是那孽畜又来纠缠？它现在哪里？"

"就在我姐夫李幕事家中。"

法海将手里的钵盂递给许宣，说道："你拿着我这钵盂回家，切不可让妖精知道。找个机会将她当头一罩，死命按住，切不可松手。我随后就到。"

许宣拿着钵盂回到家中，听见白娘子正在房里指东骂西。许宣强作镇定，推门进来。白娘子见了许宣，忙理了理头发，正要跟许宣说话。许宣趁她不防，从袖中掏出钵盂，劈头死命罩了下去。白娘子哀声大叫，想要拨开钵盂，却总也拨不开。

许宣慢慢按下去，只见她身形越来越小，按到底时，地上只剩钵盂，不见了白娘子。只听钵盂中传来说话声："闷死我了！我与你几年夫妻，你忍心吗？稍微松一松吧！"

许宣一时有些动摇，李幕事进来说："门外有个和尚，说来捉妖。"

"是法海禅师，快请他进来。"

李幕事赶忙跑出去，不一会儿带了法海禅师进来。许宣道："蛇妖就在下面。"禅师点点头，口中不知念些什么，念完，揭开钵盂。白娘子已经缩成七八寸长，傀儡似的一动不动。禅师望着傀儡说道："你因何要缠着许宣？快说！"

"我本是一条蟒蛇，趁风雨大作时来到西湖，和青鱼一同修行。不想遇到许宣，动了情，才做下这些错事。但我从未伤人性命，万望法师垂怜。"

"淫罪最大，本应严惩，但念你千年修行不易，姑且饶你一命，现了本相吧。"

一阵白烟飘过，白娘子变成一条白蛇，旁边一条青鱼在不停跳动。禅师将蛇和鱼收入钵盂内，扯下一幅衣袖，盖住钵盂口。拿到雷峰寺前，埋到地里，又在上面砌一座高塔，令白蛇和青鱼不能出世。

待塔砌好，禅师又留下四句偈语：雷峰塔倒，西湖水干。江潮不起，白蛇出世。

许宣拜法海禅师为师，在雷峰塔下剃度，又化缘将雷峰塔加盖为七层，修行多年后无病坐化。朋辈的僧人买龛烧骨，在雷峰塔下为他造了一座骨塔。

虽是民间传说，但雷峰塔因它成名，故而游赏雷峰塔，便不能不提这则故事。

# 修仙

相传某人曾远赴中国四川省深山修行。据说他只要一运气，脉搏就会停止跳动，他只要仰面挺胸，肋骨就会四分五裂。更有甚者，传闻他可以赤手空拳敲碎人的脑袋。

乍听之下他完全就是一个江湖骗子，但又像是一位名副其实的真言行者。一位在某警察局担任局长的朋友跟我讲述了这个故事，他口中的这个男人的确是个怪人。

他十三岁的时候便千里迢迢前往美国学习马术，以驯服放养的野马为业。他骑在马背上单手执绳，一旦看到野马的身影便立即抛出绳索。绳头的套子套住马头后凭借蛮力将其放倒，然后弃马换骑野马，驰骋于茫茫旷野之上，以这种方式去除马匹的野性。

据说此人修仙的地方是四川省的白龙山，但具体位置不得而知。登山修行的行者们也只是打听到了此山的位置，至于山中情形则一无所知。

他也是行者之一，到达白龙山脚下之后发现四面八方均为悬崖绝壁，根本无从靠近。他只能绕山麓巡礼，以草木果实充饥。

他也曾遭遇过毒蛇猛兽。夜晚在洞穴中寂寞难眠。很多和他抱有同样的信仰来白龙山修行的行者还没找到进山的路就已经精疲力竭葬身于此了。

每当看到这些遗骸时，他总是会虔诚地将其挖坑掩埋，并在墓前献上野花。

浩瀚的森林、广袤的溪谷、湍急的溪流、秋冬之交的冷雨、空中自由的流云、连绵数月的大雪，再加上风声、雨声、雷声等各种大自然的声音。时光就在这日复一日的巡礼中悄悄流逝着，渐渐地他仿佛看到了仙人的身影，如鸟儿一般飞舞在山林之中，但是他已经分不清究竟是梦境还是现实。

转眼间野草已经第三次开花了。

有一天他来到溪谷处找水喝。溪流虽小，但如瀑布般倾斜而下的溪水却猛烈地冲刷着岩石，景象十分壮观。他小心翼翼地沿岩石而下，来到溪边近前观瞧。只见溪流之上有一条如铁链般的藤蔓自对岸的大树垂下，藤蔓的一端在水流的作用下时而漂荡至下游，时而又回到原处，但不一会儿便又被推动至下游。他发现当藤蔓漂至侧面时好像可以顺势攀登至对岸高耸着的岩石平台之上。

前山中已经有红叶悄悄爬上了枝头，夕阳的光线将高山的一角染成了殷红色，眼看夕阳就要沉入身后的深山之中了。他就这样停留在溪边，仔细观察着藤蔓，他坚信这些藤蔓中一定隐藏着进山的秘密。他看准时机，飞身而上。当他双手抓住藤蔓之后，由于重量的增加，藤蔓不再上下摆动，而是开始左右飘荡。

就这样，藤蔓将他带到了对岸的岩石平台之上。三年来他终于成功踏进了白龙山。他兴奋地顺着岩石向前走去。岩石间的密林之内竟然有一条供人通行的小路。喜悦之情蔓延到了身体的每一个细胞。他就这样沿着小路一直向前走去。

树木的尽头是一座石山，夜幕已经降临了。他找到了一个山洞。一轮皓月升起，洞穴之外始终一片光亮。

黎明时分，月光渐渐暗淡下来，他听到有数十人脚步匆匆地从洞前经过。他大吃一惊，慌忙来到洞口。只看见仙人们如鸟儿一般成群结队地奔走着，这情景与他朦朦胧胧之中见到的场景如出一辙。

队伍最后的仙人来到了他的身旁。他赶忙恭恭敬敬地站好。仙人抬起瘦削的手向他招手，分明是在告诉他让他跟上队伍。他追随在众仙身后。最后的仙人也来到了他的身后。

无论是峭壁之上还是树木枝头，他们都如履平地，就这样四处奔走着。之后他们来到了晨雾霭霭的溪畔，然后退去衣衫开始沐浴。众仙都沉默不语，没有一人作声。他也效仿仙人们用寒冷刺骨的溪水沐浴身体。

沐浴过后，仙人们沿原路返回。他也在队伍之中。每位仙人都有自己的洞穴，沐浴归来之后便开始当天的修行，将全身力气聚集至咽喉，然后用尽全力发出"哇"的声音。每天重复一万遍。他找到了一处无主的洞穴开始呼喊，肚子饿了就去寻找树木果实充饥。但是山有山规，绝不能霸占他人之物。树叶上的记号代表了此树已有主人。而且只能在树旁享用树果，不能带回洞穴储存。因此有时虽然已经饥肠辘辘，但仍要走上两三里路寻找树果。

随着修行的逐步深入，他的身体已经如枯木般消瘦，眼角也垂下来，活脱脱一个福禄寿老人。达到此等境界之后只需在月夜朝着山谷呼喊，虎狼便会成群结队汇集而来。月光照射之下猛兽翻越岩石自远处赶来，其场景极为壮观，但这些猛兽却如猫咪般温顺。仙人们也会轻抚它们的头。唯有豹子还没有彻底驯化，因此仙人们只要一见到豹子便会大声呵斥。豹子听到呵斥声便被吓得逃之夭夭。

山中无日月，他就一直过着这样的神仙生活，后来他又自缅甸去了印度。

亥

# 伥鬼

收录于作者一九二九年出版的怪谈小说，
该书为作者的中国怪谈小说集。

悪人の手先

原稿现存于日本关东东京都中古书店，
于首版五十九年后由"悉桑派"
译者探访获得。

# 陈宝祠

有个叫杜阳的人，带着他的仆人，沿着山上的羊肠小道攀行。

人迹罕至的山间腹地，用树木搭着岩石，修起了简单的栈道。道路脚下便是万丈深渊，望之令人胆寒。幽幽的谷底长满苍天巨树，隐约可见郁郁葱葱的树叶随风缓缓摇动。

一轮斜阳，正沿着深谷前方的山峰缺口徐徐下沉。了无生气的夕阳微微泛红，洒在头顶山峰的一角。空谷里偶尔传来一两声夜莺的低鸣。

眼看着日薄西山，也不知天黑前能不能找到落脚之处，杜阳心下不禁有些焦躁。

虽然这些年，杜阳每年都要在这条路上往返一两趟，但实在是路途凶险，一步行差踏错则生死难料，故而虽心下焦躁，然而脚下却半分也不敢马虎。

他随舅父从蒲东老家到兴安做生意，在那里开了一间布店，经常往返于陕西、山西两地行商贩货。

那天，他料理完生意，正要赶回兴安去。

杜阳和仆人一早从陕西褒斜出发。这个刚满二十岁、年少方刚的主人不断地提醒他的仆人这羊肠小道的危险。

"喂，危险，得走这边。"

杜阳个头较小，肤色白皙，虽然看上去甚至还有些孩子气，但却一路神经紧绷。

"喂，那里不能走啊。你不要命了吗？"

山道在前方拐过岬角，仿佛突然消失在悬崖下。那里草木斑驳、乱石林立，夕阳在山风中显得出奇柔美。

仆人和杜阳一前一后，往岬角的方向走去，身侧便是万丈深渊。

脚下的路变得异常陡峭，杜阳怕脚下打滑，走得小心翼翼。突然，前方传来仆人惊恐的叫声。杜阳心下一惊，加快脚步赶上前去看个究竟。

只见仆人仰面倒在地上，一头体大如牛的老虎张嘴正往他胸口上咬。见此光景，杜阳反身想要逃走，慌乱之中一脚踩空，坠下了悬崖。


也不知过了多久，杜阳才苏醒过来。

他睁开双眼，昏暗之中只见四周都是巨大的树木。他暗自庆幸自己从崖上摔落山谷，却大难不死，不禁心下窃喜。

不一会儿，缓过劲来的杜阳想起了自己那可怜的仆人，此刻想必已惨死在那老虎的利齿之下。

杜阳撑着手想要坐起来，只觉得身下积了厚厚一层腐叶，像铺了一层软绵绵的席子。杜阳心想，多亏了这些腐叶，方才没有摔死。

杜阳转头四顾。

四周都是苍天巨树，林子里显得有些昏暗，但透过树梢和枝叶间的缝隙，可以看见尚且明亮的天空，以及山谷上方高耸的山尖。枝叶间有微风拂过。

杜阳四处查看，可有办法返回栈道。怎奈此处恰好是一处谷底，四周全是悬崖峭壁，仿佛一个断口的瓶子。除非背上插翅，否则休想逃出。

刚刚还因为劫后余生而沾沾自喜的杜阳，转眼又坠入了绝望的深渊。

四周天色越发暗沉，杜阳担心地透过树梢往外望。

暮色四合，原本一碧如洗的天空也慢慢蒙上了一层薄雾，山谷上方的山尖没入夜色，不见踪影。谷底一块大石头，像一只蹲在地上的狗，从落叶中露出了狗头。

杜阳万念俱灰，一屁股坐了上去。

夜风逐渐归于宁静，耳边传来远处小溪的潺潺流水声。杜阳心想不能坐以待毙，于是站起身来。

他虽然身处谷底，但仍有遭受毒蛇猛兽袭击的危险。如果继续往前走，则不但有毒蛇猛兽，还有坠入悬崖峭壁粉身碎骨的危险。但也唯有如此，才有找到出路，寻到人家的一线生机。

杜阳拖着疲惫的双腿，踩着满地枯枝败叶摸索前行。走了良久，居然发现从前方的树叶间透出了一丝灯光。那光微微泛红，朦胧摇曳。杜阳心想，那肯定是灯光不会错了，不由精神一振，欢天喜地地迎着光走上前去。

不一会儿，杜阳来到一个空旷的去处，四周不见一棵树，那灯光越发清晰。借着微弱的灯光，隐约可见寻常人家门外的围墙。

杜阳迈开步子径直走了过去。只见居然是一家高门大户，门边另外设了一个亮着灯的小房间。

杜阳长年在外行商贩货，有时候赶路到天黑，便时常寄宿在别人家里。所以，对他来说，上前找一个过夜的地方，亦非难事。

杜阳来到小房间，一边贴着门缝往里看，一边敲门道："冒昧打扰，请问，有人在吗？"

屋里传来一个苍老的声音。

"谁啊？谁啊？这三更半夜的，有何贵干？"

杜阳答道："我是赶路的，不小心摔下了悬崖，还请万万行个方便。"

"什么？从悬崖上摔下来的？"

屋里的人大吃一惊，打开了门，一位长发的精瘦老人走了出来。

"你说从悬崖上摔下来，想必是从外地来的吧？你到这个地方来干什么？"

"唉，我正在山上赶路，不料半道蹿出一只老虎。我慌不择路，一脚踏空摔下了山谷。幸好谷底铺着厚厚的落叶，倒也没受一点伤。"

老人家听完，突然恍然大悟，睁大眼睛问道："这么说来，你就是杜阳吗？"

杜阳诧异地问道："我是杜阳。您怎么知道我？"

"我家主人等您好久了。您先在此休息片刻，我这就去禀告主人。"

说完，老人侧身一躬，请杜阳进门。

杜阳满腹狐疑，但老人躬着身热情相迎，只好抬步走了进去。

"请坐，请稍候片刻。"老人一边为杜阳看座，一边对里屋喊道，"老太婆，快来，有贵客登门。"

杜阳刚一坐下，一位壮实的矮个子老婆婆推开内室门走了出来。

"贵客来了，我得赶紧去向主人禀报。你在这里好生伺候着，可别怠慢了。"

老人吩咐完便走出门房往大院里走去。杜阳想要向老婆婆打听主人的情况，可不知为何舌头不听使唤，怎么也开不了口。

这家人到底什么来头，为什么一早料到自己会摔下谷底，还专门在这里候着？这一切太不可思议了。

杜阳苦于开不了口，满腹疑问憋在心里堵得慌。他突然想到，这里该不会是一处世外仙境，住在这里的都不是凡人吧？若果真如此，倒也说得过去。不过，他实在想不通，既然是仙人，何必对自己以贵宾相待呢？

正胡思乱想间，门开了，老人带着一个小童，手里提着一盏绛纱灯笼赶了回来。杜阳只觉得，那灯笼里的烛光分外艳丽。

"让贵客久等啦。主人正在恭候您，请随我来。"

老人急着进出传讯，气喘吁吁地说道。

杜阳起身还礼道："冒昧相问，贵主人究竟是哪位？"

"您一会儿看到后，自然就知道了。快，这边请。"

说完，老人领着提灯童子在前面引路，杜阳只得紧随其后。然而，他心里却总是不踏实。

杜阳进门一看，果然是朱门大户。里面的建筑雄伟壮观，各处房屋雕梁画栋，堪比王侯府邸。室内灯火辉煌，侍候的仆人往来穿梭，说不尽的锦绣奢华。

杜阳一路留心细看，只见人们三五成群地聚在一起，躲在柱子背后、庭园角落里向杜阳这里张望。其中还有不少描眉画黛的女子，边看边窃窃私语、娇笑嗔闹。杜阳自惭形秽，不敢造次迈步。

"贵客请在此沐浴更衣。"老人说着拉开浴室房门。杜阳已经晕头转向，只是依言跟在后面走进浴室。早有一名童子调好了浴盆里的水，在屋里静候。

"水温刚好，贵客请。"童子说完，弓着腰退了出去。

屋里只剩下杜阳一人。他脱下身上脏透的衣服，捧起舒适的温水揞了把脸，又洗净身上的臭汗。

"换用的新衣为您放在此处。"童子不知何时已经候在身后，此时上前伺候杜阳换上了新衣鞋帽。杜阳心下越发惴惴不安。

"贵客请随我来。"提灯童子早就等在门口，转身领着杜阳往大厅走去。

厅堂宽敞明亮，一位四十岁左右的男子，身上穿着五色的华服，端坐在上。

"那上方坐着的，就是我们家主人。"提灯童子说完，躬身退下。杜阳恭恭敬敬地向上行了个礼。

"哈哈哈，总算把你给盼来啦。"主人说着起身上前，热情相迎。

杜阳如坠云雾，只得依言入席，落座。

"你不必拘束。"主人言辞亲切，然而杜阳心下始终惊疑不定，不敢抬起头来。

"实不相瞒，你与小女有前世姻缘，今夜该当了结，望勿推辞啊。"

杜阳听罢，心下惊惧。

"你不必害怕。你和小女姻缘天定，所以，我才一直在这里等你。"

这时，上来五六名侍女。主人吩咐道："立即准备，为小姐举行婚礼。"

一声令下，仆人们立即开始忙碌起来。

一时间，堂上侍女如云，大家往来穿梭，张灯结彩，布桌铺席。杜阳看得目瞪口呆，心下更加七上八下。

不一时，堂上笙箫声起，人们全都屏声静气。众侍女簇拥着一位身穿丝绣华服、盖着盖头的闺秀走了出来。

"来，姑爷这边请。"几位侍女来到杜阳身边引路。一切如此突然，杜阳更加手足无措。

"去吧。不要误了吉时。"主人也开口催促道。杜阳摇摇晃晃地起身，被侍女半搀着走上了鲜艳的红毯。

一切就位，新郎新娘拜堂礼成。

杜阳鼻中闻得女子身上一股麝兰芬芳，沁人心脾，一时之间心下涌起说不出的愉悦。拜完天地，杜阳恍如梦中，随侍女进入洞房。

他俯首凝视，只见眼前一位绝色少女，低眉垂眼，粉面飞霞，好不羞涩。杜阳怦然心动，眼前女子的光彩容貌堪比射姑飞仙。

"娘子芳龄几何？"杜阳无话找话。

"妾今年十六。"少女俏脸飞红。

"在下唐突，还不知娘子芳名。"

"妾姓陈。"

"令尊官居何位？"

"家父无官无职。"

"哦。"

洞房内红烛摇曳，佳人温言款语。

杜阳满心欢喜，如饮佳蜜。此后数日，家中前来祝贺的亲戚有数十家，看过去全都是大富大贵之人。

众多亲戚中有一位主人的外甥，名叫封生的，长得人高马大、双目如炬，平日里性格暴烈，唯独对杜阳亲近。杜阳觉得与他投缘，两人很快成了至交。

"封哥哥性格急躁，你可得小心才是。父亲打算将来把家业托付给你的，你可得和亲戚们好好相处。"

女子时常这样告诫杜阳，不过他并未放在心上。

春去夏来，女子生下了他们的第一个孩子。亲戚们全都上门祝贺。杜阳和封生两人却抛下众人，躲到女子的内室喝酒。

正值酷暑。两人喝得兴起，封生嫌热，突然脱光了上衣赤膊喝酒。杜阳觉得此举甚为不雅，脸上颇为不悦，责怪道："此处是内眷私房，即使令表妹不在，也该有所收敛才是。"

不料封生听了勃然大怒，呵斥道："你小子休得张狂！你以为自己是何人，就敢在老子面前信口雌黄？我看你可怜，引你到此地享受荣华富贵。你却跟我蹬鼻子上脸，敢对我无礼！你最好少在我面前聒噪，否则别怪我不客气！"

杜阳听了也怒火中烧，不甘示弱。他随手操起身边的铜镜就朝封生砸去，这还不解气，又扑上前拉拉扯扯。

封生一跃而起，张嘴咆哮，吼声震天。杜阳仰面翻倒在地，耳边传来一阵阵如猛虎野兽般的怒吼。

外间酒席上的亲戚们纷纷赶来，合力拉着封生极力劝解，带他离开。

杜阳跳起身来，边追边叫骂道："你这蠢货，疯子，我才不怕你！有本事一决高下，别夹着尾巴灰溜溜逃跑！"

主人站在回廊下，看着杜阳耍酒疯。他的女儿也走上前来。

"老夫原本还想让他继承咱们的家业，可惜啊。今日他如此挑衅封儿，恐怕性命难保。让他快点逃命吧，否则必生大祸啊。"

女子听罢，掩面哭泣。杜阳酒壮怂人胆，冲着封生一通痛骂，顿时觉得胸中畅快了不少，此时正准备掉头回房。

主人开口道："你走吧，若是再待下去会惹来大祸。现在一切都晚了，还是趁早逃出去吧。"

杜阳心下纳闷，前后不过和封生酒后吵了一架，至于赶自己走吗？可见这老爷子心冷肠硬。

"我不过和那家伙吵了一架，这就要赶我走，是不是太小题大做了？何况，那封生也着实不堪，居然在娘子房间里袒胸露乳。我不过好心劝诫几句，他便恶语相向，侮辱于我。事情就是这样，错在封生。如果封生不肯认错，还要再来挑衅，我自己一人承担，绝不牵累大家。这件事，我自己会解决。"

"不，你误会了。老夫知道你没错，但这不是问题的关键。你可能不知道，封生要是动了怒，就算这整座山的人一齐出手，那也无济于事。更何况，你也不会飞檐走壁，根本不是封生的对手。事已至此，多说无益，你还是趁早回去吧，也好叫家人安心。一切都是命中注定啊。"

可是，杜阳却无论如何舍不得离开女子。听到这里，他一屁股瘫坐在地上，只能眼睁睁看着女子靠在自己的肩上，哭得梨花带雨。

"再拖拖拉拉的就来不及了。你们俩送姑爷走。"

主人身旁的两位侍女闻言，一左一右走到杜阳身边，准备拉他走。杜阳心想，自己无论如何也不走。然而奇怪的是，心里干想，身上却使不出一丝力气，就这么轻飘飘地被拉走了。

侍女的手一碰到杜阳，他便立刻变得脑中一片茫然，不知自己身在何方。

过了一会儿，杜阳才总算双脚落地，侍女也放开了他的手。

杜阳举目环顾，只见暮色苍茫中，兀立着一间荒废的祠堂。杜阳记得，这是栈道上的陈宝祠。清醒过来的杜阳大吃一惊，再看那两位侍女，却变成了两只雄鸡，高声鸣叫着往山谷里飞去。

杜阳觉得恍然若梦，竟看得呆了。

当晚，杜阳就在陈宝祠中过夜，第二天继续赶路返回兴安。原来杜阳这一去，已经过了一年多。

舅舅看见外甥平安归来，自是异常欢喜，问他这一年来究竟去了何处。杜阳便把谷底奇遇和盘托出。

不料舅舅说道："哦，说起这个，我倒想起来了，不知道你还记不记得？你十五岁那年，和我一起前往凤县南。路上我们抓了一只雌雉鸡，原本准备到下脚处杀了加菜。当时你觉得那雉鸡可怜，背着我偷偷把它给放了。还记得吗？想必就是那只雉鸡报恩来了。"

这件事情，杜阳自然记得。只不过，他还是想不明白，那暴躁的封生又是什么呢？

于是他向舅舅讨教。

舅舅低头沉思片刻，颔首应道："封生就是那只咬死仆人的老虎啊。《广异记》里，不是就有一位封使君吗？"

后来，舅舅死后，杜阳继承了他的生意，并积攒下万贯家财。他仍如往常一样，每年往返栈道，却再无奇迹。

每每望着自己曾经坠落的谷底，心中总不免怅然若失。

后来，他拿出重金，重新将那陈宝祠修葺一新。

# 柳毅传

唐高宗的时候，有一个书生名叫柳毅。这年他科举落榜，正准备返回位于湘江边上的老家，路过泾河水边时，想起有一位同乡的好友就客居在泾河的北岸，便决定前去拜访拜访。

柳毅走了六七里路，忽然路旁的鸟群飞掠而起，柳毅所骑的马听到鸟儿扑棱棱的声音一下子受了惊吓，向着左边一路狂奔。

马儿脱离正路跑了六七里，忽然就停在路边了。柳毅安抚了马儿，正打算掉转马头，回到正路上的时候，突然看见路边站着一位年轻女子，身边还跟着一群羊。

这位女子容貌美丽，此时却不知因为什么，满面愁容，双目含泪。

柳毅这人，生性十分磊落正直，不禁就上前询问这女子为什么难过。

"失礼了，我见姑娘生得一副好相貌，怎么在这里哭啼难过，满脸哀伤呀？"

女子满眼含泪，但仍礼貌地对着柳毅笑了一笑。

"我本来是洞庭龙王的女儿。受父母之命，嫁给了泾河王的次子。可是我那丈夫好逸恶劳，被贱婢迷惑，宠妾灭妻，对我日渐厌烦起来。我心里太苦，忍不住就告诉了公公婆婆，可哪知道公婆太过溺爱儿子，不仅不劝，还对我万般折磨，最后将我赶出门来。我本想回去洞庭娘家，把这事告诉给家里人，可这里到洞庭湖实在是太远了，我没有办法只能困在这里，回不去家了。刚刚我听到公子好像是要去吴地，那里距离洞庭更近些，不知道公子你是否能帮我带封书信回洞庭呢？"

女子说完又开始低头流泪。

"我也是个性情中人，今天听到姑娘这样悲惨的遭遇，真是让我十分愤慨，请将书信交给我吧，我肯定帮你送到你娘家去。可是，我毕竟是肉体凡胎，要怎么才能进入洞庭湖内呢？"

"公子你有所不知，洞庭南边有一棵大橘树，我们那边的人都叫它'社橘'。你到了洞庭南就去找那棵树，找到之后，解下自己的腰带，再敲树三下，就会有人出来接你了。"

"知道怎样进去就好。姑娘要是有写好的书信，就放心交给我吧，我愿意为你跑这一趟。"

于是女子便从怀中掏出一封书信，交给了柳毅。柳毅接过来放进了系在腰间的包袱里。然后他好奇地问道："我冒昧问一下姑娘，你怎么在这里牧羊呢？"

"公子你误会了，这并不是普通的羊，它们都是雨工。"

"什么是雨工啊？"

"就是掌管下雨、雷电的神物。"

柳毅瞪大了双眼，非常惊讶，又回头仔细看了看那群羊。只见那些羊走路、摆头，都带着点粗狂傲然的样子，很是特别，和普通的羊大不相同。

看着看着，柳毅不禁笑了。

"那好，书信我已经收好了，这就代姑娘把这封书信捎给你洞庭的家中。还只求等姑娘回到洞庭之后，不要对我避而不见才好呀。"

"公子放心，我绝不会这样对待你的。"

"我这就出发，姑娘静候佳音吧。"

说完，柳毅就骑着马向东赶去，等再回头看看女子和羊群时，发现都已经不见了。

过了一个多月，柳毅回到了家乡，立马先回家中放下行李，也顾不上旅途劳累，马不停蹄地赶去了洞庭湖。

他按照女子所说的，果然不多一会儿就在洞庭南岸找到了一棵黄橘树，这就是那棵社橘了。柳毅解下了腰带，敲了树干三下。

不一会儿，就看见湖水泛起波澜，水波分开，有一个武夫从水面下升了出来，走到柳毅跟前行了个礼，问道："不知贵客从什么地方来的？"

柳毅也不清楚这武夫到底是什么人，就没敢告诉他实话，胡乱编道："叨扰了，我其实是特地前来拜见大王的。"

"既然如此，您随我过来吧。"

武夫走在前头，施法分开水面，指出道路，又回头对柳毅说：

"您得闭上双眼，我们马上就到了。"

柳毅依照他说的，闭上了眼睛，果然身体就自行瞬移了。

"到王宫了。"

柳毅抬头，只看见眼前宫殿楼阁鳞次栉比，前前后后长满了各式各样的奇花异草、珍稀树木，简直无所不有。走了几步，就来到了大殿上。

宽敞的大殿内，殿柱是用白璧做成的，台阶是用青玉铺砌的，床是用珊瑚镶制的，辉煌华丽到了极致。

武夫带着柳毅来到大殿的一个角落，对他说："还请您在此稍等一会儿。"

柳毅不知道这是到了哪儿，便问："还请您告诉我，这里是什么地方呢？"

"这里是灵虚殿。"

"那大王现在在哪里呀？"

"大王现在正在元珠阁，和太阳道士探讨《火经》呢，不多时就能过来了。"

果然过了一会儿，看见众位侍臣簇拥着一位身穿紫袍的贵人，从宫门那边出来了。

"这就是我们大王了。"

武夫说完急忙赶去禀报大王。这位紫衣贵人听完什么都没说，直接走入了大殿中。柳毅想武夫肯定没有骗他，这人肯定就是洞庭仙君了，于是便向洞庭君行了礼。

"先生不远千里而来，不知究竟有何贵干呢？"

"今日叨扰大王，是在下唐突了。只是因为我之前路过泾河河畔的时候，偶然遇见了大王的爱女正在野外放羊，受着风吹雨打，还在不停哭泣，实在是太可怜了，我于心不忍，和令爱谈了几句。承蒙她的信任，委托我带来一封家书交给大王，所以我今日才过来了。"

柳毅从怀中拿出女子交给他的书信，递给了洞庭君。洞庭君打开信看完，脸上便露出了悲伤的神色。

"这实在是寡人的过错。"

洞庭君用袖子遮住脸，哀声哭了起来。他一边流泪，一边对柳毅说："幸亏小女遇到了先生这样仗义的人，才将这封书信交到了寡人手上，我们一家承蒙您的大恩，寡人必定会报答您的！"

然后有个侍从走到了洞庭君身旁，洞庭君就把信交给了他，嘱咐他将信送入宫内。

"寡人那可怜的女儿，竟然遭受了这样的苦难。"

过了一会儿，就听到宫里传出了女眷的一片哭声。洞庭君慌忙告诉身边的侍从："哭得这么大声，恐怕会让钱塘君听到的，快来人传寡人的意思，告诉宫里再怎么悲伤也好，可别再哭出声来了。"

于是，又有一个侍从赶忙跑去宫里传话了。柳毅心里疑惑这位钱塘君到底是什么人，就问道："这位钱塘君是谁呀？"

"钱塘君是寡人的弟弟，早先尧代时闹过的大水，就是因为他那暴脾气导致的。"

这时，突然天降雷鸣，一阵巨响，大殿内天崩地裂，剧烈摇晃。顷刻间，只见空中飞过一条赤色巨龙，它浑身朱砂般的鳞片，血红的舌头，口中吐着烈火，盘旋翻飞。柳毅哪里见过这样的阵仗，当时就吓得厥倒在地。

"先生别怕，他没有危险的。"

洞庭君亲自把柳毅扶了起来。柳毅听到洞庭君这样说，也就稍稍放下了心，但毕竟头次见到这样的场景，心里怎么都还是害怕的，于是就向洞庭君告辞："今天多有打扰了，既然信已经送到了大王手上，那我就告辞啦。"

"先生别着急回去，您帮了小女大忙，让寡人稍微为您尽些心意吧。"

洞庭君吩咐侍从们摆下宴席，款待柳毅。

宴席上，洞庭君和柳毅互相举杯敬酒，洞庭君将酒一饮而尽，对柳毅的重信重义之举大加赞赏，又感谢柳毅千里迢迢替自己女儿送来书信。洞庭君对柳毅很是喜欢敬重，觉得对他的这份情谊，真是说再多感谢的话都不为过。

不知从哪里缓缓吹来了和风，传过一阵欢声笑语，其中又夹杂了笛箫乐器的演奏声。柳毅好奇地望向外间，看到许多美丽的仙女飘在空中，有说有笑。后面还跟着一人，就是那天他在泾河河畔遇到的女子。

"在泾河受苦的人终于回来了。"洞庭君高兴地说道。仙女们的身影在紫气当中若隐约现，四周还有香气环绕，慢慢地往内宫走去了。

洞庭君离开席面，跟着走进了宫内，过了一会儿又重新出来，和柳毅一起饮酒吃饭。不久，又有一个人同样披着紫袍，手里拿着青玉，容貌俊美却又带些冷漠，走到了洞庭君的身边。洞庭君告诉柳毅："这就是寡人的弟弟钱塘君了。"

柳毅赶忙起身行礼。钱塘君也很有礼貌地回了一礼。

"真是不幸中的万幸，我的侄女得到了先生相助，否则我那苦命的侄女，恐怕就要葬身在泾河那个破地方了。"

钱塘君说话时自带一种傲然之气，一听就是正义刚烈的性情。他对柳毅说完这番话，就看向洞庭君，说道："刚才我离宫前去泾河，巳时就到了泾陵，午时和那边的人开战，回来的途中我便赶到九重天上，把这件事的来龙去脉禀告了天帝。"

"这次伤害了多少生灵？"

"六十万。"

"可糟蹋了庄稼粮田？"

"折损了方圆八百里。"

"那无情无义的小子在哪儿？"

"已经被我吞吃入腹了。"

"那个无情之人的所作所为，确实太过可恶，难以容忍，但是弟弟啊，你这次行事也未免太过鲁莽了。"

这天晚上，柳毅便住在了凝光殿。

第二日，洞庭君又再次在凝碧宫设宴款待柳毅。庭院里安排了盛大的乐队，先是奏起了《钱塘破阵乐》，之后又演奏了好几首天乐，供大家一同欣赏。

第三日，洞庭君又在清光阁设宴款待，钱塘君喝醉了酒，借着酒劲和柳毅说："有番话要和先生讲，我对先生有个不情之请，先生是正义君子，请您娶我这个可怜的侄女为妻吧。"

柳毅听完，觉得钱塘君的话里多少带着逼迫他的意思，心里觉得不怎么爽快，就态度严肃地拒绝道："这几日看钱塘君是个刚直英明的人，能舍身慷慨救人于水火之中，原本以为这世上没几个人能像您一般，我心中对您也是敬佩万分，可是，如今您却不讲道理，用自己的威风逼人就范？还请钱塘君恕我无礼，您这样借着酒劲逼我成婚，我是无论如何都承受不起的，还望您三思。"

钱塘君听罢，才知道原来是自己说话冒失，有失分寸了，赶紧谢罪道："是我醉酒失言了，请先生千万不要介意啊。"

话一说开，两人就没有嫌隙了。而且经过这次谈话，柳毅和钱塘君还成了知己好友。

第二天，柳毅就要告辞回家。洞庭君的夫人在潜景殿设下宴席，为柳毅饯别。夫人还特意准许了宫中的男女宫人都来参加。

那位在泾河遇到的女子就端坐于夫人的身旁。夫人唏嘘难过地对柳毅说："唉，不知道和先生今日一别，以后还有机会再见吗？"

柳毅虽然没有答应钱塘君的请求，但此时再见到那女子，又有点后悔，不忍心和她告别。

柳毅叹了叹，也只能眼里带着万分炽热的情感，默默地望着女子。而那个女子低着头，偶尔抬眼瞧着柳毅，眼里也都是哀伤的神色。

宴会结束后，柳毅就辞别王宫返回家去了。等他出了江岸，就看到有十几个仆从，挑着满载珍宝的行囊跟随在他后面。那些珍宝也都是洞庭君所赠。

之后，柳毅带着这些财宝礼物搬到广陵居住，开了一家珠宝店，售卖这些宝物。没过多久，他就赚得百万钱财，家门富足，成了大户人家。

柳毅算算年纪，感觉自己也该成家了，就下聘迎娶了张家的小姐，可惜不久之后，妻子就去世了。之后，他又娶了韩氏，没想到两三个月后，继妻也故去了。

于是，他就搬家去了金陵。鳏居单身久了，柳毅常常感到孤独寂寞，独自生活又有很多不便的地方，就又聘下范阳的卢氏。

两人第一次见面时，柳毅就感觉卢氏的相貌模样和洞庭君的女儿十分相像。之后，柳毅回忆起了前尘往事，突然非常感慨，就和妻子说了那年自己和洞庭龙女的奇妙故事。

过了一年多，两个人生下了一个儿子。等孩子满月的时候，卢氏叫来柳毅，对他说道："我有话对夫君说，你听完了可别责怪我。其实我就是洞庭君的女儿，现在我既嫁给了你，又给你生下了孩子，才敢将实情告诉给你。"

于是，柳毅就带着妻子去拜见了洞庭君。此后，柳毅又举家搬到了南海，生活了四十年。柳毅虽然年龄一年年增长，可容貌还像壮年时一样，根本没有衰老。

南海当地的人都感到非常惊异。到了开元年间，玄宗皇帝求道成仙，就想和柳毅索要他的精修之道，柳毅被搅扰得无法安居，就又带着家人回到了洞庭去。

开元末年的时候，柳毅的表弟薛瑕当时任京畿令，之后被贬去东南做官。薛瑕乘船去往东南路上，途经洞庭，忽然看见远处水波当中，竟然好端端地冒出一座青山。

船夫惊讶地说："这里原本没有山啊，实在太怪异了！"话音未落，迎面竟有一艘华丽的彩船出来迎接薛瑕。薛瑕也没迟疑就登上了船，乘船来到青山脚下，就看到山上建有辉煌的宫殿，而柳毅正站在宫殿里，笑意盈盈地等着他。

柳毅见薛瑕到了，就伸手递给他五十粒药丸，还对他说："这每一粒药丸，可帮助你延长一年的寿命。等你药丸吃光了，就来我这里生活吧。不要在人世间久居，尝尽苦楚了。"

然后，柳毅摆下酒席招待薛瑕，两人饮酒欢宴，等到宴席结束后，薛瑕便告辞了，两人就此分别。

那之后过了将近五十年，薛瑕也不知到哪里去了。

# 荞麦饼

唐元和年间，许州有一男子，名赵季和，因有要事须前往东都洛阳，离家行至汴州以西一处名为板桥店之所。

这板桥店地界内，有位名唤三娘子的客店老板娘，虽孤身守寡，但以鬻餐为业，常年积累，家中也甚富庶。

店里多有饲养驴畜，若是往来旅者不胜脚力，三娘子便将驴畜低价辄贱相售，济人于难，是以有"板桥店家三娘子，辄贱银钱助马驴"之说，众人皆赞其经营有道，继而声名远扬，知者甚多。

季和外出游历之时，客宿一两夜实为常事，板桥三娘子之名便也早有耳闻，遂自打入了板桥店，就寻人问路，慕名而去。

天色渐晚，灯烛已明。季和来至客店门前，轻扣其门，少顷，一精瘦的老妪开门露脸，状似寻声问由。

季和未有多想，便知眼前这老妪就是那三娘子，躬身说道："小生路经此地，恰逢时辰已晚，不便赶路，久闻贵店待客亲切之名，特意寻来此处投宿，怕是有所叨扰，还愿店家婆婆通融一下。"

闻言，老妪一脸慈眉善目，蔼然笑道："客官何出此言哪，哪里称得上叨扰，小店才是多亏各位客官照拂，来来来，外面天黑夜凉，快些请进罢，现下正为各位客官备膳，如若不嫌，便一同用些便饭可好？"

季和抬眼向店内一瞧，见屋内摆着一张长桌，现下正有六七个旅人围坐对饮。长桌上摆着几件碗碟，正散着袅袅热气。

老妪将季和引入店内，手向长桌旁的空位上指了一指，道："客官想必舟车劳顿，快请入座歇歇脚罢，老身这就去准备酒菜，且稍事片刻。"

季和向来不胜酒力，便是滴酒也能醉得七荤八素，遂向老妪道："小生素不饮酒，便有劳婆婆只替我备些吃食罢。"

"但饮一杯如何？"

"谢过婆婆美意，但小生实在不胜杯勺。"

"那便也罢，还请客官入座稍歇片刻，老身这就为客官布菜。"

老妪说罢，便转身进了隔壁屋内。

季和走向长桌，与众客躬身行礼。此时众宾客会饮极欢，席间亦有酒已半酣者。热闹之间，众宾客虽瞧见季和近前拜礼，不过也未放在心上，既有那转头便忘，凑与邻座一起絮絮碎语的，也有那压根未曾注意，醉而自冥、不能自拔的。

不多时，那老妪端来两碟餐食，季和接过独自默然而食。

酒过饭毕，季和随着众宾客进了隔壁堂屋，收拾就寝。

房内亮着灯火一盏，若明若暗，灯影摇晃。众宾客皆醉倦万分，就连席间侃侃而谈仍未尽兴、初进房门还高谈阔论的男子，如今也安然睡下没了动静，没多一会儿便鼾声四起。

唯独季和却是眼底一片清明，辗转反侧，怎得都是睡不着。

正当此时，只听得吱呀一声，不知何人推门进屋来了。定睛一瞧，正是那老妪。老妪四下瞧了瞧熟睡宾客，抬手拿起灯火便要出门去，正巧和尚未入眠的季和四目相对。

"客官还是早些安寝罢，若是休憩不足，精神不够，明天舟车劳顿，怕是要更加辛苦哩。"老妪叮嘱道。

季和闻言轻轻颔首。老妪便出门去了。房内没了灯火照明，顿时便漆黑一片。

季和也想尽早入眠，索性硬闭上眼，放空思绪，奈何心中愈是反复思量，便愈发清醒，前后折腾了半个多时辰，愣是一点睡意也无。季和苦闷难当，烙饼似的翻来覆去，最后只压着左臂侧卧着。

然，季和忽听见些窸窣之声，像从隔壁传来。此房与邻屋之间有一道经年未修、土块龟裂的老墙，隔壁灯火透过墙缝渗过几道微光。

季和一时起了好奇之心，心想倒要看看这隔壁究竟是何许人也，便从榻上爬了几步，凑到墙缝处朝隔壁细细窥探。

一幅玄妙光景映入季和眼帘。那老妪坐于灶前，取出两个六七寸长的木偶摆于身前，又在胸前十指交叉，口中絮絮叨叨念念有词。

季和心想此事奇怪，便眼也不眨地屏息观看。只见那老妪咒语甫一念完，遂起身抄起一旁水桶内的木勺，舀了些水含在口里喷到木偶身上。仔细瞧看，那木偶竟是一只人偶和一只木牛。

季和刚疑到木偶淋水又能如何，却眼见着那个原本平躺在地的人偶，竟似附魂一般活动起来。季和顿时目瞪口呆，便是动弹也不能。而此时，老妪伸手从身边小箱中取出一套小巧犁锹放于地上。那人偶接起农具，将犁套于牛身，又持锹赶牛来回耕作，眼看着不一会儿便将周遭空地翻成一片耕地。老妪回首又从箱中抓出一把荞麦种，授予人偶种下。

转眼间，耕地里青苗丛生，生茎发叶，继而花开簇簇，花儿洁白，茎儿艳红，相应而生。须臾，花落而麦熟，黑压压郁郁葱葱。老妪又自小箱中拿出一柄小镰刀交于人偶，人偶持镰收割打麦，将打出的七八升荞麦收好摆在老妪跟前。

老妪将荞麦尽数倒入屋角石磨中，未出小半个时辰便磨成面粉。老妪以筛过面，去糟留精，而后收木偶于农具箱中。

耕地恢复原貌，未留痕迹。老妪将白面以水和开，团成八张面饼。季和直直盯着老妪的动作，想看她究竟要用这面饼作何用处。

老妪瞧着团好的面饼悄然一笑，手持灯火走出门去，屋内遂陷入黑暗。

季和回到榻上，左思右想，总觉古怪，老妪做那些荞麦饼究竟何用？却骤然想起荞麦饼有八张，而屋内宾客也恰有八人。那老妪莫非要将这饼当成吃食献与宾客？可又为何要用此等奇门法术做饼而食？

怪事当中必有缘由。想到此处，季和不禁心生惧意。

鸡鸣天亮，众宾客起身待发。季和虽昏昏欲睡，但仍闻声而起。

随后老妪推门而入，满脸堆着慈眉善目。

"老身备了些荞麦饼，尚还温热，各位客官若是收拾妥当，且来垫垫肚肠，也好上路哇。"

众宾客便带着行李往入口去了。季和心思一动：这饼莫非就是老妪昨晚做的那饼？他一时惊恐，觉得那饼煞有蹊跷，笃定心思便是一口也不能动。思罢，就随着众人一同去了正门前厅。

入内，就见大桌食盘上盛着八张大饼，正是昨晚老妪做的荞麦饼。

"有劳婆婆费心准备，可小生自破晓时分便腹痛难当，此时怕是什么都难以下咽，多谢婆婆了。"

季和从怀中掏出几锭银子交与老妪手中，起身离去。才出门，又实在好奇吃下那饼的宾客究竟如何，脚下一转，躲在屋旁，贴着门缝向内瞧看。

那七位宾客围桌而坐，捧饼而食，津津有味，片刻便吃个干净。饭毕，有两宾客自榻上起身，看似并未有何怪异之处。

季和刚放下心来，却见那起身的宾客突地弯腰伏地，而其余宾客亦随即相继而伏，后作驴叫，须臾间皆变成驴子模样。

季和顿时惊得目瞪口呆。屋内哪里还有宾客踪影，只有六七匹驴子绕桌而立。

此时老妪手持鞭子进入房来，开了后门，赶着驴子去了店后，又尽没其财货。

季和看罢始末，自是心惊肉跳，却匆忙上路并未声张。虽是如此，他心中自有一番计较，便从东都归来时，又前往了三娘子处。

"您可是曾来过的客官罢？承蒙您关照，快些请进。"

老妪和蔼可亲，将季和迎入店里，又备了晚膳，让季和与其余两三宾客同桌而食。

当晚店内也有五六宾客。酒过饭毕，众人便入内室而寝。季和心中谋划，只裹着被褥佯装熟睡。

少顷，三娘子便来取走灯火，房里漆黑。季和睁眼循着上回的老墙查看，不一会儿就有星点光亮透射过来。季和钻出被窝，扒着墙缝朝隔壁房里窥探。又见那老妪坐在灶前，正将木偶从边上小箱取出。

季和不禁嗤笑，又见老妪同上回一样，十指交叉而握，对着木偶口中念咒。念完便含上一口桶中水，喷于木偶身上。木偶起身耕田播种、收割荞麦，过后老妪又将木偶收于箱中，磨好荞麦面，和水做成五张面饼。

翌日一早，五人走入正门房内。那大桌上仍是摆着五张荞麦饼，老妪来到近前引众人去桌前用饭。季和怀中原有一张早前备好的饼，便趁老妪不备之时，偷换了桌上荞麦饼，又装作若无其事般将它呈到老妪面前，说道：

"有劳婆婆温酒热饭相待，这乃是小生昨日路上所买烧饼，味道甚好，婆婆若不嫌弃，还请尝上一尝。"

"多谢客官挂怀，既是如此，定然不能推却，便与老身尝尝罢。"

老妪不疑有他，接过饼来便用了。季和甚是聪明，拿来自带的饼吃了起来。

不多一会儿，他便瞧见那老妪弯腰伏地，立即变为驴，而其他四位宾客亦变身成驴。季和奔将过去，飞身一跃，竟是骑到老妪变的那驴背上，心满意足，又道："如何，纵使你有千般法术，也敌不过小生细心计谋！"

四年之后，季和骑驴进入关中。到了华山庙东五六里处，路旁忽遇一老者。老者见到季和与驴，便拍手大笑。

"板桥三娘子，如何竟成这副模样？"

随后便伸手抓住驴嘴，对季和说道："这三娘子虽有罪过，经君一番教训，想今后必不会再犯，还请放之。"

季和闻言翻身下驴，只见得老者于驴口鼻边，以两手掰开，三娘子便从驴皮中脱身而出，宛复旧身。

三娘子向老者作揖礼拜，千恩万谢，然后便脚底抹油，不知所终了。

# 绿衣人

日渐西落，夜幕沉沉地轻洒在路上。

青年赵源正在自家门前徘徊，等着一位少女。每天的这个时辰，她便会从此处经过。

那少女看上去似有十五六岁，身着绿衣，肤白清丽，头上梳着双环髻，也不知是哪家的女子，也未曾搭讪介绍。可自从赵源与她第一次见面，便被她湿润灵动的双眸所吸引，为之倾倒。于是，便每晚此时在门前等候。

次日晚、后日晚，皆遇到少女经过，二人之间似乎也逐渐熟稔起来。

此时正是第四日晚上，赵源决定与少女搭讪几句。

赵源从未做过与女子搭讪之事，自第二日晚再次相遇，便就设想要与少女言至几何，若有郎情妾意，便邀少女来自己家中做客闲聊更好，可每每总是错失时机。

赵源原是天水生人，此番游学至钱塘，借居于西湖葛岭山下，邻家一处荒废旧宅，正是宋代贾秋壑（贾似道）的居所。

赵源早丧父母，又未有妻室，孤身一人，至今也未有知心知热之人陪伴，忽见此少女，竟然觉得心可相依，能将这孤身之苦、烦人之困皆与她倾诉。

不多时，从邻家荒地处隐约看到一抹绿衣，便是那少女又来了。不多时少女便来到跟前，那漆黑双眸看向赵源。

"敢问姑娘家住何处，怎得经常从此经过？"

赵源略显紧张地开口问道。女子闻言，眉眼弯弯，笑了起来。

"妾身家乃是郎君邻居，郎君不认识罢了。"

此附近确有几家大户宅邸，估摸少女便是其中某家的姑娘，可赵源一个外乡之人，居于此处并无多久，一时也判断不出少女究竟住在何处。

"原来如此，小生近日才搬至此处居住，不知姑娘所言邻居是在何处呢？"

"就是郎君邻家呀！"少女靠近赵源笑着答道。

"那姑娘可愿移动芳步，且来小生家中做客畅聊，熟悉一番可好？"

"郎君可是独身一人？"

赵源伸手轻抚那少女纤纤素手，说道："小生正是一人，姑娘请来坐坐如何？"

说罢轻握住了少女的手。只见少女羞红了双颊，却也未曾甩开。

"那好，妾身便叨扰片刻罢。"

赵源又拉起少女的手，少女也并未反抗，而是更贴近了赵源。

他细心护着少女走入家中，那狭窄屋内，仅亮一盏灯火，便是方才赵源出门时随手点的。赵源拉着少女挨着自己入座。

"家中并无他人，姑娘无须拘谨，随意些便好。"

少女一直笑意盈盈地望着赵源。

"姑娘方才说是小生邻家，不知究竟是哪府女眷？"

"如今郎君可能分辨得出吗？"

"这，容小生思考一二。"

赵源故意装作仰头沉思状。

"姑娘似乎一到傍晚，便总是要途经此地，可是去往何处呀？"

"并无可去之地，只不过每到傍晚，便觉得寂寞难耐，出来闲逛消遣而已。"

"既然姑娘内心寂寞，不如今晚留下，你我二人絮语畅谈可好？"

于是少女那晚便留宿赵源家中，两人极尽亲昵，次日清早她就告辞而去。

自那晚起，少女每夜必定来赵源处留宿，清晨离去，无一日断绝。而她却始终未告知赵源自己究竟姓甚名谁，家住何处。赵源心痒难耐，曾几度欲开口相问。

"姑娘既不愿告知住所，总得授之芳名罢，姑娘芳名为何呢？"某夜，赵源忍不住问道。少女听罢，回曰："那郎君说，妾身名何呢？"

说罢便笑了，但仍未说其真名。

"你我二人已有这般亲昵，便将真名告诉于我又有何妨？"

"再过些日子，怕是郎君不愿知晓也会知晓了，何必特意再问妾身呢？"

"可小生仍是好奇，不过是个名字，告知于我又有何不可呢？"

"郎君既已得美娇娘，又何苦非要执意知其姓名呢。若郎君非要称呼，妾身总着绿衣……"

说着，抬起一手贴于胸前，轻抚片刻，接着说道："便称妾身为'绿衣人'吧。"

少女似觉有趣，说罢便笑了起来。赵源也被感染，朗声大笑。

"说来，名字也就不过是一代称罢了，小生便遂姑娘心意，称姑娘一声绿衣人了，那姑娘可否也告知家住何处啊？"

"妾身家住何处又有何妨，用不了几日郎君便可知了，妾身居所不过与郎君咫尺相近。"

赵源心想，此女怕不是附近大户家的侍女，私奔到此，不敢道出实情。如此想来，脑海中倒似浮现出另一个头梳双环髻的姑娘面庞。

一日夜里，少女来时，便见赵源醉了酒。赵源瞧见少女进门，指着其衣裳，吟了一句："绿兮衣兮，绿衣黄裳……"

这句原是诗经中的。

"外着绿衣，内夹黄裳，说的不正是姑娘你吗？"

赵源玩笑说道，又感有趣，调笑了起来。少女听罢，面露惭色，低下头去。此句源于诗经，乃是描写婢妾之词。赵源也觉少女似有不快，便赶紧改了话茬。

哪知翌日夜晚，少女未至。又连着五六日，都未现身。这日终于再次来到赵源家中。

"这几日姑娘为何不来？可知我多一番好等啊！"

赵源接连几日不见少女，等得又急又恼，一见少女便恼怒说道。

"可那日郎君对妾身说出那般言语，妾身怎敢再来陪伴？妾身本想与郎君白头偕老，郎君却视妾身为婢妾吗？"

"姑娘误会，那日不过因姑娘身着绿衣，见此绿色遂有联想，不过是句玩笑之言，绝无轻视姑娘之心！"

"郎君虽如此解释，可妾身内心仍有怨怼。既然话已至此，怕是郎君已然知晓妾身底细了罢？"

"不，小生确实不知啊。"

"既然时机已到，妾身便全盘相告罢。妾身与郎君原是旧相识，此番相会并非初见。"

"确有其事？小生竟丝毫记不起了。"

赵源虽也想过可在何处见过少女，但一时又回忆不起。少女满面悲伤之情，接着道："郎君听后莫惊，妾身本不是尘世中人。"

赵源深深地凝视着少女。

"可妾身确实并非恶鬼祸患，原是你我之间，仍有旧日凤缘未了。"

赵源细细回想，这凤缘究竟源自何起。

"郎君且听妾身道来。"

"妾身原是宋代贾秋壑平章府内侍女。出生于临安一良家，少时善下围棋，十五岁时，以棋童身份入选贾府侍女，每每秋壑下朝回府后，便会折至半闲堂稍憩，必召妾身陪从下棋，因而深受喜爱。那时，郎君是贾府苍头，职掌煎茶杂务，常须端茶送水至后堂内室。郎君当时年轻俊朗，妾身心生爱慕之情。曾于某夜在一无人暗处等候郎君，赠予郎君一绣罗钱袋寄情，郎君亦回赠妾身一玭瑠脂粉盒。你我二人虽有情意，可贾府内外防范严密，一直未有过分亲密逾矩。怎知后来你我之事被同辈察觉，他们竟向贾秋壑进了谗言，秋壑便将妾身与郎君一同赐死于西湖断桥之下。而今郎君已转世为人，可妾身仍以精魄之身存于世上。"

说罢，少女便低声痛哭起来，赵源亦感伤心，紧抱住少女，说道："若如此，你我乃是再世姻缘，应当更加亲爱，以偿前世未了之愿。"

从此，少女便就留在赵源居所，与赵源做了一对寻常夫妻。少女还授予赵源棋艺，赵源进步神速，未过多久便成为此地第一棋手。

少女时而谈起贾秋壑旧事。当初贾秋壑曾在临水楼宇上饮酒闲望，秋壑的诸位宠妾身着华服围坐在旁。正巧一小舟自栏下驶过，舟上乘着两位少年，头束黑巾，身着白衣，相貌甚是俊俏。一侍妾见此，不禁开口赞道："这两位少年生得甚是俊美！"

偏此言传到了贾秋壑耳中。

"若你这般喜爱此男子，便将你下聘赐婚与他可好。"秋壑冷笑说道。

侍妾以为秋壑不过说句玩笑之语，并未作答，只是赔了赔笑，又望着舟上少年。

不久，酒席间有了处空位，贾秋壑面色冷漠，将那位置上的酒盏拿了起来。此时有侍臣捧来一盒子。

"好，就放在此处罢。"

侍臣将盒子放好便退下了。

"诸位将这盒子打开瞧瞧，这便是为刚才那美妾准备的嫁妆。"

秋壑身侧一女打开盒子一看，众人皆惊，盒中竟是颗鲜血淋漓的女子头颅，正是方才夸赞舟上美少年的侍妾。

贾秋壑又曾偷贩几百船私盐售卖，有学士写了首诗讥讽他：

昨夜江头涌碧波，满船都载相公醔。

虽然要作调羹用，未必调羹用许多！


贾秋壑听闻，就扣以那写诗的学士诽谤之罪，打入牢狱。

贾秋壑还曾在浙西推行公田法，百姓深受其苦，便有人于路边题诗一首：


襄阳累岁因孤城，豢养湖山不出征。

不识咽喉形势地，公田枉自害苍生。


贾秋壑得知后盛怒不已，便将书者抓来，以诽谤之罪流放边远之地。

贾秋壑又曾施斋给千名僧道。人数已满千人之后，又有一法衣褴褛不堪的道士来到门前。

"请也施贫道些斋食罢。"

可贾府主事家丁却不肯施赠。"现已满千人之数，不可再施斋与你了。"

"虽是如此，但贫道也是特地赶来，还请大人通融一二，无须多赠，少许便可。"

主事不得已，只好盛了一钵斋食递与道士。道士食毕，将那空钵倒扣在桌上便离去了。

那主事家丁想收起此钵，可竟未能撼动毫分。无奈之下，又找来五六家丁，众人合力，但那钵仍是纹丝不动。

家丁遂向贾秋壑禀报。贾秋壑闻言甚觉奇怪，便出府来亲手去取那钵，未想竟毫不费力地拿了起来。只见钵下有一纸片，上写两句诗：


得好休时便好休，收花结子在漳州。

"呵，不过是那乞丐道士的戏言罢了。"

秋壑嗤笑道，不以为然，转身进了府内。然而，这短短两句诗，却实在预言了他的下场。

不久，他便失事被贬循州，路径漳州木绵庵时，意欲方便，却在去往便所路上被郑虎臣劫杀。

此前，还有一个船家曾停舟于苏堤。那时正当盛夏，船家难忍酷热，彻夜难眠，便起身探首到窗口吹风乘凉，不经意间望到停船的沙洲之上，竟聚集了三个不足尺长的小人。

船家一时惊讶万分，目瞪口呆地继续窥看。只听见其中一人说道："张公已至，该当如何是好？"

另一个接道："贾平章并非有仁之人，绝不可恕！"

又一个说道："我怕是万事已尽，还请仁兄们见其败亡！"

话毕，隐隐可闻哭泣之声，而后三人便跳入水中不见了。

翌日，渔夫张公在苏堤捕获一大鳖，足有二尺多长，便将它卖与了贾府。果不其然，不出三年，贾秋壑便大祸临头了。

少女叙说着贾秋壑之事。赵源听完，说道："人各有命，气数都乃天定，你我现今虽如寻常恩爱夫妻，可气数尽时，你我仍要分离。你并非肉体凡胎，不像我气数有限。即便于此，你也要与我一起，直至最后一刻吗？"

"纵使是妾身，也难逃气数。妾身气数再有三年便尽了。"

少女一脸悲伤地回道。

三年后，女子果然卧病不起。赵源欲为她请来大夫诊脉，女子却不愿。

"你我夫妻缘分已尽，便要自此分别了。"

随即女子拉住赵源手臂，说其告别之词："妾身与郎君虽经历了诸多祸事，蒙郎君不嫌妾身叨扰。如此，妾身已圆了前世之愿，再无遗憾，容妾身从此离去了罢。"

说罢，女子面朝墙壁而卧，随后便逝去了。

赵源伤心至极，痛哭不止，又备好棺木，亲自为其装殓。正要埋葬之时，赵源不解棺木甚轻，遂开棺查看，见棺内只有衣被钗环等物。

最终，赵源将女子遗物葬于北山脚下。

赵源时刻不忘绿衣女子深情，从此未有再娶。不久后，他便于灵隐寺剃发出家，了结余生。

## "悉桑派"译者团队

成立于 2016 年,由国内多位知名日语翻译家倡议发起。该团队专注于研究式翻译,团队成员均为国内文学翻译界资深人士,从事日本文学研究平均达十年。曾主持译介夏目漱石、川端康成、堀辰雄、中岛敦、梶井基次郎和三岛由纪夫等多位日本作家的经典作品,备受好评。

---

## 《中国怪谈》"悉桑派"译者团队

潘郁灵 / 总统筹
"悉桑派"译者团队创始人、青年翻译家,负责书稿翻译及译者团队日常管理。
陈广琪 / 古典文学顾问
精通古文、俳句,负责古典文学类书稿翻译及古籍资料搜集。
张齐 / 总策划
青年翻译家,负责书稿翻译及策划工作。
孟璐璐 / 内容统筹
青年翻译家,负责书稿翻译及内容统筹工作。
岳冲 / 古典文学翻译
青年翻译家,主攻文学类书稿翻译。
汤丽珍 / 古典文学翻译
青年翻译家,主攻文学类书稿翻译。
伍能位 / 古典文学翻译
青年翻译家,主攻文学类书稿翻译。
杨晓琳 / 翻译
青年翻译家,精通日本现代文化。
郭伟 / 翻译
刘爽 / 翻译
陈燕燕 / 翻译
谢烈睿 / 翻译
苏文正 / 翻译


"悉桑派"译者,日本文学资产的运营专家。